Kugane Maruyama | illustration by so-bin

마루야마 쿠가네 지음 김완 옮김

OVERLORD [11] The craftsman of Dwarf

디 워프 장인

11

오버로드

Contents **목차**

곤도 파이어비어드는 작업복으로 갈아입었다.

위아래가 하나로 이어진 무미건조한 디자인이며, 질긴 원단을 쓴 것이다. 신축성이 떨어져 감촉은 뻣뻣하므로 평상복으로 쓸 만한 것은 아니지만 환경이 열악한 갱도 내에서는 매우 애용된다. 착용감은 나빠도 아제를리시아 산맥의 드워프 역사를 살펴보면 거의 알몸이나 다를 바 없는 모습으로 광석을 캐던 시절도 있었다고 하니, 그에 비하면 하늘과 땅 차이였다.

다음으로는 경보병이 장착하는 것 같은 금속제 헬멧을 썼다. 광산 내부는 장소에 따라서 다습하므로 그대로 장비하면 심하게 땀에 찌들기 때문에 광부들은 예외 없이 안쪽에 두꺼운 천을 끼워 쓴다.

마지막으로 금속 카드가 달린 목걸이를 목에 건다. 금속 카드에 기재된 숫자는 5. 5일 일하고 5일 쉰다는 그들의 노동 체계에 따른 마지막 날을 나타낸다.

다시 말해 곤도는 내일부터 한동안 자유의 몸이 된다는 뜻이다.

준비를 마치고 탈의실을 나온 곤도는 곧장 대기실에 들어가 늘 가던 곳으로 향했다.

몇몇 드워프 사이를 누비고 앞으로 나아간 곤도는 게시판에 적힌 자신의 이름을 찾았다. 곤도의 이름이 적힌 줄에는 네 사람의 이름이 더 있었다. 이 넷이 곤도와 오늘 같은 반에서 함께 일할 동료라는 뜻이다.

그리 넓지 않은 대기실에서 낯익은 작업 동료들을 찾기란 어렵지 않다. 보아하니 곤도가 마지막이었던 모양이다. 곤도가 황급히 다가가기도 전에 상대가 먼저 인사했다.

"오오, 곤도! 오랜만이구먼!"

"여허, 가게스! 자네가 반장이라니 운이 좋은데. 오늘은 잘 부탁하네. 그리고 자네들도!"

"여허, 곤도! 오늘 하루 열심히 해 보세!"

"음! 오늘이 닷새째! 마지막 날이지. 기운을 내서 일해 봅세."

"하아~ 일하기 싫구먼~."

그런 이야기를 나누며 그들은 대기실을 나가 곡괭이니 삽 같은 채굴 도구를 빌리고, 다음으로는 식량과 마실 물——도시락과, 온도가 변하지 않는 매직 아이템에 든 물 2리터——을 받았다.

드워프가 가장 선호하는 음료——술은 어디에도 없다. 있을 리가 없다. 물론 드워프는 알코올에 강해 적은 양으로는 취하지 않지만, 늘 위험이 따르는 갱도에서 자랑스러운 노동자들에게 술을 지급하는 상사는 없다.

그렇다고는 해도——

드워프 중 하나가 허리에 걸친, 지급받은 것과는 다른 수통을 한 모금 기울였다.

"프하아~."

그가 토해낸 숨에는 주정(酒精)의 향이 담겨 있었다.

그만 그런 것이 아니다. 곤도도 몇 가지를 따로 챙겨 왔다. 다만 술은 아니고, 물이 든 수통과 수프가 든 수통, 당분이 함유된 막대 다섯 개, 드워프 건빵 같은 보급 식량이다.

갱도 안은 후덥지근해 지급받은 것 이상의 칼로리를 섭취해야 하며, 음료 또한 필요하다. 지급품은 어디까지나 최저선이다. 윗사람들이란 경비를 최대한 줄이고 싶어 하는 법이니까.

모든 준비를 마친 일행은 마지막으로 가야 할 곳을 향해 이동했다. 이 국영 갱도를 관리하는 드워프가 있는 곳으로.

카운터 너머에 앉은, 꼬장꼬장한 인상을 주는 안경잡이

드워프가 한쪽 눈썹을 틀어 올리며 일행을 보았다.

몇 번 콧방귀를 뀌고는, 살짝 주정 냄새가 감도는 드워프를 언짢은 표정으로 쳐다보았지만 결국 그 사실에 대해서는 아무 말도 하지 않았다. 관리관이라고는 해도 그 또한 드워프이기 때문에 마음을 이해해서일까. 아니, 가게스가 기선을 제압했기 때문일까.

"가게스일세. 오늘은 어디서 채굴 작업을 하나?"

꼬장꼬장한 인상의 드워프는 흥 콧방귀를 뀌더니 시선을 일행에게서 눈앞의 지도로 돌렸다. 카운터에 가려 이쪽에서는 보이지 않지만 그곳에는 모든 발굴 현장의 배정표가 있을 것이다.

"자네들은 8821구역일세."

"8821이라면 열광석(熱鑛石)이었지?"

열광석이란 드워프에게는 매우 중요한 광석이다.

드워프는 땅의 종족이며 보통 지하에서 생활한다. 이 때문에 석탄이나 장작처럼 공기를 오염시키는 땔감으로 온기를 얻거나 식사를 만들거나 대장간에서 금속을 단련하기는 어렵다.

물론 공기를 정화하는 매직 아이템도 존재하지만 그런 것들을 만드는 데에는 드루이드 같은 자들의 힘이 필요하다. 유감스럽게도 드워프 중에는 드루이드가 매우 드물어 그러한 아이템을 대량으로 만들어낼 수는 없었다.

따라서 대용품으로 쓰이는 것이 열광석이라는 금속이다.

이것은 특수하면서도 매우 경도가 높은——최소 미스릴 이상—— 금속인데, 충격을 주면 강한 열을 뿜는다. 드워프들은 이 유별난 금속을 석탄이나 장작 대신 사용한다. 그 외에 제철소나 대장간에서도 대량으로 쓰이기 때문에 드워프의 생활에서는 빼놓을 수 없다. 덧붙이자면 장작 같은 것은 매우 진귀한 물건으로 취급받는다.

"그래, 맞아. 자, 여기."

그가 대꾸하며 카운터에 던져준 것은 갱도 입장을 허가하는 플레이트였다. 가게스의 짜리몽땅한 손가락이 상상도 못할 정도로 정교하게 움직여 이를 목걸이에 연결했다.

다음으로 가게스는 건네받은 종이를 위에서 아래까지 훑어본 다음 옆 사람에게 넘겼다.

이윽고 종이는 곤도에게까지 돌아왔다. 여느 때처럼 발굴 장소까지 가는 루트가 기재되었다. 몇몇 갈림길을 머리에 새겨두었다. 모종의 비상사태가 발생해도 이 루트를 따라 피난하기 위해서다. 드워프의 갱도라고는 하지만 몬스터가 아예 나타나지 않으리라는 법은 없다. 주의에 주의를 거듭해야 한다.

"갱차는 제3분기점에 있는 걸 쓰게."

"알았네. 그럼 다들 출발합세!"

제3분기점에 놓인 갱차 중 하나에 기름을 칠해 준비를 마친 일행은 가게스의 지시에 따라 갱차를 밀며 나아갔다.

갱도 안에는 내부에서 자연 발광하는 광석을 이용한 랜턴을 같은 간격으로 걸어놓았다. 간격은 매우 멀찍해서 이따금 완전한 어둠이 갱도를 지배했다. 그러나 드워프는 어둠 속을 내다보는 눈을 가졌다. 매우 멀리까지 보이는 것은 아니어도 이 정도 간격이면 충분했다.

바깥세상에서 사는 사람이라면 이 좁은 갱도에서 스멀스멀 다가오는 압박감에 짓눌려버릴지도 모른다. 그러나 지하에서 살아가는 종족인 드워프는 신경도 쓰지 않는다. 게다가 좁다고 해도 드워프들에게는 충분한 넓이였다. 드워프의 신장은 평균 130센티미터 정도이니, 대체로 180센티미터 정도로 파놓으면 그들에게는 나름대로 널찍하게 느껴지는 갱도가 되는 것이다.

이윽고 전방에서 여러 명의 발소리가 들려왔다.

만약 곤도 일행과 같은 광부들이라면 갱차 소리가 들릴 것이다. 그러나 그렇지 않았다. 그렇다면 무엇일까. 곧 이들과 대치할 곤도 일행에게 경계하는 기색은 없었다. 만일 이것이 맨발로 이동하는 차닥차닥 소리였다면 모든 것을 내팽개치고 왔던 길로 줄행랑을 쳐야겠지만 그것과는 다른, 제대로 된 신발을 신은 발소리였다.

그들은 발소리의 임자를 예상할 수 있었던 것이다.

곤도 일행의 시야 속으로 조금씩, 드워프의 무리가 나타나기 시작했다.

곤도 일행은 그들의 진로를 가로막지 않도록 옆으로 비껴났다. 갱차는 놓아두어야 하므로 그저 가로막고 싶지 않다는 것은 기분일 뿐이지만.

"──자네들은 이 너머로 가야 하나? 아직까지는 아무것도 없었지만 조심들 하게나."

"그래. 걱정해줘서 고맙네. 자네들에게 감사를."

짧은 인사만을 나누고 곤도 일행은 그들과 엇갈려 지나갔다.

선두에서 가던 드워프의 정체는 터널 닥터라 불리는 다른 계통의 매직 캐스터였다.

그의 업무는 천장에서 바윗덩어리가 떨어지거나, 곡괭이질로 튀어나온 날카로운 바위가 광부를 다치게 하지 않도록 마법의 힘으로 갱도를 단단하면서도 안전하게 다지는 것이다.

갱도는 항상 붕괴의 위험성을 띠기 때문에 무언가로 보강해야 한다. 일반적으로 쓰이는 것은 나무지만 드워프 나라에서는 어지간해서는 입수할 수 없다. 터널 닥터라면 마법으로 보강할 수 있는 것이다.

게다가 수맥이나 가스 웅덩이가 가까운 곳에 있는지 어떤지도 알아내므로, 광부들은 암반 붕괴를 걱정하지 않고 곡괭이를 휘두를 수 있다.

그런 다채롭고도 중요한 일을 하는 터널 닥터의 뒤에는

가벼운 갑옷을 입은 드워프 전사들이 있었다. 터널 닥터는 그 숫자가 그리 많지 않아 네 명이나 붙어서 경호를 해주는 것이다.

엇갈려 지나간 그들의 발소리는 이내 들리지 않게 되었다.

드워프의 도시 '페오 주라'는 일반적인 드워프 도시와 마찬가지로 도시를 중심으로 수많은 광맥을 파내고자 ——이유가 있어 서쪽으로는 파지 않지만—— 험준한 산 한복판을 뚫고 땅속에 지어졌다.

드워프는 사소한 일에 신경 쓰지 않는 호탕한 성격과는 달리 뛰어난 수학적 사고의 소유자이기도 하다. 도시를 심장부로 삼아 혈관처럼 무수히 뻗어 나간 갱도는 철저히 계산된 계획에 따라 파낸 기하학적 예술이다. 수평으로 판 비교적 큰 본도(本道)에는 갱차를 위한 레일을 깔아놓았으며, 요소요소에 수직으로 뚫은 구멍에는 인력 승강기를 설치했다. 그리고 그곳에서 더 가느다란 사잇길이 헤아릴 수도 없이 뻗어 나간다. 모든 갱도를 연결하면 수백 킬로미터를 가뿐히 넘어설 것이다.

하지만 그만큼 광대하기에 경비병을 배치해도 모든 인원을 커버할 수는 없다. 광부 작업반 하나하나를 경호하기에는 수가 부족하다. 그러니 만일 채굴 중에 몬스터에게 습격을 받으면 모든 것을 내팽개치고 요소에 배치된 경비병에게 달려갈 수밖에 없다.

그러나 유감스럽게도, 세상에 널리 알려졌다시피 드워프는 발이 느리다. 한 사람의 희생도 없이 도망치려면 좀처럼 찾아보기 힘든 행운이 필요하다.

곤도 일행은 길 도중에 갱차를 세우고, 랜턴형 매직 아이템을 기동시킨 다음 손마다 채굴도구를 들고 옆길로 들어섰다. 잠시 후에 도착한 막다른 곳이 그들의 목적지, 오늘의 채굴 현장이다.

가게스가 척척 지시를 내리자 반원들은 불만 한마디 없이 묵묵히 행동을 개시했다. 곡괭이로 파는 사람, 암반에 구멍을 뚫고 쐐기를 박는 사람, 삽으로 흙과 돌덩이를 떠 광주리에 담는 사람, 이를 갱차까지 옮기는 사람, 집적소까지 갱차를 미는 사람——.

"그러면 시작하세나."

그 목소리와 함께 오늘 하루의 업무가 시작되었다.

＊

몇 번이고 몇 번이고 되풀이된 일이었으므로 그 일에 맞춰 근육이 발달되었다고는 하지만, 업무가 끝날 시간이 되면 피로에 찌든 몸이 휴식을 원한다.

일행은 지저분해진 작업복을 벗어 던지고 광부 전용 욕탕으로 향했다.

국영 대장간에서 운영하는 거대 용광로의 열기를 이용한 욕탕이다. 미지근하기는 해도 지친 몸의 열기를 빼내는 데에는 적당한 온도다.

곤도는 홈통을 흐르는 연갈색 온수를 바가지로 퍼 호쾌하게 머리부터 끼얹었다.

물에 색이 있는 이유는 철분 등의 성분이 함유되었기 때문이라고 한다. 실제로 입에 머금어 보면 살짝 맛이 다르다. 그런 온수가 곤도 일행의 몸에 들러붙은 흙먼지를 씻어주었다.

수염이며 머리카락도 힘주어 씻어낸다. 흙먼지에 찌든 수염이란 드워프들에게는 애송이의 증거다.

"여허, 곤도! 어떤가, 끝나면 한잔 걸치지 않겠나!"

맞은편 의자에 앉은 가게스가 때수건으로 몸을 북북 문지르며 큰 목소리로 말했다. 곤도는 다시 한 번 머리부터 물을 뒤집어써 때를 흘려보내고는 욕조에 몸을 담그며 역시 큰 소리로 대답했다.

"미안허이! 오늘은 해야 할 일이 있거든! 다음에 또 불러주게!"

"그렇구먼! 그거 아쉽게 됐는데! 마음 바뀌면 백주정(白酒亭)에서 마시고 있을 테니까 오라고!"

"그려! 그렇게 되면 그때 보세!"

보아하니 가게스는 다른 동료들과 이야기를 시작하려는 것 같았으므로, 곤도는 다른 사람들까지 설득하러 오기 전에 먼저 가보겠다고 말하고는 욕조에서 일어나 빠른 걸음으로 욕탕을 빠져나왔다.

몸을 닦고 평상복으로 갈아입어 상쾌해진 곤도는 곧장 카운터로 가 인상이 꼬장꼬장한 관리관 드워프 앞에 섰다. 그리고 목에 건 플레이트를 건넸다.

이를 찌릿 바라본 관리관은 카운터 위에 가죽자루를 놓았다.

닷새치 급료였다. 광부의 사망률은 낮지 않기 때문에 지급은 일주일마다 한다. 옛날에는 일당으로 지급하기도 했다지만, 그래서는 술집에서 만족스럽게 마실 수 없다는 의견이 나와 이렇게 됐다는 설이 있다. 실제로 가죽자루에 든 돈은 나름대로 큰 액수이지만 가게스 일행이라면 이 중에서 절반은 술값으로 써버릴 것이다.

"……곤도는 오늘로 한 달째였지? 얼굴 좀 보세."

"괜찮소. 호흡은 아무렇지도 않으니."

"그걸 결정하는 건 나지 자네가 아니야."

카운터 밑에서 조명기구를 꺼내 불쑥 빛을 들이댄다. 눈부신 빛에 낯을 찡그리면서도 곤도는 얼굴을 보여주었다.

오랜 시간 계속 분진을 마시면 폐의 기능이 저하된다. 그러면 피부가 차츰 건강하지 못한 청백색을 띠기 시작한다. 알라바스타 병이라 불리는 증상이다. 관리관은 그 조짐이 없음을 확인하는 것이다.

"——흠. 정말로 문제는 없군."

"그 병은 숨소리에 잡음이 섞이잖소. 그게 없으면 문제는 없는 거 아뇨?"

"……하아. 나는 옛날부터 이렇게 발견했어. 폐 소리를 듣는 것보다 얼굴을 보는 게 확실해. 내 경험을 우습게 보나?"

"그런 소리 한 적 없소. 경험은 중요하지."

"그럼 일일이 트집 잡지 말게. 아무도 득 볼 일 없으니. 그리고—— 곤도, 슬슬 여기 취직할 마음은 없나? 그러면 반장으로 일하게 해줄 수 있는데. 자네는 그만한 경험이 있어."

"미안하오, 그럴 수는 없으니. ……난 한동안 이곳을 비울 거요. 긴 여행을 위한 돈이 오늘로 다 모였으니까."

곤도가 사교성 없다는 말을 들으면서까지 돈을 모았던 이유는 여행에 쓸 도구를 구입하기 위해서였다.

"……또 어딘가 가나?"

"몇 년 전에 방치된 도시, 남쪽의 페오 라이조에 가볼 생각이오. 그곳에서 채굴을 하고 올 거요."

꼬장꼬장한 인상의 드워프 관리관이 눈을 크게 떴다.

"뭐! ……내가 말하지 않아도 알겠지만, 위험한데? 누구 같이 가는 사람이라도 있나?"

"첫 번째 질문에 대한 대답은 『알고 있소』, 두 번째 질문에 대한 대답은 『아니오』요."

인원이 많아지면 무언가에게 발각될 위험성도 높아진다.

발각된 시점에서 누군가가 희생되어 전멸을 당하느니, 애초에 들킬 가능성이 낮은 단독 행동을 선택한 것이다.

"······거기에 뭔가 두고 온 거라도 있나?"

"그게 아뇨. 말하지 않았소, 채굴을 하고 올 거라고."

"채굴이란 게 이해가 안 간단 게야. 여기서 하면 되지 않나."

"흥, 여기선 아무리 노력해봤자······ 많이 파면 다소 추가 수당을 받을 뿐, 그래 봤자 액수는 뻔하지. 솔직히 거금은 못 벌잖소."

"평범한 일보다는 많이 벌 수 있네만?"

눈앞의 드워프가 하는 말은 사실이다. 그렇기에 곤도는 단기간에 돈을 벌기 위해 이곳에서 일했던 것이다.

"내 목적을 위해서는 더 많은 돈이 필요하오. 그러니 방치된 도시의 갱도에 가서 채굴을 하겠다는 게요. 내가 무슨 금속을 파더라도 참견할 사람은 없을 테니까."

관리관이 낯을 찡그렸다. 곤도의 말은 극단론인 동시에 정론이기도 했다.

"백철광(白鐵鑛)을 파려고?"

"맞소. 그거요. 거기서 백철광을 파면 내 것으로 삼는다 한들 누가 뭐라 하겠소."

이 근방의 광산은 모두 국영이다. 그렇기에 백철광을 얻으려면 고액——정당한 금액을 지불해야 한다. 그러나 이미 국가에서 손을 떼 방치된 갱도에서 누군가가 채굴해 발견한 광석은 그 사람의 것이 된다. 다만 그곳에서 무슨 일을 당하더라도 국가는 아무런 지원을 해주지 않는다.

"······비싸게 사줄 수도 있네만."

이 도시 인근의 광맥에서는 아직 백철광이 발견되지 않았다. 과거의 도시에서 채굴되었던 분량이 사라지면 분명 값이 치솟을 금속이었다.

곤도는 눈앞의 인상 꼬장꼬장한 드워프가 거래차익을 노리고 자신에게 가져오라고 하는 것이 아님을 잘 안다. 그가 그런 말을 해주는 이유는 호의 때문이다. 아마 구매자가 더 높은 값을 지불하도록 교섭을 해줄 생각이리라. 하지만 곤도는 이를 비싸게 팔고 싶어서── 돈을 벌고 싶어서 채굴하러 가는 것이 아니었다.

"무슨 말을 하는 거요? 전부 쓸 데가 있어서 이러는 게요. 내 연구를 위해."

인상 꼬장꼬장한 드워프의 얼굴에 어두운 그늘이 드리워졌다.

"아직도 그런 소리를 하나······. 자네의 마음은 이해하네만 이제 그만 현실을 보고 여기서 반장으로 일하는 게 어떻겠나? 아버님이 슬퍼하실 텐데?"

한순간 마음속에서 격렬한 분노가 치솟았지만 그것이 겉으로 드러나기 전에 곤도는 고개를 숙여 표정을 감추었다.

눈앞의 이 드워프는 곤도의 아버지에게 몇 번이나 도움을 받은 적이 있다고 들었다. 그렇기에 자식인 곤도가 실현 불가능한 연구에 몸담는 것을 걱정하는 것이다.

헤아릴 수 없는 호의에서 온 말이기는 하지만, 그래도 곤도는 인정할 수 없었다.

"현실이라면 보았소. 아버지가 걸어오셨던 길은 결코 잘못되지 않았소! 나는 사라져 가는 기술을 다시 한 번 부활시키고 말 거요!"

참지 못하고 분노의 잔재를 말과 함께 터뜨려버린 곤도는 발을 돌려 빠르게 걸어 나갔다.

그의 발을 움직이는 감정은 자신을 걱정해준 상대에게 어른스럽지 못한 분노를 터뜨려버렸다는 데 대한 후회이기도 했지만, 그 이상으로 해야 할 일에 대한 열의이기도 했다.

그렇다.

우수한 아버지만 못한 자신은 이를 위해 살아가는 것이다.

곤도는 입술을 깨물며 앞을 노려보았다.

1장 미지의 땅으로 가기 위해

Chapter 1 | Preparing for the Unknown Land

1

　제국에서 돌아온 아인즈는 에 란텔의 집무실로 들어가 의
자에 깊숙이 앉았다.

　마도국에 새로이 생겨날 모험자 조합의 참가자를 모집했
지만, 결과를 보기까지는 아직 시간이 필요할 것이다. 그 사
이에 참가자를 받아들일 태세를 갖추어야 한다.

　우선은 모험자 육성 학교가 필요한데, 장소는 모험자 조
합을 쓰면 될 것이다. 멀리서 오는 희망자를 위해 기숙사 정
도는 만들어두어야 한다. 가르치는 사람——교사로는 아직
까지 남아 있는 모험자들을 채용할 생각이었다.

　'알베도라든가…… 그런 사람들이랑, 구획 정리 같은 것

도 포함해서 상담하는 편이 좋겠지만, 그보다도…… 왜 속국 같은 소릴 꺼냈냐고. 분명 알베도랑 데미우르고스가 난감해하겠지……?'

아인즈는 지르크니프의 생각을 전혀 이해할 수 없었다. 그러므로 지혜로운 두 사람에게 무어라 설명해야 좋을지도 몰랐다. 무엇이 계기가 되어 지르크니프가 그런 제안을 꺼냈을까. 어쩌면 아인즈가 모르는 사이에 데미우르고스가 무언가를 꾸몄을 가능성도 있다.

'역시 데미우르고스에게 물어보아야 했을까? 아아, 어딘가 먼 곳으로 떠나버리고 그사이에 두 사람이 알아서 해주는 건…… 안 되려나…….'

하아아.

마음속으로만 커다란 한숨을 쉬었다. 불안과 혼란 때문에 있지도 않은 위장이 아팠다. 그리고 두 사람이 돌아왔을 때를 생각하면 더 아팠다.

아인즈는 머리를 가로젓고, 제국에서 얻은 중요 정보를 생각하면서 장래에 찾아올 문제로부터 도피했다.

"……룬이라."

이 미지의 세계에는 곳곳에 위그드라실의 지식이 존재한다. 플레이어의 그림자, 세계급 아이템의 존재 등이 그렇다.

여기에 또 한 가지, 스즈키 사토루의 세계에서 과거에 존재했다고 전해지는 문자, 룬이 추가되었다.

법국 사람이 스즈키 사토루의 세계에 존재하는 종교의 천사를 소환했던 것은 그것이 위그드라실의 마법이라 그랬다고 할 수도 있다. 그렇다면 룬은 어떻게 된 노릇일까. 어떻게 그런 것이 존재할까. 스즈키 사토루의 세계에서 쓰였던 룬과 동일한 것일까. 우연히 같은 형태를 가진 마법적인 문자를 자동 번역 기능이 단순히 '룬' 이라고 번역했던 걸까.

'……아제클리시아 산맥처럼 가까운 곳에 드워프 나라가 있다고 했으니 자세히 조사해볼 필요성은 있겠어. 역시…… 가야만 할까?'

물론 에 란텔로 돌아오기 전에, 룬에 대해서는 플루더를 통해 들었다.

그러나 플루더가 아는 것이라고는 아제클리시아 산맥에 있는 드워프의 나라에서 온 왕의 직종이 '룬 장인' 이었으며, 제국은 드워프 나라에서 무기와 방어구를 구입했으나 룬이 새겨진 마법의 아이템은 백 년쯤 전부터 들어오지 않았다는 사실 정도였다.

그런 것들도 아인즈에게는 중요한 정보였지만 정말로 탐내는 것은 아니었다.

'룬 장인이라는 직업은 위그드라실에 없었어. 이 세계 특유의 직업이라고 한다면, 두 세계의 융합 같은 기술일 가능성이 있는 이상 자세히 알아봐야만 해. 하지만 누가 가지?'

드워프 나라를 방문해 룬 이야기를 물을 뿐이다. 룬 장인이라는 직업—— 기술에 관한 것이므로, 상대의 입이 무거울 때는 최악의 경우 〈매료〉 같은 방법을 써서 이야기를 들어야 한다.

그러한 정신조작계 마법을 쓸 수 있는 사람, 혹은 그러지는 못하더라도 상대를 납치해 이쪽까지 전이시킬 수 있는 사람이라면 누구를 보내도 문제는 없을 것이다. 다만 룬의 이면에 플레이어가 존재한다면 어떻게 해야 할까. 어쩌면 샤르티아를 세뇌한 상대가 그곳에 도사리고 있을지도 모른다.

'주위에서 좀 더 정보를 모으고 싶지만, 플루더조차 모르는 지식을 그리 쉽게 얻을 수 있을 것 같지는 않아.'

아인즈는 천천히 의자에서 일어났다.

그 순간 방에 대기하던 여성이 움직이려고 했다. 활달한 인상을 주는 얼굴로, 남성적인 쇼트커트가 매우 잘 어울렸다. 그녀가 바로 오늘의 아인즈 당번 메이드 디크리먼트였다.

아인즈는 손으로 디크리먼트를 제지하고, 천천히 실내를 걸으며 숙고했다.

이익과 손실을 덧셈과 뺄셈으로 그저 논리에 따라 계산하고 있으려니, 숫자의 틈새에서 문득 옛날 기억이 고개를 내밀었다. 미지의 지역에서 겪었던 위기, 새로운 발견의 기쁨, 퀘스트에 실패했을 때의 비탄. 그러한 기억 하나하나에 동료들의 얼굴이 그들의 말과 함께 떠올랐다. 겨우 그만한 계기로 전멸했을 때의 추억조차 선명한 등불이 되어 아인즈의 공허한 두개골을 비춰주는 것 같았다.

갑작스럽게 찾아온 감상을 하나씩 꼼꼼하게 가슴속에 다 담아두었을 무렵, 아인즈의 생각은 정리가 되었다.

'……지금은 역시 위험을 무릅쓰고 뛰어들어야겠어.'

길드 '아인즈 울 고운' 은 그러한 모임이었다.

생명의 위험이 없는 게임과 현실을 똑같이 취급하지 말라고 누군가에게 야단맞을지도 모르지만, 수수방관하는 사이에 지식을 얻을 기회를 잃고, 이로 인해 후수로 밀려날 가능성이 없다고 누가 단언할 수 있겠는가.

드워프 나라에서 룬에 대해 조사하기로 결정한 아인즈는 다음 문제를 머릿속으로 떠올렸다.

인선이었다.

누구를 보내는 것이 가장 좋을까.

'데미우르고스나 알베도의 의견을 물어야 할까? 아니야, 그렇게 되면 최대의 전력을 보낼 수가 없어.'

최대의 전력이란 바로 아인즈 자신이었다.

자랑은 아니지만, 아인즈는 지금의 나자릭 지하대분묘에서 미지의 사태에 대한 마법적인 대응 능력으로 자신보다 뛰어난 자가 없다고 확신했다. 솔직히 말해 아인즈 혼자 가는 편이 가장 유효한 전략이다. 그러나 그곳에 적대적인 플레이어가 존재할 경우 그것은 가장 어리석은 수가 된다.

'……몇 명 정도는 데리고 함께 도망칠 수 있을 테니, 이

탈 준비를 하는 동안 시간을 끌어줄 수 있는 사람들을 경호 담당으로 데리고 가야겠어.'

언뜻 머리에 떠오른 것은 계층수호자들이었다.

100레벨 NPC인 그들이라면 플레이어를 상대하더라도 아인즈가 철수할 시간 정도는 벌어줄 수 있을 것이다. 하지만 옛 동료들의 사랑스러운 자식이나 다를 바 없는 NPC를 그런 용도로 써도 좋을까, 하는 생각 또한 있었다.

'언데드 부관을 주축으로 둔 고레벨 서번트라면 어떨까? 아니야, NPC처럼 바닥부터 짜 만든 존재와는 달라서 대응력이 낮아.'

서번트들은 하나하나 세심하게 만들어낸 NPC와 비교했을 때 비상시에는 망설임 없이 버려도 된다는 장점이 있지만, 능력의 폭이 좁고 대응 능력이 불안하다는 단점도 있다.

감정 면을 제외하면 NPC들은 완벽하다. 플레이어인 아인즈는 아직 실험을 하지 못했으므로 정말로 되살릴 수 있을지 어떨지 모르지만, NPC들은 샤르티아처럼 틀림없이 부활이 가능하다.

아인즈는 다시 의자로 돌아가 앉았다.

"흐음……."

얼굴 앞에서 두 손을 깍지 끼고 최선의 선택지를 찾아 생각에 잠겼다.

한참을 그렇게 있었지만 역시 해답은 떠오르지 않았다.

'바보는 오래 생각해봤자 수가 없다지.'

자조하듯 웃음을 지은 아인즈는 디크리먼트에게 시선을 보냈다.

"나를 위해 죽으라고 하면 죽을 수 있겠느냐?"

"물론이옵니다, 아인즈 님. 명령이시라면 기꺼이 죽겠나이다."

그녀는 한순간의 망설임도 없이 단언했다.

"그것은 다른 자들도 마찬가지냐? 지독한 주인이라고는 생각하지 않느냐?"

"다른 자들도 망설임 없이 죽음을 받아들일 것이옵니다. 죽음을 택하지 않는 자가 있을 리 없나이다. 지고의 존재께 목숨을 받아 태어난 저희 모두는 지고의 존재를 위해서만 존재하옵니다. 그것이 어떠한 명령이라 한들 명령에 따라 행동할 수 있는 것은 크나큰 기쁨이옵니다."

"그렇군……. 아, 조금 전의 질문은 어디까지나 약간의 호기심에서 물어본 것뿐이다. 깊은 의도가 있어서는 아니다. 잊어다오."

디크리먼트가 고개를 숙이고, 아인즈는 결심했다.

──NPC를 동원하자.

아인즈는 근교의 지도를 꺼냈다.

아우라가 조사한 결과까지 반영된, 상당히 자세한 맵이다. 특히 토브 대삼림 내부에 관해 이만큼 자세한 지도는 그가 아는 한 존재하지 않는다. 유감스럽게도 아직 축척 같은 것이 부정확해 완벽하다고는 단언할 수 없지만, 그래도 이것이 있다면 길을 잃을 가능성은 파격적으로 낮아지리라.

아인즈의 손가락이 에 란텔을 짚었다. 그리고 그곳에서 북쪽으로 이동해 숲을 종단한다. 여기까지는 전혀 문제가 없다. 숲의 지표 태반은 이미 나자릭이 지배해, 지성이 떨어지는 마수 따위의 몬스터는 제외하더라도 그 외에는 몇몇 아인이나 이형종을 지배하면 끝난다. 지하에 펼쳐졌다는 대공동은 아직까지 그대로 두고 있지만 이점이 있다면 장래에는 지배해도 좋을 것이다.

아인즈의 손가락은 지도의 최북단, 뒤집힌 표주박처럼 생긴 호수에 도달했다.

이곳으로부터 북쪽이 아제를리시아 산맥. 지도에 없는 세계다.

"미지로군."

문득 아인즈의 얼굴에 웃음이 떠올랐다.

모험자에게 미지를 추구해달라고 말했다. 이에 앞장서기 위해서라도 자신이 찾아가 보는 것은 좋은 선전이 되지 않겠는가.

『아제를리시아 산맥으로, 드워프의 나라를 찾아.』

TV 프로그램 광고에 나올 것 같은 문구다.

아인즈는 얼굴에 떠오른 웃음을 지우며 진지하게 생각했다.

자칫하면 플레이어가 있을지도 모르는 곳에 자신이 찾아 갔을 때의 이점을.

그것은 역시 마도국의 왕이 직접 나섰다는 사실로 성의를 보일 수 있다는 점이다.

이것은 사장이 직접 상대 회사를 방문하는 것과 마찬가지다. 스즈키 사토루의 경험으로 보더라도 이는 효과가 크다.

그리고 나자릭에 속하지 않은 자들을 하등 생물이라 보는 일부 부하들과는 달리 아인즈는 나자릭 내에서는 비교적 온건파에 속한다. 그러므로 드워프 나라에서 교섭을 하기에 자신은 나쁘지 않은——결코 좋다고는 말할 수 없지만—— 선택일 것이다.

아인즈 이외의 사람이라면 판도라즈 액터를 보내는 방법이 있기는 하다. 지성, 대응 능력, 그 외에 이르기까지 최선의 인선이다.

단——

'그러면 그동안 국가 운영은 누가 맡아?'

답은 누가 말해줄 것도 없었다.

아인즈 울 고운 자신이다.

무리.

아인즈는 마음속으로 절규했다. 몇 번이고 되풀이해 절규했다.

차라리 드워프 나라에 교섭하러 가는 편이 그나마 나을 것 같았다.

무엇보다, 한번 다녀오면 그 후에는 전이가 가능하다. 그렇다면 상대가 어려운 이야기를 꺼낼 경우 비밀병기 『그 안건은 본사로 가져가 검토해보겠습니다』를 꺼내면 된다. 만약 상대가 『이 자리에서 결정해달라』를 제시해도 어떻게든 도망치면 그만이다.

이때 써먹을 테크닉도 몇 가지 있다.

'지난번에는 아인잭이 있었지만 이번에는 내가 메인이 되는, 간만의 무작정 영업이구나. 반드시 결과를 가지고 돌아오라는 소릴 할 사람이 없는 만큼 마음이 편하지.'

영업사원 스즈키 사토루의 표정으로 아인즈는 씨익 웃었다. 그리고 웃음의 종류를 바꾸었다.

'게다가…… 어쩌면 일이 길어져서 제국의 속국화 건은 데미우르고스와 알베도에게 떠넘길 수 있을지도 몰라. 그러면 초안도 만들어주겠지! 좋았어! 이건 어쩔 수 없는 일이니까. 결코 일에서 도피하는 게 아니니까!'

그렇게 필사적으로 자신을 정당화시킨 아인즈는 다음 문제에 착수했다.

수행원은 어떻게 할까.

아인즈는 팔짱을 끼며 복잡한 표정을 지었다.

알베도나 데미우르고스 중 하나를 데려가고 싶지만 그들은 매우 중요한 안건을 수행하는 프로젝트 리더다. 도로 불러들였다가는 그쪽의 계획이 파탄에 이를 가능성은 충분히 있다.

　아우라와 마레는 상당히 괜찮은 인선이다. 특히 드워프와 같은 인간종이므로 상대도 경계하지 않을 것이다.

　코퀴토스는 별로 좋지 않다. 험준한 산은 한랭한 지역이므로 이를 고려하면 좋은 인선이겠지만, 그에게는 토브 대삼림 같은 지역을 맡겨놓았다. 다시 말해 그도 프로젝트 리더다. 가능하다면 그쪽에 집중시키고 싶다. 게다가 외견이 이질적이므로 아인즈와 함께 가면 상대에게 불안을 심어줄 가능성이 높다.

　세바스도 나쁘지 않다. 지금은 트알레니냐를 부관으로 삼아 에 란텔에서 관리 보좌를 맡고 있지만 판도라즈 액터가 있으니 그를 써도 괜찮을 것이다. 하지만 전력을 생각해보면 불안이 남는다.

　가르간투아나 빅팀은 기각이다. 다른 여러 NPC들이 떠올랐지만 아인즈의 몸을 지켜줄 수행원으로는 불합격인 자들이 많았다.

　'그렇다면 이번에는—— 아우라, 그리고 샤르티아가 좋겠군.'

　아우라가 지휘하는 마수들이라면 방패로는 최고다. 최악

의 경우에는 마수들을 버리고 아우라와 도망치면 된다. 그리고 개인 전투력으로는 최고 레벨인 샤르티아가 있다면 강적을 상대하더라도 훌륭한 카드가 된다. 게다가 개인적으로 샤르티아를 쓰고 싶은 이유도 있었다.

상대가 대군일 경우를 생각해 마레도 동행시키는 편이 좋을지도 모르지만, 플레이어와 조우했을 때 가장 우선시해야 할 행동은 후퇴지 적의 섬멸이 아니므로 이번에는 두고 가야 할 것이다.

그렇다면…….

그리고 움직임에 나서려 했던 아인즈의 머릿속에 〈전언Message〉이 날아들었다.

『──아인즈 님.』

"음, 엔토마구나."

『예. 샤르티아 님과 동행하여 리저드맨의 촌락에 도착하였는데, 코퀴토스 님께서 촌락의 현재 상황에 관한 자료를 가진 리저드맨을 보내고자 〈전이문Gate〉을 열 수 있도록 허가를 청하셨나이다. 윤허해주실 수 있으신지요.』

코퀴토스는 이따금 현재 자신이 행하는 정책이나 촌락의 상황을 적은 서면을 제출한다. 아인즈는 그런 보고서를 읽어도 별다른 생각이 떠오르지 않았으므로 대충 훑어보고 "잘했다." 정도의 말만을 할 뿐이었다. 그러므로 이젠 그만 보내라고 하고 싶었지만, 상사에게 보고하는 것은 올바른 자세인 데다 상사가 책임을 질 때에도 중요하다.

"그렇다면 소정의 위치에 〈전이문〉을 열도록…… 아니, 아니다. 지금은 방어 마법을 전개해두었을 것이다. 앞으로 한 시간 후에——."

아인즈는 시계를 꺼내 시각을 확인하고 다시 말했다.

"13시 46분——에 발동하라. 그 시각으로부터 2분 정도 마법을 해제하겠다."

이 건물에는 나자릭만큼은 아니지만 고위 서번트들의 MP를 배터리 삼아 전이 등의 마법을 저해하는 필드를 펼쳐 놓았다. 하루에 몇 번씩 교대할 만큼 소모가 심하지만 그만큼 상당한 고위 마법까지 차단하므로, 이는 당연히 아군의 전이조차 방해하고 만다.

위그드라실 시절에는 없었던 프렌들리 어택 때문이다.

그렇기에 이곳으로 직접 전이하려면 잠시 방어망을 해제해야 한다. 이때는 당연히 적의 전이도 가능해지기 때문에 '폭격'——위그드라실에서 쓰이던 속칭——이라 일컬어지는 공격을 받지 않기 위해 약속된 짧은 시간에만 열어 문제를 해결했다.

『분부에 따르겠나이다. 샤르티아 님께 그렇게 전하겠사옵니다.』

〈전언〉이 끊어졌다.

"좋아."

아인즈는 자리에서 일어났다.

"……옷 선택을 부탁하마, 디크리먼트. 리저드맨이 코퀴토스의 사자로 오니 부끄러움이 없는 차림을 고르도록."

"예! 분부 받들겠나이다!"

디크리먼트의 눈에 활활 타오르는 커다란 불꽃이 보였다. 역시 이 녀석도 그렇구나. 마음속으로 중얼거렸지만 입 밖으로는 내지 않았다. 자신의 센스에 자신이 없는 남자는 이런 말을 해서는 안 된다.

아인즈는 디크리먼트를 이끌고 이동하며, 일시적으로 생성한 언데드에게 명령을 내렸다. 명령 내용은 말할 것도 없이 〈전이문〉이 열릴 본관 로비에 대기시켜둔 언데드 경비병들에게 리저드맨의 방문을 전하는 것이다.

명령을 받은 언데드가 멀어져 가는 가운데, 아인즈는 이렇게 생성한 언데드들을 유효하게 활용할 방법을 떠올려보았다.

생성한 언데드도 아인즈에게 보고를 올리는 것이 가능하다면 전 세계에 언데드 정보망을 펼칠 수 있겠지만, 유감스럽게도 그것은 어렵다. 아인즈가 지시를 내릴 수는 있어도 언데드들에게서는 막연한 대답밖에 돌아오지 않는다. 게다가 작성해놓은 언데드의 수가 요즘처럼 많아지면 아인즈 쪽에서도 관리하기가 힘들기 때문에, 자칫 실수로 전혀 상관없는 언데드에게 명령을 내릴 위험성이 있다.

어쩌면 장래에는 모종의 시스템을 구축할 수도 있겠지만 지금은 불가능했다.

'나중에는 판도라즈 액터가 나를 대신해 그런 일을 해줄 수 있을지 몰라도, 나로 형태를 바꾸기 전까진 그 녀석이 만든 언데드는 단순한 허수아비가 된다는 문제를 해결할 방법을 찾은 다음이 되어야겠지.'

알베도나 데미우르고스 같은 지혜로운 이들의 의견을 참고해 조만간 진지하게 고찰해봐야 할 안건이라고 생각하며, 아인즈는 드레스 룸에 도착했다.

그곳에서는 여느 때처럼 메이드들이 초롱초롱한 눈으로 이쪽을 바라보며 도열해 있었다. 오늘의 아인즈 당번인 디크리먼트는 눈에 핏발까지 세울 정도였다.

아인즈는 아우라가 어디 있는지를 물어보면서 메이드들이 옷을 갈아입히도록 몸을 맡겼다.

오늘은 순백색 의상이었다.

암갈색에 익숙해졌던 아인즈가 보기에는 역시—— 화려했다.

게다가 황금색의 거대한 목걸이 같은 귀금속을 몸에 걸쳐주니, 그대로 까마귀가 들고 가버리는 것 아닐까 싶을 정도로 번쩍거렸다.

더더욱 알 수 없었던 것은 등에서 튀어나온 깃털이었다.

내가 무슨 공작새냐고 판죽을 걸어주고 싶었지만, 메이드들을 곁눈질하니 자랑스러운 표정을 짓고 있다. 누구 하나 근심하는 자가 없다. 그뿐이랴, 조금이라도 부정적인 분위기를 띠는 자는 존재하지 않았다. 다들 황홀한 표정을 지으며 뺨을 장밋빛으로 물들인다. 동경하는 아이돌을 눈앞에서 본 소녀 같았다.

'이게 진짜 좋나? 여성들에게는 매력적인가? ……난 역시 미적 센스가 없나 봐.'

아인즈가 마음속으로 어깨를 늘어뜨리는 동안 메이드들은 옷을 다 갈아입힌 모양이었다.

거울에 비친 자신의 팔 아래쪽에서도 깃털이 돋아난 것 같은 모습에 아인즈는 위그드라실에서 보았던 몬스터를 떠올렸다.

'아르카이옵테릭스였던가? ……드루이드가 데리고 다니는 그 공룡 닮았네.'

팔짱을 끼어보니 버석버석 시끄러웠다. 하지만 이제 와서 이런 의상은 안 된다고 했다간 어떻게 될까. 어떤 점이 안 되느냐고, 앞으로는 어떤 옷이 좋겠느냐고 질문을 퍼부을 것이 분명하다.

"좋아!"

아인즈는 모든 것을 내던져 버렸다.

"가자!"

*

아인즈는 지정된 시간에 정확히 맞춰 로비 중앙에 마법의 문──〈전이문〉이 열리는 것을 느꼈다.

이 저택 전체에 펼쳐놓은 마법의 필드는 해제되었지만, 샤르티아와 싸울 때에도 사용했던 〈전이지연Delay Teleportation〉의 작용 덕에 〈전이문〉에서 사람의 모습이 배출되지는 않았다.

〈전이지연〉은 사용자 주변으로 전이하려는 작용을 일시적으로 저해하며, 전이한 자가 사라진 후로 나타날 때까지 몇 초의 타임 랙을 발생시킬 ──보통 저해한 측은 이 시간을 이용해 거리를 벌리거나 공격 준비를 갖춘다── 뿐만 아니라 어디쯤에 얼마나 되는 숫자가 전이하는지도 알려준다.

이에 따르면, 전이하는 것은 한 사람.

엔토마와 샤르티아는 동행하지 않았거나, 혹은 나중에 올 모양이다.

〈전이지연〉은 어디까지나 전이를 늦출 뿐 취소시키는 것이 아니다. 그러므로 일정 시간이 경과한 후, 반구 형태의 까만 필드가 〈전이지연〉이 알려준 장소에 펼쳐졌다.

그리고 리저드맨이 조심스레 걸어나왔다.

그는 ──남성일 것이다, 분명── 주위를 둘러보려다가, 로비 안쪽의 간이 옥좌에 앉은 아인즈와 시선이 마주쳤다.

"아, 아니, 아인즈 울 고운 마도왕 폐하께서 직접 마중해 주실 줄은. 어전에서 결례를 보였나이다."

무릎을 꿇은 리저드맨의 문명적인 태도에 아인즈는 곤혹스러움을 미처 감추지 못했다. 분명 자류스도 다른 이들과는 선을 달리했지만 이 리저드맨의 어조는 세련되었으며 어조에서도 익숙한 분위기가 풍겼다.

코퀴토스가 가르친 덕일까?

멍하니 그런 생각을 했지만, 그보다도 먼저 해야 할 일이 있었다.

〈전이지연〉으로 알아내기는 했지만, 〈전이문〉에서 리저드맨의 뒤를 따라 나오는 기척이 없음을 확인하고는, 근처에 대기시켜둔 죽음의 기사 한 마리에게 매직 아이템을 재기동시키도록 명령했다. 죽음의 기사가 고개를 끄덕 움직이고 걸어 나가는 모습을 지켜본 아인즈는 무릎을 꿇은 리저드맨에게 눈을 돌렸다.

마치 잰 것처럼 완벽한 타이밍으로, 대기시켜두었던 디크리먼트가 입을 열었다.

"리저드맨, 배알을 허합니다."

아인즈의 옷을 골라주었을 때와는 전혀 다른 태도. 냉철하고 유능한 여성의 분위기였다.

보통은 궁전 같은 곳에서 메이드가 이런 말을 하면 불쾌하게 여길 자가 많을 것이다. 애초에 왕의 곁에 서 있는 자가 메이드라면 무릎을 꿇은 배알자는 얼굴에 비웃음을 띨지도 모른다. 메이드에게 그런 역할을 맡기는 마도국은 얼마나 인재가 부족한 거냐고 측은하게 여길 수도 있다.

그러나 이 리저드맨들은 코퀴토스의 교육 덕에 NPC의 지위가 어느 수준의 서번트보다도 높다는 사실을 잘 안다. 따라서 디크리먼트의 태도에 아무런 반감이 없을 것이다.

아인즈는 디크리먼트를 통해 리저드맨에게 일어나라고 명령했다.

'귀찮은걸. 굳이 이럴 것 없이 평범하게 얘기하면 되잖아……라고는 생각하지만……. 로마에 가면 로마 법을 따르라고 하니까.'

사회인 스즈키 사토루의 정신이 살짝 남은 아인즈 울 고운은 수긍할 수 없었지만, 원래 그런가 보다 하고 받아들일 수밖에 없었다.

그런 아인즈의 갈등은 모른 채 명령에 따라 리저드맨은 스윽 몸을 일으켰다. 솔직히 리저드맨의 차이는 전혀 알아볼 수 없었다. 비늘 색깔이 다르거나 그 외의 큰 특징——낙인, 유달리 굵은 한쪽 팔——이라도 있으면 그렇지 않지만, 눈앞의 리저드맨은 일반적인 리저드맨과 똑같아 보였다.

아인즈는 디크리먼트에게 이름을 묻도록 명령했다.

"아인즈 님께서 이름을 댈 것을 허하셨습니다."

"예! 황송하옵니다! 전(前) '날선꼬리' 부족 족장 큐쿠 주

주라 하옵니다."

들어본 적 없는 이름이었다. 모른다고 솔직하게 태도로 드러낼지, 아니면 아는 척하는 편이 좋을지. 아인즈는 이 양자택일에서 어느 쪽도 선택하지 않는다는 세 번째 선택지를 골랐다. 다시 말해 느긋하게 고개를 끄덕이며 말을 잇도록 한 것이다. 코퀴토스에게 받았던 보고서에 이름이 있지 않았을까 우려했기 때문이다.

아인즈는 디크리먼트에게 방문 이유를 묻도록 명령했다.

'귀찮아!'

이곳에서 그의 밑에 있는 자들――신하와 접견을 가질 때는 대개 이런 식이었다.

'남들이 마도국을 우습게 보거나 하지 않는다면 즉시 이딴 귀찮은 형식은 줄이는 방향으로 이야기를 추진할 텐데…….'

아인즈가 속으로 투덜거리는 동안 디크리먼트가 리저드맨에게 명령을 내렸다.

"아인즈 님께서 방문 이유를 고하라고 윤허를 내리셨습니다."

"예! 소신들의 촌락을 다스리는 지배자이자 호수의 통치자 코퀴토스 님으로부터 지고의 존재, 나자릭 지하대분묘의 지배자이시며 코퀴토스 님의 주인이신 아인즈 울 고운 마도왕 폐하께 올리고자 하는 것이 있어 이렇게 찾아뵈었나이다."

수식이 길기도 하지.

아인즈는 놀라면서도 그런 태도는 전혀 드러내지 않은 채 디크리먼트에게 턱짓을 했다. 디크리먼트는 리저드맨의 곁까지 다가가 종이 다발을 받아 들었다. 그리고 아인즈는 이를 디크리먼트에게 받아드는 귀찮은 과정을 거쳐 겨우 서류를 펼칠 수 있었다.

안에는 코퀴토스의 글씨로 여러 가지가 적혀 있었다. 내용이 많아 여기서 다 읽기에는 다소 시간이 걸릴 것 같았다.

아인즈는 서류를 원래대로 덮고는 근처에 대기해 경비를 서던 죽음의 기사를 불러 건네주었다.

"수고했다."

"예!"

아인즈가 말할 수 있는 것은 그것뿐이었지만, 이대로 끝내기도 좀 시시하다.

아인즈는 옥좌에서 일어나지 않은 채 리저드맨에게 물었다.

"헌데—— 이제부터는 마도왕이 아니라 코퀴토스의 주인으로서 네게 질문하겠다. 부하의 말을 직접 들으면 이해가 더욱 깊어질 터."

리저드맨의 눈이 살짝 떨렸다. 직접 말하라는 이야기에 무어라 대응해야 좋을지 난처해하는 기색이었다. 리저드맨의 감정은 알아보기 힘들지만 어쩐지 그런 느낌이라는 생각이 들었다.

"편히 있으라. 이것은 비공식적인 이야기이다. 이 자리를 한번 떠나면 누구의 기억에도 남지 않을 몽환과도 같은 것. 너의 무례를 허하노라."

리저드맨에게라기보다는 주위에 대동한 디크리먼트나 죽음의 기사들에게 한 말이었다.

"그러면 최근까지 나자릭 지하대분묘에 있던 자류스는 잘 있느냐?"

"예! 폐하께서 염려해주신 덕분에 건강하게 지내고 있나이다. 씩씩한 새끼도 태어났으며 부부의 금슬도 좋은 듯하옵니다."

"오오, 그래! 슬슬 태어나지 않을까 해서 돌려보냈다만, 벌써 태어났구나. 그래그래. 부부의 사이가 화목하다니 매우 기쁘다."

길드 '아인즈 울 고운'에는 기혼자도 있었다. 그런 멤버들이 문득 머릿속을 가로질렀다. 『아내가 화났다』는 게임 도중 자리를 뜨더라도 아무도 뭐라고 할 수 없는 마법의 말이었다.

그리운 추억에 흐뭇한 표정을 지으며 ——아인즈의 얼굴은 움직이지 않지만—— 질문했다.

"그런데 태어난 새끼도 희더냐?"

자류스의 아내라면 그 하얀 리저드맨이다. 매우 레어한 리저드맨이라 아인즈의 레어 정신이 자극을 받았기 때문에 잘 기억한다.

"예, 폐하. 그렇사옵니다. 어느 쪽의 피를 이었더라도 장래가 유망한 새끼가 태어났다고 생각했사오나 어머니의 피를 강하게 이었는지 새하얀 비늘이었사옵니다."

"호오. 한——."

아인즈는 한 마리라고 말하려다 입을 다물었다. 지금은 '한 명'이라고 하는 편이 안전할 것이다. 뭐라 말하든 그들이 불만을 제기할 수는 없겠지만 그렇다고 잘못된 단어를 써서 좋을 것은 없다. 이 부주의한 발언이 계기가 되어 코퀴토스의 통치에 문제가 생겨났다간 무어라 사죄해야 좋을지 알 수 없다.

"——한 명뿐이냐?"

"예, 폐하. 한 명이옵니다."

"흐음…… 그렇구나. 한 명뿐이구나."

파충류와 달리 다산은 아닌 모양이다. 하지만 부부의 금슬이 좋다면 앞으로도 몇 명쯤 더 태어날지 모른다.

아인즈는 마음속의 굿즈 컬렉터 기질을 강하게 자극받는 것을 느꼈다. 한 명 정도는 주지 않을까 생각했지만 어머니에게서 아이를 떼어내면 불쌍하다.

다만 리저드맨은 낙인을 찍어 여행을 보내는 관습도 있다고 하니, 만약 자류스의 아이가 그런 길을 선택한다면 모험자로서 단련시켜줘도 괜찮지 않을까.

아인즈가 꿈꾸는 모험자 조합은 다양한 종족이 속한 조직이다. 매우 희귀한 리저드맨이 들어온다면 아이돌이 입학하는 것 같은 선전 효과가 있지 않겠는가.

"그러면 어머니와 아이의 건강은 어떻더냐? 영양은 부족하지 않으냐?"

"예, 폐하. 깊으신 호의에 감사드립니다. 두 사람 모두 건강하며, 특히 아이는 장래에 개구쟁이로 자라나지 않을까 생각될 정도이옵니다."

"그래, 그렇구나. 그거 아주 흐뭇한 일이 아니더냐. 그러면 장래가 유망한 아이가 태어난 기념으로 무언가 선물이라도 보내 주어야겠구나. 다만 아무리 나라 해도 리저드맨의 출산 축하에 관해서는 지식이 없다 보니 네 아이디어를 듣고 싶다만, 무엇이 좋겠느냐?"

생일 케이크 대신 물고기를 준다는 것도 좀 재미가 없다. 가능하다면 무언가 형태가 있는 것을 남기는 편이 좋으리라.

"예! 저희에게 출산을 축하하며 무언가를 선물하는 풍습은 없사오나…… 자류스는 무구를 하사하여 주신다면 기뻐할 것으로 사료되옵니다."

"무구라…… 흐음."

가능하다면 아내도 기뻐할 만한 물건을 제안해주었으면 싶었지만, 방어구는 남편의 목숨을 지켜주는 물건이니 그리 나쁘지 않을지도 모른다.

그런 생각을 하고 있으려니 큐쿠가 조심스레 입을 열었다.

"──한 가지 질문을 드려도 결례가 되지 않겠나이까, 마도왕 폐하?"

"무엇이냐?"

"어째서 자류스를 그렇게까지 높이 평가하시는지요?"

딱히 자류스를 높이 평가한 것이 아니라 레어 리저드맨의 남편으로서 평가한 것이다……라고는 당연히 말할 수 없다. 아인즈는 간신히 다른 말을 쥐어짜냈다.

"……그는 매우 우수한 사내다. 실제로 우리 나자릭 내에서 훈련할 때에도 매우 뛰어난 결과를 보였다고 들었다. 그렇기에 높이 평가하는 것이지. 우수하며 충성을 다하는 자에게 나는 정당한 대가를 내린다."

"대답해주셔서 감사하옵니다, 폐하. 앞으로도 저희는 한층 깊은 충성을 바칠 것이옵니다."

"음. 그 마음을 결코 잊지 말라."

아인즈는 짐짓 거만하게 고개를 끄덕이며 달리 무언가 물어볼 것이 없을까 생각해보았다. 정말로 뛰어난 사람이라면 그의 입을 통해 리저드맨 촌락의 상황을 묻고 코퀴토스의 자료와 내용을 비교해 무언가 문제는 없는지 모색할 것이다. 그러나 아인즈에게 그런 능력은 없었다.

그만 가보라고 입을 열려 했을 때, 문득 떠오르는 것이 있었다.

"이것은 너희 마을과는 관계가 없는 이야기다만, 아제를 리시아 산맥에 산다는 드워프에 대해 알고 있느냐?"

리저드맨의 촌락은 아제를리시아 산맥의 기슭에 있다.

"예, 들어본 적이 있나이다."

밑져야 본전이라고 생각해 물어봤을 뿐인데, 나무열매가 거저 입에 떨어진 것처럼 대답이 돌아왔다. 아인즈는 조금 놀라면서 아는 것을 말하도록 명령했다.

"저도 지인에게 들은 이야기일 뿐인지라 송구스럽사오나, 채굴량이 많은 광산 내부에 도시를 세우고 그곳에서 발굴되는 온갖 광석을 토대로 수많은 무구를 생산하는 종족이라 하옵니다. 개중에는 지극히 희귀한 금속으로 만든 무구까지도 존재한다는 듯하옵니다."

"지극히 희귀한 금속이라?"

아인즈는 꼴깍 목이 움직이는 듯한 착각을 느꼈다. 레어를 사랑하는 한 명의 플레이어로서 매우 매력적인 말이었다.

"그 금속의 명칭은 들은 적이 있느냐?"

"황송하옵니다, 폐하. 그것까지는 모르겠사옵니다."

아인즈는 조금 아쉬워하며, 그와 동시에 쓸데없는 기대를 품지 말라고 자신을 타일렀다.

모험자 모몬으로서 행동하며 금속에 관한 정보는 얻었지만 아다만타이트보다도 경도가 높은 금속의 이야기는 없었다. 게다가 오리하르콘이나 아다만타이트가 초희귀금속이라 불릴 정도이니, 기껏해야 그 정도 수준일 것이다.

그렇게 생각하면서도 아인즈는 마음속에서 터져 나오는 기대를 억누를 수 없었다.

대지와 함께 살아가는 종족이라면, 아인즈조차 희귀하다고 생각할 만한 금속을 다루고 있지는 않을까.

'만약에. 그래, 정말 만약에. 있을 수 없다고는 생각하지만, 이 세계에도 위그드라실에 있었던 칠색광(七色鑛)이 존재하고 드워프들이 그걸 채굴하고 있다면 어떨까? 칠색광이 이 세계에도 있다는 가정의 가정일 뿐이지만, 그렇다고 한다면 이 세계에서도 '열소석(熱素石Caloric Stone)'——위그드라실의 히든 아이템을 출현시키는 방법을 써먹을 수 있을지 확인이 가능할 텐데.'

세계급 아이템 중 하나인 열소석은 칠색광을 대량으로 모으고, 이 모든 종류를 일정량 소멸시키면 얻을 수 있다. 평범하게 하기는 매우 어렵지만 길드 아인즈 울 고운은 이를 입수하는 데 딱 한 번 성공했다.

그것이 가능했던 이유는 칠색광 중 하나인 '셀레스티얼 우라늄'이라는 이름의, 오랫동안 발견되지 않았던 금속광산을 길드 아인즈 울 고운이 처음으로 발견했기 때문이다.

일반적으로 신규 광산을 발견한 길드는 처음에 매장된 광석을 모두 파내 시장에 유통시킬 수 있다. 위그드라실의 광산은 다 파내도 소량씩 회복되어 다시 채굴할 수 있게 되기 때문이다. 그리고 원래대로라면 이 조건은 아인즈 울 고운에도 똑같이 적용되었을 것이다.

그럼에도 세계급 아이템을 입수했던 것은 매우 운이 좋았기 때문이었다.

처음에 극소량만 시장에 유출시키고 희소가치 때문에 시가가 폭등하기를 기다리고 있으려니, 나자릭 지하대분묘에 저장해두었던 칠색광이 자연스레 반응해버렸던 것이다.

칠색광이 거의 사라지고 휑뎅그렁해진 광석 저장고에 오도카니 아이템이 놓인 것을 발견했을 때 멤버들 사이에 흘렀던 미묘한 분위기를 아인즈는 지금도 똑똑히 떠올릴 수 있다. 기뻐해야 좋은 거냐고 서로 눈치를 살핀 후, 아주 살짝 공허한 환호성을 질렀던 그 순간을.

그 후로 한동안 시간이 지나 열소석을 사용한 후에 ──사용하면 사라지는 타입의 세계급 아이템은 같은 방법으로 재입수가 가능하다── 두 번째 아이템을 얻고자 시도했지만, 유감스럽게도 셀레스티얼 우라늄 광산을 빼앗기는 바람에 계획은 덧없는 몽환과 함께 사라졌다.

길드 아인즈 울 고운은 광산을 탈취한 길드가 셀레스티얼 우라늄을 채굴해 비싼 값에 팔아대는 모습을 보며 기쁨 반 아쉬움 반에 비웃음을 지었다. 저래서는 절대로 세계급 아이템을 얻을 수 없을 거라고.

추억에 잠긴 아인즈는 사악한 웃음을 머금고 비웃었다.

'멍청하기는. 독점해야 비로소 필요한 양을 확보할 수 있는데. 시장에 내보내면 절대 얻을 수 없는데. 아니면——.'

뽕실모에의 말이 떠올랐다.

『셀레스티얼 우라늄 광산은 우리 아인즈 울 고운이 발견한 것 말고도 몇 군데 더 있었을 거야. 그놈들은 다른 광산을 얻었기 때문에 거기서 눈을 돌리게 할 목적으로 우리 광산을 빼앗았던 건 아닐까?』

하지만 그는 얼마 지나지 않아 자신의 설을 부정해버렸다. 왜냐하면 그 길드가 광산을 탈취하기 위해 세계급 아이템 '우로보로스'를 사용해 '아인즈 울 고운'을 배척했다는 사실을 알았기 때문이다. 몇 번씩 '열소석'을 얻고자 하는 노림수가 있었다 해도, '스물'이라 불리는 세계급 아이템을 소비해서까지 블러프를 쳤을까 하는 의문이 생겼던 것이다.

아인즈는 고개를 가로저어 과거의 기억을 떨쳐냈다. 그래도 한번 떠오른 생각을 완전히 지울 수는 없었다.

'……칠색광은 아니더라도, 드워프라면 여러 가지 금속에 관한 지식을 가졌을 가능성은 높지. 외부에는 유출시키지 못하는 정보도 있을지 모르는걸? 〈매료〉 같은 마법을—— 아차, 너무 나갔네. 상상에 상상을 거듭해선 안 되지. 하지만 룬도 있으니까 최우선 사항으로 삼아 즉시 움직여야겠어.'

그제야 아인즈는 자신의 눈치를 살피는 리저드맨을 알아

차렸다. 자신의 세계에 너무 오래 틀어박혔던 모양이다.

"······조금 생각에 잠겨버렸던 모양이구나. 그런데 그 드워프 이야기는 누구에게 들었느냐?"

"예, 저와 마찬가지로 한 부족을 통솔하던 젠벨이옵니다."

"오! 그 젠벨 말이냐. ······흐음. 혹시 프로스트 페인은 드워프가 만든 물건이었느냐? 젠벨이 자신과 친한 자류스에게 주었다거나?"

검의 내력에 관해서 자류스에게 듣기는 했다. 그러나 혹시 몰라 다른 인물에게도 물어본 것이다.

"예로부터 전해져 온 물건이므로, 젠벨에게서 받은 것은 아니옵니다."

"그렇군······."

역시 들은 이야기와 같다. 다만 그들 리저드맨 전체가 모를 수도 있다.

'이 세계에는 위그드라실에서는 만들지 못하는 무구가 이미 몇 가지나 존재했지. 그가 가졌던, 방어계 패시브 스킬을 베어내는 무기처럼······.'

이 세계에서 마법의 무구는 대장장이 기술을 가진 자가 만든 무구에 매직 캐스터가 마법을 부여해 만든다. 다시 말해 강한 무구를 만들려면 뛰어난 기술자보다도 뛰어난 매직 캐스터가 필요하다.

다만 예외가 있다. 클레만티느가 가졌던 무기는 플루더가 아는 마법 지식으로 똑같이 만들 수 있다지만, 가제프의 무기는 만들 수 없다고 한다.

플루더가 '아마도'라고 전제를 깔며 말하기로는, 가제프의 매직 아이템은 마력을 흡수해 자연스레 발생한 물건 내지는 용의 마법으로 만들어낸 물건이 아니겠느냐고 한다.

'다만 그의 말이 모두 옳다고는 할 수 없지. 플루더조차 해명할 수 없는 일이 아직도 있을 테니. 어쩌면 드워프는 그런 무기도 만들 수 있는 것 아닐까? 지나친 기대라는 것도 알지만…….'

위그드라실의 무구는 ——길드 무기 같은 일부 예외를 빼면—— 금속의 가치와 사용량, 여기에 기술자의 특수 기술에서 산출된 데이터 용량을 가진다. 이 데이터 용량만큼 데이터 크리스탈을 집어넣을 수 있다. 그렇기에 희귀 금속일수록 강한 무구가 된다.

이 기술자란 부분이 키워드다. 이 세계에서도 마찬가지인 것 같은데, 위그드라실에서도 드워프란 인간종은 크래프트맨 계열의 직업에 보너스가 있는 종족이었다. 그렇기에 무기나 방어구와 같은 생산 기술자 직종을 플레이하는 사람들 사이에서는 매우 인기가 있었다.

그렇다면 플루더가 모르는 무구 제작 지식을 가지지 않았을까?

'어쩌면 룬도 그중 하나인 것은? 으음…… 드워프를 입수해볼까……. 나쁘진 않아. 스크롤은 데미우르고스가 가져온 재료를 토대로 사서장이 실험하고 있지. 포션은 운필레아. 마법의 도구는 플루더. 그리고 무구 제작은 드워프에게 맡기는 거야.'

아인즈는 나자릭을 더 강하게 만들기 위한 실험이 여러모로 이루어지는 현재의 상황에 만족스럽게 웃음을 지었다. 하지만 기억해두어야 한다. 만약 육대신이 플레이어라면 600년 뒤처졌을 가능성도 없지 않다는 것을.

'기술의 개발도 앞으로 몇 년, 아니면 몇십 년, 잘못하면 몇백 년이 걸릴지 몰라. 방심은 어리석은 놈들이나 하는 짓이지.'

아인즈의 수준에서 생각할 수 있는 일이라면 이미 누군가가 시행했어도 이상하지 않다. 남의 위에 선 자라면 자신만이 특별하다는, 아무런 근거도 없는 생각은 버려야 한다.

'나와 마찬가지로 생각한 사람이 있다고 한다면, 역시 드워프는 정답일 가능성이 높아. 플레이어가 드워프에게 기술 개발을 부탁했다거나, 무구 같은 것을 만들어달라고 의뢰했다거나, 그런 과정에서 룬을 가르쳤다거나. ……알베도나 데미우르고스의 의견을 듣고 군비를 갖춰 행동해야 할까?'

한 시간쯤 전까지는 자신과 샤르티아, 아우라 같은 정예만으로 가야겠다고 생각했지만 드워프 나라의 우선도가 높아진 이상 계획을 처음부터 다시 짜야 할 필요성이 생긴 것 같았다.

드워프 나라에 관한 자료를 모으고, 몰래 자신의 수하를 잠입시켜 정보를 얻는다. 그와 함께 마법의 눈을 배치해 두는 것도 중요하다.

다만 문제는 시간이 얼마나 걸릴지 알 수 없다는 점이다.

만약 샤르티아를 세뇌시킨 플레이어가 그곳에 숨어 있다면, 상대에게 지나치게 시간을 주는 것은 매우 위험하다. 후수에 후수로 밀려난 끝에 상대에게 한껏 유리한 타이밍을 빼앗겨 공격당할 수도 있다. 이를 피하기 위해서는 자신이 공세에 나서는 것이 최선이다.

'……역시 지금은 승부에 나서야 할 때야. 그래, 외교단. 드워프 나라에 외교를 청하자. 만약 플레이어가 있어서 공격을 가한다면 그걸 대의명분으로 쳐부숴야지. 그다음 잿더미 속에서 지식을 파내면 돼.'

아인즈는 드워프를 만났을 때 해야 할 일에 순서를 매겨 생각해 나갔다.

1. 플레이어가 있는지 어떤지의 확인.

2. 룬과 룬의 내력 조사.

3. 드워프들의 대장장이 기술이나 광물에 관한 지식, 혹은 실물.

그 정도가 아닐까.

다만 알려달라고 부탁해도 알려줄 것 같지는 않았다. 기술의 기밀을 지키려는 것은 당연한 태도다. 정보란 숨겨두면 매우 가치 있는 보물이 된다.

만약 위그드라실 플레이어면서 정보를 줄줄 흘리는 자가 있다면 뿅실모에에게 혼이 나야 한다.

'······그리고 그들의 무구를 국가적으로 수입해서, 우리나라의 모험자들에게 조금 싸게 팔면 어떨까? 아주 매력적일 것 같은데? 하지만 그렇게 되면 드워프들하고는 우호적인 관계를 추진해야겠지. 나자릭에서 노예처럼 일하게 해도 되지만 그건 최후수단이야. 가능하다면 아인잭과 이야기했던 내용에 설득력을 가지게 하고 싶어.'

그렇다고는 해도, 잡지도 않은 짐승의 가죽을 헤아리고 있을 필요는 없다.

"······리저드맨이여, 젠벨은 드워프들의 도시를 아느냐?"

"예, 드워프의 도시에서 잠시나마 생활한 적이 있다는 이야기를 제게 들려주었나이다."

"그렇구나. 젠벨이라면 나를 그곳까지 안내해줄 수 있다고 생각하느냐?"

리저드맨은 생각에 잠겼다가 고개를 갸웃했다.

"송구스럽사오나 그 점까지는 답변 드리기 어려울 듯하

옵니다. 물론 폐하의 명령이라면 젠벨은 노력을 아끼지 않을 것이오나, 그가 드워프의 도시에서 돌아온 후로 몇 번의 겨울이 지났다고 하니 기억이 얼마나 남아 있을지는……."

"그렇구나……. 그 경우에는 마법으로 어떻게 해볼 테니 문제는 없다."

〈기억조작Control Amnesia〉을 사용하면 막연하게나마 알 수 있을지도 모른다.

아인잭이나 플루더가 무언가를 알고 있기를 기도하며, 아인즈는 리저드맨에게 퇴실 허가를 내렸다.

2

리저드맨과 만나고 두 시간 후. 아인즈는 자신의 방에서 마음속으로 하아아 한숨을 쉬었다.

조금 전 플루더와 아인잭 두 사람에게 〈전언〉으로 연락을 취한 결과를 떠올렸기 때문이다.

'아니 그보다, 나란 걸 믿게 만들려고 왜 전이까지 해야 하는데. 특히 플루더. 이젠 슬슬 적응하지 않았을까 생각했는데 착각이었나 봐.'

〈전언〉으로 말을 거는 것만으로는 두 사람 모두 상대가 아인즈라고 믿어주질 않아, 어쩔 수 없이 그들에게 〈전이〉해서 직접 이야기를 나누어야 했던 것이다.

마치 둘이 짠 것 아닐까 싶을 정도로 똑같은 사과와 함께, 다음에는 비상사태가 아니면 가급적 〈전언〉으로 말을 걸지 말아달라는 애원까지 받았다. 아인잭은 그렇다 쳐도 플루더는 분명 자신이 주었던 책 때문에 될 수 있는 한 다른 일에 시간을 할애하고 싶지 않았을 거라 생각했지만, 현명한 아인즈는 굳이 딴죽을 걸지 않았다.

그렇다 쳐도, 〈전언〉 때문에 생겨난 비극에 대해서는 들었지만 왜 지금까지도 믿지 않는지 이해하기 힘들었다. 그저 원래 그런가 보다 하고 받아들일 수밖에. 게다가 확실한 협력자인 그들이 다른 사람에게 속는다면 그 방면의 손해가 더 크다. 그렇다면 전이마법에 들인 MP는 필요 경비라 생각하고 포기할 수밖에.

암담한 기분이 드는 것은 두 사람의 이야기를 들은 결과 탓이다. 훌륭한 정보를 얻었다면 〈전이〉까지 사용한 의미가 있었겠지만, 유감스럽게도 그렇지 못했다.

아인잭은 아제를리시아 산맥 안에 드워프의 나라가 있는 것 같다는 사실은 알았지만 어디에 있는지까지는 몰랐다. 왕국에서는 국가 수준에서 드워프들과 거래가 없는 듯하며, 혹시 있다고 한다면 광산도시인 리 발름라슈르에서 조그만 거래가 있을지도 모른다는 이야기가 고작이었다. 하지만 있다고 해도 도시의 이익으로 이어질 테니 그곳에 끼어들기는 어려울 거라나.

플루더도 비슷한 식이었다.

드워프 나라의 문화나 정치 형태 등에 대해 물어보았지만 거의 아무것도 몰랐다. 강대한 힘을 가진 용이 드워프 도시 중 하나에 큰 피해를 입힌 역사가 있다는 사실은 알지만, 그 도시의 이름도, 장소도, 용의 이름이나 능력도 몰랐다.

플루더 자신이 흥미가 동하지 않아 조사해보지 않았던 모양이었다. 다만 앞으로 자세히 조사하는 것은 가능할 테니, 제국의 담당 창구에 대해서도 조사해주겠다고 했지만 그것은 아인즈가 거절했다.

너무 오래 걸릴 테고, 배신이 탄로 난 그가 조사했다간 일이 꼬일 수도 있다.

결국 의지할 곳은 리저드맨 젠벨뿐이었다.

'슬슬 두 사람에게 〈전언〉을 날려서 드워프 건을 이야기해볼까?'

"우선은 샤르티아겠지. 흐음…… 적재적소라."

매우 좋은 말이다. 그리고 매우 잔혹한 말이다.

아인즈는 눈──안구가 있는 것은 아니지만──을 감고 1분 이상 생각에 잠겼다. 다음으로 눈을 떴을 때는 〈전언〉 마법을 발동했다.

"──샤르티아 블러드폴른."

『아, 아인즈 님! 이번에는 어디로 〈전이문〉을 열면 되겠사와요?』

최강의 계층수호자이자, 혼자서 여러 계층을 담당하는 유일한 자가 〈전이문〉을 열 곳부터 물어본다는 사실이 조금 슬펐다. 그리고 그런 일밖에 시키지 않았던 그녀에게 죄책감이 들었다.

"아니다. 이번에는 네게 큰 임무를 맡길까 한다."

『크, 큰 임무 말씀이시와요?』

"그렇다. 나를 수행하면서 지켜라."

몇 초 이상 침묵이 이어졌다.

들리지 않은 것은 아닐 텐데 무슨 일일까 싶어 아인즈가 의문을 품기 시작했을 때, 기합이 팍 들어가는 바람에 음정이 엇나간 샤르티아의 목소리가 들렸다.

『소녀의 몸과 바꾸어서라도 그 막중한 임무를 다하겠사와요!!!』

"그, 그래. 그러면 자세히 설명할 테니 에 란텔에 있는 내 방으로 오너라."

이렇게 말하지 않으면 나자릭 지하대분묘에 있는 아인즈의 방으로 가버릴 수도 있다. 실제로 딱 한 번 그런 적이 있었다. 나베랄에게 방으로 오라고 〈전언〉을 날렸음에도 모습을 보이지 않아 무슨 일인가 싶어 다시 마법을 써봤더니, 나자릭에 있는 아인즈의 방에서 기다렸다나.

그건 누가 뭐라 해도 명령을 잘못 내린 것이었다고 아인즈는 반성했다. 그렇기에 같은 실수를 반복해서는 안 된다.

『네엣!! 즉시 날아가겠사와요!!』

"그리고 현재 네가 맡은 나자릭 지하대분묘의 감시 임무는 마레에게 인계시키겠다. 마레에게 전할 사항이 있으면 맞이했을 때 설명하고. 그 시간도 고려해…… 네가 편할 때 오너라. 나는 이 방에서 움직일 예정이 없으므로 네가 오기를 기다리겠다."

『네엣!! 소녀 샤르티아 블러드폴른, 즉시 명령을 받들어 행동을 개시하겠사와요!!』

"인수인계는 매우 중요하다. 내가 기다린다고 해서 어정쩡하게 끝내서는 안 된다. 마레에게는 내가 너의 방, 사랍현실(死蠟玄室)로 가도록 명령해두겠다."

『분부 받들겠습니다!! 그러면 그동안 인수인계 사항을 서면으로 적어둘게요!!』

"그리고 말할 것도 없을 테지만 반지는 마레에게 맡겨야 한다."

『물론이죠!! 이 반지는 아인즈 님께 빌렸을 뿐이란 사실을 명심하고 있으니까요!!』

그렇다기보다는 나자릭 밖으로 반지를 가지고 나오는 것이 매우 위험하기 때문이다. 반대로 이것과 스태프 오브 아인즈 울 고운만 빼앗기지 않는다면 모든 수호자를 불러들이기까지 충분한 시간을 확보할 수 있다. 그러므로 아인즈가 숨겨놓은 것과 나자릭 내에서 소지한 자들의 몫을 제외한 반지는 보물전의 황금 속에 감춰두었다.

아인즈가 위험을 충분히 숙지하면서도 반지를 직접 가지고 다니는 이유는, 누군가 한 사람은 확보해두어야 입구를 점령당했을 경우에도 안으로 들어갈 수 있기 때문이다.

"좋다. 그러면 준비를 개시하라."

『예!! 그런데 아인즈 님의 방으로 갈 때는 무엇을 가지고 가면 좋사와요?』

"당연한 의문이구나. 하지만 아무것도 가져올 필요 없다. 무엇을 할지 이 자리에서 설명하고 그 후 준비할 시간을 주마."

『분부 받들겠사옵니다!!』

명령을 내린 직후부터 줄곧 열의로 넘쳐나던 샤르티아의 대답이 마법의 해제와 함께 사라졌다.

아인즈는 이어서 마레에게 〈전언〉을 날렸다. 이야기할 내용은 조금 전과 다를 바 없었다. 샤르티아를 대신해 나자릭 지하대분묘를 지키라는 것뿐이었다.

마레의 가녀리면서도 야무진 대답을 듣고 아인즈는 〈전언〉을 끊었다.

그리고 마지막으로는 아우라에게 〈전언〉을 보냈다.

"아우라, 나다."

『네, 아인즈 님! 무슨 일이세요?』

"음. 이제부터 나를 수행해 드워프 나라로 가주었으면 한다."

『알겠습니다! 그럼 저는 어떻게 할까요?』

"우선 에 란텔의 내 방까지 오려무나. 그곳에서 샤르티아가 올 때까지 기다려다오."

『샤르티아라고요?!』

갑자기 고함이 터져, 아인즈는 고막이 없어도 소리를 들을 수 있는 자신의 신기한 귀에 감사했다.

"아우라, 목소리를 낮추거라."

『죄, 죄송합니다, 아인즈 님!』

아니, 그러니까 목소리를 낮추라고.

속으로는 그렇게 생각하면서도 입 밖으로는 내지 않았다.

『어, 드워프 나라를 멸망시키러 가나요?』

"아니다. 왜 그런 무서운 착각을 하는 게냐. 어디까지나 처음에는 우호적으로 가려 한다."

『아, 그렇구나! 우호적으로 풀리지 않을 경우를 생각하신 거군요?』

"아우라, 너의——."

『아인즈 님, 도착했어요!』

"뭐? 혹시 벌써 내 방 앞까지 온 게냐?"

『네, 맞아요!』

그 목소리와 동시에 문을 노크하는 소리가 들렸다. 대기 중이던 디크리먼트가 문으로 향하는 모습을 보며 아인즈는 다시 쓴웃음을 지었다.

"아인즈 님, 아우라 님께서 입실 허가를 요청하십니다."

아인즈가 손으로 허가를 내리자 디크리먼트가 문에서 한 걸음 떨어졌다.

『"실례합니다, 아인즈 님!"』

아우라의 목소리가 마치 이중 음성처럼 울려 퍼졌다. 방에 들어온 다크엘프 소녀에게 아인즈도 인사를 건넸다.

"좋아. 그러면 저쪽에서 이야기하자."

아인즈는 마주 앉을 수 있는 소파 세트를 가리키고는 시선을 디크리먼트에게 보냈다.

"아우라에게 무언가 마실 것이라도 가져와 다오."

"분부 받들겠나이다, 아인즈 님. 당장 준비할 수 있는 것은 사과 주스, 오렌지 주스, 레몬 스퀴시, 홍차, 커피가 있사옵니다."

아우라의 요청에 따라 디크리먼트가 두 사람 사이의 테이블 위에 사과 주스를 놓았다. 이를 권하며 아인즈가 입을 열었다.

"우선 조금 전의, 드워프 나라를 멸망시킨다느니 하는 의문에 대해서다만, 미리 말해두마. 샤르티아를 데리고 가는 것은 전투력을 중시해서이기도 하다만, 다른 노림수가 더 크다."

"네?!"

깜짝 놀라 눈을 동그랗게 뜨는 아우라. 그 태도를 보고 샤르티아의 용도가 얼마나 한정적으로 여겨지고 있는지를 새삼 깨달았다. 하지만── 아인즈는 문득 웃음이 떠오르는 것을 막을 수가 없었다.

부글부글찻주전자와 페로론티노의 관계를 떠올렸기 때문이다.

무슨 일이 있을 때마다 부글부글찻주전자는 "우리 멍청한 동생이 민폐 끼치는 건 아니야?"하고 물어보았던 것이다. 그럴 때 "아무 일도 없는데요?"라고 대답하면 "그럴 리가?!"하고 조금 전의 아우라 같은 반응을 보였다.

그 두 사람의 관계가 지금도 아우라와 샤르티아 안에 살아있는 것 같아 아인즈는 참을 수가 없었다. 추억이 봄눈처럼 내려와 가슴속을 행복감으로 채워주었다. 기쁨은 연신 쌓여 드높은 웃음소리로 바깥에 방출──되기 직전에 감정이 억제되었다.

"──어먹을."

즐거운 순간을 감정억제에 방해당한 아인즈는 살짝 욕설을 내뱉었다. 이 능력의 혜택을 많이 보았는데도 이럴 때는 거추장스럽게 생각하는 자신이 간사하다는 것은 잘 안다. 그래도 옛 동료들과의 추억을 방해받은 불쾌감은 그리 쉽게 가시지 않았다.

"저, 저기…… 아인즈 님, 왜 그러세요?"

그러나 쭈뼛쭈뼛 묻는 소녀의 목소리에 불쾌감도 단숨에 진화되었다. 어린아이에게 들킬 만큼 마이너스 감정을 드러내서는 안 된다. 아인즈는 숨을 크게 들이마시고는 아우라에게 웃음을 지었다.

"아니다, 미안하다. 아무것도 아니었다. 조금 전의 이야기를 계속하자면, 이번에 샤르티아를 데려가는 것은 적성을 알아보기 위해서다. 샤르티아는 최강의 계층수호자로서 태어났다. 그때 만일 그녀가 올바른 전법을 택했다면 나조차도 이기지 못했을 것이다."

"그렇지는——."

"——아니, 그렇다. 내가 샤르티아였다면 먼저 에인헤랴르를 만들어냈겠지. 그리고 분신이 싸울 동안 전투태세를 갖추어 마력이 허용하는 한 공격마법을, 다음으로는 특수기술을 사용했을 것이다. 마지막에는 모종의 수단으로 피의 광란을 발동시켜 공격력이 증강된 상황에서 스포이트 랜스로 접근전을 벌였겠지."

아인즈는 난감하다는 듯 웃었다.

"만일 이렇게 나섰다면 나는 망설이지 않고 철수했을 게다."

플레이어 스킬을 가미하지 않고 전투 능력만을 따졌을 때 아인즈가 모든 플레이어 내에서 중급의 상위권 정도라고 한다면, 샤르티아의 클래스 빌드와 장비품 선택은 상급의 하위권 수준. 만일 그녀의 장비가 완전히 ──신기급 아이템으로── 갖춰진다면 상급의 중위권 정도는 갈 것이다. 게다가 상대에 따라 장비를 바꾸기까지 한다면 상급에서도 상위권에 육박할 수 있다.

"그러나 바로 그 최강이라는 샤르티아의 평가가 성장을 방해하고 있지."

"네?"

"샤르티아를 유익하게 운용하려면 상대의 리소스를 깎아내기 위한 화살처럼 쓰는 것이 옳다. 쏘고 난 후 적진에서 날뛰게 하는 게다. 하지만── 그것이 정말로 옳을까? 샤르티아의 스펙에서 이끌어낸 최적의 용도일지는 모르지만, 그렇다고 해서 그것이 최선일까?"

"그건 잘 모르겠지만요……. 그래도 아인즈 님께서 그렇게 해야 한다고 생각하신다면, 그게 옳을 거예요."

이야기의 흐름상 그렇게 말해버리면 곤란하다. 아인즈가 옳지 않다고 생각하니 이럴 때는 그 말을 이끌어낼 수 있도록 대답하는 것이 올바른 사회인이다. 그렇다고는 해도 어린이는 솔직한 편이 어린이답다.

"그, 그렇구나. 나는 그게 아니라고 생각한단다. 아까 말한 최적은 어디까지나 샤르티아의 능력에서 나온 것. 경험을 쌓은 샤르티아에게는 최선이라고 할 수 없을지도 모르니까."

아인즈는 전사로서 성장하고 있다. 아니, 더 정확하게 말한다면 능력을 충분히 발휘할 수 있게 되었다고 해야 한다. 이처럼 육체 능력의 성장이 없더라도 다른 부분이 성장할 수 있다.

데이터에 불과하던 때와는 달리 지금의 NPC들은 마음을, 그리고 스스로 생각할 수 있는 뇌를 가졌다. 그렇다면 샤르티아도 마찬가지다. 내일의 샤르티아는 오늘의 샤르티아와는 다를 것이다.

"같은 일만을 되풀이시킬 게 아니라, 자꾸 다양한 일들을 시켜서 성장을 꾀해야 할 게다. ……그야 실패할지도 모르지. 가능한 그러지 않았으면 좋겠다만. 그러나 만일 실패한다면 이를 주위 사람들이 백업해주면 된다. 그러기 위해 아우라, 너를 부른 게다."

마레보다는 아우라가 샤르티아와 사이가 좋을 테고, 고삐를 잘 잡아주지 않을까 생각해 쌍둥이 언니를 선택한 것이다.

아무 말 없이 가만히 이야기를 듣던 아우라가 힘차게 고개를 끄덕였다.

"……다만, 아우라. 여러모로 경험을 시키기 위해서라고는 해도 원래의 계약 내용에서 크게 벗어난 일을 시키는 것은 회사──조직으로서 잘못된 거다."

"네? 그게 무슨 뜻인가요?"

"……예를 들자면 그렇다는 거다. 요컨대 샤르티아가 바라지 않는 일을 억지로 시키는 것은 용서받을 수 없는 일이란 말이다."

"아인즈 님의 결정에 따르는 거야말로 저희가 해야 할 일인걸요!"

"……페로론티노 님이 샤르티아에게 시키고 싶었던 것과 다른 일을 시키는 것을 잘못이라고는 생각하지 않느냐? 내 명령이 부글부글찻주전자 님의 생각과 다르다면 아우라 너는 어떤 기분으로 이에 따르겠느냐?"

"윽! 그건, 그러니까……."

아우라가 쭈뼛쭈뼛 눈을 내리깔았다. 아인즈를 앞에 두고 "그건 안 돼요."라고 말할 수는 없을 것이다.

"괜찮다. 마음에 두지 말거라. 내가 하고 싶었던 것은 그런 말이다. 샤르티아에게 여러 가지 도전을 시키고 그 속에서 성장을 확인해 나가고 싶다. 그것이 이번에 샤르티아를 선택한 이유다."

"그렇구나! 역시 아인즈 님이세요. 그렇게 복잡하고 깊은 생각이 있으셨다니!"

남의 위에 선 자는 부하들을 성장시키기 위해 도전을 시켜야만 한다.

이 세계에 날아온 후에 읽었던 비즈니스 서적에 나온 상사의 마음가짐 중 하나다.

이제까지 샤르티아에게 성장의 기회를 주지 못했던 이유는 그동안 상당히 위험한 고비를 넘어왔으며, 또한 시간 여유도 없었기 때문이다. 그러나 지금이라면 괜찮다. 아니, 지금이 아니면 기회가 없다.

"나머지 이야기는 샤르티아가 온 다음에 하자꾸나. 수고를 두 번 끼치고 싶지는 않으니."

아인즈가 그렇게 말했을 때, 마침 문을 노크하는 소리가 들려 디크리먼트가 방문자를 확인했다.

"샤르티아 님이십니다."

기다리던 인물이 도착한 모양이다. 아인즈는 디크리먼트에게 샤르티아를 방에 들이라고 명령했다. 문이 열리고 한 사람이 방으로 들어왔다.

"샤르티아 블러드폴른, 지금 막 도착했습니다!!"

잘 왔다고 말하려던 아인즈는 샤르티아의 모습에 얼어붙었다. 몇 차례 눈을 깜빡이고, 그 후에야 겨우 물었다.

"어, 어째서 완전 무장을 했느냐?"

풀 플레이트 아머를 착용하고 스포이트 랜스까지 들었다.

"예!! 주군을 지키기 위한 준비이옵니다!! 아인즈 님께 대항하는 모든 적을 깡그리 싹쓸이 섬멸하겠나이다!!"

콧김을 씩씩거리며 눈을 크게 뜨는 샤르티아.

아인즈는 어떡하면 좋을까 싶어 아우라에게 시선을 보냈다. 샤르티아의 생각은 뭐, 틀리지 않았다고 말해주지 못할 것도 없다.

"하아……. 너 좀 성급한 거 아냐? 아인즈 님 말씀이라도 들어보고 행동해도 되잖아."

아우라의 딴죽에 샤르티아가 입술을 비죽 내밀었다. 두 사람이 무언가 말다툼을 시작하기 전에 아인즈는 손바닥을 내밀어 주의를 자신에게 돌렸다.

"샤르티아, 네 생각은 지당하다. 그러나 이번 건은 네 생각과는 조금 다르다. 내 말이 부족했던 것을 용서하거라."

아인즈는 얼른 샤르티아에게 이번의 목적―― 일단은 드워프 나라와 우호적인 관계를 맺기 위해 간다는 이야기를 했다. 그 말을 들은 샤르티아의 표정에 곤혹스러운 빛이 어렸다.

"그, 그런 일에 소녀가 가도 되겠사와요?"

"……너를 고른 데에는 여러 가지 이유가 있다. 내 몸을 지켜주는 것도 그중 하나다. 다만 가장 큰 이유는 이와는 달리, 네게 경험을 쌓게 하기 위해서다. 피의 광란이 있으니 너에게는 이 일을 맡길 수 없다는, 그런 것은 나의 이기적인 판단이다. 시켜봤더니 사실은 적성이 있었다는 사실을 알 수 있을지도 모르는 노릇이고."

샤르티아의 눈이 번쩍 뜨였다.

"알겠습니다, 아인즈 님!! 반드시 후회하지 않으실 만한 결과를 내고야 말겠습니다!!"

"……그래. 그러면 샤르티아, 이번 건에 대해서는 아우라의 지휘를 받거라. 아우라를 상관으로 삼아 명령에 따라 행동하거라."

"분부 받들겠사옵니다!!"

샤르티아가 고개를 숙였다.

기세가 조금 지나친 것은 아닐까 싶기도 했지만, 의욕이 없는 것보다는 낫다. 다만 헛스윙을 해서는 곤란하다.

"열의는 높게 산다만 이제는 좀 진정하거라, 샤르티아. ……그러면 수행원들에 대해 생각해보자꾸나. 누구를 데려가는 것이 좋겠느냐?"

"아인즈 님—— 한 말씀 올려도 되겠사옵니까?"

짐작했던 것과 다른 곳에서 목소리가 들려 놀라면서도 아인즈는 냉정한 척하며 디크리먼트에게 시선을 돌렸다.

"왜 그러지? 무슨 일이냐?"

"예, 아인즈 님께서 드워프 나라에 가시는데 저희 메이드 중 몇 명을 시녀로 거느리고 가심이 옳지 않을까 사료되옵니다. 예로부터 남의 위에 서는 분은 신변을 보필할 자를 다수 거느리는 법이옵니다. 아인즈 님께서 드워프 나라에 가실 때 시녀를 거느리시지 않는다면 상대에게 무시당하는 결과가 되지 않을까 우려되옵니다."

"그렇구나. ……분명 그 말도 일리가 있다."

아인즈가 훔쳐보았을 때, 지르크니프는 나자릭을 방문하

면서 여러 대의 마차를 몰고 왔다. 그중 어떤 마차에는 한껏 몸단장을 한 여성들이 있었다. 아마도 그의 신변을 보필할 자들이었으리라. 나자릭에서 묵게 했다면 조금 더 자세히 알아볼 수도 있었겠지만 그러지 못해 아쉬웠다.

아니, 애초에 먼 곳에서 일부러 찾아온 상대를 묵게 하지 않고 돌려보낸 것은 조금 예의에 어긋나는 짓이었다. 아무리 묵고 가라고 권해도 그가 한사코 사양했기 때문이지만, 뜻을 바꾸도록 행동하는 것이 예의였을지도 모른다.

만약 그때 친해졌다면 투기장에서 속국이 되겠다는 이야기를 꺼내지는 않았을지도 모르는 노릇 아닌가.

'아차, 생각이 옆길로 샜네. ……그래, 디크리먼트 말도 지당해. 하지만――.'

아인즈는 그녀의 데이터를 떠올렸다. 41명의 일반 메이드는 외견이야 서로 다르지만 알맹이의 데이터나 장비는 같다.

호문쿨루스라는 이형종은 딱히 무언가 탁월한 기술을 가진 것은 아니며, 심지어 1레벨이기 때문에 매우 약하다. 능력치 면에서 1레벨 인간종보다는 강해도, 1레벨 인간종과 1레벨 호문쿨루스가 싸운다면 호문쿨루스의 승률은 60퍼센트 정도가 아닐까.

장비품인 메이드복 같은 것은 나름대로 방어력이 있지만 그래도 상위 클래스에게는 통하지 않는다. 이 세계 사람들을 상대할 때라면 모를까, 위그드라실 플레이어에게는 종잇장이다.

까놓고 말해 정보가 거의 없는 드워프 나라, 특히 플레이어가 기다리고 있을 가능성도 존재하는 적진에 임하면서 그녀들을 데리고 갈 수는 없었다.

"하지만 말이다…… 유감스럽게도 그럴 수는 없다. 종자가 필요하다면—— 샤르티아, 너의 슬하에 있는 뱀파이어 브라이드를 몇 명 동행시키는 것은 가능하겠느냐?"

"하문하실 필요도 없사와요. 나자릭에 있는 모든 자는 아인즈 님의 부하. 단 한마디 명령만 주시어요."

"그렇구나. ——디크리먼트. 너의 제안은 지극히 당연하다. 그러나 여기에는 한 가지 문제가 있다. 미지의 땅으로 가면서 연약한 너희의 안전을 고려하면 불안감이 앞서는구나."

"다소의 위험은 각오하고 있나이다!"

아인즈는 슬쩍 손을 들어 디크리먼트에게 흥분을 가라앉히도록 지시했다.

"나에게 충성을 다하는 너의—— 너희의 태도는 나에게 기쁨을 준다. 그렇기에 드워프 나라에 도착하여 안전을 확인하면 너희를 전이로 부르도록 하마. 그때까지는 뱀파이어 브라이드에게 일을 맡기는 것이 어떻겠느냐?"

몇 번 입이 움직였지만 말을 하지는 않고, 결국 디크리먼트는 고개를 숙였다. 아인즈의 명령이라서가 아니라 진심으로 이해해주었으면 했지만, 그것은 어려운 모양이었다.

아인즈는 디크리먼트에게서 눈을 돌렸다. 이 이상 그녀를 설득할 재료도 없었으며, 그녀가 무슨 말을 하든 뜻을 바꿀 마음도 없었다.

1레벨 NPC의 소생 비용은 싸다. 그러나 그런 문제가 아닌 것이다.

위험할 수도 있는 곳에 친구의 아이를 데려가려는 사람은 없을 것이다.

"그러면 샤르티아, 뱀파이어 브라이드를—— 그래, 여섯 정도 동행시키거라. 그 외에도 수행원을 30기 정도 모으도록. 그중 다섯은 내가 최근에 소환한 '한조'라는 몬스터로 하겠다."

30이라는 수에는 아무런 근거도 없다. 대충 그 정도면 되지 않을까 생각했을 뿐이었다. 어쩌면 플레이어가 팀을 짰을 때의 숫자가 머릿속에 떠올랐는지도 모른다.

"멤버를 갖추는 한편 코퀴토스와 연락을 취하겠다. 그래, 일단 내가 먼저 가서 이야기를 마쳐놓지. 너희 둘은 멤버가 갖춰지는 대로 샤르티아의 〈전이문〉을 써서 리저드맨 촌락까지 오도록 해라. 그 후 드워프 나라를 찾아 북상하는 계획이면 어떻겠느냐?"

"알겠습니다!"

"예, 그렇게 하겠사와요."

두 수호자에게서 찬성과 동의의 대답이 돌아왔다. 아인

즈가 기대했던 더 나은 아이디어는 나오지 않았다. 딱히 두 사람이 예스맨이어서 그런 것은 아니겠지만, 제안에 대해 '예' 이외의 말을 해주지 않으면 불안감이 든다. 아인즈는 스스로의 생각에 자신감을 가진 것이 아니므로.

"그러면 수행원에 관해 무언가 제안이 있느냐?"

"제 마수들이라면——."

"소녀의 언데드들을——."

두 사람이 동시에 말을 꺼내고 서로 시선을 부딪쳤다. 그대로 싸움이 벌어지는가 싶었지만 먼저 시선을 돌린 것은 샤르티아였다.

"먼저 하사와요."

"……웬일이야? 뭐 이상한 거라도 먹었어?"

"이번에는 아우라를 상관으로 모시라고 명령을 받았사와요."

"……어쩐지 징그럽네."

샤르티아의 미간이 꿈틀 움직였지만 입으로는 아무 말도 하지 않았다.

"그럼 네 언데드 스물다섯 마리를 내 마수에 태우면 어때?"

"이의는 없사와요. 하지만——"

샤르티아의 시선이 아인즈에게 향했다.

"——아인즈 님께서 말씀하신 숫자보다 많아지는데 괜찮

겠사와요?"

"상관없다."

"그러면 그리하사와요."

두 사람 사이에서 합의가 이루어진 것 같았으므로 아인즈가 끼어들었다.

"그러면 각자 행동을 개시하라. 앞으로 2시간 안에 멤버 선출 및 준비를 갖추었으면 한다. 전이계 마법을 사용하면 언제든 나자릭으로 돌아갈 수 있도록 생각해선 안 된다. 한 번 떠나면 한동안은 돌아오지 못할 수 있다고 상정하고 준비를 갖추도록. 특히 살아있는 몸인 아우라는 주의하거라. 그러면 해산하겠다. 나는 판도라즈 액터에게 여러모로 말해둘 것이 있으니."

그리고 알베도에게 〈전언〉을 남겨야 해.

아인즈는 마음속의 메모장에 그렇게 적어두었다.

*

"마침내, 마침내 이 순간이 왔어!"

지고의 존재인 아인즈의 방에서 조금 떨어져, 목소리가 들리지 않을 만한 곳까지 왔을 때 샤르티아가 주먹을 불끈 쥐며 부르짖었다.

"그때의 실패를 만회하고 샤르티아 블러드폴른이 유용한

존재임을 널리 알릴 기회가! 정말 오래 기다렸지…….”

샤르티아가 먼 곳을 보는 눈을 했다.

평소의 그녀가 쓰지 않는 말투에 담긴 감정이 어느 정도인지 아우라는 잘 안다. 당시 추태를 보인 샤르티아는 벌을 받았고, 옥좌의 홀에서 아인즈 님은 잘못이 아니라고 말씀하셨다. 그러나 그렇다 해도 실수를 만회하고자 하는 그녀의 마음은 같은 계층수호자로서 뼈아플 정도로 잘 이해했다. 다만―― 불안했다.

“정말 오래 기다렸지……. 단순한 일 아니면 누구나 할 수 있는 일밖에 맡지 못했어. 하지만…… 하지만…….”

“아～ 그래도 아인즈 님이 샤르티아에게 명령하셨던 건 전부 중요한 일이었다고 생각하는데?”

“그야 그 자체는 아우라의 말이 맞사와요. 하지만 일에는 중요도란 것이 있사와요.”

“나자릭을 지키는 일은 전부 아주아주 중요한 일인걸? 뭣보다 침입자에 맞서 물리치는 역할부터 누구보다 신뢰할 수 있는 수호자에게만 맡길 수 있는 일 아닐까?”

“윽!”

샤르티아는 말문이 막혔다. 그래도 우물쭈물, 두 손가락 끝을 쫑쫑 맞대며 중얼거린다.

“아인즈 님께서도 그렇게 생각하실까와요……?”

“음～ 그럴지도. 아인즈 님은 샤르티아가 엄청나게 강하다고 하셨으니까."

샤르티아는 환하게 웃었다. 그 반응에 아우라는 마음속으로 안도했다. 그대로 두었다간 이 녀석이 분명 헛다리를 짚은 끝에 아인즈 님께 폐를 끼칠 거라고 생각했기 때문이다. 만약 그렇게 된다면 아인즈에게 무어라 사죄해야 좋을지 모른다. 게다가 그런 평가를 받는다면 샤르티아가 가엾다.

"하지만 그 인간 도시에서 데미우르고스는 나한테만 주의를 주었사와요. 못난 애라고 여긴 것이었사와요. 나자릭 최고봉의 두뇌인 그가 그렇게 생각했다면 다른 이들, 특히 데미우르고스를 능가하는 지혜를 가지신 아인즈 님도 그렇게 생각하실 가능성이 높다는 뜻 아니겠사와요?"

"글쎄, 정말 그럴까? 데미우르고스를 능가하시는 만큼 오히려 샤르티아에게 그런 생각을 품지 않으실지도 모르잖아?"

그 순간 샤르티아가 휴우, 하고 어딘가 촉촉함이 느껴지는 한숨을 내쉬었다.

"역시 아인즈 님이셔……."

"…………하아."

아우라는 약간 피로를 느꼈다. 하지만 여유가 없어 보이는 그녀에게 정면에서 타일러봤자 효과가 없을 거라 생각해 에둘러 접근한 보람이 있었다.

"그렇지만 다른 자들은 데미우르고스와 비슷하게 생각하

고 있을 것이사와요."

"……그건 부정 못하겠네."

부정을 못하는 게 아니라 분명히 그렇다. 하지만 샤르티
아가 그 말에 눈을 번쩍 뜨는 바람에 얼른 말을 이었다.

"아인즈 님은 샤르티아에게 여러 가지 일을 접하게 해서
적성을 알아보고 싶으신 거지. 그러니까 하나하나 부딪쳐보
는 것도 나쁘지 않을 거라 생각하는데, 그 전에 공부를 해두
면 아인즈 님이나 다른 사람들에게 좀 더 좋은 모습을 보일
수 있지 않을까?"

"그 전에 공부를?"

"응. 특히 이번에는 나자릭에서 가장 뛰어난 분과 동행하
는 거잖아? 아인즈 님이 하시는 일을 보고 배우는 것도 있
지 않겠어?"

"그렇구나! 하지만 어떻게 해야 좋겠사와요?"

"샤르티아, 거기서부터 이미 시작되는 거야."

"그! 그렇겠사와요!"

당장은 생각이 나지 않았기 때문에 떠넘겨 버렸는데 과연
괜찮을까, 일말의 불안이 떠올랐다. 하지만 떠넘겨 버린 이
상 이제는 어쩔 도리도 없다.

'좀 제대로 일해 줘, 제발……'

아우라는 지고의 존재이자 그녀에게는 신인 부글부글찻
주전자에게 기도를 올렸다.

'부글부글찻주전자 님, 동생인 페로론티노 님께서 만들어주신 샤르티아에게 가호를!'

3

아인즈는 〈전이문〉을 이용해 리저드맨 촌락으로 이동했다.

아인즈를 지키고자 함께 행동한 것은 다섯 마리의 한조였다. 그중 한 마리만이 오른팔에 붉은 천을 감고 있었다. 무언가 마법이 담긴 것이 아니라, 이 다섯 한조 중의 리더라는 표시였다.

이 편이 관리하기 쉽지 않을까 하는 정도의 생각이었지만, 리더의 기쁨은 한층 컸는지 복면 안에서 얼굴이 웃음을 짓는 것을 한눈에 알 수 있었다.

솔직히 단순한 천 조각을 넘겨줬을 뿐인데. 아인즈는 조금 죄책감을 느꼈을 정도였다.

그런 서번트들의 경호를 받으며, 아인즈는 자신을 본뜬 석상이 정면에 놓인 장소에 모습을 나타냈다.

전이할 장소로 이곳을 지정했으니 몇 번이나 본 석상이지만, 그래도 매번 느끼는 수치심에는 적응이 되질 않았다.

스즈키 사토루의 세계에서는 이따금 창업자의 동상 같은 것을 보곤 하지만, 살아 있을 때 그런 걸 만드는 사람은 창피하다는 생각도 안 들었을까?

그리고 그 이상으로 곤혹스러웠던 것은 얼굴의 일부 조형이 다르다는 점이었다. 아마도 미화된 것이리라.

'광대뼈 언저리가 저런 게 멋있나? 전혀 이해가 안 되는데? 누구의 미적 센스람?'

아인즈는 막연히 그런 생각을 하며 무릎을 꿇고 대기한 코퀴토스와 리저드맨들에게 시선을 돌렸다.

상급자 롤플레잉의 경험치가 높아져 부하들의 이런 모습에는 익숙해졌다. 하지만 일개 사회인 스즈키 사토루는 이것이 영 마음에 들지 않았다. 그래도 이것이 그들의 충성을 나타내는 자세임은 알기 때문에 그만두라고는 할 수 없다.

"——고개를 들라."

복잡한 심경으로 허가를 내리자, 그제야 겨우 생명이 돌아온 것처럼 모두 얼굴을 들었다.

"아인즈. 님. 친히. 왕림하시어. 참으로. 황송합니다."

무릎을 꿇은 채 말하는 코퀴토스에게 아인즈는 일어서도록 지시했다. "

"음, 그대도 노고가 많다. 촌락의 보고서는 받아보았다. 대충 읽어보았다만 문제는 없는 듯해 기쁘구나. 칭찬이 아깝지 않은 훌륭한 업무였다."

"성은이. 망극하옵니다! 이것도. 모두. 아인즈. 님의. 위광. 덕분입니다."

난 딱히 아무것도 안 했는데?

그렇게 생각은 하지만 코퀴토스의 칭송을 받아들였다. 여기서 쓸데없는 소리를 해봤자 "아닙니다 아닙니다." "아닙니다 아닙니다 아닙니다." "아닙니다 아닙니다 아닙니다 아닙니다."가 된다는 것을 이미 경험했기 때문이다.

"……그렇다고는 하나 훌륭한 업적에 대해 네게는 상을 내려야만 할 터."

돌이켜 보면 알베도와 마레에게는 링 오브 아인즈 울 고운을, 아우라에게는 부글부글찻주전자의 목소리가 든 시계를, 샤르티아에게는 페로론티노가 쓰던 몬스터 도감을, 데미우르고스에게는—— 우르베르트가 만든 악마상을 주었다.

코퀴토스에게 주었던 것은 이 리저드맨들의 목숨이지만, 슬슬 제대로 된 포상을 내려야 할 것이다.

"너는 필요 없다고 한다만 신상필벌은 세상의 섭리. 포상을 내리지 않는다면 벌 또한 내릴 수 없다. ……그러면 코퀴토스, 너는 무엇을 원하느냐?"

"아. 아닙니다. 아인즈. 님. 아인즈. 님을. 섬기는. 것. 이상의. 포상은. 필요. 없습니다."

솔류션처럼 '무구한 인간'이란 소리를 해도 난감하지만 이건 이거대로 난감하다. "밥 먹으러 어디 갈까?"라고 물었을 때 "아무 데나."라고 대답한 주제에 나중에 "차라리 이탈리안이 나았겠다."라고 말하는 것은 성가신 인간의 전형이라고 길드원 중 누군가가 말했다. 아인즈도 동감이었다. 솔직하게 무엇무엇이 있으면 좋겠다고 말해주는 편이 백배는 편하다.

"……코퀴토스, 때로는 무용이 탐욕보다 용서하기 힘든 법임을 알아라. 너에게는 명령을 내리겠다. 일주일 이내에 무언가 원하는 것을 내게 밝혀라. 물품일 것을 전제로 하겠다. 알겠느냐?"

코퀴토스가 난처해하는 태도를 보였지만 아인즈는 무시하고 다시 한 번 알겠느냐고 다짐을 받았다.

"그것이. 아인즈. 님의. 명령이시라면."

"음, 명령이다. 각설하고, 그러면 코퀴토스, 이 마을에 온 목적을 다하고 싶구나. 젠벨과 이야기를 나누겠다."

"예! 이곳에. 불렀습니다. 말씀하십시오. 아인즈. 님."

코퀴토스가 이동해 아인즈의 대각선 뒤에 자리를 잡았다. 그리고 무릎을 꿇은 리저드맨에게 말을 걸었다.

"젠벨. 아인즈. 님의. 질문에. 대답하라. 직접. 대답할. 것을. 허락한다."

"예."

젠벨이 고개를 들고 대답했지만 그 목소리에는 당혹감이 섞여 있었다.

"그러면 단도직입적으로 묻겠다. 나는 드워프 나라에 가고 싶다. 그래서 너를 안내자로 삼으려 한다만, 그곳까지 안내할 수 있겠느냐?"

리저드맨의 눈이 스윽 가늘어진 것 같았다.

리저드맨의 표정은 잘 알아볼 수 없었으므로 그가 어떤 표정을 지었는지까지는 모르겠지만, 별로 좋은 반응이라고는 여겨지지 않았다.

"황송합니다, 폐하. 어떤 생각으로 드워프 나라에 가시려는 겁니까?"

말이 끝난 것과 동시에 아인즈의 뒤에서 따닥따닥 위협하는 소리가 들렸다.

"……젠벨. 감히. 아인즈. 님의. 판단에. 대해. 내력을. 캐려. 하다니. 무례하구나. 하문하신. 말씀에만. 충실히. 답하라."

코퀴토스의 어조는 여느 때와 같았지만 여기에는 명확한 불쾌감이 감돌았다. 아인즈는 뒤쪽──시야가 닿지 않는 곳에서 들린 언짢아하는 목소리에 몸을 움츠리고 싶어졌다. 그 감정의 표적이 아닌 아인즈조차 이런데 젠벨은 침묵을 관철했다. 아인즈의 반응을 살피며 시선을 조금도 움직이지 않았다.

피부가 저려 오는 듯한 정적 속에서 ──들려오는 것이라고는 코퀴토스가 위협하는 소리뿐── 긴장감이 공간을 지배했다. 시간은 그리 오래 지나지 않았겠지만 코퀴토스가 스윽 움직이는 한순간의 기척을 포착한 아인즈는 손을 들어 진로를 가로막았다. 이를 방치해두면 위험하다.

"됐다, 코퀴토스. 젠벨은 무례한 말은 한마디도 하지 않았다."

"하오나, 아인즈 님——."

"정말로 괜찮다. 각설하고—— 나는 조금 슬프구나, 젠벨. 어찌 이렇게까지 오해를 살까 하고."

이 마을에서 저질렀던 일을 생각하면 젠벨의 반응은 당연하지, 응.

그렇게 생각은 하면서도 입으로는 한마디도 하지 않았다. 부하 앞에서 아인즈가 결정하고 나자릭 지하대분묘에 속한 이들이 실행한 행위는 모두 옳다는 태도를 보이지 않는다면, 그들도 걱정이 되어 앞으로의 행동에 차질을 빚는다.

"젠벨, 나는 드워프들에게 해를 끼치기 위해 가려는 것이 아니다. 드워프들과 우호 관계를 맺고 싶기에 가는 것이다."

"정말입니까요?"

"네. 놈——."

아인즈는 무언가를 말하려는 코퀴토스에게 고개를 돌렸다.

"코퀴토스, 너의 충성심은 기쁘다만 나는 상관없다고 말했을 터. 이곳에서 젠벨이 무슨 말을 하더라도 신경 쓰지 말고 잊어버리거라."

"예!"

격식을 차리지 말라고는 하지 않는다. 사장이 말하는 '격식 차리지 말고'는 무조건 함정이다.

아인즈는 다시 젠벨에게 시선을 돌렸다.

"정말이다마다, 젠벨. 내 이름에 걸고 맹세해도 좋다. 나는 드워프들과 우호 관계를 맺고 싶다. 그러나 당연한 말이지만 상대가 어떻게 나오느냐에 따라서는 다툼이 벌어질 수도 있다. 그것은 어쩔 수 없는 일임을 이해하겠느냐?"

"그야 물론입니다. 당연한 일이죠. 강한 자가 옳다는 건 당연한 일. 그래도, 그 뭐냐, 입은 은혜가 있는 한 원수로 갚고 싶지는 않은 법 아닙니까요."

젠벨은 여기서 말을 잠시 끊고 조용히 숨을 들이마셨다. 아인즈는 전사들이 수세에서 공세로 나서려 할 때에 사용하는 호흡을 떠올렸다.

"그리고 말입니다요. 안내해줬더니 냅다 멸망시키려 들면, 미안하지만 전 그쪽에 붙을 겁니다요."

등 뒤에서 철컥하는 소리가 조그맣게 들렸으므로 아인즈는 어깨 너머로 됐다고만 말했다. 확인하지는 않았지만 코퀴토스가 무기 자루에 손을 가져다 대는 소리임은 의심할 여지가 없었다.

못 말리겠다고 생각하면서도 아인즈는 느긋한 태도를 취하며 젠벨을 바라보았다. 반복 연습의 성과가 나타났는지 젠벨은 긴장하며 몸을 굳혔다.

"뭐, 그때는 너와 함께 멸망시켜버리면 그만이니 상관은 없다만…… 그건 그렇다 쳐도 용감하구나. 네가 배신하면 이 마을과 함께 리저드맨 전원이 몰살될지도 모른다고는 생각하지 않느냐?"

"……임금님은 그런 짓 안 하잖수?"

빤히 이쪽을 노려보는 젠벨에게 아인즈는 턱에 손을 가져다대며 말했다.

"무언가 착각하는 것 같다만, 나는 손해득실을 생각한다. 한 명이 반역한 정도로 모체조직을 멸망시킬 생각은 하지 않는다만, 앞으로도 그런 배신행위가 속출하는 불이익이 이익을 웃돈다고 여겨진다면 즉시 멸망시킬 것이다. 혹시 내가 뇌도 없는, 그저 자비롭기만 한 존재라고 생각하는 게냐?"

젠벨의 표정이 움직였다. 그러나 아인즈는 어떤 표정인지 알 도리가 없었다.

언데드인 자신이 이런 말을 하는 것도 이상하지만, 리저드맨도 치사하다는 생각이 들었다. 이종족의 표정 따위 알 리가 없다. 자신은 어차피 스즈키 사토루라는 인간의 경험이 밑바탕에 깔렸을 뿐 언데드에 불과한 것이다.

젠벨이 아무 말도 할 기미가 없었으므로 하는 수 없이 아인즈가 말을 이었다.

"그래, 안심하거라. 네가 배신한다 해도 딱히 이 마을을 멸망시키지는 않겠다. 조직적인 반란도 아니고, 너의 성격이나 경력을 생각한다면 자연스러운 반응이라고도 할 수 있으니 말이다. 옛 동료—— 은인이라고 하였느냐? 그런 자들을 선택하겠다는 것도 이해한다. 그러나 다시 한 번 말하겠다만, 나는 아무 이유도 없이 드워프 나라를 멸망시킬 생각은 하지 않는다."

플레이어가 있느냐 없느냐를 불문하고, 대화 한마디 없이 전투행위에 들어가는 것은 아인즈도 바라지 않았다.

지금은 주변 국가와의 관계가 원만하지 않다.

표면상으로는 가장 우호적이어야 할 나라가 속국이 되다니, 그게 뭐냔 말이다. 거기다 드워프 나라와 교전 상태까지 된다면 완전히 악의 나라로 찍힐 것이다.

그러니 가능하다면 드워프 나라와 우호적인 조약을 맺고, 이를 통해 주변 국가에 마도국은 평범하게 조약도 맺을 수 있는 나라라는 사실을 어필하고 싶다. 그러면 어딘가에 있을지도 모를 플레이어들을 견제하는 대의명분도 만들 수 있다.

만약 플레이어들이 마도국에 경계심을 품는다면 어떤 행동에 나설까?

가장 그럴듯한 가능성은 마도국을 악의 나라로 규정하고, 정의라는 대의명분 아래 멸망시키려 드는 것이리라. 하지만 만약 여기서 드워프 나라와 평범하게 우호조약을 맺었다는 말을 들으면 어떻게 될까.

억지로 조약을 맺었다, 포함 외교를 했다, 그렇게 생각하는 자들도 있으리라. 그러나 적어도 외견상으로는 부조리하지 않은 조약을 맺었음이 분명하다.

예를 들면 장래에 마도국과 싸우려는 플레이어가 나온다치고, 그 플레이어는 반드시 동격의 존재——여기서 생각할 수 있는 것은 다른 플레이어——와 힘을 합쳐 싸우려 들 것이다. 그러나 협조 요청을 받은 자들 중에는 마도국이 제대로 된 나라라고 판단하는 사람도 나올지 모른다. 싸움에 소극적인 자들이 드워프 나라와의 조약을 핑계 삼아 참전을 거부할 수도 있다.

이것은 지나치게 안이한 생각일지도 모르지만, 상대가 단결되지 않은 상태에서 억지로 전투가 벌어졌을 경우, 상대 측이 패배했을 때 "그러니까 난 싸우기 싫다고 했잖아!"라는 폭탄이 내부에서 폭발할 수도 있는 것이다.

이거야말로 대의명분을 만드는 이유다.

아인즈가 두려워하는 것은 플레이어 팀이지 플레이어 개인이 아니다.

분명 세계급 아이템을 가진 플레이어는 두려우며, 월드 챔피언으로 대표되는 최강 직업을 가진 플레이어도 두렵다. 그러나 한 사람이라면 '스물' 같은 것을 들고 오지 않는 한 나자릭 지하대분묘가 패배할 일은 없다.

"그러니 안심해도 좋다."

"――이해했습니다요."

"음, 그거 잘 됐구나. 그러면 젠벨, 부탁해도 되겠지?"

"좋습니다요, 폐하. 제가 한동안 지냈던 드워프의 동굴 비슷한 도시로 안내해드립죠."

아인즈는 느긋하게 고개를 끄덕이고, 이번에는 시선을 자류스에게 돌렸다.

"자, 그러면 다음으로는 자류스. 아이가 태어났다니 기쁘구나. 산모와 아이 모두 건강하다지?"

자류스가 긴장한 표정――아마도――으로 대답했다.

"예, 폐하. 매우 건강합니다. 이제 곧 걸을 때가 됐습니다."

"그거 빠른걸!"

말은 그렇게 했지만 조사한 바에 따르면 이 세계에서는 인간 아이들조차 기는 것도, 걷는 것도 스즈키 사토루가 살던 세계의 아이들보다 빠른 것 같았다. 그래 봤자 터치 미에게 들은 이야기를 통해 추측한 것뿐이지만.

"그렇습니까? 보통이라고 생각합니다만……."

"아, 음. 그렇구나. 인간과 똑같이 생각해버린 모양이다. 아이라…… 흐음. 지금 나는 다양한 종족을 모아 모두가 손을 맞잡는 나라를 만들어 나가고자 움직이는 중이다. 그 일환으로 내가 지배하는 인간 나라에서 부부로 살라고 말한다면, 너는 순순히 따르겠느냐?"

"폐하께서 제게 그렇게 명령하신다면 두말하지 않겠습니다."

"그런 식으로 말하지 마라."

그럴 마음은 없는지도 모르지만 비아냥거리는 것처럼 느껴졌다. 그러고 보니 요전의 아인잭도 비슷한 대답을 했지. 아인즈는 그런 기억을 떠올리며 말을 이었다.

"나는 네가 어떻게 느끼는지를 묻고 싶은 것이다. 너는 '여행자'로서 리저드맨 부족을 떠난 경험이 있으렷다? 다시 말해 평범한 리저드맨과는 다른 사고방식을 가졌을 터. 그렇기에 앞으로 변해 나갈 세계가 눈앞에 있을 때 어떻게 매사를 판단하고 느낄지, 그것을 듣고 싶은 것이다."

"제가 여행자가 되었던 것은 이대로는 위험하다고 생각해서, 궁지에 몰렸기에 행동했을 뿐입니다."

"그래도 세계를 본 너의 시야는 넓어졌을 것이다. 가능하다면 평범한 리저드맨과 비교하면서, 인간 나라에 리저드맨이 간다면 어떻게 될지를 생각해주었으면 한다. 어떻겠느냐?"

"예……."

조금 생각에 잠겼던 자류스가 다시 입을 열었다.

"저 개인의 생각으로는, 도시에 가보고 싶지는 않습니다. 자식과 아내를 데리고 가기에는 너무나도 불안합니다. 그것이 설령 폐하의 나라라 해도 급격한 변화는…… 어렵습니다."

이제까지 살던 세계를 무너뜨리고 새로운 세계에서 살아가기란 불안이 앞서는 법이다. 가능하다면 이제까지 살던 세계에 매달리고 싶은 것도 당연하다. 특히 자류스처럼 가족의 인생까지 짊어진 자라면 더욱 그럴 것이다.

보수적인 인생으로 들어갔다고 생각하는 사람이 있을지도 모르지만, 상황에 따라 보수적으로 바뀌지 않는 인간은 약한 법이라고 아인즈는 생각했다. PK도, PKK도 그렇다.

"그렇구나. 그러면…… 앞으로 태어날 아이들이라면 친숙해질 수도 있으리라고 보느냐?"

"그 말씀은 폐하, 자식들을 데려가시겠다는 뜻입니까?"

약간 비난 어린 분위기가 느껴졌다. 자식을 부모에게서 떼어내 강제적으로, 라고 생각한 것이리라.

"지레짐작하지 말거라. 나는 여러 종족이 공존하는 나라를 만들 것이다. 그 첫 번째로 인간 아이와 리저드맨 아이, 고블린 아이——그러한 아이들이 손을 맞잡고 놀 수 있는 공간을 만든다면 어떨까 생각했을 뿐이다. ……그렇다 쳐도, 너희는 이 호수라는 조그만 세계에서 끝날 게 아니라 좀 더 큰 세계에도 눈을 돌려야겠구나."

리저드맨들은 복잡한 표정을 짓는 것 같았다.

"그건…… 여행자가 더 많이 태어나야 한다는 말씀이십니까?"

"리저드맨 부족에서 말하는 여행자처럼 어엿한 것은 아니다만. 좀 더 편안한 심경으로 견문을 넓혀야 한다는 제안일 뿐이다. ……나는 잘 모르겠다만 부모란 것은 아이들이 견문을 넓히기를 바라는 법 아니더냐?"

자류스가 이상한 표정을 지었다.

"……무어라 말씀드리기 어렵습니다. 가능하다면 안전하고 먹을 것도 부족하지 않은 이 마을에서 살아주었으면 합니다만, 이제는 그런 시대가 아니라는 말씀이시겠지요."

단언하지 못하고 두루뭉술하게 말하는 것도 부모의 심정 때문이리라. 자신의 처지와 바꿔 생각해보면 NPC들이 행복하게 살아주었으면 한다는 것 아닐까. 그렇게 보니 어쩐지 자류스에게 친근감이 느껴졌다.

"너의 당혹감은 이해한다. 변화란 머리가 굳은 자는 따라갈 수 없는 것이니. 변화가 빠르면 빠를수록 노인은 이러쿵저러쿵 핑계를 대며 거부하려 들지."

어깨를 으쓱하며 아인즈가 말하자 젠벨과 자류스가 웃은 것 같았다. 자류스가 말했다.

"옳은 말씀입니다. 그야말로 저희의 노인들이 그랬으니까요. 지금도 이따금 투덜거리곤 하지요."

"그러니까 자류스도 노인네들의 일원이 됐단 소리구만?"

자류스가 젠벨에게 부루퉁한 표정을 지었다는 것을 이번 만큼은 아인즈도 확실히 알 수 있었다.

"자식을 가진 부모라. ──그렇군. 그런 것이군."

아인즈는 곁에 선 코퀴토스를 부드러운 눈으로 보았다.

"아무튼 이 말만은 확실히 해두어야겠다. 코퀴토스, 칙명을 내린다."

"예!"

"만일 젠벨이 나와 적대하는 길을 택한다 하더라도 결코 이 마을에 사는 젠벨의 연고자들을 해쳐서는 아니 된다."

"분부. 받들겠나이다. 아인즈. 님!"

깊이 고개를 숙이는 코퀴토스에게 만족스럽게 고개를 끄덕이고, 다시 젠벨을 보았다.

"그리고 젠벨, 나는 네가 아는 것을 될 수 있는 한 알고 싶다. 드워프와 어디서 처음 만났는지, 어떤 생활을 했는지. 그리고 그들에게 어떤 선물을 가져가면 좋아할지 등등. 네가 기억하는 한 이야기를 들려다오."

"알겠수, 폐하."

"말투를. 가려서──."

"됐다, 코퀴토스. 공적인 자리라면 목을 쳤겠지만──."

아인즈는 짐짓 주위를 둘러보았다.

"공식 석상도 아니니 저 정도는 웃으며 용서해주어라. 그 정도 도량은 있다."

아인즈가 가벼운 웃음소리를 내자 코퀴토스가 난감한 듯 목소리를 높였다.

"아. 아인즈. 님……."

아인즈는 코퀴토스의 말을 손으로 저지하고 젠벨에게 냉정한 시선을 보냈다. 거울을 상대로 훈련에 훈련을 거듭했던 각도였다.

"그러나 젠벨, 이것만은 잊지 말거라. 너의 말투를 부끄러워하여 코퀴토스가 나에게 죄책감을 품었다는 것을."

젠벨의 몸이 부르르 떤 것은 공포 때문이었으리라.

'······흥분에서 오는 떨림 같은 건 아니겠지?'

"······황송합니다, 폐하. 제가 좀 무례했습니다."

"──됐다. 이 마을의 관리자인 코퀴토스에게 감사하거라. 나는 아무것도 하지 않겠다. ······잡담이 길어졌군. 드워프 이야기를 시작해주겠느냐?"

"그. 전에. 아인즈. 님. 어딘가에. 앉으심이. 어떻겠습니까."

코퀴토스의 제안에 아인즈는 당혹감을 느꼈다. 그는 피로를 느끼지 않는 몸이다. 그러니 딱히 의자에 앉지 않아도 문제는 없다. 그러나 기왕 부하가 제안했는데 무시할 이유도 없다.

"그렇구나. 그리하자. 코퀴토스, 너무 훌륭한 것은 필요 없다. 무언가 앉을 만한 것을 가져오너라."

"예! 그러면. 실례하겠습니다."

코퀴토스가 두 손과 두 무릎을 지면에 댔다.

과거의 기억이 샤르티아의 환영을 코퀴토스 위에 띄웠다.

"······물을 것도 없이 알고는 있다만, 혹시나 해서 물어보마. 뭘 하는 게냐?"

"과거. 샤르티아가. 이러한. 일을. 하였다고. 들었습니다. 저도. 이를. 따라……."

"그건 벌을 내리기 위해서였다. 네가 그럴 필요는 없다."

"하오나. 제가. 지배하는. 리저드맨이. 아인즈. 님께. 무례한. 말을——."

"말을 되풀이하게 하지 마라. 마음에 두지 않는다고 했을 텐데. 그 말을 듣지 못했느냐?"

"그러한. 것은. 아니오나——"

왜 이러느냐는 생각에 설득을 시도했지만 매우 완고했다. 언데드라 피로를 느끼지 않음에도 아인즈의 마음은 지치기 시작했다. 귀찮아진 아인즈는 의욕 없이 선언했다.

"——아…… 그냥, 됐다. 그럼 앉겠다, 코퀴토스."

"예!"

반대로 코퀴토스의 대답에는 어째서인지 의욕이 넘쳤다.

남의 눈이 있는데 앉으려고 하니 매우—— 다소 창피했다.

다만 망설이면 그 편이 더 이상하게 여겨질 것이다. 지극히 당연하다는 것처럼, 절대자로서 가신의 위에 앉는 것이다.

아인즈는 엉덩이를 걸쳤다. 까놓고 말해 감촉이 별로 좋지는 않다. 까놓고 말해 우툴두툴했다. 까놓고 말해 차갑다.

게다가 공연히 의욕 넘치는 코퀴토스가 토해내는 숨결이

평소보다 더 하얗게 뭉게뭉게 떠올라 마치 드라이아이스에 물을 끼얹은 것처럼 아인즈의 발밑에서 지면을 타고 흘러 나갔다. 장엄한 분위기를 싸구려로 연출한 기분이라 바늘방 석에 앉은 기분이었다.

"어떠십니까. 아인즈. 님."

끝장이야.

라고는 말할 수 없다.

말했다간 어떻게 될까 하는 기묘한 호기심도 없지는 않지 만, 코퀴토스가 무슨 반응을 보일지 두려웠다.

"으음. 제법 괜찮구나……."

아인즈는 여기까지 말하고는 어쩐지 변태 같다고 진심으 로 생각했다. 하지만 그 이외에 무어라 말해야 좋단 말인가.

"그러면. 저와. 샤르티아. 어느. 쪽이. 더. 좋으신지요."

"…………."

아인즈는 정말로 말문이 막혔다. 이럴 때는 무슨 대답을 해야 하지?

"엑…… 어, 어찌, 그런 것을 묻느냐?"

"예! 장래. 저의. 등에. 타실. 분을. 위해서라도. 훈련할. 필요가. 있지. 않겠습니까."

"…………………엑."

그게 무슨 의미야.

코퀴토스는 번식이나 뭐 그런 걸 할 때 암컷을 태우는 종족인 걸까? 아니면 M이라 불리는 성벽의 소유자인 걸까?

'타케미카즈치 니이임!'

아니다. 그 사람은 건실한 사람이었다. 전투를 좋아하기는 했지만 굳이 비교하자면 민폐를 끼치는 일은 적은 선량한 사람이었다.

그렇다면 코퀴토스는 왜 이 모양일까. 알고 싶지 않은 성벽을 알아버린 듯한, 그런 충격이 아인즈를 휩쌌다.

"그, 그러냐. 그거 다행이구나."

뭐가 다행인지는 아인즈도 알 수 없었다.

"예! 그래서. 어떠신지요."

"조금 우툴두툴하다만, 뭐, 앉지 않는 것보다는 낫지. 그런 의미에서는 샤르티아 쪽이 감촉은 더 나았다."

"그러시군요……."

"아! 아니, 하지만, 너에게는 너만의 좋은 점이 있다. 그, 뭐냐, 차가운…… 그래, 차가운 것이 여름에는 최적이겠구나."

아인즈는 어째서 자신이 필사적으로 코퀴토스를 위로하려는 것인지 의문을 품었다.

"그렇.군요! 하지만…… 으음."

코퀴토스가 무언가 생각에 잠기기 시작해, 아인즈는 이 기회를 놓칠세라 리저드맨들에게 말을 걸었다.

"자, 자자! 이쪽 눈치를 살필 필요는 없다! 그러면 젠벨,

이야기를 들어보자."

"어, 네."

그 후 젠벨이 들려준 이야기를 요약하자면, 드워프들을 찾아 산에 올라 한 달 정도 헤맸는데도 발견하지 못해, 이거 무리 아닐까 하고 포기하려 했을 때 우연히 지표까지 올라와 탐색하던 드워프와 조우했다는 것이었다. 그 후 여러 가지 일이 있었지만 신뢰를 얻어 그들의 도시로 안내를 받았다고 한다.

'여러 가지 일'이란, 처음에는 외견 때문에 신용 받지 못했지만 속내를 털어놓고 이야기해 어찌어찌 믿음을 얻었다는 모양이었다.

그리고 드워프의 도시에서 다양한 무술을 배우며 지내고, 스스로에게 자신감이 붙었을 때쯤 작별해 리저드맨 마을로 돌아왔다고 한다.

여기서 가장 중요한 것은 젠벨이 드워프 도시로 자신들을 안내해줄 수 있느냐 하는 점이다. 그 말에는 젠벨도 다소 복잡한 표정을 지었지만, 아마 가능할 것 같다고 대답했다.

드워프 도시는 지하도시이며 동굴 속으로 깊이 들어간 곳에 있으므로, 산의 모양만 바뀌지 않으면 문제없이 안내할 수 있다고 한다.

그 말을 들었을 때 아인즈는 과거 위그드라실에서 보았던 지하도시를 떠올리고 가벼운 흥분에 휩싸였다.

마지막으로 물어본 것은 드워프 도시까지 가는 거리였다.

대답은, 드워프의 나라에서 돌아온 경로를 생각해보면 산속에서 일주일을 걸어 호수 북쪽 끄트머리에 도착했다는 것이었다. 지표를 걷는 것이 서툰 리저드맨의 발로 일주일이니, 직선거리로 환산했을 때 약 100킬로미터 정도라고 보면 되지 않을까.

아쉬운 점은 젠벨의 기억에만 의존해야 하므로 지도를 토대로 최단 루트를 작성할 수가 없었다는 것이다. 길을 몇 번 잘못 들 각오는 해야 할 것 같았다.

어쩐지 위그드라실의 모험을 떠올리고, 아인즈는 만면에 웃음을 지었다.

"……도움이 됐습니까?"

"물론이다. 이렇게 어둠 속을 희미한 랜턴 불빛으로 비춰가며 나아가는 듯한, 그런 여행은 싫어하지 않는다. 가슴이 뛰는구나."

농담이라고 생각했는지 리저드맨들이 가벼운 웃음소리를 냈다. 아인즈도 그들의 착각을 정정해줄 마음은 없었다. 위그드라실 시절을 모르는 사람은 이해하기 어려울 것이다.

"그러면 젠벨에게 안내를 부탁하기로 하고, 얻은 정보를 토대로 출발 준비를 갖추도록 하겠다. 곧 아우라와 샤르티아가 수행원을 데려올 것이다. 너도 준비를 시작하거라."

"알겠습니다요, 폐하."

아인즈는 느긋하게 고개를 끄덕이고 코퀴토스의 위에서 일어났다.

아래에서 희미하게 들려온 아쉬움의 목소리는 무시하기로 했다.

2장 드워프 나라를 찾아서

Chapter 2 | In Pursuit of the Land of Dwarves

1

리저드맨의 마을 부근 기슭에 아우라와 샤르티아가 선별한 몬스터의 무리가 모여들었다.

샤르티아의 직속 80레벨급 언데드가 각종 합계 25마리. 아우라가 선별한 마수들이 30마리. 아인즈와 샤르티아, 아우라의 신변을 보필할 뱀파이어 브라이드가 6마리였다. 그리고 아인즈가 처음에 데려온 한조 5마리가 있다.

여기에 짐을 운반하기 위해 금화를 써서 소환한 매머드 같은 마수 다섯 마리가 더해졌다. 이 마수는 좌우에 짐을 싣는 상자가 달려 있으며 위그드라실에서도 자주 쓰였다.

40레벨 정도밖에 되지 않으므로 이 일행 중에서는 가장 약하다. 그래도 운반용으로 쓰이는 만큼 냉기와 불에 내성을 가졌으므로 빙설 지대가 됐든 용암이 끓는 분화구 근처가 됐든 전혀 문제없이 행동할 수 있다. 그리고 무엇보다, 이렇게 생겼는데도 이동 속도가 빠르며 오랜 시간 먹이를 먹지 않아도 문제가 없다는 장점이 있다.

아인즈는—— 뒤에 코퀴토스를 대동하고 젠벨을 불렀다.

"무슨 일입니까요, 폐하!"

자류스와 크루슈처럼 아인즈가 이름을 기억하는 리저드맨의 무리 속에서 젠벨이 걸어 나왔다. 아인즈의 시선은 크루슈의 품에 안긴 조그만 흰색 리저드맨을 향했다.

아인즈의 레어 혼을 느꼈는지 크루슈가 아이를 감싸듯 움직였다.

'가져가려는 게 아닌데⋯⋯.'

아인즈는 조금 서운하게 생각하면서 젠벨에게 세 가지 아이템을 건네주었다.

"받거라. 하나는 음식을 먹거나 잠을 잘 필요가 없는 반지다. 하나는 냉기 대책용 반지고, 〈비행〉 목걸이도 빌려주마. 사용법을 가르쳐줄 테니 미끄러져 떨어지거나 했을 때 쓰거라."

"고맙습니다요, 폐하."

이로써 위그드라실 시절에 등산하며 일반적으로 썼던 기본 아이템은 챙겨주었다. 이제는 산맥 특유의 에어리어 이펙트 같은 것이 있을 때마다 대책을 세우면 된다.

"준비를 중단시켜서 미안하구나. 내 볼일은 끝났다. 가도 좋다."

젠벨은 고개를 숙이고 돌아갔다.

"그건 그렇고 코퀴토스, 아이들의 호기심이란 참으로 대단하구나."

아이들이 일정한 거리를 유지한 채 초롱초롱——일 것이다, 분명——한 눈으로 아인즈 일행을 바라본다.

'으음. 인간 도시에 데려가도 아이들이라면 금방 적응하지 않을까? 아냐, 반대로 인간 아이들을 데려오면 어떨까? 이 근처에 캠프장을 만들어서 아이들을 데려오는 거야. 거기에 리저드맨 아이들도 데려오고.'

아인즈는 인간이나 리저드맨, 그리고 고블린 아이들이 함께 노는 광경을 상상했다. 덧붙이자면 아우레와 마레, 다크 엘프 아이들도. 그리고 샤르티아도 더해본다.

샤르티아를 더한 이유는 마수나 언데드 주위에서 아우라와 함께 준비하는 모습이 눈에 들어왔기 때문이지 다른 뜻은 없었다.

'멋진 광경이잖아. 알베도나 데미우르고스에게 한번 제안해봐야지.'

"불쾌.하시다면. 즉시. 물러나도록. 명령하겠습니다."

"그런 소리를 하려던 게 아니고……. 종족이 달라도 아이들끼리라면 금방 친해질 것 같지 않으냐? 인간 아이와 리저드맨 아이가 손을 잡을 수 있을까?"

"모르겠.습니다. 그러나. 아인즈. 님의. 뜻이라면. 분명. 손을. 잡을. 것입니다."

'……뜻이니 명령이니 상관없이 이종족끼리 손을 잡을 수 있을지 물은 건데. 왕인 내가 말하면 안 좋은 아이디어가 되는 건가.'

아인즈의 생각은 절대적인 명령이 될 수밖에 없다. 그렇기에 여러 가지 의미에서 무섭다고 할 수 있다.

"……아무튼 슬슬 출발할 때가 됐군. ──아우라, 샤르티아! 준비는 단단히 갖추었느냐?"

두 사람에게 말을 걸자 즉시 대답이 돌아왔다.

"네! 다 끝났어요!"

"저도 끝났사와요. 아인즈 님께서 원하신다면 언제든 갈 수 있사와요."

"젠벨!"

"문제없습니다요!"

"좋아! 그러면 출발한다!"

"아인즈. 님. 몸.조심하십시오! 무슨. 일이. 있으면. 즉시. 군을 움직이겠습니다."

코퀴토스의 말은 옳다. 만일 적대적인 플레이어가 있다면 마지막에는 군을 동원해 전면 전쟁을 벌이게 될지도 모른다. 단──.

"──마지막에 그렇게 될 가능성도 있을지 모른다. 그러나 이번에는 강행 정찰의 의미가 크다. 만일 강자가 있다면 정보를 수집한 후 철수를 우선시하겠다. 그 후가 되겠지만 너의 활약을 기대하마."

"예!"

*

호수를 따라 북상해, 그곳에서 젠벨의 기억을 더듬어 등산하는 것이 이번의 루트였다.

선두를 나아가는, 마수에 올라탄 언데드들이 마도국의 깃발을 높이 들었다.

호수에 있는 지성 있는 모든 이가 코퀴토스의 지배를 받는다. 이 깃발을 내걸면 습격을 당할 걱정은 없다. 그렇다고는 하지만 어디까지나 지배라는 말을 이해할 수 있는── 지성 있는 자들만 그렇다는 것일 뿐, 짐승처럼 지성이 낮은 것들에게는 의미가 없을뿐더러 반대로 습격을 당할 가능성을 높이는 행위이기도 하다. 그러나 아인즈 일행에게 대처가 불가능한 몬스터 따위 이 숲에는 존재할 리가 없다.

샤르티아는 그런 괘씸한 존재를 고대하는 듯 사방팔방을 노려보았지만 결국 몬스터는 코빼기도 발견하지 못한 채 일행은 호수 최북단에 도착했다.

호수로 흘러드는 넓고 얕은 강을 따라 시선을 움직이자 아제를리시아 산맥의 험준한 능선이 길게 보였다. 바람이 기분 좋은 시기의 푸르고 맑은 하늘에 떠오른 위용을 보니 아인즈도 마음속에 모종의 감정이 떠오를 것 같았다.

그때 젠벨이 아인즈의 옆으로 다가오더니 제안했다.

"여기서부터는 제가 선두에 서도 되겠습니까요? 경치를 보면서 머리에 자극을 좀 줘볼까 하는데요."

이의가 있을 리 없었다.

"좋지. 선두에서 가거라. 다만 혼자 너무 앞서가지는 말거라. 곁에 내 부하를 배치하겠다. 무언가에 습격을 당하게 되면 그놈을 방패로 삼아 뒤로 물러나는 거다. 이 일행에서 너의 가치는 매우 높다."

"고맙습니다요."

젠벨이 자신을 태운 마수에게 입으로 명령──부탁이라고 하는 편이 옳을 것이다──을 내리자, 마수는 그 지시에 따라 움직였다. 그는 동물을 타본 경험이 없었으므로 아우라가 거느린 마수를 타고 기능이 아니라 언어로 몰고 있었다.

산에 들어온 후로 일행의 속도는 호반을 달렸을 때와는 전혀 달랐다. 매우 굼뜬 걸음이었다.

처음에는 강을 따라 북상하기만 할 뿐이었지만, 폭포를 우회하며 산을 올랐을 때부터 속도는 더욱 둔해졌다.

젠벨이 필사적으로 기억을 떠올리려고 하지만, 역시 몇 년 전에 한 번 걸어갔을 뿐이고, 그나마 돌아왔던 길을 반대로 더듬는 것인 만큼 나아가기는 매우 어려운 모양이었다. 아직 표고가 낮아 큰 나무들이 시야를 가리는 것도 많은 영향을 주었다.

산의 형태는 바뀌지 않았어도 나무는 성장하는 법이다. 그런 기억과의 차이를 열심히 수정하며 젠벨이 나아간다.

대부분의 멤버는 휴식이 필요하지 않았지만, 피로를 느끼는 얼마 안 되는 자들 중에 가장 중요한 젠벨이 있으므로 중간에 몇 번씩 휴식을 취하며 일행은 묵묵히 산을 올랐다.

먼 곳에서 이따금 몬스터로 보이는 그림자가 보이기는 했지만, 이쪽의 인원이 많기 때문인지, 아니면 배가 불렀는지 다가올 기척은 없었다. 아인즈는 미지의 몬스터라면 포획해 보고 싶었으나 이번에는 포기하기로 했다.

목적은 드워프 나라에 도착하는 것.

한 번에 여러 가지 목적을 달성하려 들면 어느 하나도 제대로 이루지 못할 수 있음을 아인즈는 잘 안다.

조금 아쉽기는 했지만 길을 서두르기로 했다.

수목 한계선에 접어들어 서서히 큰 나무와 작은 나무가 바뀌어 가는 가운데, 해가 저물기 시작했다.

푸른 하늘이 꼭두서니색으로 물들고 그대로 어둠이 드리워졌다. 그리고 거대한 산이 별의 바다를 가로막는 광경은 장대하다고 표현할 수밖에 없어, 이 아득한 정취조차 세계의 지극히 작은 일부일 뿐이라고 생각하니 그것만으로도 자연의 웅대함에 압도당할 것 같았다.

코를 킁킁거려, 흘러드는 신선한 공기에 담긴 냄새를 맡았다.

어떻게 냄새를 맡을 수 있는지 ——반대로 냄새를 맡을 수 있는데 왜 음식의 맛은 알 수 없는지—— 하는 의문은 머리 한구석으로 밀어내고, 아인즈는 에 란텔 근교나 나자릭에서는 맡아본 적 없는 공기를 몸으로 받아들였다.

위그드라실에서도 결코 느껴본 적이 없는 자연의 광대함.

모몬으로서 모험하면서 얻었던 경험에 또 한 페이지가 추가되는 것 같은 마음의 충실감에 아인즈는 상당한 만족을 얻었다. 솔직히 말하자면 이대로 드워프 나라를 발견하지 못한 채 철수한다 해도 그건 그거대로 괜찮으리라는 생각까지 들었다.

'이것이, 이것이야말로 올바른 모험자가 눈에 담아야 할 광경이 아닐까?'

아인즈는 미소를 머금고 돌아보며 말했다.

"그러면 이곳에서 하룻밤 머물도록 한다."

"예."

대답한 샤르티아가 그대로 질문을 건넸다.

"그러면 아인즈 님, 일단 나자릭 지하대분묘로 돌아가시겠사와요?"

하기야 표식이 될 것을 배치하고 전이로 안전한 곳에서 하룻밤을 보내는 것은 좋은 방법이지만, 아무래도 내키지 않았다. 손해득실이 아니라 감정적인 이유에서였다.

"그럴 필요는 없다. 이곳에서 자도록 하자."

"하지만 아인즈 님이 이런 곳에서 주무시다니……."

둘러보면 바위밖에 없는 곳이며, 산에서 부는 차가운 바람이 체온을 급속도로 ——냉기에 완전내성을 가진 아인즈에게는 아무 영향도 주지 못하지만—— 빼앗아 간다. 냉기 대책을 세우지 못한 자에게는, 그리고 두꺼운 모피를 가지지 못한 자에게는 살을 에는 추위일 것이다. 산자락에 흩뿌려진 잔설의 냉기를 바람이 실어다 준 탓일까.

아인즈는 자연의 광대함에 한층 깊은 웃음을 지었다.

미지를 기지로 바꾼다는 목적을 가진 위그드라실의 길드가 있었는데, 그들도 이런 심정으로 다양한 여행을 했으리라.

본거지도 빈궁하고 길드전에도 약하면서 하염없이 미지의 땅으로 뛰어드는 그들을 당시에는 잘 이해할 수 없었지만, 이런 장대한 세계를 앞에 두니 어쩐지 그들의 마음도 알 것 같았다.

모몬 때도 느꼈지만, 모든 것으로부터 해방되어 세계를 여행한다는 것은——.

"——아인즈 님?"

문득 떠오르려 했던 생각이 뿔뿔이 흩어져 어디론가 가버렸다.

"왜 그러느냐, 샤르티아?"

"아, 아니옵니다. 아인즈 님의 생각을 방해해 죄송하사와요."

"음, 아니, 마음에 두지 말거라. 딱히 중요한 생각을 했던 것은 아니니."

"그렇사와요? 그렇다면 다행이지만⋯⋯."

"그런데 무슨 일이냐? 아, 여기서 숙박을 한다는 이야기였지."

"예, 아인즈 님께서 이런 곳에 머무르실 줄 모르고 천막을 제대로 준비하지 못해 죄송하사와요. 즉시 나자릭에서 운반해 올까 하사와요. 〈전이문〉을 사용해도 괜찮을는지요?"

"그럴 필요는 없다. 천막을 잊었다기보다는 필요가 없어서 준비 리스트에 넣어두지 않았던 것이다. ⋯⋯마레가 마법으로 숙박 시설을 만들 수 있다는 것을 아느냐?"

"예."

샤르티아가 고개를 끄덕였다.

"그렇구나. 그러면 나도 같은 일을 할 수 있다는 것도 알아두거라. 〈그린 시크릿 하우스〉 같은 매직 아이템으로 대용해도 되겠지만, 그건 이 인원으로는 조금 좁거든. 뭐, 보고 있거라."

아인즈는 적절한 장소를 물색했다. 필요한 것은 기울어져도 상관없으니 거대한 바위 같은 것이 없는, 탁 트인 지형이었다.

금세 괜찮은 장소를 발견한 아인즈는 마법을 발동시켰다. 선택한 것은 제10위계 마법.

"〈요새창조Create Fortress〉."

마법이 발동되어 조금 전까지 아무것도 없었던 장소에 높이 30미터가 넘는 거대하고 중후한 탑이 밤하늘을 잡아먹을 듯이 시커먼 그림자를 드러냈다.

쌍여닫이문은 두꺼워서 파성추 공격조차 튕겨낼 것 같았다. 기어올라 침입하려는 자를 막기 위해 벽면에는 날카로운 스파이크가 무수히 튀어나와 있었다. 최상층에는 사방을 노려보는 악마의 조각상이 있다. 밑에서 올려다보면 마치 짓누르는 것 같은 중압감을 준다.

위압적일 정도로 중후함을 뿜어내는 요새와도 같은 탑은 그야말로 우뚝 솟았다는 형용이 잘 어울렸다.

"그러면 가자."

일행의 선두에서 나아가는 아인즈가 문 앞에 서자 철문이 자동으로 열렸다. 그리고 그곳에 서서 다른 이들을 먼저 들여보냈다.

위그드라실에서는 이 문은 같은 팀 사람이라면 건드리기만 해도 쉽게 열 수 있었다. 반대로 그 이외의 사람들은 파괴나 그에 준하는 수단을 동원할 수밖에 없다. 그러면 이 세계에서 이 문은 어떻게 판단할까.

아인즈는 언데드를 두 마리 남겨놓고 문이 닫히면 열도록 명령한 다음 문을 닫았다.

그대로 기다렸지만, 문이 열릴 기미는 없었다.

"……이 문은 나 말고는 열 수 없나? 아우라, 문을 건드려보거라."

"네."

대답한 아우라가 문을 건드렸지만 역시 움직이지 않았다.

아인즈가 아니고선 열리지 않는 것 같았다. 아인즈는 마음속으로 낯을 찡그렸다. 프렌들리 어택을 포함해 매우 성가시게 바뀌었다. 만일 이 세계에 다른 플레이어가 존재한다면, 이런 약간의 변화로 동료를 말려들게 했던── 운이 나쁘면 죽게 만든 자도 있지 않을까?

'1년 가까운 시간이 지났지만…… 힘을 구사할 때는 주의를 기울여야만 하겠어. 범위 공격에 말려들어 버리면 큰일이니. 고위 NPC들에게는 주의를 촉구해야 할까? 특히 마레가 그런데, 이미 스스로 주의하는 사람에게 잔소리를 하면 미움을 받을 테고……. 은근슬쩍 화제에 올려볼까?'

주의를 준다는 것도 의외로 힘든 일이다. 단순히 야단치면 되는 것이 아님을 아인즈는 사회생활에서 똑똑히 배웠다.

마음이 조금 무거워지는 것을 느끼며, 실험을 마친 아인즈는 문을 열고 밖에서 대기하던 언데드들을 들여보냈다. 그리고 넓은 입구 로비에 모두가 들어섰음을 확인한 후 문을 닫고, 선두에 서서 걷기 시작했다.

들어온 문 맞은편에는 다시 쌍여닫이문 하나가 있었으며, 그곳을 지나자 통로가 이어졌다. 그리고 또 막다른 곳에 쌍여닫이문이 나타났다. 통로 자체에는 마법의 조명이 밝혀져 걷는 데에는 전혀 문제가 없었다.

안쪽의 문이 열린 순간, 눈이 아찔해질 정도의 빛이 밀려들었다.

그곳은 원형의 홀이었다. 바닥은 흰색이며 천장은 높다. 중앙에는 나선 계단이 있어 위층으로 이어졌다.

"그러면…… 오늘은 이곳에서 숙박하겠다. 휴식이 필요한 자는 휴식하고 그렇지 않은 자는…… 그대로 서 있는 것도 불안하니 각자 방으로 가 그곳에서 대기하라."

아인즈가 가리킨 곳에 있는 것은 방문이었다. 수는 모두 열. 덧붙이자면 이 공간은 내부가 확장되어 바깥에서 보는 것보다 넓다.

"위층―― 2층, 3층에도 마찬가지로 방이 있으니 그쪽도 쓰도록. 아우라, 샤르티아, 젠벨 세 사람은 이곳에 남거라. 이곳까지 왔던 루트를 답습하며 앞으로의 계획에 대해 이야기하고 싶다. 어디 보자, 저기 있는 소파에 집합한다. 그러면 각자 행동하라."

"아인즈 님, 뱀파이어 브라이드들은 어떻게 하는 것이 좋겠사와요?"

"으음……."

샤르티아의 질문에 아인즈는 즉시 대답할 수 없었다. 까놓고 말해 그녀들을 데려온 이유는 오직 디크리먼트를 설득하기 위해서였다. 없어도 전혀 문제가 되지 않는다. 아인즈는 조금 생각했다가, 나중에 명령할 테니 방에서 대기하라고 지시를 내렸다. 미래의 자신에게 떠넘긴 것이다.

그 후 아인즈는 소파로 이동해 앉았다. 조금 전의 세 사람에게 허가를 내려, 그들이 앉은 것을 확인하고 회의를 시작했다.

"자, 우선 오늘 하루 이동한 루트를 기록해보도록 하자. 아우라, 부탁한다."

"네, 아인즈 님."

아우라는 용지를 펼치고 한 손에 든 메모장을 참고로 술술 지도를 그리기 시작했다.

"자세한 거리 같은 것은 자신이 없지만요, 아마도 이 정도였을 거예요."

"흐음. 고맙다, 아우라."

대체적인 지도이기는 했지만 거리 같은 요소는 앞으로 하늘에서 조사하면 될 일이다.

"그러면 피곤할 텐데 미안하다만, 젠벨은 조금 언짢은 경험을 해주어야겠다."

"……그게 무슨 뜻입니까요, 폐하?"

슬쩍 긴장하는 젠벨에게 아인즈는 부드럽게 웃음을 지었다.

"네 기억을 보겠다는 것이다."

"무, 무슨 의미입니까요?"

"……악당의 대사 같았구나. 나는 상대의 기억을 조작하는 마법을 안다. 그걸 사용해 상대의 기억을 조사하는 방법을 개발했지. 솔직히 말해 상당히 방대한 마력을 소비하므로 가능하다면 사용하고 싶지 않다만, 너 한 사람의 어렴풋한 기억만으로는 걱정이 되어서 말이다."

"그, 그거 후유증 같은 건 없습니까요?"

"괜찮다. 어떤 신관의 협조 덕에 그런 면에서는 베테랑의 영역에 도달했거든. 이상한 조작만 하지 않는다면 전혀 문제가 되지 않는다. 실제로 내 메이드 중 한 사람에게도 같은 일을 해 보았다만 아무런 문제도 없었다."

"시즈 말이죠?"

"그렇다, 아우라. 그렇다고는 해도 이 마법 또한 만능은 아니다. 본인이 잊어버린 기억은 어렴풋하게밖에 보이지 않는다. 그 외에도 활용도가 떨어지는 면이 있다만, 어쩌면 이 것은 뇌에 담긴 기억이 아니라 좀 더 다른 무언가, 근원적인 기록에 액세스——."

이야기가 엇나갔음을 깨달은 아인즈는 어깨를 으쓱했다.

"뭐, 아무려면 어떠냐. 요컨대 너의 기억을 조사하게 해달라는 것이다."

"그렇군요……. 혹시 몰라 한 번만 더 묻겠습니다요. 정말 괜찮은 겁니까?"

"너의 걱정은 잘 이해한다. 괜찮다, 젠벨. 너의 기억을 뒤바꾸거나 하는 일은 절대 없을 것이다. 이 이름에 걸고 맹세한다."

"그러면── 전 뭘 하면 됩니까요?"

"음. 그대로 마음을 편히 가지고 앉아 있거라. 몸이 안 좋아지거나 하는 것은 아니니. 다만 마법을 걸기 전에 여러 가지 자세한 내용을 알고 싶다. 우선은 몇 년 전의 며칠 몇 시쯤, 그 언저리에 남은 사건이 어떤 것인지를."

젠벨에게 자세한 이야기를 들은 아인즈는 마법을 발동시켰다.

경험을 쌓아 이 마법에 관해서는 전문가가 되었다는 자부심이 있지만, 그래도 여전히 까다로운 마법임에는 틀림없었다.

한번 조작한 기억은 그것으로 뒤바뀌므로 자칫 잘못하면 수습이 되지 않는 상황에 빠지고 만다. 비유하자면 백업도 하지 않은 채 PC의 시스템을 조작하는 것과 마찬가지다. 폐인 제작 마법으로는 매우 좋을지도 모른다.

그리고 무엇보다, 너무나 방대한 마력을 소비해버리는 것이 활용도를 떨어뜨리는 데에 박차를 가한다.

젠벨의 기억을 조금 거슬러 올라가기만 했는데도 아인즈는 자신의 마력이 쭉쭉 줄어드는 것을 느꼈다.

우선 목적했던 기억을 발견하고 그곳에서부터 천천히 찾아나갈까 했지만, 그 전에 마력이 바닥나 버릴 것 같았다. 게다가 이 마법을 구사하기가 어려운 이유는, 이튿날 마력이 회복된 다음 다시 한 번 조사해보려 해도 어제와 마찬가지로 기억을 거슬러 올라가는 데서부터 시작해야만 하기 때문이다.

그런 식이다 보니 정보 수집을 위해서는 다른 마법을 쓰는 편이 훨씬 효율적이다.

아인즈가 뇌리에서 투덜거리고 있으려니 산속의 광경이 떠올랐다. 보아하니 원했던 기억에 도착한 듯하지만 역시 마력이 거의 남지 않았다.

'옛날 기억을 조사하는 게 제일 힘들어. 가까운 기억이라면 알아볼 방법도 있지만…….'

예상했던 대로 거의 안개가 낀 것처럼 선명하지 못했다. 드워프의 얼굴도 보이기는 보였으나 젠벨이 식별하지 못한 탓인지 어느 얼굴이나 비슷해 차이를 알아보기 힘들었다. 이놈이고 저놈이고 수염이 덥수룩하게 났으며 굵고 탁한 목소리로 고함을 지르거나 술을 마신다는 인상뿐이다.

'안 되겠네, 이거. 신관으로 실험했던 결과는 시즈에게 활용할 수 있었는데, 그것도 별로 잘 써먹었던 것 같지는 않았으니. ……기억이라는 섬세한 것을 조작하니 실패는 용납되지 않는 이상, 그 신관을 좀 더 건드려볼까? 이미 엉망진창이 돼서 제대로 대답하기도 힘들 텐데…… 재조립 실험도 생각해서 몇 년 단위로 건드리고 끝낼걸. 백지로 만들면 어떻게 될까 하는 실험은 하지 말았어야 했어.'

에 란텔에서 중범죄자가 나와 사형 판결을 받는다면 끌고 와서 실험에 써야겠다 생각하고, 아인즈는 마법을 해제했다.

"어떠냐, 젠벨. 아무렇지도 않지?"

"네? 아무렇지 않은 것도 같고, 뭔가 이상한 것 같기도 하고……"

아인즈는 슬쩍 웃었다.

"나는 너의 기억을 보았을 뿐이다. 아무것도 바꿔놓지 않았으니 이상한 느낌이 드는 것이 더 이상하지. 아마 플라시보 효과라는 것일 게다. 기분도 금방 가라앉겠지."

아인즈는 젠벨이 몇 차례 머리를 흔드는 모습을 내버려둔 채 지도를 보았다.

기억을 보기는 했지만 역시 잘 모르겠다.

애초에 어렴풋한 산속의 광경 속에는 특별한 이정표가 될 만한 것이 없어서 문제다. 게다가 몬스터를 피해 몸을 숨기거나 했던 기억 쪽이 너무 선명했다.

솔직히 내일이면 회복된다지만 방대한 마력 소비에 걸맞을 정도는 아니었다.

"그러면 이제부터는 역시 당초 예정대로 젠벨의 안내에

따라 북상하도록 하자. 나도 그의 기억을 읽었으니 조금은 거들 수 있을지도 모르고."

그 이상의 아이디어는 나오지 않았다. 정찰을 보낸다 해도 이 너머에 있을 몬스터를 해치우는 것 말고는 별 의미가 없다.

"그러면 해산하겠다. 모두 푹…… 아, 젠벨 말고는 쉴 필요가 없겠지만, 내일의 출발에 대비하도록."

*

주인이 방으로 가는 모습을 지켜본 아우라는 곁에 앉은 샤르티아에게 물었다.

"아인즈 님의 방 왼쪽하고 오른쪽, 어딜 쓸래?"

아우라는 매직 아이템 덕에, 샤르티아는 언데드이기에 수면을 취하지 않아도 되니 방은 필요 없다. 그러나 주인에게 받은 방을 쓰지 않는 것도 실례. 다만 멀리 떨어진 방을 쓰는 것은 경호의 의미에서도 피하고 싶었다.

"음— 어느 쪽이든 마찬가지일 테니 어느 쪽이어도 상관없사와요."

"뭐, 그건 그러네……. 근데 넌 뭘 하는 거야?"

건성 대답에 의문을 느끼고 옆을 보니 샤르티아가 메모장에 무언가를 적고 있었다.

"라고, 아인즈 님은 말씀하셨다. 마침표 꾹. 메모를 하고 있사와요. 아인즈 님께서 말씀하셨던 것을 잊지 않도록."

"오~ 대단한데. 어디어디."

옆에서 들여다본 아우라는 몸을 우뚝 멈추었다. 메모장에는 기이할 정도로 빼곡하게 글씨가 적혀 여백이 하나도 보이지 않을 정도였다.

뭘 이렇게까지 썼나 싶어 내용을 슬쩍 살피니, 주인이 말한 내용은 한 마디 한 글자에 이르기까지, 행동에 대해서도 빠짐없이 적어놓았다.

'이건…… 좀? 그야 지고의 존재께서 말씀하신 옥언(玉言)을 확실하게 남긴다는 건 좋지. 하지만 샤르티아는 그럴 목적으로 적는 게 아니잖아……?'

샤르티아가 해야 할 메모란 자신의 주인이 드러낸 지혜 속에서 요점을 파악해 이를 자신에게 환원하는 방법이어야 할 것이다. 이래서는 조금 불안하다.

"어, 저기 말이야. 메모를 하는 건 엄청 좋다고 생각하지만, 혹시 그게 목적이 되어버린 거 아냐?"

샤르티아가 의아하다는 표정으로 고개를 들었다.

"음, 내 말 잘 들어봐. 메모 같은 걸 하면 일을 잘했다는 기분이 들지도 몰라. 하지만 정말로 해야 할 일은 중요한 부분을 기록했다가, 그 상황이 되었을 때 자신이 직접 해낼 수 있도록 하는 거잖아? 지금 같은 식으로 메모해도 괜찮을까?"

"괜찮을 것 같은데……."

"그럼 뭐 괜찮지만. 혹시 모르니 방에 돌아가서 다시 읽어보고, 그때마다 아인즈 님이 무슨 생각을 하셨는지, 그리고 그걸 자신의 입장으로 바꿔서 어떻게 적용할지 생각해보는 게 좋지 않을까?"

"그런 것이사와요?"

"그런 것이사와요."

단언하고, 문득 왜 자기가 샤르티아에게 이런 말을 해주는 걸까 하고 생각했다. 하지만 어째서인지 그녀를 이끌어주는 것도 당연하다는 마음이 샘솟았다.

'하아. 나 참. 왠지 모르겠지만 못난 여동생 같다니까……. 불경하지만 부글부글찻주전자 님도 이런 마음이셨을까?'

*

아침 해가 공연히 눈부시게 떠올랐다. 일행은 출발 준비를 갖추었다. 갖추었다고 해도 무언가를 한 것은 아니다. 단순히 마법으로 만들어낸 탑을 나와 대열을 짰을 뿐이다. 모몬 때 했던 여행과 비교하면 아인즈는 어딘가 밋밋하다는 생각을 하지 않을 수 없었다.

그리고 다시 탐색이 시작되었는데, 그날 해가 질 때까지 이동했지만 아무것도 발견하지 못했다.

태양이 산자락을 넘어 스러져가는 도중, 아인즈가 눈을 가늘게 떴다.

마수를 탄 일행이 이제까지 이동한 거리는 100킬로미터——아인즈가 추측했던 도시까지의 거리를 이미 넘어섰다. 하지만 찾을 수 없었다. 다시 말해 이제부터는 샅샅이 뒤지며 가야 한다. 요컨대 시간이 걸리는 일이 시작됐다.

이날도 아인즈의 마법을 쓰고 휴식했으며, 그다음 날. 출발하고 사흘째.

젠벨이 갑자기 큰 소리를 냈다.

"여기다! 여기 알아!"

이미 주위에 나무는 보이지 않고 있는 것이라곤 바위투성이 산자락이었다. 그 속에서 젠벨의 목소리가 크게 울려 퍼졌다.

"폐하! 여기에서 가까울 겁니다요!"

"그래! 그렇다면 각자 주의하며 행동하라!"

아인즈의 명령에 따라 모두가 대열을 깔끔하게 정돈했다.

"그러면 젠벨, 부탁한다."

"맡겨만 주십쇼!"

일행은 젠벨의 안내에 따라 나아갔다.

이윽고 전방에 동굴이라기보다는 산에 뚫린 균열이 나타났다.

정말로 젠벨의 기억에서 보았던 것에 가까운 느낌이었다.

하지만 더 컸던 것 같은데, 젠벨이 좋아하는 모습을 보면 틀림없으리라. 잠깐 기억을 보았던 아인즈보다는 젠벨 본인의 기억이 훨씬 정확할 테니까.

아인즈는 흐트러진 로브를 정돈하며 아우라에게 지시했다.

미리 결정해둔 대로 아우라가 마수를 이끌고 균열로 달려갔다.

"드워프의 나라여! 이곳으로부터 남쪽에 새로이 세운 국가 아인즈 울 고운 마도국에서 왕 아인즈 울 고운 폐하가 오셨습니다! 안내할 사람을 보내주세요!"

선발대인 아우라의 목소리가 균열 속에 왕왕 울려 퍼지는 것 같았다.

하지만 대답이 없었다.

아우라가 어떻게 할까요? 하는 눈으로 아인즈에게 물었으므로 아인즈는 다시 한 번 말하라고 지시했다.

아우라가 되풀이해 고함쳤다.

하지만 역시 대답은 없었다. 한동안 기다렸지만 누군가 나오는 기척이 없다.

젠벨의 말에 따르면 입구에는 외부의 침입을 저지하기 위한 경비병이 있다고 했다. 그렇다면 분명 아우라의 목소리가 들렸을 것이다.

다크엘프를 기피하는 걸까?

아인즈는 아우라에게 일단 돌아오도록 지시를 내리고, 동시에 젠벨을 불렀다.

"네 차례다. 가서 불러보거라."

아인즈는 젠벨에게 몇 가지 강화마법을 걸어주었다. 이로써 확실하게 안전하다고는 할 수 없지만 그래도 없는 것보다는 위험도가 훨씬 낮아진다.

젠벨이 동굴에 다가가 큰 목소리로 고함을 질렀다. 역시 대답은 없었다.

"……한조."

"주군을 뵙습니다."

근처에 대기했던 샤르티아의 그림자에서 스윽 배어나오듯 닌자가 모습을 나타냈다. 한조 리더의 뒤에는 다른 한조들도 서 있었다.

"──내부로 침입해 상황을 확인하고 오너라. 눈에 뜨이지 않도록."

"분부 받들겠습니다. 그런데 어느 정도 조사하고 오면 되겠습니까? 듣기로 드워프의 도시는 수많은 갱도를 가진 도시. 그물눈처럼 뻗은 갱도를 모두 조사하기에는 시간이 지나치게 많이 걸릴 듯합니다."

"최소한도면 된다. 도시 중앙부에 해당하는, 도시 기능이 집약된 장소만 알아보고 오너라. 갱도 내부의 조사는 그다음에 해도 상관없다."

"존명."

한조 다섯 마리가 리더를 선두로 소리 없이 달려 나갔다. 그림자를 남기는 듯한 주법은 닌자 계열 고위 몬스터들의 독특한 모션이다.

아인즈는 젠벨에게 돌아오라고 지시하고 일행의 한복판——안전한 곳에 대기시켰다. 드워프와의 교섭에서 그는 많은 도움이 될 테니까.

"——샤르티아, 경계를 늦추지 마라."

"예!"

특수기술을 써서 순식간에 풀 장비를 갖춘 샤르티아가 빈틈없이 주위를 살폈다.

나자릭 수호자 중 최강인 샤르티아가 임전 태세에 들어가면 어지간히 대단한 적이라도 즉사 콤보를 꽂지는 못할 것이다. 그렇다고는 해도 PVP에서 경험은 중요한 요소다. 그 점이 부족한 샤르티아에게 모두 맡기기만 하는 것은 위험하다.

그런 의미에서는 많은 경험을 축적한 아인즈가 시범을 보여주어야 한다.

아인즈도 마찬가지로 빈틈없이 주위를 경계하는 가운데, 이윽고 한조가 돌아왔다. 생각보다 시간이 걸린 이유는 그만큼 거리가 멀었기 때문일까.

한조들이 아인즈의 앞에 늘어서서 한쪽 무릎을 꿇었다. 대표로 입을 연 것은 당연히 리더다.

"——아인즈 님, 드워프 도시의 거주 구역으로 여겨지는 장소를 발견해 수색했습니다만, 움직이는 사람의 모습은 없었습니다."

"——무엇이 있더냐?"

"충분히 조사한 것은 아니오나 시체 같은 것은 발견되지 않았으며, 가옥 내에 세간이 전혀 없었습니다. 아울러 전투가 있었던 흔적 또한."

"드워프들은 이 도시를 모종의 이유에 따라 자주적으로 포기했다고 생각해야겠군."

젠벨에게 고개를 돌리자 놀라는 눈치였다. 짧은 시간이기는 하지만 젠벨의 성격은 조금 알게 되었다. 연기는 아닐 것이다.

"——좋다. 거주 구역까지 안내하라."

"예!"

아인즈는 한조의 안내에 따라 걸음을 옮겼다. 물론 미지의 땅이다. 방심은 하지 않는다. 샤르티아, 아우라, 젠벨은 말할 것도 없고, 고레벨 언데드와 마수도 동행시켰다.

밖에 놓아둔 것은 레벨이 낮은 뱀파이어 브라이드들과 매머드형 마수들뿐이었다.

이것은 미끼의 역할이 강했다. 만약 미지의 존재, 그것도 적대자가 감시하고 있을 경우 이러한 전력을 깎아내고 싶다면 확실하게 쓰러뜨릴 수 있을 때 공격을 가할 것이다. 게다가 물자를 운반한다는 사실을 안다면 여기서 나올 정보를 고려해 습격을 가하는 것은 기본 중의 기본.

그렇기에 그녀들을 놓아두는 것만이 아니라, 근처에 한조 한 마리를 매복시켜두었다.

구하기 위해서가 아니다. 상대를 감시하고, 습격을 가한 적의 정보를 될 수 있는 한 많이 얻기 위해서다. 그리고 가능하다면 상대가 어디로 철수하는지—— 본거지 등의 정보도 얻으면 만만세다.

이제까지 여행하면서 한 번도 나자릭에 돌아가지 않았던 것 또한 〈전이문〉으로 얼마든지 전력을 회복시킬 수 있음을 상대에게 알리지 않아, 이처럼 약한 부분부터 깎아내는 데에 이점이 있으리라 생각하게 만들기 위함이었다.

'적이 나오더라도 서번트들이 무사하면 좋겠다만.'

딱히 좋아서 부하를 죽이려는 것은 아니다. 다만 자동적으로 어느 정도까지 리젠되는 몬스터라면 적의 정보를 얻기 위해 잃는다 해도 별로 아깝지는 않다.

아인즈는 잔혹하다고 생각하면서도 동굴 안을 나아갔다.

동굴은 밖에서 빛이 들어오지 않아 이내 완전한 어둠에 뒤덮였다. 그러나 암시(闇視) 능력을 가진 아인즈에게는 전혀 문제가 되지 않는다. 샤르티아나 아우라, 그 외의 언데드, 마수들도 그렇다. 이 레벨에서 단순한 어둠 따위에 시야가 차단될 사람은 없다. 참고로 젠벨은 언데드 중 한 마리에게 공주님처럼 안겨 이동하는 중이었다.

종유석이며 석순이 완전히 제거되어 걷기 편하도록 평평하게 다져진 것은 틀림없이 이곳이 드워프의 도시이기 때문이리라.

한조의 안내에 따라 나아갔다. 도중에 몇 번이나 길이 갈라졌다. 한조의 말로는 모두 막다른 길이라고 한다. 침입자에게 혼란을 주어 시간을 끌거나 쫓아내기 위한 장치일 것이다.

아인즈에게는 이럴 때 쓸 수 있는 마법이 있지만, 그렇지 않은 한조는 모든 루트를 조사했을 테고, 시간이 걸린 것도 당연하다.

아인즈가 그런 감상을 품고 있으려니 한조가 돌아보았다.

"아인즈 님, 이제 곧 거주 구역에 도달합니다."

"그래? ……이 앞에서 어렴풋한 불빛 같은 것이 보인다만, 드워프는 없다고 하지 않았느냐, 한조?"

"예, 없었습니다. 이 빛은 수정 비슷한 광석이 발하는 빛입니다."

갱도 끝에는 커다란 공간이 펼쳐져 있었다.

빛이 발생하는 곳을 찾아 시선을 돌리니, 천장을 지탱하는 여러 개의 굵은 천연 돌기둥이며 천장에 크리스탈 같은 것이 돋아나, 그곳에서 한조의 말대로 어렴풋한 빛이 뿜어져 나왔다.

그 외에—— 인공적인 빛은 아인즈의 시야 내에는 존재

하지 않았다.

한조가 거주구라고 말했던 만큼, 정말로 도시 같은 구조였다. 마치 상자처럼 밋밋한 건물——아마 2층 구조——이 즐비하게 늘어섰다.

이곳에 사는 종족의 신장이 그리 크지 않기 때문인지 인간 사회의 건물보다도 훨씬 작다. 그래도 아인즈의 신장보다는 크니, 시선은 건물에 가려져 도시가 얼마나 넓은지 파악하기 힘들었다. 헤아리는 것이 바보스럽게 여겨질 만큼 많은 건물이 있는 것 같았다.

"흐음……."

그런 도시를 바라보던 아인즈는, 가슴에 품었던 선망이라는 이름의 불꽃에 냉수가 뿌려진 듯한 기분을 맛보았다.

너무 누추했다.

드워프 도시라고 들었을 때 떠올랐던 현란하고도 섬세하며 중후한 이미지는 한 점도 없었다. 위그드라실의 분위기——플레이어의 기적은 느껴지지 않는다.

아인즈는 걸음을 옮겨 건물 중 하나에 다가가 문을 열어보았다.

한조의 말대로 휑뎅그렁하고 공허한 공간이 펼쳐졌다.

현관에서 보았을 뿐이지만 세간은 하나도 없었다. 있는 것이라고는 붙박이 선반처럼 운반할 수 없는 물건뿐이었다. 바닥에는 하얗게 먼지가 쌓여 상당히 오랫동안 아무도 들어오지 않았던 것으로 여겨졌다.

"──젠벨! 누가 없는지 한번 불러봐라."

아인즈의 명령을 받은 젠벨은 신세 졌다는 드워프의 이름을 불렀다.

동굴 안인데도 목소리는 하염없이 퍼져나갈 뿐 돌아오지 않았다. 그만큼 넓은 공간이기에 그럴 것이다.

젠벨은 몇 번을 불렀으나, 결국 누군가가 나타나려는 기척은 없었다.

"──한조. 이 도시에 있는 이곳 이외의 갱도에 무언가 단서가 될 만한 것이 없는지 수색하라. 이 도시가 방치된 이유를 발견하는 것이다. 다만 갱도가 얼마나 깊고 긴지에 관해서는 아무런 단서도 없다. 지나치게 깊다고 여겨지면 철수하라."

"예!"

이 자리에 있는 모두가 분담해 찾아보면 더 빠르겠지만, 아인즈는 이처럼 이해할 수 없는 상황에서 그런 생각을 실행할 만큼 무모하지 않았다. 모두를 모아 조금 더 조사해보겠다고 선언하고, 뒤에 대기시킨 후 건물 문을 하나하나 열어보기 시작했다.

어느 건물이나 첫 건물과 마찬가지였다.

이따금 가구가 놓인 건물이 있었지만 그래 봤자 이쪽 집에는 선반 한 개, 이쪽 집에는 책상 한 개 하는 정도일 뿐,

세간이 빠짐없이 놓인 가옥은 발견되지 않았다.

이래서는 조사하는 데에도 시간이 걸릴 것 같다.

"아우라, 이 안에서 가장 감각이 뛰어난 네 지각 능력에 걸려든 인기척이 있느냐?"

"없어요. 아무도 없는 것 같아요."

"그래……? 그렇다면 2개 팀으로 나눠 조금 더 조사해보자. 샤르티아는 언데드들을 지휘해 나를 경호하고, 아우라는 젠벨이 체류했다는 드워프의 집에 가본 다음, 이곳에서 너무 멀리 떨어지지 않도록 주의하면서 도시 안을 돌아 드워프들이 없어진 이유를 알아보거라."

두 수호자가 대답하고, 젠벨이 이쪽으로 고개를 숙이며 감사를 표했다.

아인즈는 느긋하게 끄덕여 대답한 후 〈비행〉을 발동시켰다.

천천히 허공으로 떠오른다.

누군가가 매복했다면 매우 위험한 행위이기는 하지만, 어쩐지 정말로 아무도 없을 것 같다는 기분이 들었다.

"아인즈 님!"

샤르티아가 황급히 뒤를 따라 날아올랐다.

"위험합니다! 내려오십시오!"

"그래, 내가 조금 부주의했던 것 같다."

근거 없는 감만으로 사선이 지나기 쉬운 허공에 날아오른 것이다. 샤르티아가 화를 내는 것도 당연하다.

"하지만 공격하지 않는 것을 보면 역시 아무도 없을 가능성이 농후하구나. 그리고 나를 발견한 자가 정보를 얻고자 다가올 가능성이 있으니 주위 경계를 부탁한다."

"……직접 미끼가 되는 행동은 삼가 주사와요."

'때로는 팀을 통솔하는 자가 미끼 역할을 맡는 것도 옳은 전략이라고 뿡실 님이 말한 적이 있는데……. 동료가 아니라 경호를 맡은 샤르티아는 인정할 수 없는 걸까.'

"용서하거라."

아인즈는 샤르티아에게 말하고 눈 아래를 내려다보았다.

분명히 도시다. 바둑판처럼 질서정연하며 똑같은 건물이 수없이 보였다.

"──저곳에 큰 건물이 있구나. 저곳과, 저곳에도."

대부분이 판으로 찍어낸 것처럼 같은 건물이었지만 개중에는 더 큰 건물도 점점이 존재했다.

"가볼까?"

"……아우라를 불러들인 다음에 가시는 것이 좋지 않겠사와요? 만약 저곳에 누군가가 매복하고 있다면 성가신 일이 벌어질까 생각하사와요."

조금 전부터 샤르티아의 발언은 정론뿐이었다.

"아인즈 님!"

마침 타이밍 좋게 밑에서 아우라의 목소리가 들렸다. 내려다보니 곁에 젠벨을 거느린 아우라가 손을 흔들었다. 그 모습이 보통 상황이 아님을 알려주었다.

"뭔가 발견한 모양이구나."

"그런 것 같사와요."

얼굴을 마주 본 두 사람은 아우라의 곁으로 내려섰다. 뒤늦게 언데드들이 따라왔다.

"여기 좀 보세요, 아인즈 님!"

아우라에게 안내를 받아 간 곳은 가옥 중 한 곳이었다. 아우라는 열린 문 안쪽을 가리켰다.

아인즈는 안을 대충 둘러보았지만, 조금 전까지 조사했던 건물들과 똑같이 보일 뿐이었다. 무언가 특별한 것을 발견할 수는 없었다.

"젠벨이 신세 졌다는 그 드워프의 집이냐?"

"아뇨, 그건 아니에요. 젠벨이 묵었던 드워프의 집으로 가다가, 문이 살짝 열린 건물을 발견했거든요. 그래서 안을 살폈더니, 보세요. 바닥에 발자국이 있어요. 그것도 아마 드워프의 것이 아닐 거예요. 젠벨, 드워프는 맨발로 살지 않았지?"

"어, 물론이지……요. 그 친구들은 신발을 신었습니다요. 집 안에서도 거의 벗지 않았습죠. 발등을 금속으로 보강한 튼튼한 신발을 신은 녀석들을 곧잘 봤습니다요."

"그러니까 이건 틀림없이 드워프의 것이 아니에요."

"발자국을 통해 어떤 것을 알 수 있겠느냐?"

"어디보자……."

아우라가 고개를 살짝 갸웃했다.

"우선 두 발로 걷는 생물 같아요. 그리고 좌우 발 사이에 실선 모양의 자국이 있으니까, 이건 꼬리일 거예요."

"리저드맨 같은 것이사와요?"

샤르티아의 시선 너머에는 젠벨이 있었다.

"아니야, 달라. 젠벨 것처럼 굵지 않고 더 가늘어. 발자국에도 먼지가 쌓여 있으니 시간이 꽤 지났나 봐. 자주 찾아오지는 않았고…… 그것도 여기 들어왔다가 곧바로 나간 것 같은데. ……드워프 도시를 발견하고 관심을 가졌다는 뜻일까?"

집 안을 보던 아우라의 시선이 움직여 길로 향했다.

"한 마리는 아니에요. 여러 마리…… 그것도 꽤 많은 수가 있었던 것 같아요. 최소 열 마리는 돼요."

"그 발자국을 어디까지 따라갈 수 있을 것 같으냐? 유일한 단서다. 가능한 한 좇고 싶다."

"알았어요. 그러면 제 뒤를 따라오시겠어요?"

거절할 이유가 있을 리 없다.

아우라를 선두에 세우고 다 함께 우르르 움직였다. 아래를 보면서 걷는 아우라를 지키기 위해 바로 뒤에 샤르티아를 붙이는 형태였다.

발자국의 주인은 그야말로 아우라의 추측대로 움직이고 있었다. 다시 말해 조금 전의 아인즈와 마찬가지로 목적이 느껴지지 않는—— 드워프의 집을 보며 돌아다니는 식으로 나아갔던 것이다.

그대로 발자국을 추적하던 아우라가 우뚝 걸음을 멈추더니 길 너머를 노려보았다. 시선을 따라가자 아인즈가 위에서 보았던 거대한 건물이 있었다.

"여기서 여러 마리의—— 같은 숫자의 발자국과 합류했어요. 이 별동대는 저쪽에서 온 것 같은데, 어떻게 할까요? 별동대가 왔던 곳을 조사해볼까요?"

"……아니다. 먼저 이 발자국의 주인들이 어디로 사라졌는지 따라가보는 편이 좋겠구나. 이 별동대의 발자국은 나중에 조사해도 문제 없을 것이다."

"알겠습니다!"

아우라가 다시 걷기 시작해, 이윽고 도시를 횡단하다시피해 동굴 벽에 인접한 건물에 도착했다.

단층 건물인 듯한데 부지 면적은 상당히 넓다.

"……아무도 없을 것 같지만 혹시 모르니 마법을 쓰겠다. 나를 중심으로 적의 방어마법이 작렬할 가능성이 있으므로 각자 조금 떨어진 곳에서 대기하라."

정보계 마법을 쓸 때는 카운터 마법이 날아올 가능성이 있다. 이 멤버 중에서 일격사를 당할 만한 자는 젠벨뿐이지만 공연히 부하의 체력을 깎을 이유는 없다.

"아인즈 님, 저만은 가까운 곳에서 대기하겠사와요."

"어? 그럼 저도 같이 있을래요."

"안 되어요. 아우라는 말려들지 않을 만한 곳에서 주위를 경계하사와요."

샤르티아에게 논파당한 아우라가 도움을 청하듯 아인즈를 바라보았지만 아인즈도 샤르티아와 같은 의견이었다.

"하긴. 이 멤버 중에서는 아우라가 지각 능력이 가장 뛰어나지. 가능성은 낮겠지만 누군가가 숨어있을 경우 즉시 대응할 것을 부탁한다."

주인이 이렇게까지 말하면 아무 대꾸도 할 수 없는지 아우라는 마지못해 고개를 끄덕였다.

아인즈는 마법의 감각기관을 만들어내 이를 건물 안으로 보냈다.

역시 누군가가 숨은 것 같지는 않았다. 그대로 안쪽을 향해 이동시켰다.

'대체 이 건물은 뭐지? 카운터에…… 이건 사물함인가? 목욕탕……치고는 남녀 구분이 없는데…… 드워프 특유의 건물인가?'

관찰하면서 몇몇 방을 지나간 아인즈의 눈은 자신들이 걸어왔던 갱도 같은 장소에 도착했다.

'혹시 이곳은 관문이나 요새 같은 역할을 하는 건물일

까? 이 갱도 안에 누군가가 들어왔을 때 적을 막아내는 곳이라든가. 그렇다면 이 너머에 다른 출구가 있을까?'

대충 건물 안을 수색하고 적의 모습을 발견하지 못했던 아인즈는 건물 내부가 어떻게 되었는지를 간단히 설명한 후 발자국이 그 갱도로 사라졌는지를 확인하기 위해 아우라를 안으로 보냈다.

그리고 아인즈, 샤르티아, 젠벨 순서로 그 뒤를 따랐다. 한조가 돌아올 것도 고려해 밖에는 마수와 언데드들을 대기시켰다.

아인즈는 아우라의 뒤를 따라가며 젠벨에게 속삭이듯 물었다.

"이 건물이 무언지 아느냐?"

"죄송합니다요, 폐하. 그것까지는 모르겠습니다요. 제가 아는 건 아까 폐하가 보던 커다란 건물? 누군가의 발자국이 있던 건물 말인뎁쇼, 거기 있던 길 너머의 건물에서 행정을 한다느니 뭐 그런 말을 들은 정도입죠. 그리고 가끔 보이는 커다란 건물은 주점이나 대장간이나 점포를 경영하는 장소였을 겁니다요. 드워프란 것들은 부족장…… 어, 권력자도, 별로 크지 않은 집에서 살죠."

젠벨은 그 이유까지는 모른다고 말을 맺었다.

그때 마침 아우라가 갱도 입구에서 발을 멈추었다.

"발자국은 여기서 드나들고 있어요. 더 가볼까요?"

아인즈는 아우라의 질문에 망설였다. 하지만 그것도 한순간.

"아니다. 그건 관두자. 아직 이 도시 안에서 알아보아야 할 것이 있다. 이 너머는 최후의 최후에 조사해보자. 무엇보다 그때는 한조도 있는 편이 나을 테고."

그렇다기보다, 한조가 아직 돌아오지 않는 것을 보면 갱도가 상당히 넓다고 생각해야 할 것이다.

밖으로 나온 아인즈는 〈전언〉을 기동시켜 한조 리더를 불러보았다.

"어떻게 됐느냐, 한조. 아직 정보가 모이지 않았느냐?"

『시간이 걸려 죄송합니다! 그러나 기뻐해 주십시오. 늦었습니다만, 아무래도 누군가의 그림자를 포착한 것 같습니다.』

"뭐야, 그게 사실이냐? 드워프가 사라졌다는 증거를 발견한 게냐?"

『증거는 아닙니다만 아무래도 이 갱도 안쪽에 누군가가—— 소리를 내는 누군가가 있는 듯합니다.』

"자연의 소리는 아니로구나."

『예! 보아하니 누군가가 광맥을 캐는 것 같습니다. 어떻게 하는 것이 좋겠습니까? 될 수 있는 한 저희 쪽에서 정보를 모아야 할지요?』

"아니다, 그만두어라. 그 전에 우리를 그곳으로 안내해다오. 내가 있는 장소는━━."

설명해도 잘 전달될 것 같지 않았다.

"어디 보자, 횃불을 표식으로 삼으마."

『알겠습니다!』

아인즈는 〈전언〉을 끊고 다음으로 횃불을 꺼냈다. 아인즈는 자동으로 불이 붙은 그것을 근처에 있던 언데드에게 건네주었다. 언데드는 이를 좌우로 흔들어, 어디에 있는지 모를 한조에게 신호를 보냈다.

물론 아인즈가 가진 만큼 그것은 특수한 횃불이다. 상점에서 구입할 수 있는 아티팩트로, 슬라임 계열의 몬스터에게 들이대면 평범한 횃불의 두 배나 되는 불꽃 대미지를 입힐 수 있다. 사실 이러한 용도에 쓰기에는 아깝지만 아인즈에게는 평범한 횃불이 없었던 것이다.

시야에 붉은 잔광이 띠 형태로 남을 만한 시간이 지난 후, 한조 일행이 아인즈 앞에 나타났다.

"주군을 뵙습니다."

"인사는 됐다. 시간은 금이다. 서둘러 우리를 그곳으로 안내하거라."

"분부 받들겠습니다!"

닌자의 뒤를 따라 아인즈 일행을 등에 태운 마수들이 달렸다.

이윽고 발자국을 따라간 곳에 있었던 것과 같은 건물이

앞에 나타나고 한조가 걸음을 멈추었다. 틀림없이 그곳이 골이었다.

한조가 마수에서 내려선 아인즈에게 설명했다.

"이 건물 안에서 숨겨진 갱도를 찾았는데, 그 너머에 누군가가 있었습니다."

"아인즈 님, 생긴 지 얼마 안 된 발자국이 있어요. 나온 흔적은 없고 들어간 발자국뿐이네요. 신발은 신었고요. 크기만 가지고 판단하자면 신장은 샤르티아 정도 아닐까요? 숫자는 하나고요."

건물 앞의 바닥을 응시하던 아우라의 보고에 아인즈는 고개를 끄덕였다.

"……상대와는 우호적인 대화를 시도하겠다. 상대가 공격을 가하더라도 방어만을 허가하겠다. 결코 먼저 공격하지 마라. 이를 철저히 지키도록. 그리고 상대에게 경계심을 심지 않기 위해서라도 우선 아우라가 대화해보거라. 그다음에 ──."

아인즈는 자신의 얼굴을 쓰다듬었다.

인간사회에서만 언데드가 기피의 대상인지, 아니면 일반적인 상식인지 알 수 없다. 어쨌거나 부하로 거느린 것은 언데드의 군세다. 그렇다면 지금은 얼굴을 드러내고 상대 앞에 나서는 편이 ── 공연히 숨기지 않는 편이 좋은 인상으로 이어질지도 모른다.

"좋아. 그러면 한조, 그 소리가 들려온 곳까지 안내하라."

한조의 안내를 받아, 건물 안으로 들어간 후 갱도로 나아 갔다.

천장이 별로 높지 않은 것은 드워프가 팠기 때문이리라. 위그드라실에서도 드워프는 다른 데서와 마찬가지로 신장이 크지 않았다. 그들이 파면 이 정도 높이의 갱도가 될 것이다.

갱도 중간에서 아우라가 귀를 쫑긋쫑긋 움직이며 한조의 보고가 틀림없다고 보증해주었다.

아인즈도 귀를 기울여보았지만 아우라가 들었다는 소리는 아직 들리지 않았다.

"그렇군. ……가까우냐?"

"모르겠어요. 소리가 메아리쳐서 정확한 거리를 알 수가 없어요."

"흐음. 일직선이라면 마법의 눈을 날려 상대의 정체를 파악할 수 있겠다만……."

아우라처럼 청각에 예민한 종족에 속하거나 그런 직업을 가진 자가 아니라면 거리 때문에 아직 소리는 들리지 않을 것이다. 그러나 더 다가가면 상대도 우르르 몰려가는 이쪽의 기척을 알아차리고 만다.

낯선 누군가가 떼로 몰려온다는 사실을 알면 상식이 있는 자는 안전을 우선시해 몸을 숨기려 할 것이다. 아우라가 있으면 놓칠 일은 없겠지만, 〈전이〉 마법이나 〈대지잠행〉 같은 특수 기술을 가진 상대라면 추적이 어려워진다.

지금은 아우라와 한조만을 보내는 편이 현명하지 않을까. 그 외에는 완전불가시화를 발동시킨 아인즈 정도.

"그러면 여기서부터는 잠입 행동이 가능한 자끼리만 가겠다. 우선 아우라와 한조, 그리고 나다. 샤르티아는 이곳에서 대기해라."

"명령이시라면."

"……아니지. 여기서 대기하기는 위험할까?"

아인즈는 천장을 올려다보았다. 단단한 암반이라고는 여겨지지만 확신할 수는 없다.

"어디보자. 조금 전의 건물까지 돌아가 그곳에서 우리가 귀환하기를 기다려라. ……아니다. 그렇게 하면 한조도…… 아우라, 발자국은 그 소리가 들리는 곳까지 이어진 것 같으냐?"

"네, 그쪽으로 이어지고 있어요. 짐작이지만 이 발자국의 주인이 소리를 내는 것 같아요."

"그렇구나. 그렇다면 나를 그곳으로 안내할 수 있겠지?"

아우라가 고개를 끄덕였다.

"그러면 여기서부터는 둘이서 가자. 나와 아우라 이외에는 이 갱도의 입구 건물까지 돌아가거라. 예측하지 못한 사태가 발생할 경우, 특히 동격 수준의 강자라고 여겨질 경우 즉시 철수할 것을 명심해라. 그때는 우리도 알아서 도망칠 테니 걱정하지 말고. 〈전이문〉의 출구는 아우라가 숲에 만든 건물로 해두어라."

"예! 하지만 두 분이서 괜찮으시겠사와요?"

"모르겠다만, 뭐, 괜찮다고 생각하고 싶구나."

부정적인 생각을 하면 한이 없다. 어느 정도는 포기하고 행동에 나설 수밖에. 그것은 아인즈가 최근에 배웠던 것 중 하나였다.

샤르티아도 아인즈의 뜻을 바꿀 만한 설득의 재료는 떠오르지 않았는지, 아니면 아인즈의 명령이기 때문인지 그 이상의 이의는 제기하지 않고 지시에 따르는 데 동의했다.

아인즈는 아우라와 함께 걸어 나갔다. 아직 거리는 어느 정도 있는 듯했으므로 마법은 쓰지 않았다.

둘이서 말없이 걷기를 한동안. 아인즈의 귀에도 소리가 들렸다.

"……일부러 소리를 안 내려고 하는 것 같네요."

아인즈는 아우라가 어떻게 그런 생각을 떠올렸는지 전혀 알 수 없었지만, 그녀가 그렇다면 그런 것이리라.

"그렇다면 상대도 경계하고 있을 가능성이 높다고 봐야 겠구나."

"그럼 일단 붙잡을까요?"

"상대가 도망치려 할 때는 그렇게 하거라. 첫 접촉부터 폭력적으로 나선다면 그 후에 우호 관계를 만들기가 매우 어려우니."

"알겠습니다. 그럼 우선 제가 평범하게 말을 걸어볼게요."

"그렇게 해다오. 그러면 나는 불가시화―― 아니, 혹시 모르니 불가지화(不可知化)를 써서 아우라 네 바로 곁에 있으마. 만약 상대가 도망치려 한다면 그때는 어쩔 수 없으니 붙잡도록 해라."

2

둘이서 이것저것 의논한 후 작전을 정해 그 소리가 들린 곳까지 걸어갔다.

갱도 안쪽에는 조그만 인간형 생물 하나가 있었다. 완전한 어둠의 세계 속에서, 손에 든 곡괭이를 갱도의 벽에 꽂아 열심히 파내고 있다.

아직 거리가 있으므로 정확히는 알 수 없지만 신장은 140센티미터 정도가 아닐까. 체격은 맥주 통 같았으며, 다리는 그리 길지 않다. 아니, 짧다고 단언해버려도 좋을 것이다.

갈색 망토를 걸쳤고 바로 곁의 지면에는 그의 소유물로 보이는 도구가 놓여 있었다. 개중에는 빛을 밝히지 않은 랜턴, 수통 같은 것도 있는 듯했다.

'아무도 없는 도시에 광부만 딱 한 명? 너무 이상한 이야기인데, 본인에게 물어보면 의문이 해결되겠지.'

아우라가 살금살금, 몰래 그 인물에게 다가갔다.

반면 아인즈는 아무것도 신경 쓰지 않았다. 〈완전불가지화Perfect Unknowable〉는 소리는 물론 모든 기척을 완전히 없애버린다. 어지간히 고레벨 도적계 직업이 아니고선 탐지가 어렵다. 아우라 정도라도 발견하기는 힘들며, 어쩐지 있는 것 같다는 느낌이 드는 막연한 지각만이 가능한 수준이다.

광부에게 충분히 다가간 아우라가 말을 걸었다.

"안녕하세요~. 뭐 해요?"

"흐헥!"

펄쩍 뛰어오르다시피 비명을 지른 것과 함께 그 사람이 돌아보았다.

긴 수염을 기른―― 드워프라 불리는 종족이 틀림없었다.

눈을 크게 뜬 사내는 갈색 망토로 자신의 몸을 덮었다. 그리고 그뿐이었다. 사내는 분명 그곳에 있다. 하지만 그렇게 생각한 것은 아인즈뿐인 것 같았다.

"우! 불가시화네~."

아우라의 목소리에 불가시화 간파의 힘을 가진 아인즈는

신중히 드워프를 쳐다보았다. 분명 아우라의 말대로였다. 드워프의 모습이 조금 흐릿해진 것 같은 인상을 받았다.

'망토가 매직 아이템이고 저렇게 하면 불가시화 능력이 발동하는 거구나. 시즈와 비슷한 것 같은데.'

"저기요 저기요. 난 당신을 해치려는 게 아니에요, 드워프 아저씨. 거기 있는 거 다 아니까 좀 나와 봐요."

아우라의 귀엽고도 부드러운 태도가 드워프의 마음을 크게 흔든 것이 분명했다. 망토를 아주 살짝 벌리고 그 틈으로 아우라를 엿본다.

"자, 자네, 혹시 다크엘프인가? 어떻게 이런 곳에 있지?"

"네? 드워프 도시에 왔더니 텅 비었길래, 누구 이유를 아는 사람이 없나 해서 찾다가 여기까지 왔어요."

"그, 그렇구면……."

"5년쯤 전까지는 여기에 드워프들이 살고 있었죠? 어떻게 된 거예요? 무슨 일 있었어요? 그보다도 이젠 그만 나와도 되지 않을까요?"

드워프가 슬금슬금 움직였지만 아우라의 시선이 그를 따라 천천히 이동했다.

"그렇구면. 자네한테는 정말 내 모습이 보이는 모양이야."

드워프가 망토를 원래대로 되돌렸다. 그렇게 하면 마법의 효과가 풀리는 모양이다. 아인즈가 보기에는 전혀 달라지지 않은 것 같아서 좀 우스꽝스럽지만.

"그러면 처음부터 다시. 안녕하세요. 아인즈 울 고운 마도국에서 온 아우라 벨라 피오라라고 해요."

"마도국? 미안하이. 과문해서 잘 모르겠구먼. 다크엘프들의 나라인가? 어디쯤에 있나? 어이쿠, 실례했네. 드워프 나라의 곤도 파이어비어드일세. 잘 부탁하네."

아우라가 손을 내밀자 그것이 무슨 의미인지를 이해한 곤도는 흙으로 지저분해진 손을 문질러 닦고는 악수를 나누었다.

괜찮은 분위기다. 불가지화 상태에서 그 모습을 바라보며 아인즈는 크게 고개를 끄덕였다.

"그럼 너무 어색하지 않게 평범하게 말해도 될까?"

"오오, 나야말로 그렇게 부탁하고 싶었다네. 난 일반인이니 말이지. 자네가 지체 있는 사람이라면 말도 못 붙일 테고."

웃음을 보이는 곤도에게 아우라도 싱긋 웃어주었다.

"그럼 아까 하던 질문 계속할게. 어, 5년쯤 전까지 여기서 생활하던 드워프들은 어디로 갔어?"

"음, 3년쯤 전에 여기서 다른 도시로 이주했다네. 뭐 볼일이라도 있었나?"

"응, 조금. 특히 여기서 잠깐 살았던 리저드맨이 같이 왔는데, 알려주고 싶어서."

"리저드맨? 5년쯤 전?"

곤도는 잠시 생각에 잠기더니 손을 탁 내리쳤다.

"아아! 난 만난 적이 없지만 그런 이야기가 있었지. 리저드맨은 처음이라 곧잘 화제에 오르곤 했다네. 분명 한쪽 팔이 굵은 녀석이라고 들었네만."

"응응! 그 녀석 맞아."

곤도가 "그렇군, 그렇군." 하고 되풀이했다. 경계심이 누그러지는 것을 보면서 알 수 있었다.

"그럼 리저드맨에게 친절하게 대해줬던 사람들도 이주한 것 같으니까 어디로 갔는지 알려줄 수 있어?"

"뭐, 알려줘도 상관은 없는데…… 다크엘프는 내가 알기로 지하에 사는 종족이 아니잖아? 지하도로 루트를 설명해줘도 문제없이 갈 수 있겠나?"

"아마 괜찮을 것 같지만, 가능하다면 지상 루트로 알려줘."

곤도는 턱수염이 덥수룩한 얼굴을 찡그렸다.

"으음. 미안하네만 지상을 돌아다니는 일은 별로 없어서 페오 주라── 이주한 도시의 이름이네만, 거기까지 가는 길을 잘 설명할 자신이 없구먼. 북쪽으로 몇 킬로미터 정도의 막연한 설명이 될 게야."

"그럼 그렇게 해도 상관없어. 사실은 안내해주면 좋겠지만…… 부탁해도 될까? 보수는 지불할게."

"매력적인 제안이구먼. 그런데 자네 혼자서── 리저드

맨이 있다고는 했네만, 둘이서 예까지 왔나? 자네는 아직 성인이 되지 않았지? 몇 명 정도가 함께 왔나?"

"나름 많이 왔어. 우르르 몰려오면 폐가 될 것 같아서 갱도 입구에서 기다리라고 했지만."

"입구? ……흐음?"

곤도는 무언가 마음에 걸리는 구석이 있는지 생각에 잠겼다. 하지만 그것도 한순간. 이내 고개를 가로젓고 말을 이었다.

"그렇구먼. 그렇다면 안심하겠네. 하지만 혼자 이 갱도를 걸어오다니…… 별로 좋은 생각은 아닐세. 자네는 흙의 종족이 아니니 잘 모를 수도 있지만, 흙 속을 헤엄치듯 이동하는 몬스터도 있다네. 결코 혼자 돌아다녀도 안전한 곳이 아니야. 뭐, 내가 가진 아이템이 있다면 어떻게든 안 될 것도 없네만……."

흘끔흘끔 아우라의 차림에 시선을 보내는 이유는 매직 아이템을 찾아보고자 했기 때문이리라.

"자, 그러면 자네 일행에게 아이를 혼자 이런 데 보내다니 어른으로서 부끄러운 줄 알라고 한마디 해 줘야겠구먼."

곤도는 아우라에게 등을 돌리더니 옆에 놓아두었던 여러 가지 도구 중에서 자루에 광석을 던져넣었다. 그 가죽자루는 절대 부풀지 않았다. 이것 또한 분명 마법의 아이템일 것이다.

그러고는 근처에 있던 랜턴을 들어선, 내려놓았던 셔터를 올렸다.

푸른색의 신비한——마법적인—— 불빛이 갱도를 비추었다. 이제까지는 완전한 암흑이었던 곳에서 두 사람 모두 태연히 이야기를 나누었던 것이다.

"그러면 가볼까? 자네도 완벽하게 어둠 속을 볼 수 있는 것 같네만, 불빛이 있는 편이 낫겠지? ……그래도 몬스터에게 발각될 가능성이 높아지니 권할 수는 없지. 만약 몬스터가 나타나면 도망칠 방법은 있나? 여기선 별로 보이지 않는다 해도 절대 안 나오리란 법은 없거든."

아인즈는 음음 고개를 끄덕였다. 이 드워프는 아우라가 얼마나 강한지 모르기 때문에 연장자로서 합격선이라 할 만큼 훌륭한 태도를 보여주는 것이다. 다만 개인적으로는 걱정의 양이 조금 부족하다고 여겨졌다. 좀 더 여러 가지 사태를 상정하고 질문해야 한다.

"괜찮아. 나 혼자면 도망치기는 쉽거든. 그리고 나 혼자 온 것도 아니고."

아우라의 시선이 흘끔흘끔 아인즈를 향했다. 다만 살짝 빗나갔다.

"음? ——아, 그렇구먼. 난 이 망토로 눈에 보이지 않게 될 수 있으니까, 그때는 날 내버려두고 도망쳐도 괜찮다네. 다만 땅속을 다니는 일부 몬스디는 진동으로 상대의 위치를 탐지하는 능력이 있지. 그럴 때는 내가 주의를 줄 테니 움직이면 안 되네."

어영차 기합을 넣으며 곤도는 가죽자루를 짊어지고 일어났다.

"그러면 가세나."

곤도가 앞장서서 걷기 시작하고, 아우라와 불가지화 상태의 아인즈가 그 뒤를 따랐다.

"그런데 말이야, 여긴 안전하지 않다고 했지? 그런데 원래는 드워프의 도시였잖아? 뭔가 위험한 일이 있어서 다들 피난한 거야?"

"이 도시는 아니네만, 여기에서 북동쪽에 지금 우리의 수도인 페오 주라라는 곳이 있거든. 그 근처에서 쿠아고아가 나타나기 시작한 게야. 각개격파당하면 큰일이니 이 도시──페오 라이조를 잠시 버리기로 했던 게지."

"쿠아고아? 그거 뭔가 종족이야?"

"그렇다네. 우리와 마찬가지로 흙의 종족이네만⋯⋯ 아주 성가신 놈들이라서 말이야. 우리하고는 보기만 해도 서로 죽이려 들 만큼 사이가 아주 나쁘다네."

곤도는 갱도를 따라 걸으며 쿠아고아가 어떤 종족인지를 하염없이 설명했다. 아마 아우라에게 경계심을 촉구시키기 위한 의미도 있었을 것이다.

우선 외견은 두 다리로 선 두더지에 가까운 아인종이라고 한다. 평균 신장 140센티미터, 평균 체중 70킬로그램 정도. 땅딸막한 체격이다.

모피의 색은 보통 짙은 갈색이 많으며 다음으로는 검은색, 갈색 순서. 푸른색이나 붉은색 같은 특별한 색을 가진 것들은 강자라고 한다.

땅속에 살며, 빛이 드는 곳에 나오는 경우가 거의 없는데도 시력은 인간보다 좋다.

문명 수준은 낮아서 리저드맨과 비슷하거나 혹은 그 이하. 무기나 방어구를 만들려고는 하지 않는다. 이것은 자신의 육체——발톱이나 모피——가 어정쩡한 무기나 방어구보다 뛰어나기 때문이라고 한다.

우선 놈들의 온몸을 뒤덮은 긴 체모는 금속갑옷 수준의 경도를 자랑한다. 게다가 금속으로 만든 무기의 공격을 흡수하는 힘을 가졌다. 이것은 어렸을 때 희귀금속을 먹은 자일수록 내성이 높다나. 어느 정도의 내성을 가졌는지는 모피의 색으로 알 수 있다고 한다.

아마도 위그드라실에서 말하는 종족적 특수 능력을 얻은 것이리라. 말하자면 무기 내성——금속무기 내성——이랄까. 문제는 그 내성이 어느 정도인가 하는 것이다. 아무리 그래도 완전내성을 가진 밸런스 브레이커는 아니겠지만, 조사해보지 않으면 위험하리라.

그리고 아르마딜로나 개미핥기와 비슷한 긴 빌톱은 강철

마저 꿰뚫기도 한다나.

"저기 말이야, 아마 그놈들이 아닐까 싶은 발자국을 아까 시내에서 발견했는데."

곤도는 우뚝 걸음을 멈추더니 아우라를 홱 돌아보았다.

"뭐라고! 이곳도 소굴로 삼으려는 겐가? 그곳과 마찬가지로!"

"그곳? ……일단은 아직 살고 있진 않은 것 같았어. 지나가는 중이었거나 정찰했던 건지도. 하지만 말이야, 포기할 거라면 파괴해버리는 편이 낫지 않았을까?"

"그 말이 옳네만, 우리는 영원히 이곳을 버릴 수 없다네. 조금 더 군비를 갖추면 돌아올 생각이니까. 그 왜, 내가 아까 팠던 것처럼 아직도 광석이 묻혀 있거든."

"흐음~."

두 사람은 묵묵히 걸었다. 흔히 있는 대화의 공백 순간이겠지만 당장 나누어야 할 이야기는 다 마친 것이리라. 들을 수 있는 내용은 다 들었다고 판단한 아이즈는 자신의 모습을 드러내기로 했다. 이대로 갱도를 나가 곤도가 부하 언데드들을 보기 전에 자신의 정보를 조금은 주는 편이 좋을 것이다.

"그러면 슬슬 나도 자기소개를 해야겠지."

아이즈는 말을 걸었지만 당연히 아직 〈완전불가지화〉가 발동 중이다. 목소리는 두 사람에게 들리지 않는다. 아인즈는 조금 창피하게 생각하면서 마법을 해제했다.

아우라의 뒤에서 나타난 아인즈의 기척을 감지했는지 몸을 돌린 곤도는 눈을 휘둥그렇게 떴다. 표정이 순식간에 놀라울 정도로 다채롭게 변화했다. 곤혹, 경악, 공포, 혼란, 그리고——

"——꽤애애애액!"

아인즈가 흠칫 굳어버릴 정도의 괴성을 지르는가 싶더니 곤도는 아우라의 손을 덥석 잡았다.

"괴, 괴무! 도, 도망! 뛰어!!"

하지만 누가 나타났는지를 아는 아우라가 도망칠 리가 없다.

"뛰, 뛰란 말일세!!!"

거대한 바위와 사슬로 묶인 것처럼 곤도의 발은 전혀 나아가지 않았다.

"무, 무거워! 어떻게 된 게야! 뭔가 당한 겐가?!"

"당황하지 말아라. ……곤도."

아인즈가 말을 걸자 곤도가 경악한 표정으로 몸을 떨었다.

"어, 어떻게, 내 이름을! 꿰뚫어본 게냐!! 아니면 마법이냐!!!"

아인즈는 역시 가면을 쓰고 나타날걸 그랬나 생각하며 될 수 있는 한 상대를 흥분시키지 않도록 조용히 말을 걸었다.

"침착하거라. 너의 이야기를 들었을 뿐이다. 나의 이름은 아인즈 울 고운 마도왕. 마도국의 왕이다."

다시 표정이 이리저리 바뀌더니 곤도의 눈이 아우라와 아인즈를 번갈아 바라보았다.

"마, 마도? 마도국이란 건 다크엘프의 나라 아니었나?"

"아니다. 나를 왕으로 모시는, 여러 종족으로 이루어진 나라지."

"……뭐? 거짓말이겠지?"

긴장하면서도 질문하는 곤도의 눈에는 경계와 불신밖에 없었다.

"언데드지……? 가면이 아니고? 응? 바로 그 언데드? 산 자를 증오하고 죽이는?"

"어~ 아인즈 님의 말씀이 맞아. 아까 하신 말씀에 거짓말은 하나도 없어. 난 다크엘프이고, 리저드맨이 여기 왔다는 것도 사실이야. 그리고 아인즈 님은 나랑 당신이 처음 만났을 때부터 계속 같이 계셨는걸? 그래서 내가 뭐랬어. 혼자가 아니라고 했잖아."

"뭐? 내가 잘못 들은 게 아니었구먼? 하지만……."

꼴깍 목을 울린 곤도가 몇 번이나 크게 심호흡을 한 후, 결의를 담은 표정으로 다시 물었다.

"혹시 그렇다면 폐하── 라고 부르면 되겠나? 아니, 되겠습니까? 어, 마도왕 폐하는 원래 다크엘프셨다거나?"

그러고 보니 생각해본 적도 없는 질문이었다. 인간의 언데드가 맞지 않을까. 아인즈는 조금 생각에 잠겼다가 자신의 예상을 말해주었다.

"아니다. 나는 태어났을 때부터……라는 표현이 맞는지 모르겠다만, 언데드였다. ——뭐, 겁내지 말거라. 인간이나 드워프, 엘프에도 선인과 악인이 있지 않느냐? 그와 마찬가지로 산 자를 증오하는 언데드도 있거니와, 산 자에게 우호적인 언데드도 있을 뿐이다. 물론 나는 말할 것도 없이 후자다."

"아, 아니, 우호적인 언데드라니, '착한 악마' 같은 말이라 도통 영문을 모르겠구먼……."

이 녀석, 재미난 말을 하는데?

아인즈는 그런 생각을 하며 어깨를 으쓱했다.

"그런가? 내가 아는 자들 중에는 어둠으로 떨어진 천사도 있거니와 빛을 동경한 악마도 있었다."

빛을 동경한 악마란 게임 '위그드라실'에 나오는 NPC인데, 이름은 메피스토펠레스라고 한다. 선한 존재에게 츤데레 같은 대사를 읊기로 유명하며, 끔찍한 외견을 가졌지만 이지적이고 우호적인 데다, 나아가서는 쏠쏠한 의뢰부터 고레벨 의뢰까지 제시해주는, 새끼 흑산양에 버금갈 정도로 인기 캐릭터다.

"그런 것도 있구먼……."

경악하는 곤도에게 아인즈는 어깨를 으쓱했다.

"너의 경계심도 이해한다. 그러나 이것만은 알아두면 좋을 것이다. 나는 너에게 해를 끼칠 마음이 없다. 그러면 아우라, 풀어주거라."

"네, 아인즈 님."

중간부터 손을 잡고 있던 것은 곤도가 아니라 아우라였다. 그 목적은 전혀 달랐지만.

아우라가 손을 놓자 곤도가 슬쩍 거리를 벌렸다. 하지만 온 힘을 다해 도망치려는 기미는 보이지 않았다.

아인즈는 매우 이성적인 행동이라고 감탄했다. 자칫하면 감정에 몸을 맡긴 채 도망칠 가능성도 있으리라 생각했다. 그때는 곤도에게 별로 좋은 결과가 기다리지 않았겠지만, 이 정도라면 교섭 상대로는 충분하다.

"그러면 다시 한 번 되풀이하지. 경계심은 이해한다만 나는── 아니, 우리는 네게 위해를 가할 마음이 없다. 그뿐 아니라 친해지고 싶다."

곤도에게서는 대답이 없었다. 역시 의심하는 표정으로 이쪽의 태도를 살핀다.

"이렇게 말하는 이유는 우리 나라와 드워프 나라 사이에 우호적인 조약을 맺고 싶어서다. 그러기 위해서라도 드워프 나라의 주민에게 해를 끼쳐서는 안 되겠다고 생각하는 거다."

"우호적인 조약이란 게 뭡니까?"

"……미안하지만 국가를 대표하지 않는 일개 개인에게 그런 국가 수준의 이야기를 해서는 안 된다고 생각하는데, 그렇지 않나?"

"으음~ 무슨 말인지는, 아니아니, 무슨 말씀이신지는——."

"——마음에 두지 말거라. 어떤 말씨라 해도 괜찮으니. 입을 다물어버리면 그것이 더 곤란하다."

아인즈가 가볍게 말해주자 곤도는 그가 모습을 보인 후로 처음 웃음을 지었다.

"고맙소——. 마도왕 폐하. 그러면 여기 있는 아이—— 아가씨 말이 사실이라 치면, 도시에 가고 싶었던 것도 그러기 위해서였소?"

"바로 그렇지. 하지만 곤도, 우선은 갱도에서 나가지 않겠나? 우리와 함께 온 리저드맨에게 이야기를 듣는 것도 좋을 게다. 그에 대해서는 소문으로 들었다고 했지? 게다가 쿠아고아 문제도 있을 테고."

"음……."

곤도의 시선이 흘끔 아우라에게 향했다. 아우라는 "왜?"라고 묻듯 웃음을 지었다.

"좋소. 이 아가씨가 폐하를 신뢰하는 건 틀림없는 것 같으니. 단순한 언데드하고는 분명히 다른 존재란 건 확신할 수 있지."

곤도가 선두에 서고, 그 뒤를 아인즈와 아우라가 나란히 서서 갱도를 나아갔다.

"아, 그렇군. 한 가지 묻고 싶은 게 있다만, 괜찮겠나?"

"뭐요?"

어깨 너머로 돌아본 곤도에게 아인즈가 질문했다.

"룬 기술에 관해 들려주었으면 한다."

곤도의 미간에 주름이 생기더니 눈썹이 급격한 각도를 그렸다.

"룬의 무엇에 대해, 어떤 걸 듣고 싶은 거요?"

명확히 언짢아하는 분위기였다.

조금 전까지 아인즈와 이야기를 나누었을 때에는 공포나 혼란 같은 것이 있기는 해도 분노의 감정은 느껴지지 않았다. 그것이 단 한 가지 질문으로 이렇게 되다니. 룬에 대해 무언가 안 좋은 기억이라도 있다고 생각해야 할까, 아니면 드워프의 비밀을 건드린 것일까.

이걸 과연 질문해도 좋을지 아인즈는 난감해했다.

상대는 처음으로 만난 드워프다. 여기서 그의 기분을 상하게 하는 것은 별로 좋지 못하다. 그러나 여기서 분노의 감정을 보이는 이유를 알아두면 그의 본국에서 교섭하는 데 유리해질 것이다. 이것이 그의 개인적인 사정에서 온 감정의 발로가 아니라면.

아인즈는 경우에 따라서는 곤도를 처분하는 것도 냉정하게 검토하며, 자신이 아는 범위 내에서 룬 문자 이야기를 했다.

대부분이 타블라 스마그라니다에게서 들은 이야기였다. 그렇다고는 해도 그가 아는 내용이라고는 매우 적었다. 문자의 수, 어떤 문자가 있는가 하는 정도다. 문자 하나하나의 의미는 거의 기억하지 못했으므로 어렴풋한 이야기밖에 할 수 없었다.

그러나 반응은 극적이었다. 곤도가 발을 우뚝 멈추더니 돌아보았다.

그의 표정은 조금 전과는 다른 의미에서 일그러져 있었다. 얼굴에 떠오른 그 감정은 흥분이 아닐까.

"당신, 도대체 누구…… 아니…… 마도왕……. 오래 살아온 언데드……. 잃어버린 지식……."

중얼거리는 목소리가 들려왔다. 의도한 것이 아니라 무의식적으로 그러는 모양이었다.

아인즈의 질문에 대답하지 않는 곤도에게 애가 탄 아우라가 나서려는 것을 아인즈가 손으로 저지했다. 지금은 충분히 생각에 잠기게 해야 할 것이다.

이윽고 곤도 나름대로 무언가 해답이 정리되었는지, 그는 아인즈를 정면으로 바라보았다. 그런 곤도의 태도에서는 아인즈를 경계하기는 하지만 좀 더 다른 무언가가 지배하는 듯한 인상이 느껴졌다.

"내가 아는 룬의 숫자는 그리 적지 않소. 하위문자 50에

중위문자 25, 그리고 상위문자 10, 최상위문자 5. 전부 90 문자요. 그렇다 해도 몇 가지는 잃어버렸기 때문에 그리 많은 수는 아니오. 그 외에는 이면문자나 신위문자가 몇 자 있다고 하지만 어디까지나 전설일 뿐이오."

"그렇군……. 내가 조금 잘못 알았나? 룬이란 이런 문자라고 생각했는데, 어떤가?"

아인즈는 기억을 더듬어가며 지면에 글자를 썼다.

"오오! 그건 분명 중위문자 중 하나인 〈라구〉요."

문자가 어째서 그렇게 많은지는 모르겠지만 일치하는 문자도 있다는 사실은 확실해졌다.

"알았다. 그러면 룬 기술에 관한 질문을 계속해도 되겠나?"

정말로 묻고 싶은 것은 누구에게 배웠는가, 즉 플레이어와 관계가 있는가 하는 부분이었지만 그 부분은 역사가에게 묻는 편이 좋을지도 모르니 일단은 천천히 접근하기로 했다.

"100년쯤 전까지 이 산맥의 동쪽에 펼쳐진 인간의 나라──제국에는 룬이 새겨진 마법의 무기가 흘러 들어갔다. 하지만 그 이후 그러한 무기가 유통되지 않은 이유는 무엇이냐?"

진짜로 묻고 싶은 것은 100년 전에 플레이어가 죽었는지 어떤지 하는 점이지만, 너무 직접적으로 물으면 이쪽의 정보까지 주게 된다. 그러나 이 질문은 아인즈가 미리 생각해두었던 것인 만큼 이쪽의 정보를 주지 않는다는 의미에서는 좋은 질문일 것이다.

곤도가 어두운 표정을 지었다. 그리고 멈추었던 발을 다시 움직이기 시작했다.

"긴 이야기가 될 테니 걸으면서 말하겠소."

"음……."

한동안 세 사람의 발소리만이 갱도에 울렸다.

침묵의 시간은 그가 내면의 갈등에 종지부를 찍기 위한 시간이었던 모양이었다.

"우선 나는 아는 사람들에게는 이런 직함을 대고 있소. 룬 기술 개발가라고."

그것은 자칭이라는 뜻일까?

곤도는 아인즈의 대답을 기다리지 않고 말을 이었다.

"한때 드워프의 마법 아이템은 룬을 써서 만들었소. 하지만 200년 전에 왕도가 마신에게 공격을 당해, 마지막으로 남았던 왕족이 나라를 떠나 토벌에 나섰을 때, 외부의 기술이 우르르 쏟아져 들어오며 룬 기술이 낡은 것임이 알려졌소."

곤도가 자루 안에서 검 한 자루를 꺼내 아인즈에게 건넸다. 검신에는 룬이 한 글자 새겨져 있었다.

"〈쿤〉. 날카롭다는 의미를 가진 하위 룬이요. 이것이 단단히 새겨지면 마법의 검이 되지. 효과는 예리함이 늘어나 상대에게 치명상을 입힐 가능성이 높아지는 것이오."

"기본적인 마법 무기의 효과로군. 대미지 보너스의 정도 ── 부여의 강도에 따라 제작기간이 달라지지만, 최소한 도라면 그리 시간을 들이지 않고 만들어낼 수 있다고 들었다. 맞나?"

"그게 룬 기술이 시대에 뒤떨어지는 점이라오. 같은 걸 룬으로 만들려면 완성될 때까지 시간이 그 두세 배는 걸리거든. 생산성 면에서 봤을 때 인간들의 마화(魔化) 기술보다 떨어지지."

곤도가 후우 한숨을 내쉬었다.

"뛰어난 기술이 들어온 덕에 룬을 새기는 룬 장인은 점점 줄어들었소. 마화 기술을 쓸 수 있는 매직 캐스터가 되는 편이 낫다고 생각했던 게지."

그것이 제국에 무기가 유통되지 않는 이유로군.

아인즈는 이해했다. 오랜 전통 공예가 쇠퇴하는 것과 같은 이치다.

그때 곤도가 눈꼬리를 틀어 올리며 말했다.

"하지만 우리 드워프들이 가진 기술을 쇠퇴시키다니, 그건 어리석은 짓이오! 무엇보다 룬 기술에는 좋은 점이 있소. 우선 돈이 들지 않소!"

갱도 안에 곤도의 목소리가 웅웅 울려 퍼졌다. 자신이 위험한 장소에서 감정을 격앙시켰음을 깨달은 곤도는 길게 숨을 토해냈다. 그 보람이 있어, 이어진 목소리는 차분했다.

"그거 아시오? 일반적인 마화로는 재료비가 꽤 나간다오."

그 말이 맞다. 시가의 절반은 재료비라고 들었다.

원가율이 매우 높지만 도매업자, 소매업자가 없다는 전제로 값을 매기고 있다고 한다. 왜냐하면 마술사 조합이 자신들의 마진을 챙기지 않고——연회비 형식으로 징수하는 금액에 포함되어 있다고 생각할 수도 있지만—— 무상으로 직접 판매하거나, 손님과 매직 캐스터의 직거래가 이루어지기 때문이다.

그렇기에 소매를 통할 경우에는 가격이 약간 올라간다.

"그러나 드워프의 룬으로 마화하면 재료비가 거의 들지 않소."

"그거 훌륭하군!"

아인즈는 몸을 내밀었다. 모험자 모몬으로서, 그리고 나자릭의 지배자로서 지출에 골머리를 썩었던 적이 몇 번이나 있다. 그러므로 돈이 들지 않는다는 것이 얼마나 훌륭한지 피부로 실감했다.

그렇기에 이해할 수 없었다. 솔직히 아인즈가 보기에 쇠퇴할 만한 기술이라는 생각은 들지 않았던 것이다.

"……그 외에도 무언가 결점이 있었나?"

"뭐, 있기야 있소만 생산성이 떨어진다는 점이 제일 문제지. 제작에 걸리는 시간도 시간이지만, 룬 장인의 적성을 가진 사람이 너무 적었거든. 제국 사람에게 들은 이야기로 생각해보면 매직 캐스터가 될 수 있는 사람보다도 적을 거요."

"흐음…… 의문이 하나 드는군. 룬은 200년 전부터 시대에 뒤처진 기술이 되었다고 했는데, 왜 요즘 같은 세상에 룬 기술 개발가를 자청하나? 지나치게 늦은 것 아닌가? 아니면 드워프의 수명으로 보자면 그것이 보통인가?"

곤도에게서는 대답이 돌아오지 않았다. 아인즈는 거듭 물었다.

"어떤 룬 기술을 개발하나?"

아인즈는 걸음을 조금 빠르게 놀려 곤도의 옆에 섰다.

앞만을 노려보며 걷는 곤도의 표정에 조금 전의 열기는 없었다. 다만, 반대로 질문이 돌아왔다.

"댁은 왜 룬 기술에 관해 알고 싶은 게요?"

질문에 질문으로 대답하는 건——이라고 말할 마음은 없었다. 곤도가 바라는 대답을 할 수 있다면 그가 무엇을 감추고 있는지 조금 알 수 있을 것이다. 이제까지 '폐하'라 했던 사람이 '댁'이라고 말한 것을 보면 이것은 중요한 질문이리라.

그러나 지금은 아직 속내를 다 털어놓고 대화를 나눌 수 있는 관계까지는 가지 않았다. 무엇보다——

'왜 이 녀석은 정보를 줄줄 흘려줄 것 같은 분위기를 풍기지? 함정인가? 아니면 설마 정보의 중요성을 모르나? ……외부로 유출되어선 안 될 기술일 테니 그런 부분의 중

요성은 보통 잘 알겠지? 그치?'

혼란스러워하면서도, 일단은 표면상의 동기로 마련해두었던 대사를 하기로 했다.

"내가 아는 룬과는 조금 다른 듯하다. 그렇다면 그 역사적 배경이나 기술의 파생에 대해 관심을 가지는 것이 당연하지 않겠느냐? 자, 그러면 나의 질문에도 대답해 줘야겠다."

시선을 되돌린 곤도가 가만히 생각에 잠겼다. 한동안 아무도 말하지 않은 채 걸어갔다.

애타는 시간이 흐르고, 곤도가 말을 꺼냈다.

"지금 실험하는 건, 룬 장인이 마화에 들이는 시간을 단축하는 거요. 혹은 대량 생산이 가능한 방법이지. 하지만 그건 수단일 뿐 목적이 아니오. 최종 목표는 룬으로밖에 이룰 수 없는 기술을 개발하는 거요. 룬 기술이 장래에도 도태되지 않을 특별함을 가지게 하는 거요."

요컨대 부가 가치를 만들자는 것이다. 이 말은 회사에서 남의 위에 선 사람이 좋아하는 말이다. 특히 상품 개발 때는 진저리가 날 정도로 늘어놓게 마련이다.

"호오, 매우 훌륭한 연구를 하는 듯하군. 그런데 그 연구의 진척은 어떤가?"

가르쳐 줄 리가 없다고 생각하면서도 물어본 것은 한 가지 의문 때문이었다. 그렇게 혁신적인 기술을 개발하는 사람이라면 드워프 나라에서도 VIP일 텐데.

'혼자서 위험한 곳에 와서 채굴 작업을 하는 이유를 모르겠어. 중요 인물이라면 경비병이 있어도 이상하지 않을 텐데.'

아인즈의 그런 의문은 즉시 해소되었다.

"전혀요, 전혀. 하나도 진척이 없지."

곤도가 어두운 표정으로 중얼거렸다.

"룬 기술을 이용해 마법의 아이템을 만들어내는 자를 룬 장인이라고 하는데, 나는 룬 장인이라고 할 만큼 훌륭한 놈은 아니오. 도제 노릇을 제대로 했던 적도 없고."

뭐?

아인즈는 마음속으로 생각했다. 그럼 룬 기술을 제대로 다루지도 못하는 자가 기술을 개발하겠다는, 그런 뚱딴지같은 소리가 되는 것 아닌가.

그래 가지고 새로운 기술을 개발할 수 있을까? 아니면 원래 다들 이렇게 하나?

아니다. 그렇지는 않을 것이다. 만약 원래 그런 것이라면 곤도가 이처럼 어두운 표정을 지을 리가 없다. 그렇다면 그도 자신이 막무가내라고 생각하는 것이다.

아인즈는 솔직히 난감해졌다. 이 곤도라는 자는 도움이 될지 안 될지 전혀 알 수가 없었다.

"나한테는 재능이 없는 거요. 어떻게든 룬을 새길 수는 있소. 하지만 시간이 너무 오래 걸리지. ……룬 장인이라면 누구나 그런 과정을 거쳐서 성장한다고 들었소. 하지만 다른 룬 장인은 나처럼 그 자리에서 머물지 않고 실력을 키워 나갔소."

곤도는 힘없이 고개를 가로저었다.

"나는 룬 장인으로서는 무능한 거요. 그렇게 뛰어난 아버지 밑에서 태어났으면서."

그렇구나.

아인즈는 생각했다. 그의 문제는 단순히 재능이 없는 것이리라.

이 세계에서 얻은 지식이나 위그드라실의 지식을 총동원해 생각해보면 이런 말이 될 것이다.

룬 장인이라는 직업을 습득하려면 전제 조건으로 모종의 직업이 10레벨 필요하다. 그는 그 10레벨의 전제 조건을 클리어하고 마침내 1레벨 룬 장인 클래스를 취득하기에 이르렀다.

하지만 그의 종합 레벨 한계는 11레벨이라, 그 이상 룬 장인으로서 직업 레벨을 올리지 못하게 된 것이 아닐까. 게다가 룬 장인 1레벨로는 별로 도움이 안 되는 특수 기술밖에 못 찍는다는 결말까지 붙어 있고.

아인즈는 곤도에게 무언가 해줄 수 있는 것이 없었다. 그러므로 아무 말도 하지 않았다.

위로가 사람을 구해줄 때도 있거니와, 역정만 살 때도 있는 법이다.

아인즈가 곤도의 처지였다면 처음 만난 상대에게 위로를
받고 싶지는 않을 것이다.

"······그렇군. 그런데 그 룬 기술을 발전시킨 신기술을 개
발한다는 것은 모든 드워프의 목표인가?"

"아니오. 나 혼자뿐이오."

곤도는 쓸쓸하게 웃었다.

"룬 장인들은 모두 포기했지. 이제까지의 기술에서 벗어
나 새로운 기술을 개발하려는 자는 없소. 이대로 사라져도
상관없다고 생각하는 사람마저 있을 게요."

"그렇군······. 한 가지 묻고 싶다만, 그 기술을 개발해서
어떻게 하고 싶으냐?"

"뭐요? 그야, 룬 기술로 마화를 하는 룬 장인이 늘어났으
면 하는 것뿐이오. 룬은 훌륭한 기술이니까. 사라져버리는
건 아깝지."

"도와줄 사람은 있나?"

"없소. 아까도 말했듯 거의 모든 룬 장인이 포기한 채 술
이나 푸고 있으니. 자기 대에서 사라져버릴 기술이라고. 옛
날에 설득해본 적은 있지만 모두에게 거절당했소."

"······흐음. 약자필멸. 쓸모없는 기술이 사라지는 것은 당
연한 일."

곤도가 아인즈에게 강한 시선을 보냈다. 하지만 이내 힘
을 잃었다.

고개를 숙이고 걸어가는 곤도를 보며 아인즈는 룬의 가치에 대해 생각해보았다.

솔직히 플레이어가 관여했을지 어떨지 하는 역사 이외에 관심은 없었다.

다만 버려진 기술이라면 싸게 먹힐 테니 투자해도 괜찮지 않을까. 특히 돈이 들지 않는다는 점이 최고다. 게다가 레어 기술이라고 생각하면 모으고 싶어진다.

그 외에는 다른 플레이어가 있다 해도 아인즈와 마찬가지로 룬에 관심을 가졌을 때 좋은 미끼가 될 수 있지 않겠는가.

"……의문이 한 가지 더 있다. 무슨 근거가 있어서 그런 기술의 개발이 가능하다고 생각했나? 조금 전의 이야기로 생각해보자면, 무지하기에 되는 대로 말한 것이라고밖에는 여겨지지 않는다만."

"아니오! 분명 나는 재능이 없어 룬 장인은 되지 못했소. 하지만 우리 아버지, 그리고 아버지의 아버지——할아버지는 이 나라의 필두 룬 장인, 최후의 왕족 룬 공왕(工王)의 한쪽 팔로 일하셨소. 그것을 내 눈으로 보았소. 그리고 아버지와 할아버지의 기술서를 읽고 절대로 불가능하지 않으리라 판단했던 게요! 아버지도 병석에서 내 생각을 긍정해주었소. 어렵기 그지없겠지만 절대 불가능한 일은 아니라고 말이오!"

피를 토하듯 말하는 곤도의 눈가에 눈물이 어렸다.

꾹꾹 눌러 담고 있었으면서도 발산하지는 않았던 마음이

폭발한 것이리라.

고스란히 드러난 감정을 그대로 받으면서도 아인즈의 마음은 그다지 흔들리지 않았다. 왜냐하면 그의 기술 개발이 가능하다면 성공하기를 바라지만, 솔직한 본심은 사라질지도 모를 레어 기술을 손에 넣고 싶다는 정도였다. 얻지 못하면 얻지 못한 대로 포기할 수 있다.

"그야 아들인 나는 무능하지! 그러나 나는 선조가 남긴 기술이 사라지길 원하지 않소! 찬란한 아버지의 이름이 역사에 묻혀버리다니, 안 될 말이오!"

그 말만은 아인즈의 마음을 흔들었다.

자신도 길드 아인즈 울 고운의 동료들이 남겨준 것을 계속 형태로 남기고 싶다.

이 순간 아인즈는 곤도의 마음을 뼈저리게 이해했다.

호감도가 쭉쭉 올라가는 것 같았다.

그와 동시에, 그가 이렇게 말이 많은 이유도 알아차렸다.

그의 마음속에서 룬은 이미 죽은, 혹은 죽어 가는 기술인 것이다. 그렇기에 감출 이유가 없다. 그보다는 널리 알려지는 편이 살아남을 방법이라고 생각했는지도 모른다. 거기까지 의식하고 생각했는지는 알 수 없지만.

"……미안하다. 너는 화를 낼지도 모르겠다만 이 말은 하게 해다오. 너는 너일 뿐, 아버지도, 할아버지도 아니라고 생각한다만?"

곤도가 분노인지 슬픔인지 감동인지, 무엇이라고 딱 집어 형용하기 힘든 표정을 지었다. 그것이 서운함의 표정으로 바뀌었다.

"──마도왕 폐하, 감사하오. 그러나 내가 살아갈 길은 이것이라고 결정했소."

"그러면 그 자금의 지원은 내가── 아니, 마도국이 하지. 네 연구의 후원자가 되어 기술 개발에 협조하겠다."

곤도가 눈을 크게 뜨더니 갈팡질팡하기 시작했다.

"지, 진심으로 하는 말이오? 이야기가 너무 잘 풀려서…… 그 뭐냐, 믿을 수가 없소."

좋은 이야기에는 속셈이 있다는 것은 어디서나 마찬가지다. 곤도의 마음은 절절히 이해한다.

"믿어달라는 말밖에 할 수 없겠지. 다만 룬 장인으로서 힘이 없는 너만 가지고는 조금 전에 말한 기술의 개발은 무리가 아닐까?"

곤도는 입술을 일직선으로 꾹 다물고 아무 말도 하지 않았다.

"그렇기에 나는 드워프 나라에 있는 모든 룬 장인을 내 나라로 이주시켜, 네 밑에서 그 기술의 개발에 협조하게 하고 싶다."

"그, 그게 무슨 소리요?"

"말 그대로다. 룬 장인을 모두 동원해, 서로 지식을 들이

대며 새로운 기술을 형태로 만들었으면 하는 게다. 그렇기에…… 장인 전원을 포섭하는 데 협조해주었으면 한다만, 불가능하겠나?"

곤도는 가만히 생각에 잠겼다가 입을 열었다.

"아뇨, 그렇지는 않을 거요. 룬 장인은 대부분 자포자기했지만 기회를 바라는 자는 많을 테니."

"그자들의 마음을 움직이려면…… 자, 곤도, 어떠냐? 내게 협조하겠느냐? 어디까지 내게 영혼을 팔겠느냐?"

"뭐요?"

"모든 룬 장인의 힘을 한 가지 목적에 집중시키지 않고서는 사라져 가는 기술을 다시 일으키기란 어려울 게다. 그러기 위해서는 포섭이 어정쩡해서는 안 되겠지. 확실하게, 모든 룬 장인을 우리 나라로 데려갈 것이다. 그러려면 다소 지저분한 수를 쓸 가능성이 높다. 그리고 나의 협조자에게는 국가에 대한 배신행위 비슷한 것을 강요할 수도 있다."

"뭐요, 그런 소리였소? 그렇다면 답은 간단하지. 내 영혼만이라도 좋다면 전부 다 팔겠소. 룬 기술을 불멸의 것으로 만들기 위해서라면 값싼 대가요."

곤도는 손을 척 내밀었다.

아인즈가 그 손을 잡았다.

"언데드다만, 괜찮겠느냐?"

아인즈가 묻자 곤도가 웃었다.

"내 꿈을 이룰 기회를 준다면 폐하가 언데드가 됐든, 그 무서운 서리용왕이 됐든 문제는 없소."

"그렇다면 우선 우리를 드워프 나라로 데려가 주겠느냐? 그곳에서 룬 장인들을 우리 나라로 초빙하기 위해 그대의 국왕과 만나 우호 조약 같은 것을 체결할 생각이다. 국교가 없는데 룬 장인을 초빙한다면 성가신 문제가 될 테니까. 그리고 기술 유출을 엄격하게 단속하지는 않겠느냐?"

"그건 괜찮을 거요. 이미 룬 기술 따위 아무도 바라지 않을 테고. 아, 그리고 이제 드워프 나라에 국왕이란 건 없소. 지금은 장로 몇 명이 섭정회(攝政會)를 꾸려서 운영하고 있지."

"흐음, 그런 이야기도 자세히 들려주었으면 싶구나. 걸으면서 해도 좋으니 좀 알려다오."

동의한 곤도에게서 여러 가지 이야기를 듣는 사이에, 이윽고 갱도 출구가 보이기 시작했다.

셋이 나란히 밖으로 나가자, 샤르티아를 중심으로 한 일행이 있었다. 그중에는 당연히 젠벨도 있다.

곤도는 언데드는 각오했는지도 모르지만 마수들이 늘어선 것을 보고 움찔 긴장했다. 그렇다기보다는 "다크엘프가 없구면?" 하고 충격을 받은 것처럼 중얼거리는 소리가 귀에 들어왔다.

샤르티아가 스윽 앞으로 나오더니 고개를 숙였다.

"아인즈 님, 돌아오시자마자 황송하지만 다소 문제가 발생했사와요."

"……한조의 수가 적구나. 무슨 일이 있었느냐?"

"예! 사실은 누군가가 이 동굴 내에 침입한 것 같사와요. 위치는 조금 진 아우라의 안내로 도착했던 건물에 뚫린 갱도였사와요. 사후 승낙이 되어 죄송하지만 한조의 일부를 정찰로 보냈사와요."

"사죄할 필요는 없다, 샤르티아. 너의 행동은 지극히 옳다. 그러면 한조가 돌아오는 대로 정보를 분석하고 행동을 결정하자. 그리고——"

일단은 원래 이 도시의 주민이었던 드워프에게 흘끔 시선을 보내니, 이쪽은 신경도 쓰지 않고 젠벨과 대화를 나누는 중이었다. 간간이 귀에 닿는 말을 들어보면 젠벨의 은인 드워프에 대한 이야기인 것 같았다.

"——곤도, 이야기를 방해해서 미안하다만 아무래도 이 도시에 누군가가 침입한 것 같다. 어쩌면 너희의 도시 내에서 힘을 행사해야만 할지도 모르겠구나. 그때는 그대의 나라에서 무력을 사용했던 것이 어쩔 수 없는 일이었다고 말해줄 증인이 되어주었으면 한다."

"물론이오. 그 점은 맡겨주시오. 다만 도시에 너무 피해가 가지 않는 방법으로 부탁하오."

아인즈는 고개를 끄덕였다. 앞으로의 교섭에 차질을 줄 행동은 당연히 피할 생각이었다.

"샤르티아, 주위 경계는 어떻게 했느냐?"

"아우라의 마수들을 전개시켜두었사와요······. 어때, 아우라?"

"괜찮은 것 같아요, 아인즈 님. 불가시화했더라도 후각 같은 걸로 발견할 수 있으니까요."

"그렇구나. 그러면 한조를 기다리자꾸나."

아인즈 일행이 한동안 그곳에서 대기하자, 이윽고 한조가 돌아왔다.

이야기를 들어보니, 쿠아고아들의 모습이 있었다고 한다. 수가 많아 백 마리 정도나 된다는 것이다. 옆에서 듣고 있던 곤도는 놀랐다. 백은 상당한 숫자로, 정찰로 보기엔 너무 많다는 것이다. 전투 부대로 생각하는 것이 타당할까? 아니면 부족 단위로 이주한 것일까.

이 상황에서는 아인즈가 취해야 할 수단은 하나다.

"······샤르티아, 모두 포획해라. 가능하겠느냐?"

"명령이시라면 반드시."

"명령이다. 그리고 모두 포획하라는 이유는 알겠느냐?"

"정보를 캐내기 위해, 그리고 우리의 정보를 가지고 돌아가는 자가 없도록 하기 위해서사와요."

아인즈는 힘차게 고개를 끄덕였다.

"바로 그렇다. 한 마리밖에 생포하지 못한다면 그놈에게 서밖에 정보를 들을 수 없게 되지. 그래서는 허위 정보를 얻고, 우리 쪽의 정보는 유출될 가능성이 높아진다. 그 외에는 본보기로 죽이는 것도 생각했기 때문이다."

그리고 곤도의 앞이기 때문에 말하지는 않았지만, 한쪽 세력에게서 들은 이야기를 고스란히 받아들이면 손해로 이어질 수 있다. 어쩌면 드워프들과 거래하는 것보다는 쿠아고아들과 거래하는 편이 이익이 클지도 모르는 노릇이기 때문이다.

"가거라, 샤르티아. 낭보를 가지고 돌아오너라."

3

샤르티아는 측근들과 함께 쿠아고아라는 종족이 나타난 장소로 서둘러 달려갔다. 지붕에서 지붕으로 도약을 되풀이해 날아가는 듯한 속도로 달렸다. 이미 갑주를 착용했으므로 겹쳐 넣은 패드는 걱정할 필요가 없었다.

뒤에서 아우라가 따라오는 것을 어깨너머로 확인한다.

원래 같으면 주인을 가까운 곳에서 경호해야 할 수호자가 자신의 뒤에서 따라오는 이유는 신뢰받지 않기 때문이리라.

당연한 일이다.

자신의 실수에 관해서는 기억이 없지만, 무슨 일이 있었는지는 이야기로 들었다.

자상한 주인은 그것이 샤르티아의 실수가 아니라고 말해주었으나, 그럴 리가 없다. 그렇기에 오명을 씻을 때를 노렸는데, 이제까지는 유감스럽게도 그럴 기회를 얻지 못했다.

아우라는 위로해주었지만 샤르티아는 그런 것을 원하지 않았다.

샤르티아는 눈앞으로 시선을 고정하고 강하게 노려보았다. 이번 여행에서 자신은 한 번도 실패하지 않겠다고.

이윽고 목적지에서 조금 떨어진 건물에 도착해 샤르티아는 쿠아고아의 무리를 내려다보았다.

한조가 설명했던 것과 같은 종족 몇마리가 건물 안에서 모습을 보였다.

"자── 그러면 어떻게 할까와요?"

샤르티아는 생각에 잠겼다.

목소리는 들렸겠지만 뒤에 서 있는 아우라는 팔짱을 끼었을 뿐 아무 말도 하지 않았다. 이곳에 오기 전에 아우라가 주인에게 받은 명령은 이랬다.

『샤르티아의 행동을 감시하고, 학살할 것 같으면 두들겨 패서라도 말려라. 그 외에는 샤르티아의 행동에 끼어드는 것을 허가하지 않는다.』

샤르티아 또한 주인으로부터 아우라는 뒤에서 따라오기만 할 뿐 샤르티아의 작전에 이용해선 안 된다는 말을 들었다. 다시 말해 작전의 입안에서 실행까지 샤르티아 혼자 맡아야 한다.

우선 여기서 주인의 명령을 완벽하게, 멋들어질 정도로 성공시켜야만 한다.

꽉 쥔 주먹에서 힘을 뺀다.

"——한조."

"예!"

닌자 의복을 입은 서번트가 슥 나타났다.

"놈들을 누구 하나 도망치지 못하게 하고 싶은데, 갱도 내에 남은 자가 없는지 확인할 수 있사와요?"

"문제없습니다. 가라고 명령만 내리신다면 언제든."

역시 자신의 주인이 소환한 서번트다. 그렇다면 적의 퇴로는 차단할 수 있다. 다음으로 대책을 강구해야 할 부분은, 적이 사방팔방 흩어져 이 도시 내에 숨을 경우다. 물론 구석구석 수색하면 모두 발견할 수 있겠지만 시간을 들이고 싶지는 않았다. 주인이 시간제한을 지정하지는 않았어도, 시간을 낭비하는 것은 무능의 증거가 되고 만다.

"그러면 이리하겠사와요."

샤르티아는 이곳에 오는 도중에 생각했던 작전을 명령했다.

주위를 포위하고, 밀어붙이는 형태로 상대를 무력화해 나간다.

다시 말해 퇴로를 차단한 한조를 벽으로 삼아 포위한 후 상대를 밀어붙이는 형태로 무력화시켜 나간다는, 힘의 차이로 밀어붙이는 전법이다.

상대의 능력을 명확하게 파악하지 못했다는 것을 고려하면 약간의 위험성은 있지만, 샤르티아나 한조를 죽일 만한 힘을 가진 상대라면 적대 중인 드워프의 나라가 살아남았을 리 없다.

곤도라는 드워프가 특별히 약한 것이 아니라면.

한조를 보내고 샤르티아는 천천히 3분을 헤아렸다. 한조와 연락을 취할 방법은 없으므로 이렇게 시간을 맞춰 행동해야만 한다.

운 좋게도 쿠아고아들은 건물을 중심으로 진영을 갖추었을 뿐 흩어지려는 기미는 보이지 않았다.

"가겠사와요. 우선은 명령했듯 주위로 도주하려는 움직임을 방해하도록 행동하시어요."

데려온 언데드들에게 명령을 내린 샤르티아는 건물 옥상을 따라 달려 나가, 마지막에는 크게 점프해 쿠아고아들의 눈앞에 내려섰다. 그때는 주위의 언데드들도 마찬가지로 착지하고 있었다.

이 건물을 중심으로 길 요소요소를 장악해 쿠아고아들의 도주 루트는 거의 완전히 봉쇄했다.

쿠아고아들의 혼란이 손에 잡힐 듯이 보인 샤르티아는 그들이 태세를 가다듬기 전에 재빨리 마법을 발동시켰다.

"〈집단 전종족 포박Mass Hold Species〉."

예상했던 대로 상대의 레벨은 높지 않았다. 여러 마리의 쿠아고아가 움직임을 멈춘 채 굳어버렸다.

마법의 표적에 들어가지 않았던 쿠아고아들은 혼란에서 회복되었지만 샤르티아에게 덤벼들려는 자는 없었다. 갑자기 나타나 정체 모를 마법으로 동료들을 꼼짝 못하게 만들어버린 것이다. 싸울지 도망칠지 하는 선택조차 어렵지 않겠는가.

샤르티아는 희미하게 웃었다.

위에서 관찰하고 높은 지위를 가졌을 법한 쿠아고아——가칭 지휘관——를 중심으로 마법을 건 보람이 있었던 모양이다.

"〈집단 전종족 포박Mass Hold Species〉."

다시 같은 마법을 발동시켰다. 이로써 밖에 있던 자는 모두 무력화했다.

"포위망을 좁히사와요!"

샤르티아가 고함을 지르자 주위에 전개했던 언데드들이 모여들었다.

샤르티아의 목소리와 바깥 동료들의 이상 사태를 알아차린 건물 내부가 소란스러워졌지만 이미 상황은 다 끝났다.

샤르티아는 가학적인 웃음이 떠오를 것만 같아 자신의 뺨을 두 손으로 맞잡듯 때렸다. 방심해서는 안 된다. 과거에도 그랬기에 실패했을 것이다.

다시 태어난 샤르티아로서 표정을 다잡고 건물 안으로 뛰어들었다. 창문 같은 곳으로 들어가는 편이 기습을 가할 수 있겠지만 창문을 깨는 수고 등을 생각하면 입구에서 그대로 돌입하는 편이 미끼도 되고 좋을 것이라 판단했기 때문이다.

습격에 대비했던 쿠아고아들이 발톱을 휘두르며 샤르티아에게 공격을 가했다.

'눈앞에 세 마리── 안쪽에 네 마리. 사령관으로 보이는 자는 없음. 앞일을 생각하면 공격을 받아보고 상대의 능력을 확인해야겠지.'

샤르티아는 회피하지 않고 쿠아고아의 공격을 받아냈다.

역시 대미지는 없었다.

샤르티아는 마법이 담긴 은 속성 무기 같은 것으로만 대미지를 입는다. 고위 몬스터쯤 되면 맨몸 공격에도 마력이 깃들어 이러한 속성을 띨 때가 있는데, 저레벨 몬스터에게는 보기 드문 현상이다.

샤르티아가 보기에는 예상했던 대로지만 쿠아고아들이 보기에는 경악할 만한 사태였다. 샤르티아를 포위한 쿠아고아들은 믿을 수 없다고 몇 번이나 손을 휘둘러 댔다. 하지만 결과는 아무것도 변하지 않았다.

"네, 네. 실험은 끝났사와요. 그 정도로 해주시겠사와요? 〈집단 전종족 포박Mass Hold Species〉."

마법을 발동해 그 자리에 있던 모든 쿠아고아의 움직임을
멈춰버렸다.

"자, 그러면."

샤르티아가 고개를 돌리자 잔해가 된 문 너머, 다음 방에
있던 쿠아고아들과 눈이 마주쳤다. 크게 벌어진 눈에는 샤르
티아가 너무나도 좋아하는 것이――공포가 깃들어 있었다.

샤르티아가 걸음을 옮기려 한 순간, 쿠아고아들이 등을
보이며 앞다투어 도망쳤다.

그러나 지나치게 느리다. 샤르티아에게는 달팽이 정도의
속도로밖에 보이지 않았다. 샤르티아는 얼굴에 떠오르려는
조소를 참으며 그들의 뒷모습에 마법을 사용했다.

한 마리도 놓치지 않겠다.

샤르티아에게 실패는 용납되지 않는 것이다.

건물 안의 쿠아고아들을 모두 구속하고 그대로 갱도 안에
들어가자 한조의 발밑에 여섯 마리의 쿠아고아가 쓰러져 있
었다. 몸이 미미하게 움직이는 것으로 살아 있음을 확인한
샤르티아가 한조에게 물었다.

"그러면 이쪽으로 도망친 쿠아고아는 이것이 전부사와요?"

"예. 그 외에 이곳에서 도망친 자는 없습니다."

샤르티아 또한 아무도 놓치지 않았으므로 이로써 일은 완
벽하게 끝났다고 보아도 좋을 것이다.

"혹시 모르니 건물 내부에 숨은 자가 없는지만 확인해 주

사와요. 그리고 밖에서 포박 작업을 하는 언데드들을 불러서 실내의 쿠아고아들을 운반하고, 그놈들도 로프로 묶도록 지시해 주사와요. 나는 당신이 건물 내의 수색을 마칠 때까지 이곳에서 대기하면서 도망치는 자가 없는지 감시하겠사와요."

샤르티아의 명령을 받은 한조는 쓰러진 쿠아고아를 짊어지고 건물로 돌아갔다. 그가 다시 샤르티아 앞에 돌아온 것은 2분 후였다.

일을 완벽하게 마친 샤르티아는 건물 밖으로 나갔다. 그곳에는 수많은 쿠아고아들이 로프에 묶여 있었다. 그리고 아인즈의 모습도 보였다. 옆에는 아우라, 한조, 드워프와 리저드맨도 있다.

"훌륭하다, 샤르티아. 보아하니 한 마리도 놓치지 않고 사명을 달성한 모양이구나."

"예! 고맙습니다, 아인즈 님!!"

"그러면 샤르티아, 다음 명령을 내리겠다. 이자들에게서 정보를 얻어라. 가능하다면 상처를 주는 일이 없도록."

"분부 받들겠사와요."

우선은 마법이 해제된 ──가장 먼저 포박한── 쿠아고아 한 마리를 끌어내도록 언데드에게 명령했다.

"히익! 살려줘!"

"후후. 솔직하게 대답해준다면 죽이지는 않겠사와요. 솔직하게 대답해준다면. 우선 이 중에서 가장 높은 자가 누구사와요?"

"저분이다. 털에 파란색이 들어간."

"네놈! 이 수다쟁이 자식!"

고함을 지른 자를 보니 정말로 털이 푸르스름했다.

"네, 네. 싸우지 마시어요. 그러면 그자를 이곳까지 데려와 주시겠사와요? 이놈은 다시 끌고 가고."

교대하듯 이곳에서 가장 높다는 쿠아고아가 끌려나왔다.

"흥! 드워프에 가까운 종족인 모양이다만 나는 아무 말도하지 않을 거야! 나의, 우리 씨족의 명예에 걸고!"

"그러시어요? 그러면 이렇게 하겠사와요. 〈전종족 매료 Charm Species〉. 네. 그러면 말씀을 들려주시겠사와요?"

"그래, 물론이다. 뭘 알고 싶지?"

고분고분한 대답에 뒤에 있던 쿠아고아들에게서 경악의신음 소리가 새어 나왔다.

매료 마법은 걸린 상대에게 술사는 강하게 신뢰할 수 있는 친구이자 동료라는 인상을 심어주는 마법이다. 그러므로 죽거나 큰 부상을 입히거나 하는, 친구가 저지를 것 같지 않은 명령에는 따르지 않는다. 게다가 '친구'라는 점이 약점이기도 해, 매우 신뢰할 수 있는 동료라 해도 말할 수 없는 비밀 정보가 존재하듯 때로는 이 마법으로 정보를 알아낼 수 없을 때도 있다. 그럴 때는 더 강력한 정신지배 마법을 써야 하는데, 이번에는 그럴 필요가 없을 듯했다. 샤르티아는 자신의 행운에 감사했다.

"우선, 정말로 당신이 이 중에서 제일 높사와요?"

"그래, 내가 이 부대의 지휘관을 맡고 있어. 이봐, 너희 좀 시끄럽잖아. 친구인 그녀에게 말해서 안 될 일이 뭐가 있다고. 아, 비밀로 해줄 거지?"

"물론이지요. 친구잖아요?"

"그래, 맞아. 신뢰하고 있어. 하지만 저놈들은……? 특히 저건 언데드잖아?"

쿠아고아가 샤르티아의 위대한 주인을 노려보았다. 불쾌감이 들었지만 정보를 끌어낼 때까지는 참아야 한다.

"괜찮아요. 친구인 내가 원래 그러니 신용해주사와요."

"혹시 네가 사역하는 거야?"

죽을래?

그런 말이 튀어나올 뻔했다. 하지만 꾹 참았다. 자신의 주인이 먼저 말했기 때문이다.

"맞아. 그녀가 내 주인이지."

"오오, 역시 내 친구야. 대단한데?"

"고, 고맙사와요."

무어라 형언할 수 없는 복잡한 감정에 몸이 달아올라 이리저리 굴러다니고 싶은 기분이었지만, 기껏 주인이 도움을 수었는데 헛되이 할 수는 없었다.

지휘관 쿠아고아가 진지하게 생각에 잠겼다. 뒤에 있던 쿠아고아들이 입을 모아 "왜 저래?", "뭐가 어떻게 된 거야?", "우리만 몰랐고 정말 저 여자가 친구였나?" 그런 의문이 날아들었지만 지휘관 쿠아고아는 이런 것들을 모두 무시했다. 이윽고 지휘관이 얼굴을 찡그렸다. 아마 웃음이었을 것이다.

"알았어. 네가 그렇다면 믿지. 우리는 강한 우정으로 맺어진 동료니까."

샤르티아는 속으로 코웃음을 쳤다.

"그러면 내 뒤에 있는 자들에게도 들릴 만한 목소리로 말해주시겠사와요? 여러분은 누구죠? 왜 이 도시에 왔죠?"

친구인 주제에 모르는 거냐고, 보통은 그런 생각을 할 수도 있지만 마법이란 이리도 위대한 법이다. 지휘관 쿠아고아는 의아하게 여기지도 않고 고분고분 대답해주었다.

"우리는 공략군 별동대야. 여기 있는 드워프 도시로 도망쳐 들어올지도 모르는 드워프들을 죽이기 위해 왔어."

"무어라고?!"

드워프가 놀라 소리를 질렀다.

"그, 그게 무슨 의미인가?"

"시끄러워, 드워프. 좀 조용히 해. 너처럼 지저분한 종족은 냉큼 멸망해버려야 해."

"네네, 그쯤 해두사와요. 그런데 공략군이란 무엇이사와요?"

"응, 미안. 좀 흥분해버렸어. 여기서 북쪽으로 가면 드워프들의 도시가 있는데, 그곳을 쳐서 멸망시키기 위한 군대를 말해. 이제까지는 대균열에 걸린 현수교를 지키는 요새 탓에 쳐들어가 봤자 격퇴당하기만 했어. 하지만 대균열을 우회해 요새 옆으로 나오는 루트를 발견했거든. 그곳을 이용해서 단숨에 습격할 예정이야."

샤르티아가 드워프를 쳐다보니 낯빛이 매우 좋지 못했다. 상당히 위험한 이야기인 모양이다.

"그럼 언제쯤 쳐들어갈 예정이사와요?"

"우린 분대이고, 본대에서 떨어져 이쪽으로 왔어. 그러니까 정확하게는 몰라. 그래도 아마 오늘이나 내일일걸?"

샤르티아의 귀에 주인과 드워프의 대화가 들렸다.

"저렇게 말하는데, 그 현수교란 것을 빼앗기면 도시가 함락되나?"

"모르겠소. 그러나 현수교 때문에 한쪽 방향에서밖에 공격이 불가능한 점을 살려 요새의 매직 아이템으로 격퇴하고 있다고 들었소. 만약 요새를 빼앗긴다면 도시까지는 일직선이고, 대군의 침공을 막기란 어려울 게요. 그렇게 되면 정말 도시를 포기하고 이곳으로 도망치게 될 수도 있지. 여기서 기습을 당했다간 드워프는 전멸이오."

두 사람의 대화는 지휘관 쿠아고아에게도 들렸던 모양이다. 그는 큭큭큭 사악한 웃음소리를 냈다.

"그래서 별동대는 당신들뿐인가요?"

"이쪽으로 온 건 그래. 드워프 도시가 얼마나 단단한지, 병사가 얼마나 있는지 모르니까 대부분은 그쪽에 갔거든."

"아이 —— 어, 아니, 달리 묻고 싶은 것은 없사와요?"

아인즈 님이라고 말하려다 샤르티아는 얼른 말을 바꾸었다.

"……딱히 없군. 있다고 한다면 본대와 무언가 연락을 취할 수단 같은 것이 있는지 없는지를 물어봐야겠지."

주인의 질문을 되풀이하자, 매료된 지휘관은 나불나불 말해주었다.

"없어. 우리의 사명을 본대에선 별로 중요하게 여기지 않으니까. 어디까지나 도망자들을 사냥하는 정도의 역할이거든."

주인 쪽을 보니 고개를 끄덕이는 것이 보였다.

"……처분은 어떻게 하시겠사와요?"

"……곤도, 미안하다만 이곳을 떠날 준비를 해주겠느냐?"

그 말에 담긴 의미를 이해하고 리저드맨과 드워프가 자리를 떴다. 그 뒷모습을 지켜본 아인즈가 샤르티아에게 명령을 내렸다.

"……그러면 갔으니. 샤르티아, 그놈들을 모조리 나자릭으로 보내라. 그곳에서 감금해두라고 전해라. 죽일지 어떨지는 앞으로 쿠아고아들과 무슨 관계를 맺을지에 달렸다.

완전히 적대할 때까지는 죽이지 않겠다. 다만 약간은 실험하라고 전해두어라. 발톱의 경도, 마법내성과 물리내성 같은 육체 능력이다. 그 과정에서 죽을지도 모르지만…… 사망자가 많이 나오지는 않게 하라고 이야기하거라."

"분부 받들겠사와요."

샤르티아는 즉시 〈전이문〉을 기동시켜 나자릭의 지표 부분으로 문을 열었다.

"그러면 여러분, 이 안으로 들어가사와요."

지휘관 쿠아고아가 솔선해서 들어가자 다른 이들도 뒤를 따랐다. 몇 마리가 겁을 먹고 일어나지 않으려 했지만 그런 자들은 샤르티아가 집어 들어 〈전이문〉으로 던져 넣었다.

전원을 보낸 후 샤르티아도 일단 나자릭으로 귀환했다. 그리고 그곳에 있던 올드 가더(Old Guarder)에게 아인즈의 명령을 전달하고, 아직 닫히지 않은 〈전이문〉을 통해 돌아왔다.

그곳에는 팔짱을 끼고 샤르티아가 돌아오기를 기다리던 주인이 있었다.

"너의 정보 수집은 완벽했다, 샤르티아."

주인이 입을 열자마자 칭찬을 받아 샤르티아는 평탄한 가슴에 뜨거운 감정이 치미는 것을 느꼈다.

"예!!"

사르티아는 사신노 모르게 그 자리에 꿇어 엎드렸다. 주인의 말씀에 대해 표현할 수 있는 그 이상의 태도는 없었다.

"──으, 음. 앞으로도 충성을 다하거라."

"분부 받들겠습니다! 아인즈 님!!"

"언세까지고 그러고 있지 말거라. 일어나라. 어서 곤도와 의논을 해야겠군. ……한껏 은혜를 베풀어줄 기회야."

"그야말로 행운이었사와요. 아인즈 님의 행위를 운명이 축복해주는 것만 같사와요."

두 사람은 얼굴을 마주 보며 웃었다.

물론 주인의 표정은 변하지 않는다. 그래도 샤르티아에게 는 그것이 웃음일 거라는 절대적인 확신이 있었다.

"그러면 갈까?"

"예!"

'우~! 최고야! 둘이 함께 걸어가다니…… 하아, 행복해 라.'

샤르티아는 행복을 곱씹으며 건물 밖으로 나갔다.

"곤도, 오래 기다리게 했구나. 이제부터 어떻게 할 생각 이냐?"

"어쩌고 자시고도 없지 않겠소……. 이곳에서 지하를 따 라 이동해도 거의 엿새는 걸리지. 지금 얻은 정보를 가지고 돌아가기에는 너무나도 먼 길이오."

샤르티아가 자꾸만 풀어지려는 표정을 다잡으면서 아우 라의 의아한 시선을 튕겨내는 동안에도 주인과 드워프의 의논은 이어졌다. 나중에 메모장에 써넣기 위해 열심히 대화를 암기하고자 했다.

위대한 주인은 분명 여기서 드워프의 마음을 완전히 꺾거나, 혹은 배신하지 못하도록 굵은 쇠사슬을 목에 걸 생각일 것이다.

"그렇군. 그렇다면 늦겠는걸. 어떻게 하겠느냐? 이대로 우리 나라에 오겠느냐? 너 혼자 돌아간다고 해서 무언가를 할 수 있는 것도 아닐 테지?"

"으, 으음."

"룬 장인만은 어떻게든 피난시키고 싶다만…… 우리가 구조하러 달려간다 치고, 교섭할 때 이것이 유리하게 작용할 것 같나? 너희 드워프는 은혜를 갚을 줄 아는 종족인가?"

"음, 그 점은 믿어주시오. 쿠아고아의 위협으로부터 지켜준다면 틀림없이 교섭이 유리하게 진행될 거요."

"그렇다면 딱 좋은 타이밍을 잴 필요가 있겠군."

위대한 주인이 시험하듯 말하자 드워프는 아무것도 아니라고 말하듯 어깨를 으쓱했다.

"나는 댁의…… 마도왕 폐하의 제안에 넘어간 몸이오."

샤르티아는 무슨 의미인지 알 수 없었지만, 이 드워프가 동족보다도 주인을 선택했다는 것만은 대충 알 수 있었다. 샤르티아는 드워프와 만난 것이 그 갱도에 들어간 직후 이제까지 얼마 되지 않는 시간임에도 그의 마음을 지배해버린 자신의 주인에게 외경심을 품었다.

지고의 존재들 사이에서 통솔역이었던 것도 이만한 매력을 가졌기 때문이리라.

"……아니, 역시 될 수 있는 대로 서둘러야겠군. 룬 장인이 희생되는 것은 피하고 싶다. 지하를 나아가면 무슨 일이 일어날지 알 수 없으니 밖에서 가도록 하겠다. 길 안내를 부탁해도 되겠나?"

"별로 자신은 없소만 할 수 있는 일은 다 해 보겠소."

"좋아. 그러면 즉시 출발 준비를 갖추어라!"

막간

그는 호박색 광채를 머금은 액체가 담긴 잔을 들고 방에서 테라스로 나갔다.

이 도시에서 가장 높은 건물의 테라스다. 자신이 지배하는 도시를 한눈에 내려다볼 수 있다.

수많은 작은 광점 속에는 백성의 생활이 있다.

그런 광경에 코웃음을 치며, 그는 잔에 입을 가져다 댔다.

목을 태우는 듯한 열기가 위장에서 온몸으로 퍼져 간다. 테라스를 지나가는 바람이 시원했다. 조금 기분이 좋아진 그는 방에서 무릎을 꿇고 있던 약자에게 물었다.

"——그래, 무슨 일이더냐."

약자가 흠칫 숨을 멈추는 듯했으나 관심은 두지 않았다. 그저 자신이 물었는데 즉시 대답하지 않는다는 데에 불쾌감을 품었을 뿐이었다. 그러나 죽여버릴 만큼 분노를 품은 것도 아니었으므로 힘을 행사하지는 않았다.

그는 관대한 왕이기에.

게다가 피 냄새는 강하게 남는 법이다. 누군가에게 청소를 시킨다 해도 한동안 불쾌하게 여겨질 것이다. 그러느니 여기서 밀어 떨어뜨리는 편이 가장 깔끔한 처분 방법이다. 무엇보다── 어쩌면 낙하 도중이라는 극한 상황이 약자의 힘을 각성시킬지도 모른다.

그것도 나쁘지 않다고는 생각했지만 유감스럽게도 실행에 옮기기 전에 약자가 말했다.

"법국이 왕도 근교에 진지를 구축하고 있나이다. 이대로 두면 몇 년 안으로 왕도를 습격하리라 여겨지옵니다."

"그래서 어쩌란 말이냐."

"……이대로 두면 우리는 전멸할 것이옵니다. 부디 폐하의 힘을──."

"시시하군."

그는── 왕은 웃어넘겼다.

"왜 내가 너희 같은 약자를 위해 힘을 빌려주어야만 하지?"

어깨 너머로 돌아보니 꿇어 엎드린 자국의 백성──여자 엘프가 있었다.

참으로 어리석은 모습이다.

너무나도 나약하며 특별한 힘도 없다. 가치가 없다.

그렇기에 법국이 쳐들어왔다는 상황이 얼마나 훌륭한지를 이해하지 못하는 것이다.

"……기가 막히는군. 자국을 자신들의 힘으로 지키고자 하는 결의조차 없나? 아니면 곤란해지면 무조건 내가 어떻게든 해주리라 믿는 것이냐?"

"하, 하오나, 법국은 강하며, 저희의 힘만으로는……."

법국과 그의 나라 사이에는 엄연히 힘의 차이가 있었다.

보유한 매직 아이템, 병사의 훈련도, 병참 등의 물량, 전략 전술—— 모든 면에서. 일방적으로 밀리는 엘프가 간신히 전선을 유지할 수 있었던 것은 오로지 게릴라전에서 적보다 뛰어나며, 에이버셔 대삼림 내에 출현하는 몬스터에 의한 피해를 우려해 법국이 진군 속도를 늦춘 덕이다.

그러나 최근 법국은 이제까지 자국의 경호에만 썼던 암살술, 게릴라전, 카운터 테러 등에 탁월한 특수부대 화멸성전(火滅聖典)을 투입했다. 이에 따라 법국의 진군 속도는 빨라지고 있다.

"……정말로 기가 막히는군. 약자이기에 무리라. 정말로 우리 나라에는 어리석은 것들밖에 없어. 아무리 아이를 만들어도 무능력자밖에 태어나지 않는 까닭이 있었군."

안녕 속에 살아가기보다는 싸움 속에서 살아가야 강해질 수 있다. 그렇다면 전쟁이야말로 그 생물의 잠재적인 힘을 해방시킬 기회다. 그럼에도 아직까지 힘에 눈을 떴다는 자의 이야기는 들리지 않는다.

그러나 백성들만을 강하게 책망해서는 안 될 것이다. 몇이나 되는 자신의 자식들도 그렇다. 정확한 숫자는 무의미하므로 기억하지 않지만 ——쓰레기의 숫자 따위 헤아릴 의미가 없다—— 어미의 피를 강하게 물려받았는지 자신의 힘절반 수준에 미친 자조차 없었다.

"꺼져라. 불쾌하다. 그보다도 네가 낳은 내 자식을 더 강하게 키워라."

여자가 깊이 고개를 조아린 후 떠나갔다.

그는 술잔을 기울였다.

약자와의 사이에 자식을 만들어도 약한 자식밖에는 태어나지 않는다. 그렇기에 필요한 것은 강한 어미다.

이 법국의 침공에서 여자들을 우선적으로 전선에 내보내는 것은 그런 이유였다. 이 전쟁이 약자가 성장할 수 있는 가능성을 주리라 생각한 것이다.

"예상이 빗나갔군."

그러나 누구 하나 그에 가까운 강함을 가지는 일은 없었다. 아니면 앞으로 태어날 예정일까?

"……역시 교배가 가능한 인간종 전반으로 손을 넓혀야 할까?"

인간종과 아인종 사이에서는 자식이 태어나지 않지만, 인간종끼리라면 종족이 달라도 자식을 가질 수 있다.

문득 그는 먼 곳을 바라보는 눈을 했다. 옛 기억이 되살아났기 때문이다.

"기껏 배게 했더니."

과거 법국의 비밀 병기였던 여자를 속여 사로잡은 적이 있었다. 사슬로 묶고 범해 임신을 시키는 데까지는 갔지만, 아이가 태어나기 전에 칠흑성전에 빼앗겼다.

그는 혀를 찼다.

아이는 자신의 것이기도 하므로 태어났다면 돌려받아야 한다.

"……이 나라가 함락된다면 내가 직접 법국에 가서 아이를 빼앗아 와야겠군."

자비 때문이 아니다.

여자라면, 강자라면, 자신이 만든 아이는 더 강해질 가능성이 있다.

"──기대되는걸."

언젠가 자신의 자식들로 만들어낸 강한 군대가 세계를 석권할 것이다.

그는 이윽고 찾아올 그 찬란한 미래를 떠올리며 방으로 돌아갔다. 맞은편 자리에 놓인 등신대 거울에는 자신의 모습이 비쳤다. 좌우 색이 다른 눈을 가진 엘프의 모습이.

3장 밀려드는 위기

Chapter 3 | The Impending Crisis

1

　대균열.

　그것은 드워프 나라의 수도 페오 주라 서쪽에 펼쳐진 거대한 균열을 말한다.

　산맥 지하에 생겨난 이 균열은 길이가 60킬로미터 이상, 폭은 가장 좁은 곳이 120미터 이상이며 깊이는 아직까지 측정이 불가능해 아래에 무엇이 기다리고 있는 지는 알 수 없었다. 두 차례에 걸쳐 파견한 탐사 팀은 한 명도 살아 돌아오지 못했다.

　그러한 천연의 요해 덕에 페오 주라는 오랜 기간에 걸쳐 어떤 몬스터의 습격에서도 보호를 받았다. 고심해서 대균열에 세운 다리만 지키면 서쪽에서 오는 몬스터의 침공은 모두 막아낼 수 있는 것이다.

그러나 그날 페오 주라의 주둔지——대균열에 놓인 요새와 페오 주라 사이의 거점——에는 노성과 혼란이 소용돌이쳤다.

"무슨 일이 있었던 거냐! 상황을 정확하게 설명할 자가 없나!"

10년 이상 드워프군을 지휘했던 총사령관이 외쳤다.

들어오는 정보가 혼란에 빠져 무엇이 진실인지 알 수 없었다. 대균열을 지키는 요새에서 비상사태가 발발했다는 것만은 파악할 수 있었다.

"마지막으로 들어온 연락에 따르면 쿠아고아의 침공을 받았다고 합니다!"

요새에서 올라온 보고를 소대장 한 사람이 큰 목소리로 되풀이했다.

그 자체는 드문 일이 아니다. 쿠아고아는 드워프의 가증스러운 숙적이며 이따금 백 마리 단위로 쳐들어오는 일이 있었다. 그가 총사령관 자리에 오른 지난 10년 동안만 해도 횟수를 떠올리기가 어려울 정도였다. 그러나 이제까지의 습격은 요새에서 모두 격퇴했으며, 그 너머에 있는 페오 주라는 고사하고 이 주둔지까지 온 적도 없었다.

그 이유는 그들 쿠아고아 족이 무기 공격에 대해서는 강한 내성을 가졌어도 번개 공격에는 취약하다는 종족적 약점이 있기 때문이다. 이를 알기에 요새에는 〈뇌격〉과 같은 힘을 발휘하는 매직 아이템이 배치되었다.

〈뇌격〉은 일직선상의 적을 관통하는 공격마법이므로 현수교를 따라 쳐들어오는 상대는 좋은 표적이 된다. 그러므로 쿠아고아를 일망타진할 수 있다. 게다가 그곳에 주둔하는 드워프들은 번개 속성 추가 대미지를 주는 노궁을 장비했다.

장비에 비해 병력은 어떤가 하면, 사실 주둔 중인 드워프의 숫자는 그리 많지 않다. 그러나 중요 거점임을 알면서도 병력을 할애하지 않았던 것이 아니다. 원래 드워프 군의 총병력 자체가 적은 것이다. 얼마 안 되는 병력을 쪼개, 안이하다는 비난을 받지 않을 만한 정도의 숫자를 요새 방위 병력으로 배치했다.

그만큼 쿠아고아와의 싸움에 특화한 준비를 갖추었으면서도, 요새는 원군 요청을 보내지 못할 만큼 여유 없는 상황에 빠졌다.

그것이 무엇을 의미하는가.

"요새에서 맞서 싸우지 못할 만한 숫자가 쳐들어왔단 말인가?! 요새 경비부대에게서 새로운 소식은 안 왔는가?!"

"아직까지 없습니다!"

총사령관의 등에 식은땀이 흘렀다.

대침공이라는 말이 눈앞에 어른거렸다. 몇 년 전부터 소문이 돌았던, 그래도 필사적으로 그런 일은 없다고 자신을 속여 왔던 그 사태가 지금 벌어지고 있는 것이 아닐까.

총사령관은 스스로를 고무시켰다. 지금은 그런 생각을 하며 낯빛이나 바꿀 때가 아니다.

그러면 어떻게 하는 것이 옳을까.

요새부터 이곳 주둔지까지는 완만한 나선을 그리는 갱도가 이어져 있다. 그리고 그 너머에 수도 페오 주라가 있다. 주둔지가 있는 커다란 공동과 갱도의 경계인 최종 방어선에는 미스릴과 오리하르콘을 합친 문이 존재한다. 이를 닫으면 갱도에서 쳐들어오는 적의 침공을 막아낼 수 있다.

그러면 문을 닫아버려야 할까?

그러나 그것은 반대로 말하자면 이쪽에서 원군을 보낼 수 없게 된다는 뜻이기도 하다. 다시 말해 지금 이 순간도 요새에서 분전 중인 동료들을 저버리는 행위이기도 하다.

그러나 망설임은 한순간이었다.

요새에 주둔하는 병사의 수는 20명도 되지 않는다. 반면 페오 주라에 있는 드워프는 모두 10만 명 가까이 된다. 어느 쪽을 우선시하겠느냐고 묻는다면 대답은 하나뿐이다.

"게이트를 닫아라!"

"복창합니다! 게이트를 닫아라!"

동굴 내에 울려 퍼진 목소리의 메아리가 사라지기도 전에 쿠구궁 소리가 발바닥에서부터 진동으로 전해졌다. 천천히 입구를 덮기 시작하는 거대한 문이 모습을 드러냈다. 훈련할 때가 아니고선 움직이지 않던 문이 이 순간 처음으로 진정한 의미에서 쓰였다.

"총사령관님! 쿠아고아입니다!"

"뭐야!"

갱도로 이어지는 문 앞에 대기하던 병사의 고함에 총사령관은 시선을 문 너머로 돌렸다. 그곳에 있던 것은 눈에 핏발이 서고 입가에서 침을 흘리는 끔찍한 아인종의 모습.

번개 무기가 없으면 한 마리여도 강적이다. 그런 것들이 두 손으로 헤아릴 수 없을 만한 숫자로 밀려든다.

설마 정말로 요새가 함락당했단 말인가. 대체 쿠아고아가 얼마나 많은 병력으로 쳐들어왔기에. 그렇다면 이 문을 봉쇄한들 지켜낼 수 있을 만한 숫자일까.

총사령관은 수많은 의문을 품은 채 고개를 가로저었다.

"놈들을 들여보내선 안 된다! 창병 앞으로!"

병사들이 힘찬 구령과 함께 문 안쪽에서 대오를 갖추고 창을 세웠다.

이를 보면서도 쿠아고아들의 질주는 둔해지지 않았다. 자신의 체모와 금속에 대한 내성을 신뢰하기 때문이다.

총사령관은 혀를 찼다. 놈들의 선택은 현명하다. 때로는 노궁의 공격조차 튕겨내 버릴 정도다. 창병의 대오는 견제 정도밖에 되지 않는다. 그러나 이쪽도 쿠아고아라면 그렇게 나오리라 예상하고 당연히 대책을 세워놓았다.

"마술사! 뇌격전!"

문 가까이에 세워진 망루에서 창병들에게 맞지 않을 각도로 범위공격인 제3위계 마법 〈뇌구〉 하나가, 개인을 대상으로 삼는 제2위계 마법 〈뇌창〉이 둘 날아갔다.

군에 속한 최강의 마술사 세 사람의 공격이었다.

쿠아고아의 약점인 만큼 선두에서 달리던 무리가 〈뇌구〉에 맞아 숨이 끊어졌다. 이에 말려들어 후속부대의 발이 멈추었다.

그 얼마 안 되는 시간이 명암을 갈랐다.

문이 큰 소리를 내며 닫혔다. 그 직후 반대편에서 두꺼운 문을 두드리는 소리가 이쪽까지 들려왔다.

긴박한 분위기가 아주 살짝 감돌았으나 이내 풀어졌다. 그러나 총사령관도, 그리고 주위의 병사들도 알고 있었다. 아직 아무것도 끝나지 않았다는 사실을.

게이트는 튼튼해 평범한 쿠아고아의 이빨로는 물어뜯을 수 없지만 일부 쿠아고아의 이빨은 미스릴에도 필적한다고 들었다. 지배 계급에 속하는 자들인데, 이번 습격에 가담했어도 이상할 것이 없다. 무조건 안전하다고 단언하지는 못한다.

"쳇! 일정 시간마다 번개를 보낼 수 있는 문이라면!"

취임 직후부터 제안했던 안건이었다. 최종 방어선치고는 게이트가 너무나 미덥지 못하다고. 그러나 국력이 저하되기도 해서 게이트에 힘을 쏟을 수는 없었다. 게다가 현수교 쪽에 있는 요새만으로도 이제까지 얼마든지 적을 격퇴했다는 사실이 큰 영향을 미쳤다. 저것이 있으니 괜찮으리라는 분위기가 형성되었기 때문이다.

주위를 둘러보니 모두 어두운 표정이었다.

이래서는 위험하다. 미래의 희망을 잃어버리면 빠듯한 싸움이 벌어졌을 때 패배한다.

총사령관은 상황을 바꾸기 위해 큰 목소리를 냈다.

"좋아! 이로써 도시의 안전은 확보했다! 그러나 절대적인 것은 아니다. 적에게 뚫렸을 경우를 대비해 게이트 바로 앞에 방벽을 대신할 방책을 서둘러 준비하라! 실시!"

드워프 병사들의 얼굴에 굳은 의지가 돌아왔다. 자신들에게는 아직 할 수 있는 일이 남아 있다는 것을 떠올리고 정신력을 회복한 것이다. 허세뿐인 희망이라도 없는 것보다는 낫다.

대참모가 총사령관의 옆으로 다가와 귓가에 입을 가져다 댔다.

"총사령관님, 게이트를 토사로 덮어버릴까요?"

대참모의 말에 총사령관은 생각에 잠겼다.

게이트를 완전히 폐쇄해버리면 여러 드워프에게서 불만이 제기될 것 같았다.

"상황을 전혀 보지 못하는 것들."

총사령관은 대참모가 놀라는 것을 보고, 그가 자신의 혼잣말을 대답으로 받아들였음을 깨달았다.

"미안하네. 자네 이야기가 아니야. 놈들——섭정회의 반응을 생각했거든."

"총사령관님도 그중 한 분 아니십니까. 그러니 완전히 폐쇄했을 때 그들의 반응을 알겠다는 말씀이신가요? 이건 사견이지만 완전폐쇄만이 아니라 페오 주라의 포기까지도 고려해야 할 겁니다."

총사령관은 눈을 가늘게 뜨고 대참모의 팔을 잡더니, 병사들에게 목소리가 들리지 않을 만한 곳까지 끌고 갔다. 이제부터 할 말은 남에게 들려주고 싶지 않았다.

"자네도 그렇게 생각하나?"

문 너머에 얼마나 많은 쿠아고아가 있는지는 알 수 없다.

적의 침공 속도에 밀린 꼴로 수세에 들어서고 말았으므로 여러 가지 정보를 입수할 기회를 잃어버렸다. 눈가리개를 한 채 갇혀버린 꼴이다.

유일한 판단 재료인, 이제까지 난공불락이었던 요새를 함락시킬 만한 병력이 있으리라는 예상만으로 대처법을 생각할 수밖에 없다.

그 경우 드워프의 군사력으로는 문을 열고 쿠아고아를 격퇴한 후 요새를 탈환하기란 지극히 어렵다. 최선의 수는 수도 포기가 될지도 모른다.

"그러면 토사로 완전히 봉쇄했을 경우 얼마나 오래 시간을 끌 수 있겠나?"

"이 공동을 붕괴시켜버리면 상당히 오래 버틸 겁니다. 토사로 묻어버리는 것만이라면 기껏해야 며칠 정도겠지요."

"붕괴시킬 경우의 위험은 무엇이지?"

"아시다시피 이 장소에서 페오 주라까지는 별로 멀지 않습니다. 터널 닥터가 조사하기 전까지는 정확히 알 수 없지만 도시에까지 영향이 미칠 가능성이 있습니다. 최악의 경우 게이트 저쪽에 우회로가 생겨나 쿠아고아들이 그곳을 통해 페오 주라로 쏟아져 들어갈 수도 있지 않을까 합니다만……."

"다시 말해 서둘러 조사를 시킬 필요가 있다는 소리군. 그러면 다른 질문을 하겠네. 요새는 쿠아고아의 인해전술에 무너졌다고 보나? 왜 요새 사람들이 좀 더 일찍 이쪽으로 연락을 보낼 수 없었을까?"

"몇 가지 가능성이 떠오릅니다. 개인적으로 가장 가능성이 높다고 여겨지는 것은 쿠아고아가 다른 종족의 힘을 빌렸다는 것입니다."

"혹시 프로스트 드래곤인가?"

쿠아고아는 페오 베르카나라 불리던 옛 드워프의 왕도를 점거하고 주거지로 삼았다. 그 왕도의 중심부에 우뚝 솟은 왕성을 지배하는 것이 프로스트 드래곤이다.

양측이 완전한 협력 관계는 아닌 듯하지만, 일단 공존은

하고 있다면 서로 힘을 빌리고 빌려주는 관계일 수는 있다.

총사령관은 씁쓸한 표정을 지었다. 나이를 먹은 프로스트 드래곤은 살아있는 재해다.

원래 드워프의 도시는 네 곳이 있었다.

왕도이자, 200년 전 마신의 공격을 받으면서 버려야 했던 페오 베르카나.

동쪽 도시이자 현재의 수도 페오 주라.

남쪽 도시이자 최근에 포기한 페오 라이조.

그리고 마지막으로 서쪽 도시, 페오 테이워즈다.

이 서쪽 도시는 두 마리의 프로스트 드래곤, 올라서다르크 헤이릴리얼과 문위니아 이리스슬림의 싸움에 휘말려 파괴당해 폐도가 되어버린 역사가 있다.

"있을 수 있다고 생각합니다. 그 거만한 것들이 어떤 계약으로 움직였는지는 모르겠습니다만. 다른 가능성은 대균열을 넘을 수단을 스스로 고안해냈다는―― 마법 같은 수단을 개발했다는 것입니다. 그리고 크게 우회했을 가능성도 있다고 봅니다."

"우회 루트는 우리 드워프도 발견하지 못했잖나?"

"하지만 그건 몇 년이나 더 된 이야기 아닙니까? 어쩌면 그사이에 몬스터가 이동했거나, 쿠아고아들이 자력으로 터널을 뚫었거나, 지각 변동이 있었거나 해서 우회 루트가 생겨났을지도 모르죠. 어쩌면 지상으로 걸어왔을 가능성도 있고요."

"쿠아고아가 지상을?"

"그런 능력에 눈을 뜬 자도 있을지 모릅니다."

쿠아고아는 태양광 밑에서는 완전히 장님이 된다. 그렇기에 쿠아고아가 지상을 진군하는 일은 절대 없으리라고 생각했다. 그러나 그것은 자신의 선입견에 불과했단 말인가.

아니, 후회해도 이미 때가 늦었다. 앞으로는 그런 가능성도 고려하면서 대응책을 짜야 한다.

"대참모, 그러면 놈들이 지상을 걸어왔다는 것도 고려해서 외부에 대한 수비도 다져야겠군. 이쪽의 수비가 허술해지지 않을 정도로 인원을 선별해 파견하게. 그리고 섭정회에 현재 상황을 보고하고 남쪽으로 피난할 것도 건의하게."

페오 주라에 있는 드워프군의 기지는 이곳 주둔지, 대균열 앞의 요새, 섭정회의장 이외에도 한 곳이 더 존재한다.

외부로 통하는 입구에 있는, 드워프보다도 키가 큰 종족——예상할 수 있는 것은 인간——의 숙박 시설로도 쓸 수 있도록 건축된 요새였다. 그곳의 수비를 다지고 지상에서 침입하는 상대에게 경계를 강화하도록 명령을 내린 것이다.

"알겠습니다!"

"그리고 토사로 묻을 준비도 하도록 지시를 내려주게. 일단 섭정회의 판단을 기다릴 필요가 있겠지만, 내 어떻게든 설득해봄세."

"섭정회의 결정에 시간이 걸릴 때는요?"

"최선을 다하게. 나도 최선을 다할 테니."

그렇게밖에는 말할 수 없었다. 물론 섭정회 8석 중 1석을 맡은 자로서 전력을 다해 행동할 생각이지만 다른 멤버들이 부결하면 그때는 자신의 업무 범주에서 할 수 있는 일을 다 하는 수밖에 없으리라.

'경우에 따라서는…….'

총사령관이 각오를 다지고 있을 때, 긴박한 목소리가 날 아들었다.

"저, 전령입니다! 총사령관 각하, 어디 계십니까!!"

목소리가 들린 쪽을 쳐다보니 라이딩 리저드를 탄 드워프 병사가 있었다. 라이딩 리저드란 자이언트 리저드의 일종으로, 머리부터 꼬리 끝까지 3미터가 넘는 대형 도마뱀이다. 수는 많지 않지만 드워프들은 이를 탑승용 동물로 기르며 평상시에는 짐말처럼 요긴하게 사용한다.

유사시에는 단순한 전령 노릇을 위해 쓰는 것이 아니라 긴급 사태——이 주둔지와 같은 상황——를 알리기 위해 쓰인다.

불안이 총사령관의 마음을 지배했다.

"저 자는 어디의 당번이었나?"

"이번 주에는 입구의 요새를 경비했을 텐데요."

총사령관은 자신의 불안이 적중했음을 확신했다. 아니,

전령의 저 뻣뻣한 표정에 음정이 엇나간 목소리를 들으면 일목요연했다. 그럼에도 질문한 이유는 단순히 사실을 인정하고 싶지 않았을 뿐이었다.

"여기 있다! 무슨 일이냐!"

총사령관은 고함을 지르며 전령을 향해 달려갔다. 기다리고 있을 수는 없다. 즉시 보고를 듣고 행동에 옮겨야만 할 사태일 것이다.

전령은 라이딩 리저드에서 구르다시피 뛰어내리더니 거칠어진 숨을 필사적으로 고르며 외쳤다.

"총사령관 각하! 비상사태입니다! 괴, 괴물! 괴물입니다!"

쿠아고아라고 생각했다가 즉시 그것이 아니리라 판단했다. 쿠아고아라면 쿠아고아라고 말했을 것이다.

"진정해라! 그래서는 아무것도 알 수 없지 않나! 무엇이 있었나! 다른 자는 무사한가!"

"네, 넷! 입구에 끔찍한 괴물이! 이곳을 향해 침공 중인 쿠아고아의 건으로 할 말이 있다고!"

"뭐야아아?!"

타이밍이 너무나도 완벽했다. 결코 관계가 없다고는 생각할 수 없었다. 혹시 쿠아고아의 수괴나 그런 것은 아닐까. 아니면 쿠아고아가 대균열을 넘어올 수단을 제공한 누군가일까.

"대체 그놈은 누구냐?! 어떤 풍모인지 설명하라! 대참모! 움직일 수 있는 대로 병력을 모아라!"

"예!"

황급히 달려 나가는 부하를 끝까지 쳐다볼 시간도 없었다.

"그 괴물은 어느 정도의 숫자였나?! 너희에게 피해는?!"

"아, 네! 숫자는 서른 정도. 아직 상대는 교전의 뜻을 보이지 않습니다! 그뿐 아니라 거래하고 싶다고 말했습니다만, 너무나도 사악하여 진의라고는 여겨지지 않습니다. 속셈이 있을 것이 분명합니다!"

무엇을 가지고 사악하다고 판단했단 말인가. 그보다도 외견의 설명을 아직 듣지 못했다. 되풀이해 캐묻자 전령은 꼴깍 침을 삼킨 다음 설명을 시작했다.

"다부진 용모에 끔찍한 기척을 뿜어내는 언데드입니다!"

"뭐야?! 언데드라고?!"

산 자를 증오하고 죽음을 뿌리는, 살아 있는 모든 자들의 적.

언데드라는 말에 총사령관의 뇌리에 몇 가지 모습이 떠올랐다. 예를 들면 얼어붙은 동사체Freezing Zombie, 빙결해 골Frost Bone 등. 그러나 그러한 언데드는 그리 강적이 아니다. 그 사실은 전령도 알고 있을 터. 그렇다면 그런 전령이 공포에 떠는 상대란 무엇인가.

게다가 언데드가 왔다니, 무슨 이유에서일까. 드워프와

쿠아고아, 살아 있는 자들끼리 서로를 죽여대는 모습이 그에게 희열을 주었던 말인가.

"……대참모! 준비는 멀었나! 끝나는 대로 움직이겠다! 상대가 얼마나 강력한 언데드인지는 알 수 없으나 방심하지 마라! 약점을 보이지 마라! 위압적으로 나설 필요는 없으나 얕잡혔다간 위험하다!!"

2

곤도의 안내로 일행은 나아갔다.

곤도도 이동은 거의 지하를 이용했으므로 지표 부분에 관해서는 잘 알지 못했다. 그렇기에 지리 감각이라기보다는 방향 감각에 의존한 이동이 되었다. 처음에는 아인즈도 불안했지만 망설임 없는 태도로 지시를 내리는 곤도의 모습에 서서히 신뢰를 기울이고, 이제는 전면적으로 맡기게 되었다.

사실 쿠아고아가 드워프의 수도를 습격한다는 상황에서 아인즈 일행이 길을 잃게 만든다고 곤도에게 이익이 될 것은 없다. 그렇다면 그의 안내에 따르는 데에 무슨 문제가 있겠는가.

그의 지시에 따라 아우라의 마수들이 잔설이 덮인 산맥을 달려 나갔다. 마치 초원을 달리듯 거침없는 기세였다.

역시 고레벨 몬스터답게 민첩성과 내구력은 차원이 달랐다. 공기가 희박한 고산지대에다 아직까지 눈이 남아있는 열악한 환경에서 아인즈 일행을 등에 태우고도 전혀 속도를 떨어뜨리지 않은 채 100킬로미터 이상 북상한 것이다.

몇 번인가 하늘을 나는 몬스터의 그림자를 포착했으나 마수 한 마리가 으르렁거리기만 해도 황급히 도망쳐 버린 덕에 시간 낭비는 최소한도로 그쳤다.

하루도 지나지 않아 드워프의 유일한 도시 페오 주라 근처까지 도착한 것으로 여겨졌다.

아인즈는 나란히 달리는 마수의 등에 탄 곤도에게 물었다.

"……그러면 곤도. 남쪽에 있던 방치된 도시 페오 라이조는 균열 같은 동굴 속에 있었는데, 페오 주라도 그러한가?"

그렇다면 수색을 해야 발견할 수 있을 것이다. 그 질문에, 처음에는 겁에 질려 마수에 달라붙었지만 이제는 완전히 익숙하게 기마 자세를 취한 곤도가 대답했다.

"음, 드워프들이 사는 대부분의 도시는 그렇소. 그러나 페오 주라가 건설되었을 당시에는 인간의 나라와 본격적인 무역을 할 것도 고려했다 하오. 그렇기에 페오 라이조와는 조금 달리 우선 인간에게 발견되기 쉽도록, 그리고 방문한 사람들이 불편해하지 않고 지낼 수 있도록 바깥에 커다란 요새를 지어두었소. 이를 이정표로 삼으면 쉽게 발견할 수 있을 게요.”

아인즈는 그건 그렇겠다고 맞장구를 치며 주위를 둘러보았지만 그런 건물은 그림자도 보이지 않았다.

“아직 북동쪽으로 조금 더 가야 보일 거요.”

곤도의 말에는 나름대로 자신감이 있어 현재의 위치가 대충 어느 정도인지를 확실히 아는 기색이었다. 애초에 곤도 이외에는 안내를 맡을 사람이 없었으며, 그가 잘못 파악했더라도 아인즈는 어찌 할 도리가 없었기에 신뢰하고 맡겨야만 했다.

“그렇군.”

아인즈는 대답하면서 〈전언〉 마법을 발동시켰다.

포로로 사로잡은 쿠아고아는 모두 나자릭으로 옮겨 그곳에서 정보를 캐내고 있다. 곤도에게 얻은 정보를 보충시키고자 했던 것이다.

쿠아고아는 보통 강자가 족장이 되어 하나의 씨족으로 군림하는데, 이 아제를리시아 산맥의 쿠아고아들은 여덟 개 씨족이——이 산맥의 모든 씨족이—— 씨족왕을 자청하는 자에 의해 통일되었다고 한다. 그런 그들의 전체 숫자는 약 8만.

아인즈는 모여든 정보를 분석하면서 매력이 느껴지지 않는 종족이라고 도장을 찍었다. 드워프와 쿠아고아. 어느 한쪽에만 힘을 빌려주어야 한다면 아인즈는 망설이지 않고 전자를 택할 것이다.

다만 어렸을 때 먹은 금속에 따라 성장한 후의 강도가 바뀐다는 쿠아고아의 특성에는 끌리는 면이 있었다. 나자릭에 있는 금속을 먹일 경우, 어쩌면 매우 강한 자가 태어나지 않을까 하는 기대감이었다.

그리고 이 드워프 나라에 올 때 생각했던 칠색광도 떠올려 보았다.

어쩌면 이 씨족왕이라는 자는, 칠색광까지는 아니겠지만 위그드라실에서도 희귀 금속으로 꼽히는 무언가를 먹은 결과가 아닐까?

왕을 포박할 수 있다면 자세히 물어보고 싶었다.

'마도국에 고개를 숙인다면, 8만을 다 먹여 살릴 자신은 없지만, 어떻게든 고려해봐야겠지. 그거야말로 내가 원하던 나라니까.'

아인즈가 꿈꾸는 국가의 형태.

그것은 자신이 지배한 여러 종족이 공존할 수 있는 나라다. 옛 나자릭 지하대분묘에서 '아인즈 울 고운'이 보여주었던 모습을 재현한 나라다.

어딘가에 있을지도 모르는 동료들이 웃으며 지낼 수 있는 국가다.

그렇다면 쿠아고아에게도 자비를 베풀어 주어야 할 것이다.

'다만 충성을 맹세한다 해도 어디에서 살게 하지? 이 산맥은 어려울 테고……. 에 란텔 남쪽에 있는 산맥? 하지만 거기에도 이미 사는 사람이 있겠고…… 으음, 귀찮은걸. 비슷한 문명 수준을 가진 리저드맨을 지배한 경험을 살릴 수 있을지도 모르겠어. 코퀴토스를 불러보는 것도 나쁜 방법은 아니겠는데.'

여기까지 생각했던 아인즈는 반대 경우를 생각해보았다.

'하지만 굴복하지 않는다면── 어쩌지? 힘으로 지배할까, 아니면 멸종시킬까? 어른은 처분하고 실험용으로 애들만 잡을까? 그보다는 씨족 연합이라고 했으니 한 씨족만 용서해주고 지배하는 게 가장 현명할까?'

그때, 이것저것 생각에 잠긴 아인즈의 사고를 방해하는 곤도의 큰 목소리가 들렸다.

"저곳이오!"

그가 가리키는 방향을 보니 분명 요새로 보이는 구조의 건축물이 바위너설에 달라붙다시피 세워져 있었다.

일동은 그대로 요새를 향해 나아갔다. 숨으려고 마음먹으면 방법은 얼마든지 있지만 그렇게 하는 데에 의미는 없었으므로 당당히 정면으로 다가갔다.

거리가 줄어들자 요새 쪽에서도 아인즈 일행을 발견했는지 파수병으로 보이는 자들이 움직이는 것이 보였다.

아인즈는 비즈니스맨이 방문할 때 몸가짐을 체크하듯 자신의 로브에 주름은 없는지 확인했다. 물론 마법의 로브이므로 주름질 리는 없지만 스즈키 사토루의 기억이 그렇게 하도록 속삭였던 것이다.

요새에 다가가자 드워프들은 경계하며 창가에서 노궁을 겨누기 시작했다.

이 일행 중에서 노궁에 치명적인 대미지를 입을 법한 자는 곤도와 젠벨뿐이다. 두 사람을 앞으로 내세워 이쪽에 적의가 없음을 드러내는 작전은, 실수로 노궁에 맞을 가능성이 있으므로 관두는 편이 좋겠다. 우선은 아인즈가 먼저 가서 교섭하는 편이 낫다. 젠벨과 곤도의 차례는 그 후가 될 것이다.

노궁의 유효 사정거리에 조금 못 미치는 곳에서 마수들을 멈추게 한 후 아인즈는 지면에 내려섰다. 최대 사정거리 안이기는 하므로 혹시 몰라 아우라, 샤르티아는 그대로 대기시켜 곤도와 젠벨을 지키도록 명령했다.

'남은 건 플레이어 대책인데.'

혹시 몰라 플레이어가 있을 경우를 생각해 즉석 철수와 방어 또한 염두에 두도록 지시했다. 오는 길에 곤도에게 들은 말에 따르면 플레이어로 여겨질 만큼 강한 자의 존재는 확인하지 못했으니 없을 확률이 높지만, 방심 때문에 자식과도 같은 NPC를 잃는 짓은 이제 두 번 다시 하고 싶지 않았다.

창문으로 이쪽을 감시하는 드워프들은 하나같이 얼어붙은 것 같은 표정이었다. 하나같이 수염이 덥수룩해 별로 분간이 가지 않는 드워프들이 얼굴만 내밀고 똑같은 표정으로 늘어선 모습은 뭐랄까—— 우스웠다.

아인즈는 웃음을 꾹 참으며 평정을 가장한 채 혼자 걸어 나왔다.

도중에 두 팔을 벌려 적의가 없음을 드러냈다.

그리고 요새로 더 다가가자——

"거기서 멈춰라!"

——뻣뻣한 목소리로 경고가 날아들었다. 아인즈는 언데드의 모습이라고는 하지만 적의를 전혀 드러내지 않았는데 대접이 너무하다고 속으로 탄식했다.

"뭘 하러 온 게냐, 언데드!"

아인즈는 자신의 해골 얼굴을 슬슬 쓰다듬었다.

"나는 마도국의 왕, 아인즈 울 고운 마도왕이다. 너희—— 드워프 나라와 우호 관계를 맺고자 왔다. 너희가 우리에게 공격만 하지 않는다면 적의를 보이지는 않을 것이다. 무기를 내려라오."

창문에서 고개를 내민 드워프들에게 곤혹의 빛이 떠올랐다. 여기서 하고 싶은 말을 해두자고 생각한 아인즈는 말을 이었다.

"나는 페오 라이조에 침입한 쿠아고아를 사로잡은 결과, 그들이 이곳을 노린다는 사실을 알았다. 무력에 자신이 없다면 내가—— 우리 나라가 지원해도 상관없다. 다시 말해

—— 우호의 표시로."

그리고 싱긋 웃었다. 하지만 역시 피부가 없기 때문인지 아인즈의 호의에 가득 찬 미소는 상대에게 전해지지 않은 듯했다.

"뒤에 있는 드워프는 뭐냐! 인질인가!!"

드워프의 경계심은 아직도 풀리지 않았다.

"무례하군. 나는 왕이라고 했을 텐데? 그것이 왕에 대한 말인가?"

드워프들이 서로 마주보았다. 한 드워프가 대답했다.

"아, 아니. 잠시만 기다려라. 그대가 정말 왕이라는 증거를 보여라!"

"——그렇군. 정론이야."

아인즈는 강하게 동의했다.

"그러면 그를 소개하지. 너희의 동료이자 기술자, 페오라이조에서 만난 곤도다."

아인즈는 한껏 연습했던 왕다운 몸짓을 보였다. 지배자다운 태도로 부하를 부를 때의 움직임이었다.

드워프들이 살짝 숨을 멈추는 소리가 들려, 아인즈는 마음속으로 연습에 쏟아부은 시간이 헛되지 않았다는 데에 깊은 만족감을 느꼈다.

아인즈는 곤도가 왔으므로 기분 좋게 다른 지배자 포즈를 취하며 그에게 부탁했다.

"미안하지만 요새 안에 들어가 그들에게 자세한 이야기를 들려주겠나?"

"음, 내게 맡기시오."

곤도가 요새 문 앞까지 다가갔다. 그리고 이름을 대며 안으로 들어갈 수 있도록 허가를 요청했지만 문은 열리지 않았다.

"……왜 그러지?"

"모르겠소. 이보게들, 무슨 일 있나?"

"……저, 정말 그 사교성 나쁜 괴짜 곤도인지 어떤지 모르는 노릇 아닌가! 마법으로 둔갑했을지도 모르고!"

아인즈는 드워프의 목소리에 떨떠름한 표정을 지었다. 경계를 태만히 하지 않는 것은 매우 중요하다. 아인즈도 그 의견에는 찬성했다. 하지만 이렇게까지 믿어주지 않으면 이야기를 이어나갈 수가 없다.

다만 아는 사람이 있을 가능성은 있겠다고 오는 길에 들었는데, 정말 있으니 다행이었다.

"그러면 곤도. 이 도시의, 예를 들면── 너의 주소처럼, 무언가 이 도시에 사는 사람이 아니고선 모를 만한 것들을 진짜라는 증거로 그들에게 말해주면 어떻겠느냐?"

"어, 음, 그렇겠구려…… 저 친구가 자기 색시에게 숨기고 있는 걸 다음번에 몰래 일러줘야지. 어디 보자, 우리 집 근처에 강철수염정이라는 가게가 있네! 모루 같은 상판을 가진 할멈이 혼자 하는 곳인데, 똥처럼 맛없는 음식이 나오지! 거기에서 제대로 먹을 만한 음식은 조림요리뿐일세!"

드워프들은 침묵했다. 아인즈도 좀 어이없다는 표정으로 곤도를 보았지만 돌아온 반응은 참으로 현저했다.

"멍청하기는! 거긴 밥 먹는 데가 아니고 술 마시는 데야! 거기 흑맥주는 최고로 맛있다고!"

"거짓말 말게! 그 가게에서 제일 맛있는 건 빨간버섯술이지!"

"이 친구가 무슨 소릴 하는 게야. 거기서 제일 맛있는 건 탁주라고. 그 풍성한 맛이란!"

"이것들, 술맛도 모르는구먼! 수염처녀가 최고지! 거기서 제일 맛있는 거잖나!"

아인즈는 드워프들은 이상할 정도로 술을 좋아한다고 마음의 메모장에 적어두면서 말을 걸었다.

"어떤가? 그가 정말로 곤도라는 사실을 알겠나? 그러면 아까 이야기로 돌아가서, 어디까지나 쿠아고아들이 대균열을 우회해 이 도시로 쳐들어오려 한다는 사실을 알리고 싶었을 뿐이다. 내가 그리 경고했다는 사실을 윗사람들에게 전해주면 된다. 그러면 쿠아고아에게 습격을 당해 도시가 끔찍한 꼴을 겪더라도 우리 나라는 해야 할 일을 다 한 셈이니 나중에 뒷말을 하지는 말기 바란다."

드워프 몇이 창문에서 얼굴을 집어넣었다.

또 한동안 시간이 비었다. 몇몇 사람이 의논을 하는 모양이었다.

"거기서 잠시 기다려라! 총사령관 각하께 전령을 보낼 테니!"

곤도의 지식에 따르면 총사령관이란 이 나라 군부의 최고 책임자다. 가장 윗선까지 가지고 가야 할 안건이라는 인식을 가졌다는 뜻이리라.

"큭큭큭."

참을 수 없는 웃음이 새어나오고 말았다.

철그럭철그럭 하는 소리에 눈을 돌려보니, 드워프들이 다시 아인즈에게 노궁을 겨누고 있었다. 드워프들의 숨소리가 거친 것이, 격렬한 감정에 지배당하는 분위기였다.

'아차차. 혹시 웃어서 화가 났나?'

"실례했다. 일단 곤도만을 그 요새로 들여보내 주어도 좋지 않겠나? 그의 정체는 증명됐을 텐데?"

"아, 아니, 아, 안 된다! 거기서! 거기서 기다려라!"

딱히 그들을 비웃었던 것은 아니지만 아무래도 역정을 산 모양이다.

강한 감정은 강제로 억제된다. 하지만 조그만 감정의 파도까지 억제되는 것은 아니다.

회사에 찾아온 처음 보는 영업 사원이 의미심장하게 웃었다면 상대가 어떻게 생각하겠는가. 아인즈는 그 정도도 생각 못하고 실수를 저질렀다는 데에 가벼운 짜증을 느꼈다.

좀 주의해야겠어.

아인즈는 그렇게 생각하며, 곤도를 데리고 조금 떨어졌다.

그곳에 멍하니 서 있기를 한동안.

'나도 지르크니프가 왔을 때 웰컴 드링크를 제공하고 의자를 내주는 등 나름 대접했다고. 드워프는 그런 것도 안 하나? ……아니지, 그때하곤 다르구나.'

비유하자면 지르크니프는 허가를 얻은 후의 내사지만 아인즈는 무작정 영업이다. 상대가 쫓아내지 않는 것만으로도 감사해야 할 것이다.

게다가 음료를 제공해도 이 몸으로는 마실 수가 없으니까.

'하지만 난 드워프들에게 좋은 정보를 가져왔으니까 나름대로 대응해 줘도 될 텐데 말이지. 뭐, 이런 점도 국교를 열 때 파고들 수 있을지 모르니 참자.'

다만 상대에게 실례가 되지 않도록 복장을 변경해두는 것은 좋을지도 모른다.

우선은 스태프 오브 아인즈 울 고운의 짝퉁을 꺼냈다. 재료로 쓰인 금속을 포함해 외견만은 완전히 똑같지만 그것이 전부이며, 진짜에 깃든 힘의 10분의 1도 담겨 있지 않다. 보석도 같은 색의 보석을 박아두었을 뿐이다.

아인즈는 스태프에 붉은 빛을 머금게 했다가 이를 어두운 색으로 바꿔 나갔다. 이 조정 기능은 무엇을 위해 있는 걸까. 아인즈는 옛 동료들 중에서도 디테일에 집착하는 성격이라 불리던 사람들의 사고방식에 대해 고민했다. 그렇다고 자신의 오라와 연동되는 것도 아닌데.

아인즈는 검은 후광을 둘렀다. 역시 스태프의 오라에는 아무 변화도 없었다.

'……비주얼이라는 건가?'

철컹 소리에 생각에서 깨어나 소리가 들린 곳을 보니, 드워프들이 셋 정도 주저앉아 있었다. 요새에서 이쪽을 경계하던 드워프 중 누군가인 것 같기도 했고, 더 높은 인물인 것 같기도 했다. 왜냐하면 그중 두 사람의 복장이 나머지 한 사람에 비해 훌륭한 것처럼 여겨졌기 때문이다. 한 사람은 이 요새의 병사이고, 나머지 두 사람은 상관 같은 것이 아닐까?

'……셋이 왜 주저앉아 있지? 드워프는 앉아서 이야기하는 풍습이 있나? ……눈을 크게 뜨고 이쪽을 응시하는데, 저게 드워프 특유의 표정이라면 좀 싫다.'

수염에 가려진 탓에 입매를 알아보기 힘들고 표정도 읽기 어려웠다.

아인즈는 망설이면서도 앉은 드워프에게 손을 내밀었다.

손을 잡아 일으켜주겠다는 의미로도, 악수를 하자는 의미로도 받아들일 수 있도록 취한 행동이었다. 본심은 나는 서서 이야기하고 싶다는 의사 표시였다.

이문화 교류란 정말로 어렵다. 잘못하면 이것은 상대에게 실례가 되는 행동일지도 모른다. '국교를 열고 싶다고 하면서 왜 우리 나라의 일반적인 예의범절도 조사하지 않고 왔느냐'고 딴죽을 걸면 한 마디도 대꾸할 수 없다.

속으로는 불안하지만, 움직이지 않는 표정에 감사하며 아인즈는 손을 계속 내밀고 있었다.

드워프는 난감해하듯 아인즈의 얼굴과 손을 번갈아 보았다.

'으음? 이건 혹시 겁먹은 건가?! ……뭐, 외견이 이러니까…… 하는 수 없다고 해야 하려나? 인간사회에서는 이 정도 반응은 아니었는데…….'

에 란텔에서도 분명 사람들이 겁을 먹기는 했지만 이 정도 반응은 아니었다. 그러니 이것은 자신보다 지위가 높은 사람의 손을 잡을 수는 없다는 예의범절일 수도 있다.

이윽고 애가 탄 아인즈는 드워프의 손을 억지로 잡아 일으켰다.

'이런 쓸데없는 일로 시간을 잡아먹을 여유가 있는 걸 보면 아직 쿠아고아가 쳐들어오진 않은 모양이군. 공격을 당하고 있다면 큰 은혜를 베풀어주고 생색을 냈을 텐데, 경고를 해줬다는 작은 걸로 참아야 하나? 아아, 아쉬워라. 근데 이 중에 누가 더 상관이지?'

"그러면 소개하지. 나의 이름은 아인즈 울 고운 마도왕이다. 네가 나를 환영하러 나온 책임자냐?"

두 사람 중 어느 쪽의 신분이 높은지는 알 수 없었으므로 두 사람의 중간쯤에 말을 걸었다. 그러자 한쪽의 드워프가 얼굴을 구성하는 부품이 어딘가로 날아가 버리는 것 아닐까 싶을 정도로 힘차게 고개를 가로저었다.

"큭! 나, 나는 군부의 책임자——입니다."

"군부의—— 그렇단 말이지."

이자가 총사령관이로군.

아인즈는 속으로 놀랐다. 설마 가장 높은 사람이 직접 나올 줄은 몰랐다.

'혹시 이 나라의 상층부는 마도국에 관해 뭔가 이야기를 들었던 건가? 아니면…… 꽤 좋은 타이밍에 정보를 가져왔다거나?'

"——쿠아고아 쪽은 문제가 없는가? 다망한 시간을 할애해 총사령관이 직접 나오다니 황송하군."

총사령관은 눈을 크게 떴다.

"그렇군요……. 제가 온 것을 보고 이미 거기까지 파악하신 겁니까?"

이 친구가 무슨 소리를 하는 건가 싶었지만 그런 말은 할 수 없었다.

"——물론 그렇다."

연습을 거듭했던 왕다운 태도로 느긋하게 고개를 끄덕일 뿐이다.

"……그렇군요. ……아시다시피 현재, 어떻게든 쿠아고아 무리의 침공을 버텨내고는 있으나—— 아니, 있습니다."

"허, 허어. ……그래서?"

내가 뭘 알고 있다는 거냐고 묻고 싶었지만 아는 척해 놓고 그런 질문을 할 수는 없었다. 그저 무언가 정보는 없을지, 그다음 말을 기다릴 뿐이었다.

"그 전에 페오 라이조에서 사로잡은 쿠아고아들에게서 정보를 얻어냈다는 말씀을 병사에게 들었습니다. 그 말씀을 뒷받침할 증거는 있습니까?"

"그에 관해서는 이 나라의 백성인 곤도가――."

"――물적 증거 말입니다."

"흐음. 그렇다면 사로잡은 쿠아고아라면 어떻겠느냐? 몇 마리 불러내서 그 자들에게 이야기를 들어 보면 될 것이다."

"망설이지도 않고 대답하시다니……. 그렇다면 저도 결심을 해야겠습니다. ……이래서는 페오 라이조로 피난하기도 어렵겠군요."

"총사령관 각하……!"

총사령관 옆에 있던 군인이 책망하듯 목소리를 높였다. 보아하니 아인즈 앞에서 전황에 관한 군사기밀을 떠든 것을 규탄하는 모양이다. 하지만 총사령관은 당황하지도 않고 말했다.

"마도왕 폐하는 모든 것을 알고 계시네. 조금 전에도 말씀하시지 않았나. 진두지휘를 맡아야 할 자가 여기까지 온 것을 보니 전황이 고착 상태에 빠진 것이냐고. 그리고 그 점까지 알고 계시다면 원군 따위 바랄 수도 없는 우리 군이 어떻게 움직일지는 상상하기 어렵지 않지."

아뇨, 그냥 시간이 괜찮은 건가 싶어 물어봤던 건데요.

라고는 말할 수 없는 아인즈는 역시 연습을 거듭한 지배자의 태도로 고개를 끄덕였다.

총사령관이 매우 위험한 현재의 상황을 자세히 알려주었다.

대균열을 방어하던 요새가 함락되고 최종 방어선까지 침공을 당했으며, 문 하나로 막아내는 상황인지라 그것이 뚫리면 도시에 침입을 당해 수많은 드워프가 죽을 것이라고. 시간을 끌기 위해 남쪽의 페오 라이조로 피난할까 생각했지만 이로써 계획을 대폭 변경하지 않을 수 없는 존망의 위기에 빠졌다고.

그들이 너무나도 위험한 상태에 몰렸다는 사실을 안 아인즈는 마음속으로 씨이익 웃었다. 모든 것이 이쪽에 유리하게 전개되고 있었다.

"그렇다면 어떠냐? 나의 병사를 빌려줄 터이니 일단은 쿠아고아들을 격퇴함이?"

총사령관이 눈을 가늘게 떴다. 그곳에 담긴 감정을 감추려는 듯.

"그런 일이 가능합니까? 그러나……."

원래 같으면 협의하여 대가를 약속받은 다음 협조해야 할 것이다. 그러는 편이 이익이 크다. 그러나 여기서 무상으로 힘을 빌려주면 틀림없이 현장의 감사를 얻을 수 있다. 빚이란 거래로는 만들어낼 수 없는 대가를 낳을 때가 있다. 아인즈가 노린 것도 그 점이었다.

유형과 무형 중 더 성가신 것은 말하자면 무형이다. 식당에서 함께 식사하고 계산을 할 때 '마음만으로도 고맙습니다.'라는 말을 들으면 정확한 금액을 제시해주었을 때보다도 더 많이 지불하게 되는 것과 마찬가지다.

'*대욕(大欲)은 무욕(無欲)과 닮았다, 였던가? 뽕실모에님이 그런 말을 했지?'

"기껏 우호적으로 국교를 열고자 생각하던 나라가 멸망해선 곤란하지. 나의 손을 잡지 않겠는가?"

"……상부의 판단을 구해야 합니다."

"시간이 있다면 상관없다. 나는 어디까지나 협조를 약속할 뿐이니. 결정하는 것은 너희. 섭정회라는 의회가 중요사를 결정한다고 들었다만…… 흔한 일이지. 회의는 격렬하되 결과는 나오지 않는 경우도. 나의 이번 여행이 헛걸음으로 끝나기를 바라지는 않는다만, 하는 수 없지."

"……마도왕 폐하는 쿠아고아의 군세를 격퇴할 자신이

---

* **대욕은 무욕과 닮았다(大欲は無欲に似たり)** : 큰 뜻이나 욕심을 가진 사람은 자잘한 욕심에 연연하지 않아 욕심이 없는 사람처럼 보인다는 일본의 속담. 국내에서는 같은 의미로 쓰는 대욕무욕(大欲無欲)이란 단어가 원불교의 가르침 중 하나이기도 하다. 속담의 원전이 되는 요시다 겐코의 수필 츠레즈레구사(徒然草)에서는 지나친 욕심을 부리면 큰 손해를 본다는 의미로 사용되었기에, 그 의미로도 쓰인다.

있으십니까?"

"페오 라이조에서 보았던 정도라면 아무 것도 아니다."

곤도가 곁에서 음음 고개를 끄덕이고 있었다.

"다만 제한은 쿠아고아가 도시 안으로 들어오기 전까지다. 아무리 그래도 난전 속에서 적만을 격퇴하기란 매우 어려우니까. 너희도 드워프 시민들이 말려드는 것을 묵인해주지는 않겠지? 문 하나로 어떻게든 막아내고 있는 지금이 마지막 기회라고 생각한다만?"

총사령관이 떨떠름한 표정을 짓고──.

"──시간은 얼마나 있나? 문이 며칠이나 버텨줄 것 같나?"

아인즈가 마지막으로 밀어붙인 말이 총사령관의 결의를 다져준 모양이었다.

"……알겠습니다, 마도왕 폐하. 귀국의 힘을 빌리고 싶습니다."

"총사령관 각하!"

또 다른 군인이 목소리를 높였지만 총사령관이 눈을 부릅뜨고 노려보았다.

그리고 아인즈에게 "실례."라고 말하더니── 목소리가 들리지 않도록 하기 위해서인지 조금 떨어진 곳으로 데려간다.

그리고 무언가 조용히 설득을 시작했다.

'위험…' 이라느니, '언…' 이라느니, '쿠아고아보다…' 라느니, '지금은 위…' 라느니, '눈앞의 이익…' 이라느니,

'비교한다면…' 이라느니 하는 말이 띄엄띄엄 들렸다.

쿠아고아의 침공에 자기들끼리 대처하기는 어려우므로 받아들여야 한다고 설득하는 것이리라. 그렇다면 여기서 한 수 더 밀어붙이기로 하고, 아인즈는 목소리에 살짝 힘을 실어 물었다.

"슬슬 방침이 정해졌나?"

3

아제를리시아 산맥의 쿠아고아는 모두 8개 씨족이었다.

푸 리미돌, 푸 란데일, 푸 슬릭스, 포 람, 포 슈넴, 포 구즈아, 주 아이겐, 주 류슈크.

태고의 영웅──푸의 아이들을 자청하는 3개 씨족, 푸와 경쟁했던 포와 주의 아이들을 자청하는 씨족이다. 한 씨족을 구성하는 쿠아고아의 수는 미미한 차이는 있을지언정 약 1만 가량. 합계 8만이나 되는 쿠아고아들이 광대한 아제를리시아 산맥에 점점이 흩어져 살고 있다.

그런데 쿠아고아가 강하냐 하면 그렇지는 않다.

일개 씨족 1만이라는 숫자가 있어도 문명 수준이 낮은 쿠아고아는 이 산맥 속에서는 아래에서 헤아리는 편이 빠른 열

등 종족이었으며, 강자들에게 잡아먹히는 대상에 불과했다.

그러면 쿠아고아의 최대 천적은 무엇인가 하면, 그것은 동족의 다른 씨족이었다. 아니, 다른 씨족만이라고 단언할 수는 없다. 때로는 같은 씨족끼리도 적이 되었다. 다른 몬스터는 쿠아고아를 어디까지나 포식의 대상으로 삼으며 쿠아고아를 증오하는 것도, 경쟁 상대로 생각하는 것도 아니다. 그러나 동족은 다르다.

그것은 쿠아고아의 성장 방식에 원인이 있다.

쿠아고아는 어렸을 때 먹은 광석에 따라 어른이 되었을 때 능력에 차이가 발생한다. 다시 말해 자신의 혈족을 강하게 만들려면 희귀한 금속을 두고 동족끼리 경쟁해야만 한다. 다른 씨족도 분명 적이기는 하지만, 먼 곳에 있는 적보다는 가까운 곳에 있는 적이 훨씬 성가시다는 것은 당연한 이치다.

그리고 마찬가지로 광석을 두고 경쟁하는 드워프들도 적이기는 하지만, 번개가 깃든 무기를 가진 드워프들에게는 쫓기는 경우가 많았다.

하지만 그때, 한 전설적인 영웅──태고의 영웅 푸를 능가하는 존재가 나타났다.

그것이 통합씨족장 페 리유로였다.

그의 능력은 푸른색이나 붉은색 쿠아고아를 아득히 능가했으며, 압도적인 힘으로 모든 씨족들을 통합했다.

리유로의 뛰어난 수완은 여기에서 끝나지 않았다.

드워프가 방치해둔 도시를 발견해, 그곳에 모든 씨족을 모아 몬스터와 싸우기 위한 조직을 만들고, 드워프 포로를 이용해 농경 기술이며 축산 기술을 발전시켰던 것이다.

또 있다. 원래 같으면 새로운 족장이 태어날 경우 선대 족장의 혈통은 근절시키는 것이 일반적인 쿠아고아의 정권 교체였다. 그러나 리유로는 그러한 행동에 나서지 않고 이제까지의 씨족은 각각의 족장이 통치케 하는 방법을 택했다. 다만 리유로는 모든 광석을 자기 밑에 모으도록 명령했다. 리유로의 명령에 따라 부지런히 일한 자에게 지위에 관계없이 희귀한 광석을 내려 주기로 한 것이다.

예를 들어 몬스터의 침공을 저지할 때는 피를 많이 흘리면 흘릴수록 용감한 씨족이라고 평가를 내리고, 황금과 보석 원석을 모으게 할 때는 많이 가져온 씨족이야말로 우수한 자라고 평가하는 식으로 활동에 따라 광석을 분배했다.

경쟁은 왕에 대한 대항심을 다른 씨족에 돌리게 하고 왕의 지위를 굳건하게 해주었다.

이제까지 쿠아고아라는 종족에서는 결코 생각할 수 없었던 일들을 행한 그는 세력을 더욱 확대하고자 행동을 개시했다.

드워프 도시를 공격한 것이다.

왕의 명령에 따르고자 전 씨족에서 굴강한 쿠아고아들이

모여, 각 씨족에서 2천—— 총원 1만 6천이나 되는 병력이 탄생하기에 이르렀다.

이것은 전에 없던 규모의 대군이었다. 다만 이 정도의 병력을 모아도 현수교를 정면에서 공략하려 들었다간 큰 피해를 면할 수 없었다. 그뿐이랴, 대군이라는 이점을 빼앗기고 요새를 함락시키지 못한 채 패배할 가능성도 있었다.

그렇기에 리유로는 우회 루트를 찾으라고 명령했다.

파견한 조사 팀이 몇 차례나 돌아오지 못했지만, 마침내 대균열을 우회할 루트를 발견했다. 그 후 세 가지 역할에 따라 군이 각자 움직였다.

첫째는 도망칠지도 모르는 드워프들을 발견해 생포하는 부대. 이것은 여러 소대로 이루어진 부대였다.

둘째는 본대. 드워프의 도시를 함락시킬 때 도시에서 여러 가지 물건을 운반하기 위한 부대다. 정예 부대가 도시를 함락시킬 때 애를 먹는다면 이를 돕기도 한다.

셋째가 드워프의 요새를 함락하기 위해 정예 쿠아고아를 모아놓은 선발대. 이들은 본대에 앞서 진군해 요새를 함락시키고 가능하다면 도시까지도 점령하도록 명령을 받았다.

이 세 번째의 선발대를 지휘하던 쿠아고아가 바로 요오즈였다.

리유로의 부하 중에서도 1, 2위를 다툰다는 평가를 받는 뛰어난 레드 쿠아고아였다. 두뇌가 명석하며 개인적인 전투

능력도 높아, 원래 있던 씨족에서는 장래의 족장이 되리라고 여겨졌던 수컷이다.

그런 그도 한 자리에 모인 부대를 다루기는 힘들었다.

각 씨족에서 모여든 정예인 만큼 씨족 사이의 대립이 뿌리 깊게 남아 있었던 것이다. 하지만 요오즈는 그것마저도 잘 이용했다. 각 씨족 사이의 경쟁의식을 부추겨 요새를 공략하는 데 성공한 것이다.

우회로를 통해 요새와 접촉한 단계에서 승리는 확실해졌으나, 그렇다고 해도 그의 비범한 지휘 능력은 의심할 여지가 없었다. 실제로 쿠아고아 전 씨족을 통틀어도 그에 필적하는 지휘능력을 가진 자는 찾을 수 없었을 것이다.

그리고 현재, 쿠아고아는 드워프 공략의 마지막 수를 두고 있었다.

선발대 중에서도 처음 요새에 쳐들어갔던, 최정예 중의 최정예라 할 수 있는 돌격부대에 속한 쿠아고아들은 지긋지긋한 문에 발톱을 꽂아대고 있었다. 하지만 그 문을 깎아내기란 도저히 불가능했다.

앞으로 한 걸음. 한 걸음이면 저 문 너머로 침입해 원수 드워프들을 유린하고 이 땅을 완전히 자신들의 것으로 만들 수 있다. 그렇게 되면 훈공 1위의 대활약이며, 포상으로 주어질 광석의 양은 눈앞이 어질어질해질 수준일 것이다.

그런데 그 기회는 바로 눈앞에서 차가운 문짝에 가로막히고 말았다.

쿠아고아들의 표현을 빌자면 '땅속으로 도망쳐 버린 지렁이가 더 큰 법'이다.

손 안에서 미끄러져 도망쳐 버린 적에 대한 분노로 쿠아고아 한 마리가 문을 물어뜯었다. 물어뜯는다 해봤자 날카로운 이빨로 대패처럼 문 표면을 깎아내려 했을 뿐이다.

이를 본 몇 마리가 똑같은 행동에 나섰다.

그러나 어지간한 쿠아고아로는 문자 그대로 이빨도 박히지 않았다. 아마 백 년을 들여도 돌파는 불가능할 것이다.

주위의 바위를 깎아 문을 우회하는 형식으로 파 들어가려 해도 문과 같은 재질로 보이는 금속 창살이 하염없이 펼쳐져 있었다.

일반적인 쿠아고아인 그들은 그 문을 열 수가 없었다. 블루 쿠아고아나 레드 쿠아고아처럼 얼마 안 되는 엘리트는 비밀병기이기도 하므로 아껴두고자 이 돌격부대에는 배속되지 않았다. 다시 말해 진격은 여기서 멈추었다.

단 한 걸음이 부족해 붙잡지 못한 영광에 모두가 짜증을 냈지만, 그렇다고 조바심을 내지는 않았다. 왜냐하면 상황은 이미 선발대의 지휘관에게 보고되었기 때문이다. 우수한 요오즈라면 곧 그들이 생각지도 못한 대처 방법을 생각해줄 것이다.

그렇다고는 해도 시간이 얼마나 걸릴지 알 수 없으니, 그들은 씨족별로 뭉쳐서 휴식을 하기로 했다.

병졸이라면 스트레스 때문에 무턱대고 얼쩡거리거나 다른 씨족과 드잡이질을 시작했을지도 모르지만, 여기 있는 자들은 정예 중의 정예. 쉴 때는 그저 쉬기만 하며 다음 작전 행동에 대비해 분노와 힘을 조용히 축적해 나갔다.

그렇게 한동안 쉬고 있었을 때, 갑자기 쿠아고아들이 벌떡 튕기듯 고개를 들었다.

땅속 깊은 곳에서 울려 퍼지는 듯한 중저음과 함께 문이 천천히 좌우로 열리기 시작했던 것이다.

돌격부대를 이루는 쿠아고아들은 얼굴을 마주 보았다.

황급히 문을 닫았던 드워프들이 이제 와서 문을 여는 이유를 알 수 없었다. 항복할 작정일까? 그렇게 생각한 쿠아고아도 많았다. 그런 그들은 이를 드러내며 웃었다.

항복 따위 누가 받아줄 줄 알고.

원래 드워프는 될 수 있는 한 많이 죽일 계획이었다. 드워프에게 쓸데없는 소리를 할 시간조차 주지 않을 것이다.

열린 문틈으로 물밀듯이 쏟아져 들어가, 문 앞에 있을 드워프들을 산 제물로 바치고, 그대로 기세를 몰아 도시를 유린하며 죽이고 또 죽일 것이다.

살의에 젖은 쿠아고아들 앞에서 문이 살짝 열렸다. 아직 몸을 비집고 들어갈 수조차 없을 만한 틈새. 그러나 살의에 넘쳐나는 쿠아고아 한 마리가 그 틈으로 손을 집어넣었다.

날카롭고 뾰족한 발톱으로 앞에 있을 드워프를 죽이려 했다.

그러나——

"끄아아아아아아악!"

선봉장을 맡으려 했던 쿠아고아가 비명을 지르며 뒤로 굴러 나왔다. 안으로 들이밀었던 쿠아고아의 팔은 사라지고 그곳에서 선혈이 치솟았다.

놀랄 만한 사태가 쿠아고아들의 살의에 찬물을 끼얹었다.

무슨 일이 일어났는지 상상하기란 어렵지 않았다.

아마 무기로 잘라냈을 터. 하지만 과연 그런 일이 가능하단 말인가.

쿠아고아의 종족적 특성은 드워프처럼 무기를 휘두르는 종족에게 효과적이다. 실제로 허를 찔러 요새를 함락시켰을 때 드워프의 공격에 부상을 입은 자는 있어도 목숨을 잃은 자는 없었다. 번개로 공격당하지만 않는다면 그렇게 된다.

그렇다면 어째서 동료의 팔이 절단되었단 말인가?

이유는—— 한 가지.

모피로 검을 튕겨내는 쿠아고아의 팔을 쉽게 자를 수 있는, 엄청난 검사의 존재.

다시 말해 열리는 이 문 너머에는 상상을 초월하는 전사가 있다는 뜻.

지금까지의 전투에서는 느껴본 적이 없는 감정——두려움으로 쿠아고아들은 몇 걸음 물러났다. 그러는 동안에도 문은 서서히 틈새를 크게 벌려 나갔다.

"왜 물러나는 거냐!"

뒤쪽에서 들려온 것은 돌격부대 내에서도 힘을 자랑하던 자의 목소리였다.

"푸 리미돌 씨족에 겁쟁이는 없을 텐데!"

"와아아!"

동의의 고함을 지른 자들은 이 돌격부대에 선출된 푸 리미돌 씨족의 구성원이었을 것이다. 다른 씨족들 중 실력깨나 있다고 알려진 자들도 황급히 목소리를 높였다.

"포 구즈아 씨족에도 겁쟁이는 없다!"

"푸나 포 씨족에게 지는 자는 주 아이겐 씨족에는 없다! 선조가 데레에서 비웃음을 사도록 내버려둘 거냐!"

쿠아고아에는 용감하게 싸우다 죽은 자는 '데레'에서 자손이 번영하는 모습을 지켜보고, 자손이 부끄러운 행위를 하면 선조가 그곳에서 비웃음을 산다는 전승이 있다.

그 말이 마지막 계기가 된 것처럼 전의를 불태운 쿠아고아들이 기민하게 움직였다.

돌격부대는 팔을 잃은 쿠아고아를 벽 쪽으로 끌어내고, 강한 검사를 없애고자 문에서 조금 거리를 둔 채 밀집대형을 짰다.

"돌격이다! 상대가 아무리 강해도 검은 한 자루. 우리는 그보다 많은 수로 밀어붙이면 된다!"

누군가가 말했다.

"아니야, 문이 열리면 돌격해 깔아뭉개면 돼. 쓰러뜨려서 그대로 짓밟자. 그리고 기세를 몰아 도시를 박살 내는 거야."

"그럼 내가 선두에서 가겠다!"

'누란'이라는 광석을 짓이겨 만든 도료로 모피에 두 줄기 선을 그려놓은 것은 용기 있는 자의 상징이다. 그런 그를 뒤에서 밀어주는 것 같은 위치로 쿠아고아들이 모여들었다. 만일 그가 검에 베여 쓰러져도 그대로 밀어붙일 수 있도록.

문의 틈새는 쿠아고아 한 마리가 겨우 지나갈 수 있을 정도로 벌어졌다. 돌입하기에는 아직 너무 좁지만, 드워프들이 조금 전의 〈뇌격〉 마법을 날리고 또 닫는다면 병사만 잃는 꼴이 된다.

"가자!"

포효와 함께 열 마리도 넘는 쿠아고아가 돌격했다.

선두에서 나아가던 용기 있는 쿠아고아의 몸이 경직됐다. 뒤에서 밀어붙이던 쿠아고아들은 그가 검사의 손에 죽었음을 직감했다. 그러나 멈추지 않는다. 멈추면 그의 용기를 우롱하는 짓이 된다.

그렇기에 뒤에 있던 쿠아고아들은 망설이지 않고 밀어붙여 그대로 기세를 타 드워프 도시를 유린하고자──

그들의 발이 멈추었다.

아무리 밀어붙여도 그 이상 나아갈 수가 없었다. 마치 문 너머에 두꺼운, 거대한 벽이 가로막고 있는 것처럼.

쿠아고아 한 마리가 고개를 들고 전방을 확인했다.

실제로 드워프들이 벽을 만든 것은 아닐까 하는 당연한 생각을 품었기 때문이다.

그곳에는 새까만 벽이 있었다.

시야 전체를 뒤덮는 거대한 벽. 그것이 움직였다.

"워어어어어어어어어어어어어!"

쩌렁쩌렁 대기를 뒤흔드는 듯한 포효였다.

벽이라고 생각했던 것은 거대한 방패였다.

쿠아고아들은 무기니 방어구를 사용하는 문화는 없지만 드워프가 쓰는 모습은 몇 번이나 보았다. 하지만 이렇게 거대한 것은 없었다. 눈앞에 있는 그것은 벽이 아닌가 싶을 정도였다.

쿠아고아들이 곤혹스러워하는 가운데, 방패 뒤에서는 끔찍한 무언가가 모습을 나타냈다.

검은 갑주를 입고, 진홍색 눈동자에 증오를 깃들인 무언가.

지식이 없는 쿠아고아들도 이해할 수 있었다. 그것은 사악이자, 폭력이자── 죽음이었다.

부웅!

어디선가 소리가 들렸다. 그 순간 세 마리의 쿠아고아가 한 번에 머리를 잃었다.

"워어어어어어어어!!"

포효가 쿠아고아들의 온몸을 후려쳤다.

털이 곤두서는 듯한 충격에 쿠아고아들은 모든 것을 내팽개친 채 도망치고 싶다는 기분에 사로잡혔다.

자신들은 씨족 중에서도 용기가 넘쳐나는, 죽음을 두려워하지 않는 전사다. 그들은 그렇게 생각했다. 다만 이런 존재는 상상해본 적도 없었다. 눈앞에 나타난 괴물은 그들의 용기를 산산이 박살 내기에 충분하고도 남는 존재였다.

그러면 왜 줄행랑을 치지 않는가.

발에 힘이 들어가지 않았던 것이다. 등을 돌리고 도망치려 했다간 등 뒤에서 날아든 일격에 목숨을 잃으리라고 직감이 속삭였다. 그래도 그 시커먼 무언가의 눈에 깃든 뿌연 빛이 쿠아고아들에게 삶에 대한 갈망을 불러 일으켰다.

"워어어어어어어어어어어어!"

쿠아고아들은 땅속 밑바닥에서 울려 나오는 듯한 포효에

조그만 비명과 함께 몇 걸음 물러났다.

그 간격을 메우고자 움직였던 검은 갑주의 뒤에서 또 하나, 같은 것이 모습을 나타냈다. 그리고——

"히익!"

쿠아고아 중 누군가가 비명을 질렀다.

그의 시선에 이끌려 눈을 돌린 자가 본 것은, 머리를 잃은 동료들의 모습.

분명 죽었을 터. 하지만 그들의 손은 무언가를 붙잡으려는 것처럼 움직이기 시작했다. 경련이 아님은 명백했다.

그것은 시체가 움직였다고밖에는 생각할 수 없었다.

마치 악몽의 세계에 사로잡힌 것만 같았다. 쿠아고아들이 두려워하는 연옥에 산 채로 갇혀버린 듯한 기분이었다.

철컹, 철컹. 거대한 두 개의 갑주가 걸음을 내디디며 손에 쥔 기이한 모양의 대검——플람베르주를 쳐들었다.

＊

"그래서 돌격부대의 보고는, 아직까지 문을 파괴할 가망이 보이지 않는다는 것이냐?"

"예!"

살짝 붉은 기운을 띤 모피를 가진 쿠아고아가 부하에게 받은 보고에 얼굴을 찡그렸다.

그가 바로 선발대의 지휘관 요오즈였으며, 오리하르콘과 동등한 강도를 자랑하는 모피 덕에 평범한 쿠아고아보다도 뛰어난 금속무기 내성을 가진, 레드 쿠아고아라 불리는 상위 종족이다.

요오즈는 머리를 숙인 부하에게서 현수교 너머에 있는 요새로 시선을 돌렸다. 저 요새를 빠져나간 곳에 있는 갱도 안쪽에 펼쳐진 드워프 도시.

그곳을 함락시킨다면 더 좋은 거점을 얻는 것과 동시에 광석을 둘러싼 라이벌을 완전히 일소할 수 있다.

지배 영역 확대는 이제까지 본 적이 없는 광석을 얻을 기회로 이어지며, 쿠아고아들은 더 큰 번영을 거두게 된다.

그렇게 해 언젠가는 반드시 쿠아고아가 이 산을 지배할 때가 올 것이다.

"그 용들을 쓰러뜨릴 수 있다면……."

자신도 모르게 본심을 흘려버린 요오즈는 황급히 주위를 둘러보았다. 아무도 반응을 보이지 않았다. 요오즈는 살짝 안도했다.

쿠아고아는 과거 드워프들이 왕도라 부르던 장소를 점거해 본거지로 삼고 있다.

그 도시의 중앙에는 우뚝 솟은 왕성이 있는데, 그곳은 냉기의 숨결을 토해내는 프로스트 드래곤이라는 백룡의 일족이 지배한다.

쿠아고아와 용은 동맹 관계이기는 하지만, 조금이라도 실상을 아는 자라면 동맹처럼 대등한 관계일 리가 없다고 단언하리라. 씨족왕은 공존공영이라는 말로 치장하지만 씨족왕 자신조차 그 말을 진심으로 인정하지는 않을 것이다.

실제로는 강자인 용을 약자인 쿠아고아가 받들어 모시는 것이다.

용의 입장에서 쿠아고아 따위 비상식량, 혹은 써먹기 좋은 장기짝에 불과하다.

요오즈는 씨족왕과 함께 용을 만나본 적이 있는데, 그 거대한 입에서 터져 나오는 말 한마디 한마디에서 그러한 기척을 느꼈다. 씨족왕도 용 앞에서는 놀랄 정도로 저자세였다.

위대한 영웅의 그런 모습은 보고 싶지 않았다. 그러나 요오즈도 바보는 아니다. 용과 쿠아고아. 양측 사이에는 너무나도 큰 역량의 차이가 있음을 잘 안다.

그래도 그렇게까지 멸시를 사고 그냥 넘어갈 수 있을까.

'……지금은 아직 무리야. 용왕과 싸웠다간 설령 이긴다 해도 우리 종족은 재기 불능의 피해를 입게 되겠지. 하지만…… 반드시.'

이 비원은 그만의 것이 아니다. 용과 만났던 쿠아고아라면——상층부의 우수한 쿠아고아라면 모두 똑같은 감정을 품는다.

우선 냉기의 숨결을 완전히 막을 수단을 찾아야만 한다——

그러한 쿠아고아가 태어나지 않는다면 피해를 줄일 수 없다.

그러려면 얼마나 오랜 시간이 걸려야 할까.

요오즈는 암담한 기분을 떨쳐냈다. 지금은 드워프를 공략할 때이며, 그것은 아직 끝나지 않았다. 너무 먼 곳을 내다본 나머지 발밑을 소홀히 한다면 넘어질지도 모른다.

요오즈는 부하를 불렀다.

"이봐, 요새를 파괴해 다수가 진군할 수 있도록 갱도 벽을 깎아낼 수 없는지 알아봐. 본대가 올 때까지 될 수 있는 대로 준비를 갖춰——."

그때 요오즈는 문득 귀를 기울였다. 어디선가 비명 같은 목소리가 들린 듯했기 때문이다.

아니, 비명이라고 단언할 수는 없다. 어쩌면 몬스터가 지르는 위협성일 가능성도 있다. 이런 지하세계가 성가신 점은 어디에서 소리가 들려왔는지 감을 잡기가 어렵다는 점이다.

하지만 이번만은 즉시 알 수 있었다.

돌격부대로 보냈던 쿠아고아들이 요새 쪽에서 황급히 도망쳐 뛰어오는 모습이 보였던 것이다.

요오즈의 주위에 있던 쿠아고아들이 술렁거렸다.

돌아오는 쿠아고아들의 통제되지 못한 모습에 그들이 혼란에 빠졌음을 잘 알 수 있었다. 몇 마리는 뒤에서 달려온 동료에게 떠밀려 대균열로 떨어졌을 정도였다.

"뭐냐? 무슨 비상사태가 일어난 거냐?"

요오즈의 솔직한 의문에 부하 중 하나가 대답했다.

"모르겠습니다. 드워프가 반격한 걸까요?"

그럴 리가 없다. 드워프의 반격은 예상 범주 내에 속한다. 돌격부대가 저렇게까지 허둥지둥 도망칠 이유가 없다.

특별한 공격을 받은 것일까? 이를테면 펄펄 끓는 기름에 데면 상당히 아프다는 이야기를 들은 적이 있다.

"병사를 데리고 가서 무슨 일이 일어났는지 물어봐라. 드워프들의 반격이 있었다면 그대로 나아가서 요새를 탈환하도록 내버려두지 마라."

명령에 따라 부하가 무리를 통솔해 현수교를 건넜다.

그러는 동안에도 돌격부대는 비명을 지르면서 계속해서 돌아왔다.

무엇으로부터 그렇게 필사적으로 도망친단 말인가. 마법인지 뭔지 하는 이상한 힘 때문일까.

요오즈가 머리를 굴리고 있으려니, 요새 입구에서 불쑥 모습을 드러내는 자가 있었다. 둘이었다.

검고 거대한 무언가였다.

"──뭐, 뭐냐, 저게? 거대한 드워프인가? 드워프의 왕?"

요오즈가 이제까지 본 적이 없는 모습이었다. 드워프들이 사용하는 '갑옷'이라는 무장 중에서도 온몸을 뒤덮는 것이리라는 생각은 들지만, 그것과는 결정적으로 다른 무언가가 있었다.

오른손에는 물결치는 칼날을 가진 거대한 검을, 왼손에는 거대한 방패를 들었다.

씨족왕이 쿠아고아 중에서도 외견이 조금 다르듯, 드워프 왕도 형상이 일반 드워프와는 다른 것일까.

요오즈에게는 요새 입구에 우뚝 버티고 선 두 존재의 정체를 알 수 없었다. 하지만 그것이 너무나도 위험한 존재임은 동물적인 본능으로 이해했다.

돌격부대가 저 괴물에게서 온 힘을 다해 도망쳤으리라는 것도 잘 알았다.

주위에 있던 부하들도 경악한 것처럼 뻣뻣이 선 채 그것들을 보았으며, 움직이는 쿠아고아는 요새에서 도망쳐 온 자들뿐이었다. 뒤도 돌아보지 않으며 그저 오로지 다리를 건너고자 달려온다.

검은 갑주가 포효를 터뜨렸다.

이렇게 거리가 먼데도 대기의 진동이 찌릿찌릿 모피를 흔들어 요오즈의 간담을 서늘케 했다. 마치 용의 포효를 온몸으로 받았을 때 같았다.

그것을 신호로 삼은 것처럼, 쿠아고아들이 검은 갑주 옆에서 어기적어기적 모습을 나타냈다.

'도망치려는 건가? 아니면 배신인가? 아, 아니다, 그게 아니다!'

요오즈는 눈을 크게 떴다.

새로 나타난 쿠아고아 한 마리는 목 위쪽이 없었던 것이다.

눈에 힘을 주고 보니, 모습을 드러낸 몇 마리는 내장을 질질 끌기도 하고 몸이 좌우에서 따로 움직이기도——마치 세로로 쪼개진 것처럼—— 했다.

움직일 리가 없는 존재를 사역한다. 그렇다면 그것은——

'마법이다! 죽은 자를 사역하는 마법이다!'

"설마 저게 드워프의 비밀 병기인가?"

부하의 말에 요오즈도 수긍했다.

번개 무기로 침공을 저지하는 한편, 다른 비밀 병기를 만들었던 것이리라.

"……골렘인가?"

용이 드워프의 왕성을 지배할 때 그런 이름을 가진 몬스터와 싸웠다고 들은 기억이 있었다. 그것은 갑주를 착용한 동상의 모습을 했다고 한다.

"저건 골렘이라는 드워프입니까?!"

부하의 질문에 요오즈는 고개를 가로저었다.

"아니, 골렘이란 건 몬스터다. 아마 드워프가 길들였겠지."

"우리가 누쿠를 길들이는 것처럼요?"

누쿠란 마수의 일종이다. 수컷의 경우 길이 3.5미터에 체중은 1,200킬로그램이나 되는, 긴 털로 뒤덮인 네발 초식

짐승이며 얼마 안 되는 이끼만을 먹고도 살아갈 수 있다. 폭설 속에서도 살아남는 생명력을 가져서 아제를리시아 산맥 전토에 서식하며, 이를 잡아먹고 살아가는 몬스터도 많다.

아무튼 저 까만 갑주 골렘의 전투 능력이 얼마나 강한지 정확히는 알 수 없지만, 도망치는 쿠아고아와 돌격부대의 숫자를 비교해보면, 아니 그 이전에 온통 곤두선 요오즈의 털이 알려주고 있다.

저것에 이기기란 쉬운 일이 아니라고. 그러나 운 좋게도 놈들은 이쪽을 노려보기만 할 뿐 다리를 건널 생각은 하지 않는다.

"보, 보아하니 요새를 탈환하러 온 모양이네요."

"그, 그렇구나. 좋아. 놈이 움직이지 않을 때 부대를 재편성하겠다. 동시에 대책을 세우── 움직였다!"

검은 갑주가 땅을 박차더니 다리 위로 뛰어들었다.

"누구야, 요새 탈환이 어쩌고 했던 놈이!"

"지휘관님, 그런 소리를 할 때가 아니에요! 어떻게 하면 좋죠?!"

요오즈가 보낸 쿠아고아들이 다리 위에서 싸우고자 발톱을 겨누었다.

그곳에 거대한 방패를 들이댄 검은 갑주의 몸 받기가 작렬했다.

압도적인 힘에 튕겨 나간 쿠아고아 몇 마리가 다리에서

굴러떨어졌다. 게다가 검은 갑주는 발을 멈추지 않았다. 방패를 들이댄 채, 살짝 속도가 떨어지기는 했지만 다리를 건너고자 달려왔다. 마치 벽이 돌진하는 듯했다.

이대로 가면 머잖아 다리를 다 건너 이곳까지 오고 말 것이다.

그렇다면 그 후에 어떻게 될까. 생명의 위험이 고함을 질러댔다.

"다, 다리를 끊어라!"

다리를 떨어뜨리면 본대는 우회로를 써야 하므로 침공에 시간이 오래 걸린다. 그러는 사이에 드워프들은 방비를 다 질 것이다. 요새 탈취가 첫 번째 목표였음을 고려하면 이 작전은 실패다.

작전을 위해 들였던 물자와 인적 피해를 생각해봤을 때 야단을 맞는 정도로는 끝나지 않을 것이다. 그러나 그 이상으로 저 검은 갑주가 다리를 건너게 하는 쪽이 더 위험했다.

여기까지 오게 했다간 확실하게 누구 하나 살아남지 못한다. 저것은 그런 존재다.

"다리를 끊으라니까!!"

두 번째 지시에, 압도적인 힘으로 쿠아고아들을 튕겨 날려버리는 검은 갑주에게서 눈을 돌린 부하들이 겨우 움직였다. 그러나 나중에 보낸 쿠아고아는 거의 모조리 튕겨져 나락 밑바닥으로 떨어졌다. 다리에서 검은 갑주와 대치하는 자는 극소수였다.

몇 마리나 되는 쿠아고아가 필사적으로 다리의 로프를 물어뜯고 발톱으로 베어댔다.

"부대 하나를 돌격시켜 놈들을 다리 위에 묶어놔라!"

다리를 끊으라고 해놓고는 다리 위에서 골렘을 저지하라니, 죽으라는 것과 다를 바 없는 말이다. 그래도 즉시 일개 부대가 편성되어 결사대가 돌진했다.

역시 방패에 튕겨 나갔지만 몇 마리는 뒤로 우회하는 데 성공해 달려들었다. 그러나 그것마저 무시한다. 물어뜯어도 아픈 기색조차 보이지 않고 돌진한다.

다리는 끊어지지 않는다.

이대로는 놈이 다리를 건너버린다.

그렇게 느낀 순간, 요오즈의 몸이 멋대로 움직이고 있었다. 지휘를 위해 서 있던 높은 곳에서 망설이지 않고 뛰어내려, 낙하의 기세를 더한 발톱 일격을 현수교의 로프에 꽂았다.

피잉! 공기가 크게 갈라지는 듯한 소리가 들렸다.

다리가 큰 물결을 이루며 출렁이고, 무너졌다.

요오즈는 거대한 뱀이 단말마에 몸부림치는 듯한 다리의 움직임을 견디지 못하고 공중으로 튕겨 날아갔다. 그러나 눈 아래의 암흑이 그의 몸을 빨아들이기 전에 요오즈는 허공에서 춤추는 로프를 붙들었다. 공중이라 자세를 제어하지 못하는 가운데 그럴 수 있었던 것은 만분지일의 요행이었다. 요오즈는 몸을 뒤틀며 공중에서 로프를 힘껏 잡아당겨 낭떠러지 가장자리에 착지했다.

그러나 안도하며 가슴을 쓸어내릴 틈도 없이, 온몸이 떨려오는 듯한 오한을 느낀 요오즈는 직감에 따라 몸을 날리듯 쓰러졌다.

그 찰나, 바람 가르는 소리와 함께 날아든 물체가 요오즈의 등털을 스쳤다. 놀랍게도 날아온 물체의 정체는 쿠아고아였다. 검은 갑주가 떨어지면서 그 말도 안 되는 괴력을 총동원해 결사대 중 한 마리를 집어던진 것이다.

날아온 쿠아고아는 뻣뻣이 서 있던 요오즈의 부하들에게 부딪쳤다.

"흐각!"

부하들은 짧은 비명을 지르며 고깃덩어리로 전락했다.

그러나 그뿐이었다. 다리 위에 있던 결사대와 함께 검은 갑주들도 대균열 속으로 사라졌다.

정적이 주위를 지배했다.

요오즈는 비틀거리며 다가가 대균열의 어둠을 들여다보았다. 요오즈만이 아니었다. 살아남은 이들은 모든 것을 삼켜버린 암흑을 응시했다. 이곳에서 떨어져 살아날 리가 없음을 잘 알면서도 놈들이 낭떠러지 가장자리에 손을 걸치고 기어오르는 것이 아닐까 하는 불안감을 씻을 수 없었다.

시간이 얼마나 흘렀을까. 요오즈는 안도의 한숨을 내쉬었다.

돌아오지는 않는 것 같았다.

주위를 둘러보니 살아남은 부하의 수는 얼마 되지 않았다.

그래도 그 검은 갑주를 상대하며 이만큼 살아남았다는 사실은 칭찬받아 마땅하지 않을까.

"철수한다!"

그 골렘에 대해 신속히 상부에 보고해야 한다. 그렇지 않으면 위험하다.

만약 그것들이 양산되었다면 반대로 쿠아고아가 전멸당한다. 그 두 마리가 전부일 거라고는 생각할 수 없었다.

"……가공할 드워프."

요오즈는 드워프를 우습게 보았던 것을 후회했다. 그런 끔찍한 괴물을 만들어내는 기술을 가졌다니——.

"우선 무슨 일이 일어났는지 속히 본대에 전해야 한다. 전령!"

요오즈가 외치자 즉시 달려온 것은 평범한 쿠아고아보다도 훨씬 빠르게 이동할 수 있는 자들이었다. 말하자면 쿠아고아 라이더라고나 할까. 그들의 특수 능력은 질주할 때 전혀 피로를 느끼지 않는다는 것이다.

어느 정도 인원을 모은 이유는 적은 인원으로 이동할 경우 몬스터에게 습격당해 전멸할 가능성이 있기 때문이다. 이 인원이면 안전하게 이동할 수 있을 것이란 말이 아니라,

몇 명이 죽더라도 누구 하나는 살아남아 본대까지 도착할
수 있다는 뜻이다.

"좋아, 가라! 너희의 역할이 엄청나게 중요하다는 걸 잊
지 마라!"

그들을 보낸 요오즈는 다음 명령을 내렸다.

말할 것도 없이 이곳에서 철수해, 씨족왕을 만나 의논하
기 위해서였다.

4장 교섭과 기술자

Chapter 4 | A Craftsman and Negotiation

1

아인즈가 만들어낸 죽음의 기사 두 마리가 게이트 너머로 사라졌을 때, 살육의 기쁨으로 가득 찬 포효와 단말마의 비명이 되풀이해 들려왔다. 천천히 게이트를 닫으니 문이 두꺼운 탓인지 반대편에서 일어나는 참극의 소리는 미미한 잔향처럼 고막을 살짝 두드릴 뿐이었다.

"이러면 일단은 괜찮겠지."

시체를 이용해 작성한 것이 아니므로 시간제한은 있지만, 그래도 쿠아고아 포로들을 통해 추측할 수 있었던 역량 정도라면, 적의 병력은 모른다 해도 제법 많은 숫자를 격퇴할 수 있을 것이다. 상대가 어지간히 무능하지 않다면 어느 정도 병력을 잃었을 때 일단 물러나 진지를 구축할 터.

'후퇴하진 않겠지? 진지를 구축한다면 아직 위험은 저곳에 있다는 소리이니 드워프 나라는 확실하게 이쪽하고 손을 잡을 수밖에 없을 거고. 죽음의 기사에게는 '정도껏 해라.'라고 명령했는데…… 너무 압도적으로 이겨버려도 안 된다는 건 어렵구나.'

멍하니 그런 계산을 하면서 아인즈가 총사령관 쪽을 쳐다보니, 그는 뻣뻣한 웃음을 얼굴에 갖다 붙인 채 이쪽을 응시하고 있었다.

그렇게 공포에서 오는 것 같은 웃음을 짓는 이유 따위 짐작도 가지 않──.

그 순간 아인즈의 머리 위에 떠오른 가상의 꼬마전구에 불이 들어왔다.

'내 얼굴에는 이미 익숙해졌을 테니까, 문 너머에서 들린 쿠아고아들의 비명 때문이겠구나. 하기야 죽어 가는 자들의 목소리가 기분 좋을 리 없지.'

그렇다고는 해도 적의 목소리니까 그렇게까지 마음에 둘 필요도 없을 것 같은데, 그렇게는 생각할 수 없는 사람──드워프인 것이리라, 분명히.

'하지만 그래 가지고 전사들의 지휘관을 맡을 수 있겠어? 걱정되네.'

쓸데없는 걱정이란 것은 알지만 아인즈가 총사령관을 그런 눈으로 보고 있으려니, 곤도가 곁에 다가와 섰다.

　"그런데 폐하, 난 일단 집으로 좀 돌아가겠소."

　"아, 그러면 그쪽 건을 추진해주지 않겠는가?"

　"물론이오. 그 물건은 내가 나눠서 뿌려보겠소. 시간 같은 것도 변경할 필요는 없겠지? 만약 무슨 일 있으면 마법으로 부탁하오."

　주먹을 내미는 곤도에게 아인즈도 주먹을 마주 댔다. 이곳으로 오기 전까지 여러모로 이야기를 나누었는데 그 효과가 나타난 모양이었다.

　'곤도의 얘기는 참 길었지…….'

　그의 이야기는 일방적이었으며, 끝이 없는 것 아닐까 싶을 정도였다. 룬이라는 사라져가는 기술에 집착해 소외감을 맛보았기 때문에, 관심을 가져준 아인즈에게 그동안 쌓아두었던 것을 봇물 터진 것처럼 쏟아냈으리라.

　취미가 맞는 사람과 이야기를 나누는 기분은 아인즈도 잘 안다. 그의 마음도 이해한다. 다만 아인즈가 오랜 이야기에 동참해준 이유는 자상해서가 아니었다.

　곤도는 자신의 마법 배낭을 가볍게 두드리더니 등을 보이며 걸어 나갔다.

　총사령관이 멀어져 가는 곤도에게 무언가 말하고 싶은 기색을 보였으나 불러 세우지는 않았다.

"그러면 우리는 어떻게 하면 좋겠나? 한동안 있다가 문을 열고 결과를 확인할까?"

아인즈의 물음이 예상했던 것이었는지, 총사령관의 가슴속에서는 이미 답이 있었던 듯 척척 대답해주었다.

"일국의 왕이신 폐하를 이곳에서 기다리게 해선 결례가 될 것입니다. 우선 섭정회를 방문하시고, 그곳에서 폐하의 제안을 모두에게 들려주심이 어떨까 생각합니다."

"결과를 보지 않아도 되겠나?"

"그 이상으로 우선 폐하를 소개해야 합니다. 쿠아고아에게 침공을 당했을 때 섭정회에 전령을 파견했습니다. 지금쯤 대처 방법을 모색하고 있겠지요. 갈팡질팡해 부적절한 명령을 내리기 전에 새로운 정보를 알려줄까 합니다."

"그렇구나. 그렇다면 나도 이의는 없다. 안내를 부탁한다."

"분부 받들겠습니다. 하지만 폐하의 마수는 백성들에게 혼란을 초래할 수도 있습니다. 황송하지만 이곳에 대기시켜주실 수는 없겠습니까? 방법을 가르쳐주신다면 저희가 최대한 돌보겠습니다만……."

아인즈가 아우라에게 시선을 보내자 아우라는 한 차례 고개를 끄덕였다.

"알았다. 그렇다면 저쯤에 대기시켜두지."

아인즈가 뼈로 된 손가락으로 주둔지 한구석을 가리키자

총사령관은 고개를 끄덕였다.

"그리고 돌볼 필요는 없다. 이쪽에서 대응하마. 또한 수행원은 셋 정도로 해두겠다."

아인즈가 뽑은 것은 샤르티아, 아우라, 젠벨뿐이었다. 나머지는 이곳에서 대기하도록 명령했다.

총사령관의 표정에 살짝 안도의 빛이 스쳤다. 역시 언데드의 무리가 시내를 활보하는 모습은 바라지 않았던 모양이다.

"그러면 가시지요."

"그래, 잘 부탁한다."

총사령관의 안내를 받아 아인즈 일행은 당당히 드워프 도시를 걸어갔다. 기이함이 담긴 시선이 따끔거릴 정도로 모여들었다. 아인즈의 얼굴을 본 드워프 어머니가 아이를 집안으로 숨기는 모습을 보고 시무룩해졌다.

물론 눈에 뜨이지 않게 갈 수도 있었다. 아마 가면을 쓰면 시선도 조금은 줄어들 것이다. 그럼에도 얼굴을 숨기지 않은 이유는 모종의 노림수가 있었기 때문이다.

그것은 드워프 도시에 자신들이 왔다는 사실을 선전하기 위해서였다. 쿠아고아가 이곳까지 쳐들어오고, 대처하기 위해 외부의 힘을 빌려야만 했던 나라에 플레이어가 있다고는 여겨지지 않는다. 그러나 저레벨 플레이어일 가능성이나, 플레이어가 남긴 아이템이 있을 가능성은 존재한다.

'그 마법봉인 수정처럼 말이지.'

그렇기에 그러한 아이템에 공격당하지 않도록 눈에 뜨여, 방문했다는 증거를 만드는 것이다. 이렇게 하면 뒤에서 해치우고자 하는 일은 없을 것이다.

게다가 앞으로 어떤 사절단을 파견할지는 아직 결정하지 않았지만, 언데드를 사용하는 것은 충분히 생각할 수 있다. 그러기 위해 드워프들이 조금이라도 적응했으면 싶었다.

"그건 그렇고, 쿠아고아가 바로 코앞까지 쳐들어왔는데 별로 긴장감이 없군."

친구와 어깨동무를 하고 주점에서 막 나오던 얼굴 벌건 드워프가 입을 딱 벌리는 모습을 본 아인즈가 총사령관에게 물었다. 남자들에게서 술 냄새가 풍기는 것은 틀림없었다.

"쿠아고아가 쳐들어왔다는 사실을 아직 시민들에게 알리지 않았습니다."

"그건…… 어째서냐?"

위기의식이 없는 것 아닐까.

총사령관이 그런 아인즈의 마음을 읽은 것처럼 대답했다.

"쿠아고아의 침공 속도가 지나치게 빨라 아직 여기까지 정보가 흘러들지 않았을 뿐입니다. 섭정회의 판단에 달렸지만, 앞으로 한 시간도 지나지 않아 널리 퍼질 겁니다."

"흐음. 일단 내가 보낸 서번트들에게는 다리를 탈환하도록 명령했다만, 그렇게 되면 이 도시가 당분간 안전해지겠느냐? 앞으로 이 나라와 무역을 하게 되었을 때 중요시해야 하는 사항 중 하나다."

"어렵습니다. 이번에 쳐들어올 상대의 숫자에 따라서도 달라지겠지만, 어느 정도 진심으로 쳐들어왔는지 모릅니다. 탈환 후 방어를 다지면서 어떤 우회 루트를 사용했는지를 조사한 후 대책을 강구하게 될 것입니다."

아인즈는 마음속으로 씨익 웃었다.

아직도 자신이 활약할—— 이 나라에 은혜를 베풀어줄 기회는 더 있을 것 같았다. 그렇다면 죽음의 기사에게는 그대로 다리를 탈환하도록 지시해두면 좋을 것이다.

기분 좋게 걸어 나가던 그때, 아인즈는 갑작스러운 놀라움에 사로잡혔다.

"——아니?!"

아인즈의 목소리에 총사령관이 흠칫 어깨를 떨었다.

"히윽! 무! 무슨 일이십니까, 마도왕 폐하!"

"아, 아니다. 혼잣말이다. 마음에 둘 것 없다."

이 이상 묻지 말라고 강철 같은 목소리로 상대의 질문을 가로막았다.

아인즈답지 않은 대응은 여유가 없었기 때문이었다.

——페오 주라 근교에 있어야 할, 자신이 만들어낸 죽음의 기사 두 마리의 존재가 소실되었다.

경악스러운 사실로부터 예측할 수 있는 해답은 단 한 가지.

죽음의 기사가 쓰러졌다는 것.

'호오!'

아인즈가 보기에 죽음의 기사는 매우 약하다. 그러나 이 세계의 기준으로 보자면 한 나라 안에서 손꼽히는 무력을 가진 자들조차 상당한 강적으로 평가한다. 그런 죽음의 기사를 두 마리나 쓰러뜨릴 수 있다니, 상대는 확실히 강자다. 게다가 사라진 것은 두 마리가 거의 동시였다.

타이밍을 맞춰 동시에 격파한 건가?

결정타로 범위공격을 사용해 쓰러뜨렸나?

강력한 개체가 손짓 한 번으로 물리쳤나?

어느 것이 답이라 해도, 아마 왕도에서 만난 그 요사스러운 가면의 매직 캐스터에 버금가는 강자일 것이 분명하다.

만약 죽음의 기사를 쓰러뜨린 것이 단일 개체라면, 방어형 죽음의 기사를 거의 동시에 쓰러뜨렸던 것도 고려한다면, 추측이지만 45레벨을 능가한다고 볼 수 있다.

"──이건, 찾은 건가?"

혼잣말에 반응해 총사령관이 다시 이쪽을 올려다봤지만 상대할 마음은 없었다.

미지의 강자는 어떤 존재일까. 우선 생각할 수 있는 것은 플레이어다. 아인즈와 마찬가지로 고레벨에 이쪽 세계에 온 상대라면 죽음의 기사 두 마리 정도를 쓰러뜨리기는 쉽다.

'드워프가 아니라 쿠아고아 중에 플레이어 관계자가 있었나? 그러면 샤르티아를 세뇌했던 자와도 무언가 관계가

있을까?'

마음속에 시뻘건 불꽃이 타올랐다.

이제까지 스멀스멀 연기만 내던 불씨가 연료를 투입한 것처럼 커졌다. 그러나 즉시 억제되었다.

'아니, 그럴 리가 없지. 만약 관계가 있다고 한다면 좀 더 일찌감치 드워프 도시를 함락시켰을 거야. 이 세계의 평범한 강자일 확률이 높아. 하지만 절대 없으리라는 확신은 못하지. 이건 예정을 변경할 필요가 있겠어.'

쿠아고아와 드워프의 전쟁이 오래갔으면 하는 것이 아인즈의 희망이었다.

쿠아고아라는 명확한 적성존재가, 상황에 따라서는 드워프들이 아인즈의 산하에 들어오도록 종용할 수 있을지도 모른다. 그러나 쿠아고아를 그렇게 방치하는 것은── 시간을 주는 것은 위험할 수도 있다.

강자가 발생하는 종족일 경우, 이번에는 죽음의 기사가 대상이 됐지만, 장래에는 어떤 영역에까지 이를지 모른다. 지금 이 틈에── 대처할 수 있을 때 목줄을 채워놓거나 섬멸해버리는 편이 좋지 않을까.

'최선의 방법은 쿠아고아를 지배하고 놈들을 뒤에서 조종해 드워프들의 위협이 되게 하는 건데…… 그건 사소한 실수가 치명적인 실패로 이어질 수 있으니까 관두는 편이 무난하겠어.'

"폐하, 섭정부(攝政府)가 보이기 시작합니다."

총사령관이 가리키는 방향을 보니 상당히 커다란──드워프에게는 물론이고 아인즈에게도── 건물이 보였다.

입구를 지키는 몇 명의 병사에게 총사령관이 두세 마디 하자 아인즈 일행은 아무런 제지 없이 들어갈 수 있었다. 언데드인 아인즈에게 눈을 크게 뜨면서도 말리지 않는 것은 틀림없이 총사령관의 힘 덕일 것이다.

"그러면 폐하, 저는 이제부터 섭정회에 모든 사실을 보고하러 가겠습니다. 죄송하지만 잠시 기다려주시겠습니까?"

이의가 있을 리 없다. 게다가 그의 입을 통해 아인즈가 이 드워프 나라에 공헌했다는 사실을 알려야 한다.

"그러면 우리는 어디서 기다리면 되겠나?"

총사령관이 입구를 지키던 드워프에게 흘끔 눈짓을 하자 그가 한 걸음 앞으로 나왔다.

"대, 대기실이 있으니, 그쪽으로 안내해드리겠습니다."

"그렇군. 그러면 부탁한다."

몸과 목소리가 살짝 떨리는 드워프 병사에게 안내를 받아 간 곳은 아담한 방이었다. 아니, 드워프의 몸집이면 좁지 않을 것이다. 아우라나 샤르티아를 기준으로 생각하면 방은 충분히 컸다. 그러나 여기에는 젠벨 같은 거구가 있다. 그가 방에 있기만 해도 압박감을 느끼지 않을 수 없었다.

병사도 젠벨을 보고 나서 안내했을 테니, 그나마 이 방이 이 건물에서 가장 크거나 가장 좋은 귀빈실일 것이다. 실제로 내부의 세간은 당장에라도 움직일 것처럼 훌륭한 것들이었다.

아인즈는 아바타라를 만들면서 이처럼 정교한 조각을 제작하는 일이 얼마나 귀찮은지를 잘 알았다. 옆에서 보면 완벽한데 앞에서 보면 괴물이 되는 경우도 흔하다.

아인즈는 조각 중 하나——도마뱀에 올라탄 드워프 상을 집어들었다.

'드워프가 기술이 뛰어나다는 건 이것만 봐도 잘 알겠어. 으음…… 이런 기술도 탐나는걸. ……아바타라를 다시 제작할 수 있는지는 모르겠지만 나도 훈련하면 좀 더 멋진 걸 만들 수 있을까? ——그건 그렇고.'

아인즈는 '저는 이런 분위기에 영 안 어울리는뎁쇼.' 하는 분위기를 풀풀 풍기는 젠벨에게 말을 걸었다.

"젠벨, 너도 한동안은 같이 다녀다오."

"어, 폐하, 괜찮으시다면 저는 이곳에 놓아두고 가시면 기쁘겠습니다. 솔직히 말씀드려서, 높으신 분들의 대화란 건 머리가 피곤해지니까요."

어조가 젠벨답지 않았다. 여행하면서 들었던 것과 조금 달랐다. 드워프 나라에 온 후로 말투를 조금 바꾸고자 노력한 것일까.

"……당신도 부족 하나를 통치하던 족장 아니었사와요?"

"샤르티아 님, 저마다 잘하고 못하는 게 있는 법입니다요

──법입니다. 게다가 폐하께 누를 끼치기라도 하면 죄송하지 않겠습니까?"

젠벨의 생각도 이해는 가지만 아인즈는 고개를 가로저었다.

"아니다, 데려가겠다. 무슨 일이 생겼을 때 거리가 멀면 너를 지킬 수가 없다. 위험이 있다고 생각하진 않는다만 그렇다고 마음을 놓는 것은 어리석은 짓이지. 이곳은 어쩌면 적의 수중일지도 모른다. 그 점을 언제든 머리 한구석에 담아두도록 해라."

"예! 확실하게 기억에 새겨두겠사와요!"

국가를 위기에서 구한 상대에게 여기서 해를 끼칠 거라는 생각은 하지 않지만, 만약을 위해 주의를 촉구해두어야 할 것이다.

'왜지? 어쩐지 샤르티아의 대답이 씩씩한걸. 무슨 일 있었나?'

"그, 그러면 폐하. 저는 어떻게 하면 되겠습니까요?"

"음? 젠벨, 너는 우리의 지시에 따르기만 하면 된다. 무슨 일이 있어도 절대 싸우려 하지 말거라."

아인즈는 고분고분 알겠다는 뜻을 보이는 젠벨에게 고개를 끄덕였다.

"좋아. 그러면 아우라, 샤르티아. 미안하다만 내 복장이 흐트러지지는 않았는지 봐주겠느냐?"

두 사람이 자신들의 것을 포함해 복장을 모두 체크했을 때쯤, 드워프 병사가 섭정회까지 안내하기 위해 찾아왔다.

*

아인즈는 드워프들이 기다린다는 방으로 안내를 받았다.

아인즈는 풀 장비로 몸단장을 갖추고 가슴을 편 채 걸었다. 등을 곧게 세우고 가슴을 젖히며 거들먹거리는 듯한, 왕에게 어울리는 태도였다. 겸사겸사 향수 대신 검은 후광과 오라를 살짝 발동시켰다. 이렇게까지 해두면 아무도 얕잡아 보지 않을 것이다.

그 외에는 왕홀 대신 화려한 완드를 허리에 찼다. 여기에 담긴 마법은 겨우 제1위계지만 마법을 발동시킬 생각은 없었으므로 딱히 문제가 되지는 않을 것이다.

온몸을 보고, 우호적으로 일을 추진하고 싶다는 주지에서는 살짝 탈선하지 않았나 하는 기분도 들었지만 아우라와 샤르티아의 반응은 최고였다. 다만 이 두 사람은 아인즈를 지나치게 과대평가하는 면이 있으므로 그 의견을 신용할 수 있느냐고 물으면 불안감도 남았다.

그렇기에 젠벨의 의견을 청했다. 젠벨은 그에게는 전문 분야가 아닌 질문을 받아 긴장했는지 더듬거리면서도 이렇게 의견을 말했다.

"그 차림이라면 틀림없이 다들 경의를 보일 겁니다."

아인즈는 신뢰하고 그대로 온 것이었다.

그런데도 만나는 드워프마다 하나같이 놀라고 긴장하니 조금 불안감이 들었다. 그러나 왕에 대해서는 어울리는 반응이라고도 할 수 있다.

"마도왕 폐하께서 오셨습니다!"

문 너머에서 안내를 맡은 드워프의 목소리가 들렸다.

문이 열리고, 아인즈는 방으로 들어섰다.

회의실 같은 방에는 드워프가 여덟 명 있었다.

일단은 최고사령관에게 그들의 외견적 특징이나 직함, 그리고 이름을 들어두었다.

신전이기는 하지만 신앙계 매직 캐스터만이 아니라 마력계 매직 캐스터도 포함해 마법 전반을 관리한다는 대지신전의 대지신전장.

대장장이 기술을 주체로 삼는 생산 관련을 관리하는 단야공방장.

이곳까지 자신을 데려온 군사경찰 관련을 관리하는 총사령관. 한때는 많은 드워프를 지휘했으나 지금은 100명도 되지 않아 이름만 거창할 뿐이라고 웃으며 설명해주었다.

식료품 등 대장간에서 생산하는 물건 이외의 모든 것을 관리하는 식료산업장.

이 도시 내의, 각 섭정이 관리하지 않는 내무 전반을 관리하는 사무총장.

양조에만 따로 섭정이 있다는 사실이 드워프가 얼마나 술을 좋아하는지 알게 해주는 주조장.

광산의 발굴 등을 주요 업무로 삼아 이 도시 내에서도 상당한 힘이 있다는 동굴광산장.

한때는 상인회의라는 다른 모임이 있었지만 이제는 상인들의 수가 줄어들어 교역은 융성하지 않고 유명무실해진 외무를 담당하는 상인회의장.

이상 여덟이었다.

아인즈는 천천히 전원을 둘러보았다. 눈을 크게 뜨고 있는 일곱, 그리고 조금 지친 표정을 지은 드워프——총사령관——와 시선이 교차했다.

아인즈는 냉정함을 연기했지만 내심은 완전히 혼란에 빠졌다.

'이봐! 몇 명은 분간이 안 가잖아! 수염이 짧다느니 했는데 거의 비슷한 거 아니야? 거짓말한 거야? 아니지, 놈에게는 그렇게 보였다는 뜻일지도. 어떻게 하지?'

젠벨의 기억을 보았을 때도 전부 같은 얼굴이었으므로, 리저드맨이라 드워프의 얼굴이 전부 똑같아 보였던 걸까 생각했다. 혹은 젠벨의 안면 인식 능력이 떨어지는 것이 아닐까 하고. 하지만 그것이 아니었다.

'젠벨, 의심해서 미안해. 넌 나에게 진실을 보여주었던

거구나.'

이 세계에는 처음 만났을 때 명함부터 교환하는 관습이 없음을 몇 번이나 유감으로 여겼던가. 오늘도 같은 마음을 품으며 아인즈는 배에 힘을 주었다.

이제부터, 요즘 들어 종종 했던 프레젠테이션이 시작된다. 특히 이번에는 뒤에 두 명의 수호자, 그리고 부하의 부하가 있다. 여기서 한심한 꼴을 보일 수는 없다.

'……저 녀석들을 데리고 오지 않는 편이 나았으려나?'

새삼스레 후회해도 소용없었다. 주사위는 던져졌다.

하지만── 각오를 다지기는 했어도 이야기는 좀처럼 시작될 줄을 몰랐다. 도착한 후로 1분이 지나도록 아무도 입을 열지 않았다.

'이게 어떻게 된 거야? 회사에서 업무 때문에 논의를 할 때면 먼저 자기네 사람들을 방문자에게 소개하는 법이잖아? 이 경우에는 총사령관이 중재해 줘야 하는 거 아냐? ……내가 먼저 말을 시작하는 건 좀……. 궁정 예의에는 밝지 못하니까 허술하게 보이고 싶진 않은데.'

궁정 예의라면, 왕은 아랫것들과는 직접 말을 섞지 않으며 직접 이야기를 할 때는 허가를 내린 후에야 비로소 가능하다고 들었다. 다시 말해 왕이란 그만큼 불가침의 존재라는 뜻이다. 그러면 이 경우 아인즈가 먼저 입을 여는 것은 상대에게 얕잡힐 요인이 될 수 있을까?

YES이기도 하고 NO이기도 할 것 같았다.

'그렇다고는 해도 이 나라의 상황과 내가 한 일을 고려하면 우습게 여길 놈은 없을 것 같은데. 어쩌면 반대로 그런 바보들과는 거래하지 않는 편이 좋을지도 모르겠어.'

결심한 아인즈는 자신이 먼저 공을 던져보기로 했다.

"내가 바로 마도국의 왕, 아인즈 울 고운 마도왕이다."

드워프들이 마치 전원이 들어간 것처럼 움직이기 시작했다.

"이, 이렇게 찾아와주셔서 감사합니다, 마도국의 왕 아인즈 울 고운 폐하. 우선 거기 앉으시겠습니까? 일행분들은 그쪽으로 앉으시지요."

아인즈는 고개를 끄덕이고는 '생일 자리'라고도 불리는 좌석에, 연습을 거듭한 왕에게 어울리는 당당한 태도로 앉았다. 샤르티아, 아우라, 젠벨은 아인즈의 뒤쪽 자리였다.

"그러면 폐하께 저희를 소개드리도록 하겠습니다. 우선 저는 이 나라에서——."

그리고 드워프 전원이 순서대로 이름을 댔다.

보아하니 말을 먼저 꺼내 다행이었던 모양이지만 아인즈는 짜증을 억누를 수 없었다.

한 번에 여덟 명이나 이름을 대도 뇌의 메모장은 가득 차 버린다. 듣기는 들었지만 직함과 이름, 그리고 외견을 일치시키기가 좀 힘들었다.

이름을 대충 기억하기는 쉬웠지만 여기에 직함이 더해지면 불안하다. 동굴광산장인지 광산동굴장인지, 그런 혼란이 생기는 것이다.

그래도 아인즈는 어떻게든 다 외웠다. 이곳으로 오는 도중에 총사령관에게 듣지 않았다면 절대 무리였을 것이다.

"이 나라를 대표해 감사 말씀을 드리고 싶습니다. 만약 폐하께서 와주시지 않았더라면 이 나라는 멸망했을 것입니다."

발언한 것은 동굴광산장이었다. 그리고 그 자리에 있던 드워프 전원이 나란히 고개를 숙였다.

이 섭정회는 돌아가면서 의장을 맡는다고 하는데, 이번에는 동굴광산장이 의장이었던 모양이다.

"마음에 둘 것 없다. 어려울 때는 서로 도와야지."

"폐하께서는 관대하시군요. 만약 폐하께서 어려움에 처하셨을 때는 저희도 최대한 힘을 보태드리도록 하겠습니다. 그렇다고는 해도 겨우 두 명으로 국가를 멸망에서 구할 수 있는 병사를 가지신 분께 저희가 할 수 있는 일은 전혀 없을 것 같습니다만."

"그렇지는 않다. 군사력은 탁월해도 그 이외에는 조금 미덥지 못한 면 또한 있으니. 그러한 부분에서 힘을 빌릴 수 있다면 매우 고마울 것이다."

"그렇군요. 폐하께──마도국에 도움이 될 만한 일이 있다면 기꺼이. 그러나 우선 그 전에, 괜찮으시다면 폐하께서 우리 나라에 어떠한 용건으로 왕림하셨는지 알려주셨으면 합니다. 일단 총사령관에게 듣기는 했습니다만 폐하께서 다시 한 번 직접 들려주실 수 있겠습니까?"

동굴광산장의 눈이 슬쩍 가늘어졌다.

거짓말을 간파해주마, 하는 굳센 결의가 느껴졌다.

'별로 호의가 느껴지진 않는군. ……아니, 국력에 차이가 있다면 누구나 경계하는 게 당연하겠지.'

아인즈의 처지를 예로 들자면, 옛 위그드라실의 길드 랭킹 1위인 『세라핌』이 이쪽에 세계급 아이템을 제시하면서 교섭을 청할 경우 무슨 함정이 아닐까 경계할 것이다.

그렇기에 드워프의 그러한 반응은 불쾌하게 여겨지지 않았다.

"우선은 우호적으로 국교를 여는 것이다. 그리고 교역을 시작하기를 바란다."

"──그러셨군요."

"이 나라 사람에게 들었다만, 식사는 버섯과 육류가 주식이라지? 산자락에 밭을 만들어 그곳에서 신선한 야채를 재배한다지만 수확할 수 있는 야채의 양이나 종류는 적은 것으로 알고 있다. 우리는 신선한 야채 같은 식료품을 제공할 수 있고, 또한── 인간 나라나 마도국의 술에는 관심이 없나?"

술이라는 말에 드워프들의 눈에 초롱초롱한 빛이 맺혔다. 매우 솔직한 반응이었다.

"이 나라는 동쪽에 있는 인간 나라와 거래를 한다지만 큰 거래는 아니라고 들었다."

"그렇소. 드워프 스무 명 정도가 운반할 수 있는 정도의 양밖에 안 되지. 그렇기에 지금은 무한히 물건이 들어가는 가방 같은 매직 아이템을 개발하는 중이오."

대답한 것은 상인회의장이었다.

"그렇군. 더 많은 드워프 대상(隊商)을 꾸려 파견시키지 않는 이유는 산길이 험하기 때문이라고 들었다만 사실인가?"

"바로 그렇소."

대답한 것은 다른 드워프였다.

"제법 험준한 산길을 가야 해서 말이오. 너무 큰 짐을 옮길 수는 없지. 게다가 많은 수로 이동하면 몬스터에게 들키기 쉽고. 수가 많아도 겁먹지 않고 덤벼드는 몬스터가 많거든. 특히 하늘에서 공격하면 성가시오."

하기야 통상 수단으로는 이곳에 오기가 매우 힘들 것이다. 이익을 낼 만큼 돌아오는 것이 없기에 제국과 드워프의 거래도 그 정도였으리라. 그러나 그렇기에 마도국에는 유익한 거래 상대라 할 수 있다.

마도국에는 유감스럽게도 타국과 비교해 우위에 설 만한 특산품이라고는 아직까진 언데드밖에 없다. 그러나 이 드워프 나라에 대해서는 일반적인 식료품도 팔 수 있다.

'최고의 거래 상대야.'

아인즈는 마음속으로 씨익 웃으며 물었다.

"그렇기에 나——마도국과 국교를 열어 식료품을 수입할 것을 권한다."

"……마도국의 자세한 위치를 아직 듣지 못했소만, 이곳까지 우리의 힘만으로 물건을 옮길 수 있겠소?"

"귀국의 백성만으로 운반한다면 아직까지는 위험이 크겠지. 처음에는 우리 나라가 주도하고, 장래에는 든든한 교역 루트를 만들어 귀국의 백성이 안전하게 운반할 수 있도록 하고 싶다. 그때는 짐마차도 달릴 수 있게 해주지. 물론 말처럼 나약한 것이 아니라 더욱 확실한 동력이지만."

"혹시…… 언데드요?"

언짢은 표정으로 한 드워프가 물었다. 그는 아인즈의 기억에 따르면 단야공방장이었다.

"그렇다. 자위력을 가졌으며 피로와도 무관한 언데드 짐마차는 매우 뛰어난 교통 기관이 될 것이다. 실제로 이미 우리 마도국에서 실용화해 국민들의 반응도 매우 좋다. 언데드를 사용하는 이점은 이것만이 아니라——."

아인즈가 기분 좋게 말하고 있으려니 단야공방장이 끼어들었다.

"——언데드는 산 자를 습격한다고 들었소만?"

아인즈는 마음속으로 불만스레 입술을 비죽거리며 자신만만하게 대답했다.

"그야 일반적인 언데드에게는 그런 생각을 가지는 자도 많지. 실제로 그렇고. 언데드는 산 자를 증오하고 습격하는 존재. 그러나!"

아인즈는 강한 어조로 단언했다.

"절대자인 내가 지배하고 마도국에서 사역하는 것들에 관해서는 아무런 문제도 없다. 두 다리 쭉 펴고 안심하기 바란다."

단야공방장은 입을 부루퉁하게 다무는 것으로 보아 아인즈의 말을 별로 믿지 않는 듯했다. 언데드에게 가족을 잃었다거나 하는 무언가 안 좋은 기억이라도 있는 걸까? 아인즈는 그런 생각을 하며 히든카드를 제시했다.

"그리고—— 우리 나라에서 제공할 수 있는 것으로 노동력이 존재한다."

"노동력?"

"여행 도중 쿠아고아에게서 구출한 드워프에게——."

딱히 쿠아고아에게서 구출한 것은 아니지만 완전히 틀린 말도 아니니 여기서 생색을 내기로 했다.

"——귀국의 광산에서 어떤 노동을 하는지 들었다. 드워프 광부의 이야기다만, 그 작업을 언데드에게 시킬 수 있지."

"뭐야? 그런 일이 가능한가?!"

동굴광산장이 눈을 크게 뜨며 반응을 보였다.

"물론. 이것은 이미 인간 나라에서 실험해 성공을 거둔

사례다. 우리 나라에서 광산을 임대받은 광산주는 언데드를 추가로 보내달라고 요청할 정도지."

이것은 걱정이 되어 〈전언〉을 날렸을 때 알베도가 해주었던 말이므로 거짓말이 아니다.

"인간 나라에서 그런 일을 하고 있다니."

동굴광산장이 감탄한 것처럼 신음했다.

"언데드의 특성에 관해서는 잘 아는 것 같다만……."

"음, 뭐, 일반적인 정도는 알고 있소."

아인즈는 목소리를 높였던 대지신전장에게 물었다.

"그렇다면 언데드가 얼마나 뛰어난 노동력이 될지는 말할 필요도 없겠지?"

드워프들이 서로의 얼굴을 바라보며 입을 모아 말했다.

"사실 마도왕 폐하의 말씀은 이해합니다. 안전하게 언데드를 지배할 수 있다면야……."

"광산에서 채굴하는 데 사용하는 인력을 다른 곳에 투입할 수 있다면 매우 매력적인 제안이지요."

"하지만……."

'하지만' 다음에 이어질 말은 정말로 언데드를 신용할 수 있겠느냐는 이야기일 것이다. 게다가 이제까지와는 다른 방법을 도입하는 데 거부감이 드는 것도 당연하다.

이것은 어디까지나 자사 상품의 가벼운 선전이지 진심으로 권유하는 것은 아니다. 아니, 물론 언데드 노동력을 받아들여 주는 편이 기쁘기는 하지만.

"뭐, 그런 노동력의 제공도 가능하다는 이야기일 뿐이다. 여러분의 언데드에 대한 불안은———."

"———마도왕 폐하, 그 전에 언데드에 대해 여쭙고 싶습니다만 그 언데드를 방어전력으로 구입하는 것도 가능합니까?"

총사령관의 말에 드워프들이 술렁거렸다.

"총사령관, 국가의 평화를 타국에서 빌린 병력으로 충당하는 것은 위험성이 너무 크네!"

"그건 나도 아네. 하지만 마도왕 폐하의 언데드는 강력해. 그 정도라면 쿠아고아 놈들이 다시 한 번 쳐들어온다 해도 요격이 가능할 게야. 최종 방어 전력으로 구입한다면 이점이 크지. 우리가 무엇보다도 우선적으로 생각해야만 하는 건 국민의 안전일세. 요새가 함락당한 이상 다른 모종의——— 힘이 필요하네."

"그래도 타국에 목줄을 붙들리는 쪽이 더 위험하다고는 생각하지 않나?"

"그런 말을 하고 있을 때가 아니라는 걸세!"

단야공방장과 총사령관이 서로를 노려본다.

"……그쯤 해두지 못하겠나. 이 이야기는 나중에 우리끼리 논의하면 될 걸세. 타국에서 오신 폐하를 앞에 두고 할 이야기가 아닐 텐데. 부끄러운 모습을 보여드려 죄송합니다, 폐하. 폐하의 제안이 매우 매력적이기에 벌어진 충돌이라고 웃으며 흘려들어 주시면 고맙겠습니다. ──그런데 마도왕 폐하는 이 나라의 무엇을 원하십니까? 저희가 제공해드릴 만한 것은 거의 없다고 생각합니다만."

"그렇지 않다. 우선은 광석이 필요하다. 우리 나라는 매장량이 적다."

"──이해했습니다."

상인회장이 씨익 웃으며 말을 이었다.

"그렇기에 언데드 노동력 이야기를 먼저 꺼내셨군요. 대량 채굴은 곧 잉여분 발생으로 이어지니. 다시 말해 광석의 가격이 떨어지리라 여기셨다는 말씀 아닙니까?"

거기까지는 생각하지 않았지만 아인즈는 고개를 끄덕였다.

"바로 그렇다. 간파당하고 말았군."

드워프들이 과연 그렇겠다고 입을 모아 말했다.

"그리고 그쪽의 공방에서 제작하는 무구도 탐나지. 드워프의 무구는 매우 우수하다고 들은 기억이 있다."

이것은 아인즈가 탐문했던 모든 이들이 동의하는 사실이다.

하지만 가공하는 편이 값이 비싸지는 데다, 드워프 나라에서 무구를 수입한다면 마도국 내의 무구 기술자가 줄어들고 말 것이다. 두 나라의 기술력에 명확한 차이가 있다면 자국의 기술을 연마시켜야지, 뛰어난 무구를 대량으로 수입하는 어리석은 짓은 하고 싶지 않았다.

그러나 한편으로는 사업에 라이벌이 없다면 마도국 내의 대장장이들은 기술을 연마하려 들지 않을 것이다. 드워프 나라에서 구입한 무구가 자극이 되어주지는 않을까.

물론 관세를 매기는 등 대처 방법은 여러 가지가 있겠지만, 자국의 상품을 팔기만 할 게 아니라 드워프 나라에도 돈을 떨어뜨려 주어야 한다는 점까지 생각하면 여러모로 골치가 아프다.

솔직히 알베도나 데미우르고스가 처리할 안건이라 할 수 있다. 그러나 아인즈도 나름대로 생각은 있었다.

새로이 만들 모험자 조합에서만 판매하거나, 모험자에게 무구를 대여하는 것이다.

하급 모험자에게는 매력적일 테고, 그 덕에 목숨을 건질 확률이 높아진다면 마도국의 이익으로도 이어진다. 그리고 낡은 것을 싸게 팔면 그것 또한 모험자의 생환율을 높여줄 것이다.

"마도왕 폐하께는 일련의 일만으로도 무어라 감사를 드려야 좋을지 모르겠소만, 당장 대답해드리기는 어려운 문제요. 특히 무구 건은 더욱 그렇소. 우리끼리 논의하고 싶은데 조금만 시간을 할애해주실 수 있으신지?"

"물론이다. 결론이 나올 때까지 논의해주기 바란다. 나도 지금 당장 결론을 얻지 않으면 곤란한 것은 아니다. 부하들은 이미 일등급 무구로 장비를 갖춰놓았으니, 백성들이 쓸 무구가 필요했을 뿐.”

아인즈는 여기서 생각을 굴려보았다.

이제부터가 진짜다. 이 도시에 온 목적을 다할 때다.

“그러면 쿠아고아의 이야기를 해도 되겠나?”

쩍 얼어붙는 듯한 긴장감이 장내에 가득 찼다.

“쿠아고아의 침공은 내 쪽에서 알아서 대처했다. 안 그런
가, 총사령관?”

“그렇습니다.”

“내가 없었다면 어떻게 됐겠나?”

“폐하께서 계시지 않았을 경우, 적의 침공을 게이트 하나
로 막고 있던 상황이었던 바, 게이트가 뚫리면 시민을 동원
해 도시결전을 벌였을 것입니다. 그렇게 시간을 끄는 사이
에 피난처를 발견하고 아이들부터 피신시켰을 것으로 보입
니다.”

드워프들이 떨떠름한 표정을 지었다.

총사령관이 먼저 말을 해준 덕분이기도 하겠지만 이의나
반론이 전혀 나오지 않는 것은 이 자리에 있던 자들의 우수
함을 대변해주었다.

이 자리에는 이상론을 늘어놓는 자도, 자신에게만 유리하
도록 이야기를 끌고 가려는 자도, 감정론밖에 모르는 자도
없었으므로. 그런 자들이 있을 경우, 특히 권력을 가졌을 경
우 쓸데없는 일로 시간을 잡아먹으면서 진득하게 의논하지

도 않고 대충대충 회의를 끝내버리곤 한다. 그렇게 되지 않는다는 점은 칭찬해야 한다.

"그러면 그다음 이야기를 들어보지. 결전이 치러졌을 경우 어떻게 됐을까?"

"적군의 총병력을 알지 못하는지라 정확하게 대답하기는 어렵습니다만, 가령—— 쿠아고아가 천 마리라고 가정했을 경우, 상당히 위험한 상황에 몰렸을 것입니다. 격퇴하기도 힘들고, 격퇴했다 한들 물적, 인적 피해에 따라 국력이 크게 기울어졌을 테지요."

총사령관이 왜 이렇게 되었는지 설명했다.

대균열에 있는 요새가 너무나도 강건했기 때문이다. 그것만 있으면 대처가 가능했던 역사가 자만심을 불러일으켰기 때문이다. 이것은 아인즈에게도 남의 일이 아니었다.

방심하면 이렇게 되는 것이다. 그 점은 샤르티아 때 이미 톡톡히 맛보았다.

"비장의 카드가 한 장밖에 없으면 그것이 깨졌을 때야말로 종말을 맞게 됩니다. 그렇기에 저는 또 한 장의 카드를 가져야 한다고 생각한 것입니다. 폐하의 힘을 빌려서라도."

무언가 말하려는 듯한 기색을 보이는 드워프에게 아인즈는 손을 들어 제지했다. 중간부터 총사령관에게 말의 흐름을 빼앗겨 버렸지만 아인즈의 이야기는 아직 끝나지 않았다.

"쿠아고아들을 일시적으로 격퇴했다만, 이 페오 주라는

아직 완전한 평화를 얻은 것이 아니다. 개인적으로는 그렇게 생각한다."

드워프들이 씁쓸한 표정을 지었다.

모두가 어떻게 인식하는지를 재확인하고, 아인즈는 기회를 놓칠세라 공세에 나섰다.

"내가 없어진다면 다음 쿠아고아의 침공을 막기란 어려울 터. 나도 교역을 시작하려는 나라가 멸망해선 곤란하다. 어떤가? 나의 힘을 이용하지 않겠나? 우리 나라의 힘이 있다면 적어도 한동안 귀국이 침공을 당하지 않을 만한 상황 정도는 만들어줄 수 있을 것이다. ……그래, 이를테면 놈들이 소굴로 삼고 있는 옛 드워프 왕도를 탈환한다거나."

술렁, 공기가 흔들렸다.

이제까지 보지 못했던 반응이었다.

동굴광산장이 입술을 핥았다.

"폐하, 그것이 가능하시다는 말씀입니까?"

"최선을 다해 볼까 한다."

팔짱을 낀 채 입을 꾹 다물고만 있던 단야공방장이 아인즈를 찌릿 노려보았다.

"……이야기가 너무 잘 풀리는군. 왜 그렇게까지 힘을 빌려주는 거요? 그렇게 해서 뭘 원하는 거요?"

"이봐, 말이 지나쳐."

단야공방장은 동료 드워프의 말을 코웃음으로 날려버렸다.

"전혀 모르는 놈이 맛난 술을 대접해주는데, 자네는 속셈이 전혀 없을 거라고 생각하나?"

"헉!"

"그대들의 의문은 당연하다. 그러면 속내를 털어놓고 이야기해볼까? 이유 중 하나는 쿠아고아보다도 귀국과 국교를 열고 싶기 때문이다. 귀국 쪽이 상식과 거래라는 말이 잘 통하리라 생각하고, 감사도 할 줄 알겠지? 무엇보다 이기고 있는 상대와 지고 있는 상대, 어느 쪽에 힘을 빌려주는 편이 감사가 클까?"

"흥, 그거라면 이해가 가지."

"그리고 감사를 말이 아니라 물품으로 지급해주었으면 하는 것이 두 번째 이유다."

"아하, 보수란 말씀이군요. 그건 황금 같은 귀금속입니까, 아니면 희귀한 광석입니까? 채굴권 같은 것도 포함됩니까?"

그것들도 탐나기는 했지만 아인즈는 그 말을 꿀꺽 삼켰다.

"아니다. 내가 원하는 것은 다른 것이다. 이 나라의 룬 장인들을 우리 나라로 초빙하고 싶다."

드워프들이 일제히 눈을 껌뻑거렸다.

"뭐라고? 또 이해할 수 없는 말이 나왔는데?"

그 중에서도 단야공방장의 얼굴 주름이 다른 사람보다도 훨씬 엄청났다.

"……룬으로 만든 마법의 무구는 마도국의 주변 국가에는 별로 없는, 매우 귀중한 물건이라 여기고 있다. 다시 말해 부가 가치가 높다는 뜻이지. 그렇기에 룬 기술자를 초빙해 우리 나라에서 룬을 새긴 무구를 만들었으면 하는 것이다."

"노예로 끌고 갈 속셈인가?"

아인즈는 마치 여봐란 듯이 단야공방장 앞에서 후우 한숨을 내쉬었다.

"그런 짓은 하지 않는다. 내 이야기를 제대로 들은 건가? 국교를 열고, 교역을 하겠다고 말하지 않았나? 그런 나라의 국민을 노예로? ……솔직히 말해 조금 실망스럽군. 나는 룬 기술자를 초빙해, 우리 나라에서 룬을 새긴 아이템을 만들고 싶다고 생각할 뿐이다."

"그러시다면 차라리 룬을 새긴 아이템을 최우선적으로 귀국에 판매한다는 건 어떻습니까?"

"……그건 안 되겠다. 수익이 너무 적어. 내 힘을 빌리고 싶다면 룬 장인은 마도국에 보내 일을 시키고 우리의 독점 판매를 인정해라. 이상이 귀국의 옛 왕도를 탈환하는 대가로 우리 나라가 원하는 것이다. 그러면 대답은 언제쯤 받을 수 있겠나?"

드워프들이 얼굴을 마주보았다.

"어디보자. 내일까지 기다려주——."

"그래서는 안 되네."

끼어든 것은 총사령관이었다.

"이 도시가 쿠아고아에게 침공을 당하고 있다는 상황을 잊지 말게. 만일 쿠아고아 격퇴를 부탁드린다면 폐하는 군세를 모으셔야 할 것 아닌가. 그 점을 생각하면 내일이 아니라 지금 당장에라도 결론을 내야 하네."

아인즈는 드워프들을 둘러보았다.

"그 부분에 대해서는 내가 발언할 수 없겠군. 다만 나로서도 절망적인 상황에 빠진 후에 조금 전의 말을 실행하라고 해도 곤란하다. 상황이 나쁜 방향으로 크게 기울어졌을 경우에는 조건을 더 추가하겠다. 시급한 일일수록 보수가 비싸지는 것은 당연하니."

"음, 총사령관의 말도 사실이고, 폐하의 말씀도 지극히 당연합니다. 그러면 폐하, 죄송하지만 조금 전의 대기실에서 기다려주실 수 있겠습니까? 조속히 결론을 내리도록 하겠습니다."

"나는 이의가 없네. 그러면 기다리지."

아인즈는 자리에서 일어나, 부하들을 이끌고 방을 나갔다.

*

마도왕이 방을 나간 후에도 침묵이 실내를 지배했다. 이윽고 누군가가 깊이 숨을 토해내 팽팽해졌던 긴장감이 느슨해졌다.

"뭐, 뭔가 저건!"

"엄청난 괴물이구먼! 총사령관, 저게 어디가 무시무시한 괴물인가. 터무니없이 무시무시한 괴물이라고 해야지."

"난 지리는 줄 알았네!"

드워프들이 일제히 고함을 질러댔다. 간신히 붙들어 놓았던 감정이 단숨에 터져 나온 것이다.

"어떻게 할 텐가? 그놈은 분명 악이야. 놈이 했던 말 중에 한마디라도 진실이 있었다면 놀랄 일일 걸세."

"악의 오라를 그렇게 풀풀 풍기는 선한──착한 놈은 없네. 이제까지 얼마나 많은 생물을 죽였는지도 모르겠더구먼."

"맞아. 그 끔찍한 얼굴로, '나도 얼마나 죽였는지 잘 모르겠는데.' 라고 태연히 말할 것 같아."

"분명히 침략 전쟁을 위한 무구를 모으는 것일세. 어둠의 군세인 게지."

"게다가 하는 말마다 참으로 이해하기 쉽고 수긍이 가는 것이, 으스스했네. 계약을 해 영혼을 빼앗는다는 악마가 틀림없이 그런 느낌일 게야."

마도왕의 제안은 확고하게 거부한다는 의견이 모였다. 언데드의 이야기 따위 신용할 수 없다는 것이 대부분의 의견이었다.

"그렇긴 합니다만 마도왕 폐하의 제안은 우리 나라에 매우 매력적인 것이었습니다. 우선 쿠아고아를 어떻게든 처리하지 않는다면 국가가 멸망할 것입니다. 그리고 지금 우리를 구해줄 사람은 마도왕 폐하밖에 없습니다."

유일하게 총사령관만 의견이 달랐다. 그 발언에 드워프들은 있는 대로 낯을 찌푸렸다.

"다시 한 번 확인하겠네. 쿠아고아는 우리 힘만 가지고는 어떻게 할 수 없나?"

"무리입니다. 마도왕 폐하의 도움으로 요새는 탈환할 수 있었는지 몰라도, 해야 할 일이 너무 많아 일일이 대응할 수가 없습니다. 이대로 가면 다시 요새를 빼앗길 뿐이지요. 마도왕 폐하께서 오지 않으셨을 경우, 운이 나빴다면 지금쯤 도시 내에 쿠아고아들이 쳐들어왔을지도 모릅니다."

"마도왕의 이야기가 진실이라면 남쪽의 페오 라이조에까지 쿠아고아가 출몰했다는 모양이니……."

드워프들은 머리를 감싸 쥐었다.

"……마도국의 병력만 빌리고 그 후엔 모른 척하는 건 어떤가?"

"그랬다간 그 괴물의 분노를 살걸. 아니, 나 같아도 화가 날 걸세. 뻔뻔하게 힘만 빌리려는 놈들한테는."

"하지만 타이밍이 너무 좋지 않나. 마도왕이 뒤에서 손을 쓴 것은 아닌지?"

"가능성은 매우 높네. 하지만 증거가 없어. 억측을 벗어날 수 없네."

"여기서 알아두어야 할 것은 마도왕이 쿠아고아가 아니라 우리를 선택했다는 점일세. 상대를 불쾌하게 만들 행위는 우리 목을 조르는 결과가 될 걸세. 조사해보는 것조차 위험하다는 소리일세."

"······마도왕이 술을 마실까?"

"그건 무리 아니겠나? ······역시 술을 못 마시는 상대는 아무래도 신뢰할 수가 없어."

"다만······."

이제까지 잠자코 있던 상인회의장이 입을 열었다.

"마도왕이 말한 내용은 모두 수긍이 가는 것이었네. 일관성이 있어. 반대 입장이었다면 나도 쿠아고아보다도 교역 상대로 드워프를 골랐을 걸세."

"흐음. 마도왕의 이익을 생각하면 분명 그렇겠지. 하지만 왜 우리를 멸망시키려 하지 않나?"

만약 쿠아고아를 쉽게 소탕할 힘을 가진 군을 이끌고 있다면 쿠아고아와 함께 드워프도 몰살시켜버리는 편이 이익이 크지 않을까.

"빌려준다는 말을 꺼낼 정도로 언데드 인력을 보유했는데, 그럼 광산을 독점해버리는 편이 이익이 크지 않겠나?"

"우리를 노예로 삼아 부려봤자 의미도 없네. ······굳이 있다면 우리가 가진 이 산맥에 대한 지식 정도?"

"그렇구먼. 그 가능성은 높겠어. 스스로 광산을 찾기는 귀찮으니까 우리에게 광석을 캐게 하는 게지. 그러기 위해 보기 좋은 목줄을 채워놓고 기쁘게 만들겠다는, 뭐 그런 생각인가?"

"……마도왕의 이야기를 들었네만, 그건 자신들의 나라하고만 거래하면 된다는 분위기였네. 다시 말해 불평등한 거래를 해서 많은 이익을 얻겠다는 속셈 아니겠나?"

"그럼 마도왕이 그렇게까지 우리에게 친절한 제안을 했던 것도 수긍이 가지. 그렇다 치면 마도왕의 제안을 받아들여도 괜찮은 것 아닌가?"

"그게 무슨 소린가?"

"공존할 수 있다는 뜻일세. 마도왕이 광석을 원하는 한 우리는 마도왕의 보호를 받을 수 있지 않나. 이렇게 생각해보면 어떻겠나. 마도왕은 대식가에 술고래인 용병이라고."

거래를 하기에는 위험하다는 의견에서, 이쪽에 가치가 있는 한 안전하지 않겠느냐는 식으로 이야기가 흘러가는 가운데 한 드워프가 싸늘한 목소리로 말했다.

"……그딴 언데드의 부하가 되자는 겐가?"

조금 전부터 부정적인 의견을 관철하던 드워프——단야 공방장에게 모두의 시선이 모여들었다.

"좋고 싫고의 이야기가 아니잖나. 지금 이 나라는 존망의 위기에 몰렸네. 최소한 쿠아고아부터 어떻게 하지 않으면 멸망해."

"……그리고 쿠아고아는 우리 힘만으로는 대처할 수 없네."

"그렇다면 제국의 힘을 빌리면 어떻겠나. 그나마 옛날부터 교류가 있었던 나라 쪽이 안전하지 않겠나? 우리는 마도국에 관해선 아무것도 모르는데?"

"제국에 협조를 청한다 해도 쿠아고아 놈들에게는 이길 것 같지 않네만? 놈들은 무기로 싸우는 자들에게는 성가신 상대일세. 무엇보다 어둠을 꿰뚫어 볼 수 없는 인간은 지하에서 싸우는 데 적합하지 않아. 지표로 유인해 싸운다면 이야기가 다르겠지만, 놈들을 유도할 작전 따위는 취할 수 없네."

"그렇게 되면 역시 마도국밖에 선택의 여지가 없군. 일단은 협조를 청하고, 교역은 마도국을 눈으로 확인한 다음에 시작하는 것으로 해 볼까?"

"그게 가장 안전하겠지만, 쿠아고아를 격퇴해주는 은혜를 입었으니 국교를 열고 교역을 하는 것 아닌가? 그러면 교역을 개시하기 전에는 정당한 보수를 지불할 필요가 있을 테지. ……한 나라를 구해주는 대가가 어느 정도의 금액일지는 생각하고 싶지도 않구먼."

드워프들이 씁쓸한 표정을 지었다.

"역시 우리 나라가 살아남으려면 제안을 받아들일 수밖에 없네. 장래에, 수십 년 정도의 긴 안목으로 마도왕의 힘을 빌리지 않고도 국가를 꾸려 나갈 수 있도록 성장하는 수밖에."

여러 사람이 동의하는 가운데, 동굴광산장만이 입 속으로 '언데드 광부를 채용한다면 수십 년 후에는 더 많이 의존하지 않을까' 하고 중얼거렸지만 여기에 관심을 보이는 자는 없었다. 그 이상으로 모두의 귓전을 후려치는 발언이 있었기 때문이다.

책상을 내려치는 큰 소리가 울려 퍼졌다.

"자네들은 한 가지 중요한 사실을 잊고 있네. 나는 결단코 반대하네. 동족을 노예로 삼다니, 말도 안 되지."

"노예?"

"룬 장인 말일세!"

"마도왕이 노예가 아니라고 단언하지 않았나."

"자네 제정신인가?! 그 말을 믿나?!"

"으음……."

오히려 반문을 받은 드워프가 고개를 숙였다.

"거 보게, 단언할 수 없지 않나."

마도왕이 진실을 말했다 쳐도, 언데드는 산 자를 증오한다는 기본적인 상식을 아는 자들에게는 믿을 수 없는 이야기였다.

"인질이 아닐까?"

"그건 아닐세. 굳이 룬 장인일 필요가 없잖나. 인질이라면 우리의 가족들을 거론했겠지."

"그러면 룬 장인 건은 거절하고 다른 보수로 허락해줄 수 없는지 교섭해보면 어떻겠나?"

"⋯⋯마도왕의 마음이 바뀔 만한 보물이 있나?"

"없지. 왕도를 탈환해보고 보물창고가 무사하다면 그 내용물을 제공할 수도 있겠네만."

"아니, 그건 상대가 받아들이지 않을 걸세. 왕도 탈환도 마도왕의 힘을 빌리는 것 아닌가? 나중에 쫄랑쫄랑 나타나 '네가 탈환한 도시에 있는 보물창고 안에서 이 아이템을 가져가' 라니⋯⋯ 자네가 반대 입장이면 좋은 거래라고 생각하겠나?"

"⋯⋯솔직히 나는 마도왕의 제안을 그대로 받아들여도 좋다고 생각하네."

단야공방장이 상인회의장을 날카로운 눈으로 노려보았다.

"──노예가 되겠다고!!"

"그건 자네 혼자만의 선입견이지! 마도왕은 노예로는 삼지 않겠다고 했네. 장래 사찰할 자를 보내 진실인지 어떤지 확인해보면 될 게 아닌가. 게다가 무엇보다⋯⋯ 좀 심한 소리를 하겠네만⋯⋯ 룬은 과거의 기술일세. 곧 사라져버릴 기술인 점을 생각해보면 넘겨줘도 상관없다고 생각하네. 이보다 더 싸게 먹힐 수는 없지 않겠나?"

"기술 하나를 완전히 잃는데도?"

"그러나 지금이 가장 팔기 좋은 시기일 텐데?"

"나는 반대일세!!"

단야공방장이 입가에서 침을 튀기며 고함을 질렀다.

"감정이 아니라 이성으로 판단한 결과인가? 나에게는 그리 여겨지지 않네만?"

"나는 자네들이 어떻게 그렇게까지 마도왕을 믿을 수 있는지 이해가 안 가네!!"

여기서 총사령관이 싸늘한 태도로 입을 열었다. 쿠아고아와 직접 싸웠던 그는 이 도시가 처한 상황을 가장 잘 파악하고 있었다. 그렇기에 쓸데없는 논쟁을 벌인다고 생각하면서도 이제까지 한 걸음 물러난 입장에 있었으나 더 이상은 참을 수 없었다.

"믿는다기보다는, 이제 마도왕 폐하의 힘을 빌리지 않고서는 이 도시가 멸망한다는 소리입니다. 당신의 행동은 유일한 생명줄을 뿌리쳐 버리는 것으로밖에는 여겨지지 않습니다."

"뭐라고, 이 애송이가!"

"이 도시의 군사 책임자는 나다! 그런 내가 이 도시를 지키기 위해서는 마도왕 폐하의 힘을 빌릴 수밖에 없다고 하지 않나! 너는 이 도시를 멸망시킬 작정이냐! 그렇다면 힘을 빌리지 않고 쿠아고아를 격퇴할 의견을 제시해봐라, 이 늙다리야!"

"네놈! 조금 전부터 그 괴물을 폐하라고 부르던데 우리 나라를 배신한 건 아니겠지?!"

단야공방장이 벌떡 일어나 총사령관의 멱살을 잡았다.

"뭐라고, 이 늙다리가! 해보겠다는 거냐! 그만한 힘을 가진 상대에게 경칭을 붙이는 것은 당연하지! 난 너야말로 제정신인지 믿을 수 없다! 상대는 간단히 이 나라를 멸망시킬 수 있단 말이다! 내가 우리 나라를 배신했다면 너희는 백성의 안전을 짓밟고 있는 거다!"

총사령관도 상대의 멱살을 잡더니 이마와 이마를 맞부딪혔다.

"에잇—! 자네들, 의견대립은 좋네만 싸우지는 말게!"

다른 드워프들이 황급히 일어나 두 사람을 떼어냈다.

그러나 두 사람은 서로를 노려보며 당장에라도 다시 드잡이질을 할 것 같은 분위기를 풍겼다.

"일단은 의결하세. 그러고도 받아들이지 못하겠다면 이야기를 더 나눠보면 되지. 주먹다짐보다는 건설적일 걸세."

"그러면 의결할 내용은 뭔가?"

"우선은 마도왕의 힘을 빌리기로 하고, 룬 장인이 가는 것을 승낙할지의 가부일세. 그러면 찬성하는 자는 손을 들게."

단야공방장을 제외한 전원이 손을 들었다.

"흐음, 그러면 다음일세. 마도국과 국교를 열고 교역을 개시해야 할지. 찬성하는 자는 손을 들게."

이번 결과도 마찬가지였다.

"그렇군. 그러면 이상으로 마도왕—— 폐하에 대한 의제를 마치도록 하겠네. 미안하네만 폐하를 불러주겠나, 총사령관?"

2

아인즈 일행은 다시 섭정회 회의장으로 불려 나갔다. 안으로 들어가자 부루퉁한 표정의 드워프 한 사람과 호의적인 표정을 지은 드워프들의 모습이 있었다. 총사령관의 얼굴에도 안도의 빛이 보였다.

아인즈는 이거, 자신의 요망대로 이야기가 진행되었겠다고 마음속으로 웃었다.

"거듭 찾아오게 하여 죄송합니다, 마도왕 폐하. 저희가 의논한 결과 폐하의 말씀대로 하기로 결정하였습니다. 우선 폐하의 온정을 받아들여 병력 주둔을 부탁드립니다. 다음으로 국교를 열고 폐하의 나라와 교역을 시작하겠습니다. 다만 취급 물품의 선정이나 거래 방법 같은 자세한 내용은 별도로 협의해야 하리라 생각합니다."

"당연히 그리되겠지. 일단은 조속히 요새를 탈환하고 쿠아고아의 재침공을 억지할 만한 병력을 빌려주겠다. 그리고 국교를 포함한 제반 안건은 이쪽에서도 후에 담당자를 부를 터이니 그때 의논하기로 하자."

아인즈는 마음속으로 휴우 한숨을 내쉬었다.

그 부분에 관해 지식이 없어서는 안 될 사항은 알베도에게 맡겨야 한다. 지금 이 자리에서 결정해달라고 들이대지 않아 다행이었다.

"그리고 폐하께서 왕도를 탈환해주시는 대가로 룬 장인을 마도국에 파견하는 안건 말씀입니다만, 이것도 승낙하겠습니다. 그러나 동포가 어떻게 생활하는지 알기 위해 훗날 마도국에 조사단을 파견해 그들의 처우 같은 것을 확인하고자 합니다. 이를 허가해주실 수 있겠습니까?"

"물론이지. 마도국은 조사단을 받아들이겠다고 약속하마."

드워프가 눈에 뜨이게 안도했다.

공장을 시찰하고 싶다는 그런 뜻일까? 아니지, 노동법규가 준수되는지를 확인하려는 것이리라.

'노동법규는 일반적으로 지켜지지 않게 마련이니까. 하지만 나는 헤롱헤롱 님 같은 인생을 만들어내지는 않겠다고 맹세했어. 드워프들이 와도 감탄할 만한 규칙을 만들어서, 룬 장인들에게는 기술 개발 같은 것을 포함해 여러 가지 일에 착수할 수 있을 거라고 약속하겠어.'

아인즈는 동료애가 지극한 드워프들에게 한 차례 고개를 끄덕여주었다.

'야~ 그건 그렇다 쳐도 쿠아고아 만만세인걸. 그놈들이 요새를 함락시켜준 덕에 지금 이렇게 된 거니까. 만약 그놈들이 이 타이밍에 드워프의 도시를 침략해주지 않았다면 이렇게까지 좋은 방향으로 진행되지는 않았을 거고, 룬 장인을 초빙하는 일도 나름대로 시간과 비용이 들었을 게 분명해. 쿠아고아를 섬멸하는 건 어쩐지 불쌍한걸…….'

은혜에는 은혜로 보답해야 하는 것 아닐까.

"그러면 폐하의 왕도 탈환 작전은 언제쯤 시행해주실 수 있겠습니까?"

"흐음…… 조속히 행동할 생각이다."

죽음의 기사를 쓰러뜨린 쿠아고아가 플레이어일 가능성은 매우 낮지만 전혀 관계가 없다고 단언할 수도 없다. 신속한 확인이 필요하다.

"잘 부탁드립니다. 페오 베르카나가 우리 드워프의 손에 돌아온다니 그야말로 꿈만 같군요. 폐하의 힘에 백성들도 기뻐할 것입니다. 그렇게 되면 다소의 억지도 통하겠지요."

'그렇다면 반대로 왕도 탈환이 불가능하다면 국교는 어렵다는 소린가? 별로 억지 제안인 것 같지는 않았는데, 그건 어디까지나 내 생각이었군.'

"알았다. 그러면 조속히 준비를 개시하지."

아인즈는 고개를 끄덕이다가 한 가지 생각을 떠올렸다.

"아, 맞아. 그러면 부탁이 하나 있는데 괜찮겠나?"

"무, 무엇입니까, 폐하?"

드워프가 조심스레 물었다. 겁을 먹은 듯한 태도에 아인즈는 곤혹스러워졌다. 상대가 겁을 먹을 만한 대응은 한 번도 보인 적이 없었을 텐데. 뭔가 이상한 일이라도 했나 싶어 불안을 느끼면서 아인즈는 부탁의 내용을 말했다.

"어떤 리저드맨에게 선물을 하려는데, 드워프의 뛰어난 무구 제작 능력으로 그에게 어울리는 갑옷을 만들어주고 싶다."

등 뒤에서 흠칫 숨을 멈추는 소리가 들렸다.

"그래, 젠벨."

아인즈는 어깨 너머로 돌아보며 숨을 멈춘 리저드맨에게 말을 걸었다.

"자류스에게 줄까 하거든. 출산 축하 선물이란 거지."

아인즈가 그런 말을 한 이유는 말할 것도 없이 자류스의 생명을 지키기 위해서다. 그는 앞으로 많은 레어 리저드맨의 아버지가 되어주어야만 한다. 그런 그에게 뛰어난 방어구를 선물하는 것도 당연한 노릇이다.

드워프들의 시선이 단야공방장에게 몰렸다.

그는 팔짱을 낀 채 입을 부루퉁 다물고 아인즈를 응시하기만 했다. 별로 호의적인 분위기는 아닌 듯했다.

"어떤가. 만들어줄 수 있겠나?"

되풀이해 묻자 단야공방장은 옆 사람에게 채근을 받아 불만스러운 표정을 지으면서도 한 차례 고개를 끄덕였다.

"크기는? 비용은 이쪽에서 대겠수."

"마법의 갑옷이라면 사이즈는 자동으로 맞춰질 테지만, 마화는 이곳에서도 문제없이 할 수 있나?"

"마법에 관해선 자신이 없수. 그건 대지신전의 관할이잖수."

"저급 마화라도 괜찮으시다면 문제는 없소만. 폐하께선 그래도 상관없는 거요? 영토에서 하시면 더 강한 마화가 가능하신 것 아닌지?"

사실 마도국에는 별로 좋은 마화 기술자가 없다. 마화 기술자란 특수 기술을 가진 매직 캐스터를 말하는데, 원래 그들은 마술사 조합 소속이다. 그러나 현재 마도국의 마술사 조합은 해산 상태에 가깝다.

또한 그들과는 달리 나자릭의 마화에는 위그드라실의 데이터 크리스탈을 사용하는데, 크리스탈을 입수하지 못하는 이 세계에서는 될 수 있는 한 아껴두고 싶었다. 지금 시점에서 나자릭에 속한 자는 이 세계의 마화 기술을 보유하지 못했다.

다시 말해 마도국에서는 마화가 거의 불가능한 상황이다. 그렇다고는 하지만 그런 사실을 솔직하게 말할 필요도 없다.

"그때는 덧씌워서 강화가 가능하다. 일단은 이 도시에서 만든 갑옷을 원하는 것이다. 드워프제 방어구를 선전할 수도 있고 말이지."

"호오."

단야공방장이 슬쩍 눈을 가늘게 떴다.

"일주일이면 완성될 거유."

"그렇군. 그거 고마운걸. 그러면 그때까지 왕도를 탈환하지. 뭐, 그보다도 먼저 끝내놓고 이 도시에서 느긋하게 기다리고 있을지도 모르지만."

"흥. 그럼 냉큼 만들어야겠군."

기다리게 하면 미안하니 우선적으로 해치워주겠다는 의미가 아니다. 이 도시에 오래 머물지 않았으면 하니 얼른 만들어주겠다는 의미일 것이다.

'왜 이렇게까지 날 미워하지? 난 이 나라에는 영웅 같은 존재 아냐? 게다가 빼앗긴 옛 왕도를 탈환해줄 해방자이기도 하잖아? 미움을 살 만한 짓은 하나도 안 했을 텐데…… 그건가? 그냥 옹고집쟁이인가?'

"비용 건은——."

"아까도 말했을 텐데. 일 없수."

"제작비용은 그렇게 하지. 지금 말한 비용이란—— 이번에는 상품 견본도 겸한 것이므로, 이 정도 금액이라면 이 정도 물건을 만들 수 있겠다는 가격을 알려다오."

"……정가를 결정하는 건 내 일의 범주가 아뇨. 야, 상품 회의장. 가격산출은 네가 맡아."

"……그러시다면 처음에 어떤 금속을 사용하는지에 따라 가격이 달라질 텐데요……."

"아아, 그렇군."

아인즈는 결코 태도로는 드러내지 않도록 주의하며 물었다.

"……이 도시의 최고급 금속은 뭐라 하는 금속인가?"

여기서 칠색광이라는 이름이 나왔을 때는 자칫하면 이제까지 했던 교섭을 전부 휴지통에 처넣고 힘으로 드워프들을 제압하게 될지도 모른다.

그러나 그런 걱정은 필요가 없었다. 그가 말한 금속은 아다만타이트였다.

"아다만타이트라. 그 이상으로 경도가 높은 금속은 무언가 없나? 아니, 경도는 약간 낮더라도 이 산맥에서밖에 채취할 수 없는 금속이어도 상관없다."

그 질문에는 모르겠다는 대답이 돌아왔다.

어쩌면 극비 정보라 아인즈에게는 솔직하게 대답하지 않으려는 것일 수도 있다. 다만 정공법으로는 그들이 말해주지 않을 것이다. 그러면 매료 같은 정신조작은 어떠냐고 묻는다면, 조작당했을 때의 기억은 남으니 나중에 죽여버릴 것이 아니라면 그런 수단은 취할 수 없다. 유감이지만 지금은 이 이상의 정보를 얻기는 불가능하리라. 곤도도 모른다고 했으므로 더 나이 많은 룬 장인들에게 기대할 수밖에.

아인즈는 실망을 감추면서, 이를 위해 로브 안에 넣어두었던 주괴를 꺼냈다.

"그렇다면 우선 금속은 이쪽에서 제공하겠다. 가공비 같은 것을 알려주면 좋겠군."

그가 꺼낸 것은 45레벨 금속이라 그리 강하지는 않지만 아다만타이트 같은 것보다는 훨씬 단단하다. 이것으로 갑옷을 만들면 자류스의 방어력은 단숨에 높아져 이 세계의 어지간한 상대에게서는 몸을 지킬 수 있을 것이다.

"이게 뭐요?"

책상 위에 놓인 주괴를 들어 올린 단야공방장의 의아해하는 태도에 아인즈는 이 광석이 이 근처에서는 채굴되지 않는 것이 확실하다고 생각했다.

"시……."

시시하다고 말할 뻔했던 아인즈는 어물어물 입을 다물었다. 자류스에게 선물하기 위한 갑옷의 재료이고, 이를 써서 갑옷을 만들 기술자 앞에서 할 말은 아니다.

"그럭저럭 괜찮은 금속이지. 나도 같은 금속으로 만든 무기를 무언가…… 가지고 있었을 텐데. 잠시 실례."

아인즈는 일어나선 방을 나가 인벤토리를 열었다.

이것저것 뒤적거리다가 유별난 형상을 띤 ——위그드라실

에서는 흔한, 용도를 생각하지 않은 것 같은 패션 무기——
단검을 꺼냈다. 그리고 방으로 돌아갔다.

단검을 든 아인즈의 모습에 드워프들이 허리를 들썩였지만, 단검을 책상 위에 놓고 그들 쪽으로 미끄러뜨렸다.

단야공방장 앞에서 멈춰준 것은 행운이었다.

단야공방장은 미끄러져 다가온 검을 손에 들려고도 하지 않고 무서운 표정으로 이를 응시했다. 뭔가 마음에 걸리는 점이라도 있었을까?

"이것이 그것이다. 이것은 단검이고, 만들어주었으면 하는 것은 갑옷이니 참고가 될지 어떨지는 모르겠다만…… 어떤가? 만들어줄 수 있겠나?"

그 말에 단야공방장이 어째서인지 얼굴을 시뻘겋게 물들였다.

"만들고 말겠소!"

단야공방장의 기합이 느껴지는 강한 말에 아인즈는 고개를 끄덕였다.

"흐음, 잘 부탁한다. 일단은 체인 셔츠가 좋겠군. 단검은 잠시 빌려줄 테니 필요하다면 써다오. 젠벨, 자류스에 관해서는 네가 더 잘 알 테니 그의 체격이라든가 질문이 들어오면 대답해다오."

"알겠습니다요, 폐하."

"그러면…… 내가 할 의논은 이것으로 끝났다. 그대들이

할 말이 없다면 이만 실례하지."

"폐하는 어디로 가실 겁니까?"

"아, 총사령관. 내가 남쪽 도시에서 구한 드워프가 있지 않았나? 그의 집에 초청을 받았거든. 오늘은 그곳에서 묵을까 한다. ……환영 식전 같은 것은 훗날의 즐거움으로 남겨두지."

솔직히 창피한 꼴을 겪고 싶지는 않으니 그런 건 안 해도 된다고는 말 못 한다.

총사령관이 조금 난처한 표정을 지었다.

"폐하의 생각은 훌륭하십니다. 그러나 우리 나라를 구해주신 분께서 체류하실 곳을 스스로 마련하신다면 좀 체면이 서지 않습니다. 저희 쪽에서 최고급 숙소를 마련해드릴 터이니 오늘은 그곳에서 쉬어주실 수 없겠습니까?"

아인즈는 생각에 잠겼다. 총사령관의 말도 수긍이 갔다. 그의 제안을 거절할 이유도 없는 것 같았다.

"그러면 그렇게 하지. 나중에 우리를 안내해주었던 드워프—— 곤도에게는 사죄의 뜻도 포함해 따로 만나러 가도록 하겠다."

그건 말리지 않겠지?

그렇게 생각하고 눈치를 살폈지만 총사령관 이하 모두 이의는 없는 듯했다.

3

드워프가 또 문을 열고 들어왔다. 룬 장인 중 하나다. 이 도시에서 아직도 룬 장인을 자청하는 자는 얼마 안 된다. 그 얼마 안 되는 사람 중의 하나였다.

곤도는 마도왕에게 받은 어떤 물건을 자신이 아는 룬 장인 전원에게 나누어 주었는데, 그 효과는 막대했다. 아직 약속 시간이 되지도 않았건만 그의 공방 겸 연구소에는 벌써 9할 가량의 장인이 모여들었다. 남은 장인들도 분명 약속 시간까지 올 것이다.

"이쪽일세!"

"오오! 곤, 내가 왔네!"

성큼성큼 다가오는 드워프의 얼굴에는 기대의 빛이 어려 있었다.

"자자, 약속한 물건을 주실까!"

이 대화를 벌써 몇 번이나 반복했을까. 귀찮다고 생각하면서도 일이라고 자신을 수긍시키고, 이곳에 모인 다른 드워프들 때와 같은 대답을 되풀이했다.

"이제부터 마도왕 폐하가 자네들에게 어떤 사실을 전할 걸세. 그것이 끝난 다음에 하세."

"뭐라고?"

"나는 분명 전했을 텐데? 그 작은 병을 주기 전에. 이곳에서 마도왕 폐하가 하실 말씀이 있으니, 그걸 마지막까지 다 들으면 큰 병을 주겠다고."

"으음, 듣고 보니 그랬던 것도 같은데…….""

"자자, 알았으면 그쪽으로 가서 앉아 기다려주게."

"으음…… 그런데…… 말일세, 곤. 잠깐만 좀."

그의 뒷말은 듣지 않아도 알 수 있었다. 이제까지 온 모든 장인이 했던 말이기 때문이다.

"그 술은 마도왕 폐하만이 가진 걸세. 자네도 알겠지? 그렇게 맛있는 술이 이 나라에 있었나?"

"으, 으음. 하긴, 그 말이 맞아. 입 안에 퍼지는 그 그윽한 맛……. 목을 넘어가 위장으로 흘러들 때의 열기……."

"그래그래, 알았으니 저쪽으로 가서 앉아 있게."

어딘가 먼 곳을 바라보기 시작하는 장인을 곤도는 힘주어 밀어냈다.

"거, 쌀쌀맞구먼. 자네도 마셨을 테니 알 거 아닌가? 내 마음을."

"난 안 마셨네. 술은 좋아하지 않아서."

"세상에, 이렇게 아까울 데가! 곤은 인생의 8할은 손해를 보고 있어!"

"그래그래, 냉큼 가서 앉으라고. 거기 있는 친구들은 다

마셨으니까 얘기가 통할 게야."

"오오, 그래!"

서둘러 걸어가는 장인의 발이 우뚝 멈추더니 곤도를 돌아보았다. 이것 또한 대부분의 장인들이 보인 행동이었다.

"이봐, 곤."

"괜찮아. 나는 신경 쓰지 말게."

"정말인가? 하지만……."

"정말 괜찮다니까. 그러니……."

"……알았네. 하지만 이것만은 기억해주게. 언제든 의지해도 괜찮아."

장인은 그 말만을 남기고 다시 걸어가 자리에 앉더니 근처의 장인들과 술 이야기를 시작했다.

곤도는 조그만 마음의 아픔을 느끼면서 하아 한숨을 쉬었다.

마도왕 아인즈 울 고운에게서 받아 른 장인들을 끌어모으기 위해 나누어준 것의 정체는 술이이었다.

곤도는 술을 마시지 않지만 드워프는 맛있는 술에 약하다. 그러기 위해 진귀한 술을 작은 병으로 제공하고, 여기서 벌어질 회합에 참가하면 큰 병을 주겠다고 제안하면 장인들의 절반 정도는 모이지 않을까 생각해 마도왕에게 말해보았다. 하지만——

거의 만석이었다.

곤도는 다시 한 번 한숨을 토해냈다. 개인적으로는 이런 잔재주로 유인하지 말고 장인으로서의 긍지에 불을 붙여주는 형식으로 불렀으면 했다.

아니—— 그것은 곤도의 이기심일 것이다.

마도왕은 가장 좋은 수단으로 가장 빠르게 장인들을 모은 것이다. 만일 장인의 긍지를 일깨워 주는 식으로 모으려 했다면 상당한 시간이 걸렸을 것이 분명하다.

장인의 반수는 자신이 처한 나쁜 상황, 앞으로의 어두운 전망, 자신이나 선조가 살아왔던 증거의 상실, 그러한 것들로부터 어두운 생각에 사로잡혀 자포자기하고 있다. 조금 전의 드워프처럼 룬 장인을 자청하며 일을 하는 자는 적다. 대부분이 공방 간판을 내리고 그저 하루하루의 양식을 얻기 위해 꿈도 없는 어두운 생활을 보낸다.

그런 그들의 마음에 불을 지필 수 있을까?

곤도는 아인즈에게, 그리고 이제부터 시작될 일에 기대를 걸었다.

곤도는 지정된 시간에 모여든 드워프의 숫자를 헤아려보았다. 한 사람도 빠지지 않았다.

"어때? 슬슬 시작해도 되겠느냐고 아인즈 님께서 물어보시는데."

곤도에게 달려온 것은 마도왕의 측근인 다크엘프 소녀 아우라였다.

"오, 그래. 폐하께 전해줄 수 있겠나? 전부 모였으니 문제없다고."

"알았어~."

소녀가 달려나갔다. 곤도는 그 뒷모습을 지켜보며 고개를 갸웃했다.

저 아이도 잘 모르겠다. 왜 저런 아이를 그 무시무시한 언데드가 측근으로 중용하고 있을까. 다크엘프와의 우호를 상징하는 것일까?

그런 생각을 하고 있으려니 조금 높은 단상 위에 아인즈 울 고운이 나타났다. 곁에는 또 다른 측근인 여자가 있었다.

"으아아아아아!"

"언데드다!"

"적인가?!"

덜컹덜컹 드워프들이 소란을 피웠다. 당연하다. 언데드는 살아있는 자 모두의 적이니까.

"그——."

"——조용히."

여자—— 샤르티아 블러드폴른이 손에 쥔 병을 높이 들었다.

안에 든 호박색 광채가 출렁이는 것이 모두의 눈에 똑똑히 보였다. 얄팍하게도 언데드의 얼굴보다 그쪽에 시선을 빼앗긴 드워프들은 일제히 침묵했다.

"아인즈 님, 무언가 말씀하셨사와요?"

"아니, 아무것도. 샤르티아, 수고했다. ……그러면. 잘들 와주었다. 이 술병은 인원수만큼 있으니 끝나는 대로 받아서 돌아가도 좋다. 그때까지는 내 이야기를 조용히 들어주기 바란다. 물론 언데드인 내 이야기 따위 들을 가치가 없다고 생각한다면 그대로 퇴실해도 상관없다. 다만 이 술병을 받아 갈 수는 없다."

마도왕이 모여든 드워프들을 천천히 둘러보았다.

그의 태도, 말의 템포 등에서 전해지는 압도적인 박력은 역시 왕이라는 지위에 앉은 인물다웠다. 특히 과장스러운 태도가 훌륭했다. 손가락 하나하나에 이르기까지 힘이 담긴 것 같았다.

"그러면…… 이야기를 시작해도 되겠나?"

드워프들이 침묵을 지킨 채 고개를 끄덕였다.

"우선 나의 이름은 아인즈 울 고운 마도왕이라고 한다. 이 산맥 남쪽의 토브 대삼림을 남쪽으로 더 빠져나간 곳에 영토를 가진 왕이다. 룬 장인인 그대들을 만난 것을 진심으로 기쁘게 생각한다. 자, 내 이야기란 매우 간단한 제안이자 부탁이다. 내 나라에 와서 그대들이 가진 룬 마화의 혁신적 기술 개발에 참여해주었으면 한다."

마도왕의 말을 듣고 곤도의 마음에 가시가 박힌 것 같은 아픔이 내달렸다. 실망과 체념, 그러한 온갖 감정에서 생겨난 조그만 가시였다.

곤도는 슬쩍 고개를 가로저었다.

아버지나 할아버지의 추억을 떨쳐내고, 장인들의 옆얼굴을 바라보던 곤도는 모두가 떨떠름한 표정을 짓고 있음을 알았다. 좋은 대답이 돌아올 것 같지는 않을 눈치였다.

"미안하지만 한 가지 묻겠네."

손을 든 드워프가 흘끔 곤도를 보았다.

"왜 우리의 기술이지? 솔직히 이 나라에서도 쇠퇴해 가는 기술인데?"

목소리를 낸 것은 이 장인들 중에서도 연배가 있는 자였다.

"……간단하다. 잃어버린 지식의 재현을 부탁하고 싶다."

"잃어버려?"

의아해하며 묻는 장인들의 시선을 받아들인 마도왕은 허공에서 검 한 자루를 꺼냈다.

일제히 신음 소리가 솟아났다.

허공에서 검을 꺼냈다는 사실에 경악했다. 사악한 오라가 깃든 해골의 왕이 검을 쥐었다는 데 두려움을 느꼈다. 분명 그런 것도 있었다.

하지만 곤도가 자신도 모르게 낸 목소리에는 다른 모든 이들과 마찬가지로 감탄의 감정이 묻어나왔다.

그것은 새까만 검신을 가진, 너무나도 훌륭한 검이었다. 본 적도 없는 날카로운 검에는 강한 마력의 광채가 깃들어 있었다.

"이렇게나…… 이렇게나 엄청난 검이…….."

"굉장하군……. 내 인생을 통틀어서 한 번도 본 적이 없어…….."

"드워프의 신화에 나오는 검이란 게 바로 저런 건가?"

"오오! 나는, 나는 지금 명물을 보고 있네……!"

마도왕은 그 검을 드워프들에게 보이도록 쳐들었다. 곤도도 무의식중에 그 광채를 따라가고 있었다.

"자, 드워프 제군. 검신의 이곳을 주목하기 바란다."

마도왕의 뼈로 된 손가락이 가리키는 곳을 진지하게 바라보던 곤도는 "앗!"하고 소리를 질러버렸다. 그리고 그것은 모든 장인들과 같은 반응이었다.

그곳에는 스무 개의 보라색 룬이 새겨져 있었던 것이다.

다만 그중에서 곤도만은 마도왕과 갱도에서 만났을 때 왕이 말했던 룬이 그곳에 쓰였음을 깨달았다.

'그렇구나. 그래서 룬에 대해 그렇게 자세히 알고 있었군.'

저 검을 자세히 조사하고 지식을 얻었으리라.

"자, 여기 있는 장인 제군에게 묻겠다. 이 검에는 스무 개의 룬이 새겨져 있는데, 이러한 일이 가능한가?"

대답은 말할 것도 없다. 불가능하다. 이곳에 있는 그 누가 어떤 노력을 기울여도 절대로 불가능하다. 그러나 이를 비웃는 검이 그곳에 있었다.

장인들이 덜컹덜컹 자리에서 일어났다. 모두의 눈에 격렬한 불꽃이 타올랐다. 술 이야기를 할 때와는 전혀 다른 열의가 담겨 있었다. 그리고 모두가 마치 산 자에게 몰려드는 좀비처럼 왕에게 밀려들었다.

"보여주게!"

"부탁이니! 조금만 만져보게 해주게!"

"뭔가 알 수 있을지도 몰라! 제발!"

"다가오지 마라!"

은발 여성이 무시무시한 얼굴로 다가서는 드워프들을 노려보았다. 마치 싸늘한 칼날로 찌르는 것 같은 공포에 사로잡혀 드워프들이 우뚝 멈춘 순간——.

"——소란스럽구나. 조용히들 하라."

그곳에 있던 것은 그야말로 지배자였다.

자신이 지배자임을 아는 자가 아니고선 풍길 수 없는 기척을 풍긴다. 아니, 어쩌면 죽음을 지배하는 존재이기에 그런 기척을 풍기는 것일까.

곤도는 갱도에서 처음 만났을 때는 그가 단순히 지배자로서의 모습을 보여주지 않았음을—— 상대를 위축시키지 않고자 연기했음을 깨달았다. 저것이야말로 진정한 마도왕의 모습이리라.

'표정은 읽을 수 없지만 기뻐하는 것 같군. 다들 자신의 의도대로 움직여서 그런가?'

"기다려다오, 장인 제군. 나의 이야기를 끝까지 들어다오. 그것이 끝나면 만져보아도 좋다. 앉을 때까지 이 이야기는 시작하지 않을 것이고, 그대들에게 이 검을 보여주지도 않을 것이다."

마지못해——— 아니, 왕의 패기에 위축되어 장인들이 자리에 앉았다.

"고맙다. 그러면 이야기를 계속하지. 조금 전의 질문을 다시 하겠다만, 이처럼 스무 개의 룬을 새기는 것이 가능한가?"

모두의 시선이 최고참에게 몰렸다. 그는 힘없이 고개를 가로저으며 대답했다.

"무리일세. 내가 아는 한 최고가 여섯이야."

웅성거리는 목소리와 함께 질문이 날아들었다.

"뭐, 여섯? 내가 아는 건 다섯인데?"

"……그렇구먼. 모르는 자가 많구먼. 200년도 더 전인데, 옛날에 계셨던 왕께서 가지신 해머에는 여섯 개의 룬이 새겨져 있었다네. 룬 기술의 전성기에 만들어진 드워프의 비보에는 말일세."

곤도는 할아버지를 떠올렸다.

200년 전 무기 제작에 참여했던 숙련된 룬 장인의 얼굴을.

"오오! 대지를 뒤흔들었다는 해머 말이군! 노래로는 들었지만……."

"그렇다네. 그렇게 귀재니 천재니 불렸던 룬 장인이 있던 시절에도 스무 개의 룬을 새긴 무기는 없었어……."

"그렇군. 그렇다면 역시 이것은 잃어버린 기술로 만들어 낸 무기라는 뜻이겠지."

"뭣이? 마도왕 폐하도 모르나?"

"나도 이것을 어떻게 만들었는지는 모른다. 어디까지나 내 손에 들어왔을 뿐. 그리고…… 만든 자들은 모두 이 세상에 없다."

"그럴 수가……. 또 소중한 기술이 사라져버렸군."

장인들은 비통한 표정을 지었다. 곤도도 같은 마음으로 가득했다.

"그렇기에——."

마도왕의 말에 모두가 일제히 고개를 들었다.

"그렇기에 그 기술을 부활시키고 싶은 것이다. 그러기 위해 너희의 힘이 필요하다. 어떻게든 이 검과 동등한 것을 만들어주었으면 한다."

침묵이 내려앉았다.

그것이 얼마나 불가능에 가까운 일인지는 말할 나위도 없었다.

이곳에 있는 룬 장인 중에서 가장 능력이 뛰어난 자도 아마 네 개의 룬을 새기는 것이 고작이리라. 그런데 그 다섯 배나 새기라는 것이다. 하지만 불가능하다고는 말할 수 없었다. 그들이 가진 장인의 긍지가, 과거에 있었을 장인의 신업을 눈앞에서 보고 부정의 말을 내뱉도록 놓아두질 않았다.

곤도에게는 그 검이 옛 장인으로부터 지금의 장인에게 보낸 도전장인 것처럼 여겨졌다.

"만들고 싶소."

불쑥 그런 말이 들려왔다.

이내 그 목소리는 여러 명의 것이 되었다.

"나도요."

"나도 도전하고 싶소."

"흥. 전설에서 이 세상으로 끌어내려 주고 싶구면."

"아니지, 나야말로 새로운 전설이라 부르게 만들겠어."

"무슨 소리. 그런 막중한 임무는 나에게 어울려!"

짝짝 손뼉을 치는 소리가 들렸다. 단상에 있던 마도왕이었다. 뼈 손으로 어떻게 그런 소리를 냈는지는 알 수 없지만 뛰어난 매직 캐스터라면 뭐든 불가능하겠는가.

"훌륭하다. 다만 이곳에 있는 그대들끼리만 그 기술을 개발하는 것이 가능할까? 전설에 도전할 수 있을까? 가능할지도 모르지만 불가능할 수도 있지. 그렇기에 우리 나라에서 제자를 받아주었으면 하고, 여러분의 인생이라는 시간이 허락하는 한 새로운 기술 개발에 투자해주었으면 하는 것이다."

침묵이 내려앉았다.

곤도는 그들의 마음을 뼈저릴 정도로 잘 알았다.

이 드워프 나라에서 점점 쇠퇴해 가는 기술에 매달린 자신들에게 주어진, 영광을 손에 넣을 마지막 기회, 인생을 건 도전이 아닐까 하는 마음을.

"자, 그러면 이 검을 여러분에게 건네주지."

마도왕이 단상에서 내려와 검신 쪽을 들고 자루를 연장자 중 한 사람에게 ──우연인지, 미리 조사한 것인지는 알 수 없지만── 죽은 아버지에 버금가는 천재라 불렸던, 이 자리에서는 가장 발언력이 큰 룬 장인에게 건넸다.

손은 다가오지 않았다.

그렇게 대단한 검을 내미니 당혹감을 느끼는 것도 당연하다.

"괘, 괜찮겠나? 이렇게 대단한── 이제는 두 번 다시 손에 들어오지 않을만한 검을 나 같은 자에게 넘겨주어도?"

"지금의 그대들은 술에 매료되어 온 드워프가 아니라, 도전 정신을 품은 룬 장인이다. 그렇다면 신뢰할 수 있지. 게다가 앞으로 한동안 나는 이 도시를 벗어날 테니 그동안 빌려줄 뿐이다."

드워프는 자세를 가다듬었다.

"……알겠습니다. 그렇다면 삼가 빌리겠습니다, 폐하."

깊이 고개를 숙이고 공손히 검을 받아든다.

"그런데 나는 룬 장인의 기술에 대해서는 잘 몰라 묻는 것이다만, 예를 들어 공구로 룬 문자를 검신에 새기고 거기에 마화를 해버리면 되는 것이 아닌가?"

"그렇게는 안 됩니다, 마도왕 폐하. 룬 문자는 마력을 담은 문자입지요. 그렇기 때문에 새기면 마화를 튕겨냅니다. 행여나 강력한 매직 캐스터가 마화를 할 경우 룬 문자가 일그러져버리죠."

"그렇군……."

"그런데 이 페오 주라에서 벗어나신다고 말씀하셨습니다만, 어디로 가실 생각이십니까?"

"그대들의 옛 왕도다."

드워프들이 술렁거렸다.

"그 멸망한──." "그렇게 위험한 곳에──." "지금은 쿠아고아가 지배하는──."

그런 목소리가 들려왔다.

그런 이야기는 곤도도 알고 있었지만 흘려 넘길 수 없는 부분도 있었다.

"이곳에서 가려 하면 세 가지 시련이 기다리고 있는데, 괜찮겠소?"

"침입이 불가능하다는 세 곳의 난소 말이구먼. 첫 난소는 괜찮다 쳐도…… 죽음의 미궁은 돌파가 불가능할 게야."

그렇게 말하는 자는 대부분 연장자였다. 역시 오래 산 만큼 곤도가 모르는 무언가를 아는 모양이었다. 나중에 자세히 물어보고 마도왕에게 들려주는 것이 좋겠다.

자세를 바로잡은 나이 많은 룬 기술자가 마도왕에게 충고했다.

"폐하, 그곳은 지금 용의 소굴이기도 합니다. 어쩌면 그 프로스트 드래곤의 왕, 백색용왕이 있을지도 모르지요. 그 놈이야말로 한때 서쪽에 있던 도시 페오 테이워즈가 멸망했던 원인입니다. 마도왕 폐하는 강하시겠지만 그 용왕도 비슷할 정도로 강대할 거라고, 어리석은 식견으로나마 생각합니다. 옥체를 소중히 여기십시오."

"……용이라. 매우 흥미로운 상대지. 방심하지 않고 주의 깊게 대응하도록 하마."

그 후 몇 가지 간단한 질의응답을 마친 후 모임은 해산하였다. 앞으로 드워프의 왕도를 탈환하려는 마도왕의 시간을 너무 많이 빼앗는 것도 미안하다는 생각이 있어서일 거라고 곤도는 생각했다.

아니면 건네받은 검을 얼른 조사하고 싶었던 것일지도.

곤도도 어느 쪽인지는 알 수 없었으나, 룬 장인들의 눈에 깃든 불꽃을 떠올려 보면 후자일 것 같았다.

*

히얏호~!

그렇게 외치고 싶은 기분이 아인즈를 엄습했다.

프레젠테이션이 끝난 후에는 늘 이렇다. 이것은 스즈키 사토루 시절부터 변함없었다. 성공했든 실패했든 상관없으니 아무튼 해방감에 젖고 싶다는 마음이 자아내는 마음의 외침이었다.

"대단하세요, 아인즈 님! 그 녀석들, 완전히 마음이 동했던걸요!"

"그야말로 훌륭하셨사와요. 그런 일이 가능한 분은 나자릭에서도 아인즈 님밖에 없을 것이사와요!"

아우라와 샤르티아의 말에 아인즈는 "에이 뭘~."이라며 멋쩍어하고 싶은 마음을 꾹 참았다. 데미우르고스나 알베도 같은 자가 말했다면 비아냥거리는 건지, 진심인 건지 몰라 낯빛을 살폈겠지만, 이 두 사람이라면 솔직하게 받아들일 수 있다. 스즈키 사토루였다면 "피곤하지? 뭐 좀 마실래? 내가 살게."라고 하면서 자판기로 다가갔을지도 모른다. 하지만 나자릭의 지배자이자 마도국의 왕인 자는 그런 말을 해서는 안 된다.

"──음, 별일은 아니다. 알베도나 데미우르고스였다면 더 원활하게 선동했을 테지."

"그렇지 않사와요!"

"맞아요! 그 두 사람도 그렇게까지 멋지게 조종하지는 못했을 거예요!"

과연 그럴까 싶기는 했지만, 실제로 그 정도로 잘 움직여

주었던 것은 예상 밖이었다. 그렇다기보다는 정말 이대로도 괜찮을까 싶은 죄책감이 조금 솟아났다.

당연한 말이지만 드워프들에게 보여준 그 검은 위그드라실의 물건이었다.

위그드라실에는 룬이라는 시스템이 없었다. 어쩌면 시스템상으로는 존재했는데 플레이어가 마지막까지 발견하지 못했을 뿐일지도 모르지만, 아무튼 그 검에 새겨진 룬은 단순한 외장——장식일 뿐이다.

어떻게 이 검을 만들었을까 하는 정도로 생각해주면 그것으로 족했다. 그렇게까지 달아오른 것은 예상 밖이었으며, 그 검을 만들고 싶어서 마도국으로 오겠다고 하면 조금 미안한 감이 있었다.

하지만 아인즈는 그 마음을 꿀꺽 삼켰다.

나자릭 지하대분묘의 강화는 반드시 필요하다. 장래에 나타날 세계급 아이템을 가진 자, 그리고 어디에 있을지 모를 플레이어에 대항하기 위해 전력 증강은 필요하다.

아인즈는 샤르티아를 보았다.

조금 쑥스러운 듯 뺨을 붉히는——어떻게 하면 그럴 수 있는지 생각하면 이상하지만—— 흡혈귀 소녀. 페로론티노라는 벗이 남겨준 하나뿐인 아이. 그리고 자신의 손으로 해쳐야만 했던 첫 NPC.

부풀어 올랐던 증오가 급속도로 억제되었다. 그래도 절대

잊을 수는 없다. 자신에게 그런 짓을 하도록 만든 세계급 아이템의 소유자를.

이를 위해서라면 거짓말 때문에 다른 이들이 불행해진다 해도 사소한 일이다. 이 세계에서 가장 중요한 것은 나자릭에 속한 자들. 그 이외의 목숨은 두 단계, 세 단계 가치가 떨어진다.

목숨이 평등하다는 말은 미치광이의 헛소리다.

만일 목숨의 가치가 평등하다면 한쪽 전기의자에는 사람을 괴롭히며 죽였던 범죄자, 나머지 한쪽 전기의자에는 목숨이 평등하다고 지껄이는 자의 소중한 사람을 놓고 어느 한쪽을 죽이라고 말해보고 싶다. 만약 그 자리에서 주사위를 굴려 누구를 죽일지 결정할 수 있다면 그자의 신념은 진짜다.

그러나 아인즈라면 틀림없이 전자를 죽인다. 아인즈는 목숨의 가치는 불평등함을 알기 때문이다. 나자릭의 NPC들과 그 이외의 목숨에도 큰 차이가 있다.

"역시 아인즈 님은 정말로 대단하세요!"

"그 말이 옳사와요!"

아직도 잦아들지 않는 두 사람의 과도한 칭송이 아인즈의 마음에 슬슬 날아와 박히기 시작했다. 무엇보다——.

"——조종하다니, 누가 들으면 오해하겠구나. 나는 그들에게 솔직하게 진실을 들려주었을 뿐이다."

뒤에 있을 곤도에게 들리도록 말했다.

그러나 뒤에서는 아무 반응도 없어, 의아해진 아인즈는 어깨 너머로 돌아보았다.

배웅하겠다며 따라왔던 곤도는 고개를 숙인 채 터덜터덜 걷고 있었다.

"……왜 그러지, 곤도?"

질문하자 곤도가 고개를 들었다.

"……마도왕 폐하, 조금 전에 사람들 앞에서 이야기를 해 줬던 건, 섭정회가 룬 장인을 파견한다는 데에 찬성했기 때문이오?"

"바로 그렇다. 훗날 노예 취급을 하는 것은 아닌지 알아볼 조사단을 보내겠다고 했다만, 전면적으로 동의해주었지."

"그렇군……. 이젠 룬 장인은 정말로 필요가 없다고, 높으신 분들은 그렇게 판단한 게로군."

곤도가 왈칵 눈물을 쏟았다.

아인즈는 놀랐다. 어린 시절을 제외하고 남자의 눈물이란 그리 쉽게 볼 수 없는 것이었다.

그가 동경하고 자랑스럽게 생각했던 기술이 국가에서 보기에는 가치가 없다고 판단했다── 그런 생각으로 흘리는 눈물이겠지만, 아인즈는 과연 그럴까 생각해보았다. 왜냐하면 드워프 왕국이 처한 상황에서 원군을 약속해줄 나라의 의뢰를 내치기란 어렵기 때문이다.

대(大)를 살리기 위해 소(小)를 희생하는 것은 국가로서 당연하다.

아인즈도 나자릭을 위해서라면 인간을 몇 억이라도 죽일 수 있을 것이다.

그러나 그런 말을 곤도에게 할 필요는 없다.

"그렇다, 곤도. 이 나라는 룬 장인이 불필요하다고 판단한 모양이다. 내가 룬 장인이 탐난다고 말하자 그들은 별로 거부하지도 않고 내밀어 주었으니까."

곤도에게는, 그리고 그의 입에서 이야기를 들을지도 모를 룬 장인에게는 이 나라를 어느 정도 저버리도록 해야 한다. 조국을 완전히 저버리기란 어렵겠지만 그래도 그 이상으로 마도국에 충성을 다하고 싶어지도록 부추길 필요가 있었다.

아인즈는 곤도의 어깨를 부드럽게 두드렸다.

"그러나 나는 다르다. 룬 장인에게서 가능성을 느끼고 있다."

곤도의 이상이 실현되지 않는다 해도 이처럼 특이한 기술을 가진 자들을 독점해 연구시키면, 룬을 이용한 병기를 가진 적이 나타난다 해도 대책을 세울 수 있다.

지식은 힘인 것이다.

"……한 나라에서 버려져도 다른 나라에서 원한다면 그것은 아직 끝나지 않은 것이다."

아인즈가 곤도의 어깨를 몇 차례 부드럽게 두드리자 그는 난폭하게 얼굴을 닦았다.

"⋯⋯고맙소, 마도왕 폐하. 그 기대에 부응할 수 있도록 최선을 다하겠소."

"음, 음. 기대하겠다."

아인즈는 신뢰를 받을 수 있도록 화사하게 ──얼굴은 움직이지 않지만── 웃었다.

그렇다 쳐도.

아인즈는 생각해보았다.

드워프 왕도의 정보가 조금이나마 들어온 것은 행운이었다. 또 다른 정보를 가지지는 않았는지 곤도를 움직여볼 필요가 있을 것 같았다. 그리고 총사령관에게도 물어봐야 한다.

'용은 위그드라실에서는 수명이 없다고 설정된 종족이지. 상상을 초월하는 힘을 가진 개체가 있어도 이상할 것 없어. 지금 맞닥뜨릴 가능성이 높은 건 프로스트 드래곤이고⋯⋯.'

문득 흐려져 가는 기억 속에서 소년── 아니, 소녀의 얼굴이 떠올랐다.

"분명 알아봐주겠다고 했는데⋯⋯. 아쉬워."

5장 서리용왕

Chapter 5 | Frost Dragon Lord

1

이튿날 아침. 드워프들의 옛 왕도 페오 베르카나를 탈환하고자 떠나려 할 때, 게이트 앞에 슬슬 낯을 익혀가는 얼굴이 있었다.

곤도였다.

아인즈는 고개를 살짝 갸웃했다. 그가 있을 이유가 떠오르지 않았기 때문이다.

"——배웅을 나왔나?"

"아니, 난 안내 담당이오."

아인즈는 눈을 깜빡거렸다. 그야 왕도까지 가는 길을 안내해줄 드워프가 필요하다는 요청은 했다. 그 희망이 즉석에서 받아들여진 이유는 아인즈를 감시할 목적 때문이리라 추측했으므로, 전혀 관계없는 드워프가 뽑히리라 생각했던 것이다.

"어제 댁들과 헤어진 후 다른 룬 장인들에게 이야기를 들었지. 아마 왕도로 가는 길은 다른 어떤 드워프보다도 내가 잘 알 거요."

"왕도까지 가는 지하도에서 붕괴가 일어났을 경우의 우회로에 대해서도 말인가? 임기응변적인 대응을 요구할 경우도 생각하고 있다만, 괜찮겠나?"

"그 부분도 들을 만큼 들었소. 어제에 이어 길 안내는 내게 맡겨주시오."

으음…….

아인즈는 생각에 잠겼다.

솔직히 말해 곤도를 데려가는 것은 불이익이 크다. 그러나 섭정회에 이야기를 해 놓고 왔다면 아인즈의 불만만으로 안내자가 변경될 가능성은 낮을 것이다.

"……너는 전사의 역량을 가졌다거나, 무언가 싸울 방법이 있나?"

"아, 아니오. 그럴 자신은 전혀 없소. 위험은 각오했고, 내가 죽는다 해도 댁들을 책망할 사람은 없소. 게다가 아버지가 남겨준 이 망토가 있으니. 그런 점도 내가 뽑힌 이유일 거요."

불가시화 망토는 분명 설득력이 있다.

원래 수행원은 지켜줄 생각이었지만, 싸우는 법을 전혀 모르는 드워프를 데리고 가자니 불안했다. 레벨이 다소 높다면 죽더라도 부활 마법이 효과를 발휘할 텐데, 곤도는 죽으면 그것으로 끝나 버리지 않을까 하는 우려도 컸다.

"너는 정말로 내가 왕도에서 쿠아고아 놈들을 몰아내 줄지 어떨지도 확인해야 하지 않나? 그 도중에 죽어버리면 곤란한데…… 게다가 룬 장인 건도 있고. 네가 이곳에 남아주기를 바란다만."

곤도가 아인즈에게 슬며시 다가오더니 목소리를 낮추며 말했다.

"왕도에는 거대한 보물창고가 있소. 만약 그곳이 털리지 않았다면 드워프가 만들어낸 온갖 보물이 있겠지. 그중에는 우리 아버지가 만든 무구도 있을 게요. 게다가 왕가에 전해지는 비술서도. 어쩌면 그중에는 옛날 룬 장인이 남긴 비전이 있을지도 모르오."

"호오."

아인즈는 맞장구를 치며 그다음 말을 채근했다.

"나는 그걸 모조리 가져오고 싶소. ……마도왕 폐하께는 실례되는 말이지만, 왕도를 탈환할 때 내 행동을 눈감아줄 수 없겠소?"

"……그 전에 보물창고를 열 수단은 있나?"

"없소. 하지만…… 마도왕 폐하라면 어떻게든 할 수 있지 않소?"

'내가 얼마나 만능이라고 생각하는 거야?'

"나더러 도둑질에 가담하라고?"

"마도왕 폐하는 보물창고가 털리지는 않았는지 확인하는 의미에서 문을 열어주기만 하면 그만이오. 그 후에는 잠깐 한눈을 팔아주면 되지. 도둑은 나고, 폐하는 아무 관계도 없소."

"……드워프의 왕족은 멸망했다지? 내 말이 맞나? 그 안에 있다고 여겨지는 보물에 관한 목록은 존재하나?"

"아마 없을 게요."

"그 확인이 중요하다. 만일 목록이 있다면 지나치게 위험한 행위가 된다. 용인할 수 없다. ……무엇보다 너희의 국보 아닌가? 훔치는 것이 부끄럽지 않은가?"

곤도는 얄궂게 웃었다.

"우리를, 룬 기술을 잃어버려도 좋다고 생각하는 나라에 비전서 따위 있어봤자 의미도 없지 않겠소?"

삐쳤네, 삐쳤어.

그렇게 생각은 했지만, 아인즈에게는 손해가 되지 않는다. 반대로 그런 서적이 드워프 왕국에 묻혀버린다면 큰 손실이다.

그리고 그 이상으로 곤도의 도둑질은 곤도와 드워프 왕국

사이를 완전히 갈라놓게 될 것이다. 자국의 보물을 훔친 범죄자를 드워프 왕국이 받아들여 줄 리 없다. 그리고 이를 위협의 재료로 쓸 수 있다는 의미에서 곤도에게 마도국을 배신하지 못할 쇠사슬을 채우게 된다.

다만 아인즈 측에도 쇠사슬이 될 수 있다.

"……분명 그 말이 옳다. 필요도 없는 자가 가지고 있어봤자 소용 없겠지. 우연히 그 타이밍에 내가 눈이 멀 것 같다는 생각이 드는걸. 하지만 조금 전에도 말했듯 목록은 될 수 있는 한 찾아봐야 한다. 미래의 다툼은 피하고 싶으니."

"알았소. 그 말에 따르겠소."

"그렇다면 이 이야기는 이쯤 해두지."

조금 떨어진 곳에서 이야기를 나누기는 했지만 청력이 예민한 자가 없으리란 법은 없다.

"그러면 화제를 바꿔서── 드워프 왕도에 도착할 때까지 위험이 예상되는 장소 같은 것을 대충이라도 좋으니 알려다오."

"잘 물어보셨소. 드워프 왕도에 갈 때까지 세 곳의 난관이 있다고 하지."

"난관이라고? 매우 흥미롭군. 일단 대강이라도 말해보라."

"음. 우선 첫 난관은 대균열이오. 저 게이트 뒤쪽은 경사로인데, 그곳을 내려가면 요새 입구가 보일 게요. 그 요새 너머에 있는, 대지에 뚫린 균열이지. 아무튼 현수교가 있으니 지금은 난관이라고 할 수 없지만 건널 때는 적의 집중 공격을 각오해야 하오."

"쿠아고아는 사격 무기를 가졌나?"

"으음…… 들어본 적은 없소만 쓰지 않으리라 단정하는 것도 위험하지 않겠소?"

정론이다. 어쩌면 요새에서 보유했다는 매직 아이템이 쓰일 가능성도 있다.

"그다음은 용암이 흐르는 곳이오. 열기만으로도 목숨을 잃을 수 있는 강인데, 벽을 깎아 만든 벼랑길을 건너야 하오. 그리고 그곳에는 이따금 거대한 몬스터가 나타난다고 하지."

"몬스터라고?"

아인즈의 머리에 제7계층의 계층수호자 '홍련'의 모습이 떠올랐다.

혹시 비슷한 몬스터라면 엄청나게 성가시다.

'……그러고 보니 슬라임은 인간 사회와 밀접한 관계가 있는데, 이 나라에서도 그럴까? 만약 희귀한 종류의 슬라임을 쓰고 있다면 데려가고 싶은걸.'

하수도에서 여과에 가까운 일을 하는 슬라임을 떠올리고 있으려니, 곤도의 이야기는 마지막 난관으로 넘어갔다.

"그리고 마지막이 죽음의 미궁이오. 무수한 갈림길이 있는 동굴인데, 맹독 가스가 일정 주기로 방출된다고 하지. 들이마시면 팔다리부터 마비되고 마지막에는 심장까지 멈춰 버리오."

곤도의 시선이 아우라와 샤르티아를 향했다. 아인즈는 괜찮겠지만 저 둘은 위험하지 않겠느냐는 눈빛이었다.

'저 두 사람도 괜찮은데……. 뭐, 그건 거기까지 갔을 때 말하면 되겠지.'

"그러면 그 동굴의 올바른 루트는?"

"유감이지만 그건 모르오. 여러모로 연줄을 동원해봤지만 나이 든 자들 중에도 아는 사람이 없었소. 섭정회 멤버들도 그렇고. 어쩌면 모종의 고문서에는 있을지도 모르지만……."

"발견할 수는 없었단 말이군. 뭐, 그런 국방에 관한 문서가 쉽게 발견될 리도 없겠지. 도착하면 정보를 모으고 임기응변으로 대응하도록 하자."

그러한 세 곳의 난관을 마음속에 담아둔 아인즈는 다른 멤버들에게 지시를 내렸다.

"그러면 가겠다."

아인즈, 샤르티아, 아우라를 선두로 곤도, 그리고 요새까지 함께 갈 드워프 병사 열 명과 지휘관 한 명이 늘어선 가운데 문이 크게 열렸다. 살짝 벌어진 틈 너머로 냄새가 풍겼으므로 상상은 했지만, 그곳에는 처참한 광경이 펼쳐져 있었다.

완만한 내리막길을 이루는 갱도는 그럭저럭 넓었으며 건

기 쉽도록 정리가 되었지만 바닥과 벽을 뒤덮듯 피와 내장, 그리고 살점이 달라붙어 있었다. 쿠아고아의 시체도 여기저 기 널브러졌다.

"우욱!"

피와 내장의 시큼하고 농후한 냄새가 충만한 공간이란 전 사로서 싸워본 적이 없는 곤도에게는 조금 잔혹했는지 구역 질을 참는 목소리를 냈다. 드워프 병사들조차 낯이 창백했 는데, 단순히 빛을 받아서 그렇게 보인 것은 아니리라.

아인즈는 구역질 따위와 무관한 몸이었으므로 아무 문제 도 없지만 그렇다고 좋아하는 냄새도 아니었다.

발밑에서 질컥 소리가 났다. 쳐다보니 두 쪽이 난 쿠아고 아에게서 쏟아진 내장 중 어딘가를 밟아 뭉갠 모양이었다.

아인즈는 한숨을 쉬고는 〈전체비행Mass Fly〉 마법을 발동 시켜 모두를 비행 상태로 바꾸었다.

죽음의 기사는 어지간히 살육을 만끽했는지, 이 선혈의 갱도에서 넘어지기라도 한다면 오물과 냄새 때문에 기력이 꺾여버릴 것이 분명했다. 무엇보다도 피에 젖은 자가 옆에 서 걷는 것도 사양하고 싶었기에 이런 배려를 한 것이다.

일행은 비행 마법 덕분에 피 한 방울 묻히지 않고 경사로 를 따라 내려갔다.

곳곳에 뿌연 빛을 뿜어내는 돌이 묻혀 있었으므로 전체가 캄캄하지는 않지만 돌과 돌 사이는 완전한 어둠이 지배했다. 물론 아인즈는 암시 능력이 있으니 아무 문제도 없다.

경사로를 다 내려가자 ――100미터쯤 됐을까―― 멀리 요새 입구가 보였다. 아니, 뒷문이라고 해야 할 것이다.

활짝 열린 문을 통해 요새 안으로 들어가면 그 반대쪽―― 요새를 넘어간 곳에 현수교가 있을 것이다. 그리고 그곳에서 서쪽으로 며칠 더 이동하면 옛 왕도가 보인다고 한다.

요새 입구에도 쿠아고아의 시체가 어질러져 있었다. 개중에는 죽음의 기사가 죽인 것으로는 여겨지지 않는, 물어 뜯겨 죽은 듯한 시체가 있었다. 이것은 좀비에 죽은 자일 것이다. 아인즈의 언데드 탐지에 반응이 없는 이유는 죽음의 기사가 소멸하면서 좀비도 단순한 시체로 돌아갔기 때문이리라.

아인즈는 주위를 둘러보았다. 지금은 언데드의 반응이 없지만, 이 세계의 언데드 특성을 고려했을 때 이곳을 방치해 두는 것은 위험하다.

"이곳을 이대로 두면 언데드가 발생한다는 것이 인간 세계의 상식인데, 어떻게 할 생각이냐?"

아인즈는 이곳까지 동행한 병사들에게 물었다.

"예, 저희가 이곳을 청소하게 되어 있습니다.

대답한 것은 지휘관이었다.

"청소라 해도 대균열에 있을 몬스터의 주의를 끌지 않도록 조금 떨어진 곳에서 대균열에 유기하는 것뿐입니다만."

"그것이 끝나면 요새의 복구며, 쿠아고아들이 어떤 루트를 써서 침공했는지를 조사한다고 했던가? 힘들겠군."

그들과는 이곳에서 헤어지고, 드워프의 왕도를 탈환하러 가는 것은 아인즈, 아우라, 샤르티아, 그리고 곤도 넷뿐이다. 그야 한조도 있기는 하지만 그들은 그 사실을 모른다.

드워프들이 쓴웃음을 지었다. 그들은 그들대로 위험한 조사——쿠아고아들과 조우할 가능성이 높은 모험을 떠나지만, 놈들의 본거지를 공략하러 가는 아인즈에게 그런 말을 들으니 우스웠을 것이다.

"그러면 요새로 들어가자. 우리가 먼저 들어가 요새 안의 안전을 확인하겠다. 그때까지 밖에서 기다려라. 혹시 모르니 곤도를 경호해주겠는가?"

아인즈는 알았다는 지휘관의 대답을 듣고 열린 채 방치된 요새 문으로 들어섰다.

참극의 장소에 서서 뒤를 따라오는 아우라에게 질문을 건넸다.

"아우라, 누군가가 잠입능력을 써서 잠복한 기척은 있느냐?"

"아뇨. 이 요새 안에 살아 있는 존재의 기척은 없는 것 같아요."

긴 귀에 손을 대고 소리를 듣는 시늉을 하던 아우라가 대답했다. 레인저 직업을 보유한 아우라가 그렇게 말한다면 이 요새 안에 산 자는 없을 것이다.

그렇다고는 해도 방심은 금물이다.

이곳에 아인즈가 만든 죽음의 기사를 쓰러뜨릴 만한 힘을 가진 자가 있었을 것이다. 그자가 주로 잠입능력이 탁월한 직업을 전문적으로 익혔을 경우, 어쩌면 아우라의 탐색능력을 넘어설지도 모른다.

뭐, 그 경우에는 전투능력이 떨어질 테니 기습을 당해도 대처하기는 쉽겠지만.

요새 안에도 시체가 많았다. 다만 조금 전의 경사로와는 달리 드워프의 시체도 군데군데 보였다.

아인즈는 요새를 가로질러, 들어왔던 곳과는 반대쪽에 있는 커다란 문으로 향했다. 마찬가지로 활짝 열린 문 너머의 대지에는 커다란 균열이 뚫려, 아인즈의 시력으로도 밑바닥을 볼 수 없었다.

그리고 맞은편 기슭에 쿠아고아의 모습은 없었다. 보아하니 진지를 구축하지 않고 철수해버린 모양이었다.

"이것이 대균열인 건 분명하다 쳐도……."

아인즈는 고개를 움직여 좌우를 확인했다.

"현수교는 아무 데도 없지 않나? 아니지, 저건 다리 끝을 받치는 구조물…… 교대(橋臺)라고 하던가? 잔해가 있군. 그렇다면……."

"제가 생각하기에 적이 후퇴하면서 다리를 끊은 것 같사와요."

곁에 있던 샤르티아가 말했다.

"흐음……."

상대가 죽음의 기사를 쉽게 물리칠 정도의 강자라고 한다면 굳이 현수교를 끊으려 했을까? 이쪽의 침공을 저지할 수단을 강구했다면 자신의 역량에 자신이 없다는 증거——

아니지.

아인즈는 고개를 가로저었다. 이 세계에서 죽음의 기사는 희귀한 존재다. 그것이 두 마리나 눈앞에 나타났다면 그 배후에 강대한 힘을 가진 사역자가 있다는 정도는 간파했으리라. 게다가 이 현수교를 잃는다 해도 큰 손해라고는 여겨지지 않았을 것이다.

"상대도 제법이구나. ……드워프들에게 이곳까지는 안전함을 확인했다고 말해주고 오너라."

"예!"

드워프에게 달려가는 샤르티아의 뒷모습을 바라보고 있으려니, 아우라가 그 자리에 쪼그리고 앉아 지면을 바라보는 것이 눈에 들어왔다. 무엇을 하는 걸까 싶었지만 진지한 기색이었으므로 정신이 산만해지지 않도록 가만히 있었다.

시선을 대균열 쪽으로 되돌린 아인즈는 지면에 굴러다니던 조약돌을 집어 던져보았다. 아무런 의미도 없이 그냥 해본 것이었지만, 돌이 바닥에 닿는 소리는 들을 수 없었다.

"깊이는 알 수 없습니다, 폐하."

아인즈의 행동을 봤는지 샤르티아에게 안내를 받아 도착한 드워프 지휘관이 알려주었다.

"이 균열에는 두 차례 조사대를 파견했으나 아무도 돌아오지 못했습니다."

"그렇군. 모종의 몬스터가 있는 것이겠지. ……그놈들은 밖으로는 나오지 않나?"

"예, 아직까지 그런 일은 없었습니다. 그러므로 조사대를 파견하지 않기로 한 것이지요. 잘못 건드려서 좋을 것은 없으니까요."

"뭐, 그것이 정론이겠지."

아인즈라면 유령 같은 비실체형 언데드를 만들어내, 이와 시야를 동조시키는 마법을 사용하면 안전하게 조사할 수 있을 것이다. 그러나 지금 해야 할 일은 아니다.

이곳의 조사는 현재 우선순위가 낮다. 물론 조사의 필요성이 완전히 없는 것은 아니다. 위그드라실에선 이러한 장소에 귀중한 것이 굴러다니거나 던전이 있거나 했으므로.

'그 망할 제작자들이라면 이 균열 어딘가에 동굴을 만들고 그 안에서 레어 광석을 채집할 수 있게 해놨을 수도. 분명 그랬을 거야. 아니, 실제로 그랬고.'

"──그러면 이 맞은편 기슭까지 건너가, 그곳에서 철수한 쿠아고아들의 뒤를 따라가는 형태로 왕도까지 침입하겠다."

비행 마법은 아직 유지되니 그 자체는 문제가 없다. 하지만 아인즈는 이 어둠 속에서 무언가가 불쑥 모습을 드러내는 불길한 광경을 머릿속으로 떠올렸다. 위그드라실 이야기지만 호수를 건너가던 도중 거대한 뱀 같은 몬스터가 아래쪽에서 헤엄쳤을 때의 섬뜩한 추억이 뇌리에 플래시백했다. 그때의 무서운 경험은 제5계층 제작에 반영되었지만——.

아인즈는 지휘관에게 작별을 고하고 샤르티아, 아우라에게 아래쪽의 경계를 맡긴 후 함께 날아갔다. 역시 조금 전의 걱정은 기우였는지 아래에서 무언가가 모습을 나타내는 일 없이 맞은편 기슭에 당도할 수 있었다.

그렇다고는 하지만 발이 지면에 닿았을 때 약간 안도의 한숨이 새어 나온 것은 일행에게는 비밀이었다.

아인즈는 주위를 둘러보았다.

이쪽에 남은 적의 시체는 겨우 넷 정도였다. 다시 말해 죽음의 기사는 이곳에서 쓰러졌다는 소리다.

"샤르티아, 이제부터 네게 몇 가지 주의 사항을 말해두겠다."

샤르티아를 부른 다음 언뜻 보니 아우라가 또 지면을 둘러보고 있었다. 아우라도 부르는 편이 좋을까 생각했지만, 이번에 주로 싸우게 할 사람은 샤르티아다. 아우라에게는 나중에 간단히 말해두면 될 것이다.

"잠시만 기다려 주사와요, 아인즈 님."

샤르티아가 메모장을 꺼내 펼쳤다.

"말씀하사와요."

"으, 음. 메모구나. ……좋은 마음가짐이다. 어흠! 에—이제부터 매우 위험한 곳으로 돌입할 것이다. 왜 위험한가 하면, 내가 만든 죽음의 기사 두 마리를 쉽게 물리친 적이 틀림없이 있기 때문이다. 죽음의 기사와 비교하는 것이 너에게는 모욕이라고도 할 수—."

"—그렇지 않사와요. 아인즈 님께서 만드신 죽음의 기사를 쓰러뜨릴 만한 강자, 전력을 다해 대응하겠사와요."

"아니다, 절대로 전력을 다해서는 안 된다."

"어, 어째서사와요? 강적이라면 진심을 드러내고 쳐부수는 것이— 실례했사와요. 아인즈 님의 말씀에 감히!"

"그렇지 않다. 네 의견은 당연하다."

아인즈는 뒷짐을 지고 미지의 적과 대치했을 때의 방법을 알려주었다.

"하지만 상대가 취할 행동을 생각해보는 것이다. 상대가 가장 원하는 것은 우리의 정보—전력이다. 아마도 소모품으로 사용할 습격부대를 보내는 식으로 이쪽의 전력을 재보려 하겠지. 말하자면 능력을 하나하나 체크해, 승산이 있다고 판단한 시점에서 우리를 놓치지 않고자 필살의 진형을 짜 쳐들어올 것이다."

"세상에, 그럴 수가……."

"상대가 그렇게까지 할지는 알 수 없다만—."

"저기요~ 아인즈 님."

아우라가 웬일로 쭈뼛거리는 목소리를 내며 불렀다. 평소 같으면 잠시 설명을 중단하고 아우라의 이야기를 들었을 것이다.

그러나 남에게 자신의 주특기 분야를 설명하는 것은 매우 기분이 좋은 일이다. 그러므로 아인즈는 아우라에게 검지를 입에 대 보이는 제스처를 취했다.

"아, 넵!"

아우라의 얼굴에 이해의 빛이 깃들었다. 진지하게 설명하고 있으니 조금 조용히 해 달라는 자신의 의도가 전해진 모양이었다.

"이야기를 계속하겠다, 샤르티아. 나 같으면 강자에게는 그러한 행동을 취할 것이다. 아니, 내 동료들도 그랬다."

"지고의 존재들도 그렇사와요?! 하지만 이번 적이 지고의 존재들께 필적하리라고는……."

"그럴까? 내가 할 수 있는 일은 상대도 할 수 있다고 생각해야 한다. 자기만이 특별하다고 마음을 놓고 행동하는 것은 어리석은 자들의 소행이다. 방심하지 말거라. 아무튼 그래서 나는 상대가 우리의 모든 전력을 간파하지 못하도록 하고 싶다."

한조를 매복시켜둔 것도 상대의 계산을 어긋나게 하기 위해서였다.

"그러므로 샤르티아. 너에게는 나와 함께 드워프의 왕도——적의 본진을 칠 때까지 몇 가지 제약 사항을 주고자 한다."

"예! 그것은 어떤 제약이사와요?"

"음. 우선 마법은, 제10위계를 사용하는 것은 허락한다만 다양한 마법을 쓰지는 마라. 많아야 하나나 둘로 좁혀야 한다."

"……그렇군요. 그렇게 해 상대에게 잘못된 정보를 주고 방심을 초래해 반격으로 상대를 쓰러뜨린다는 말씀이사와요? 그렇다면 더 저위 마법…… 제5위계까지만 쓰는 편이 좋지 않겠사와요?"

"아니다. 그래서는 상대의 방심을 유발하지 못할 것이다. 적이 이쪽의 힘을 다 간파했다고 확신한 다음 짓밟고자 쳐들어온 순간이 상대에게 치명타를 날릴 기회가 된다. 나 같으면 적이 소수로 쳐들어왔음에도 제5위계 정도의 마법밖에 쓰지 않는다는 걸 알았다면 정보를 흘리지 않기 위한 행동이라고 판단할 것이다."

"그 경우라면 아인즈 님께서는 어떻게 대응하시겠사와요?"

"더 많은 정보를 얻을 방법을 생각하겠지. 잃어도 좋은 거점이라면 일단 상대에게 내주어라. 그 후에 천천히 정보를 입수하는 것이다. 거점을 얻으면 아무래도 이를 잃고 싶지 않다는 마음이 생겨나 그것이 행동을 제약하게 되니까.

분명 정보를 줄줄 흘려줄 것이다."

"그렇게까지 경계하사와요?"

게임이었다면 다소의 패배는 만회할 수 있다. 그러나 이 세계에서 패배는 만회할 수 없을 가능성이 있다. 특히 플레이어라는 존재가 죽으면 어떻게 되는지 실험을 하지 못한 아인즈는 더욱 그렇다.

"상황에 따라서 그 정도는 해야 한다는 말이다. 샤르티아. 머리를 잘 굴려야 한다."

여기까지 말한 아인즈는 아우라에게 고개를 돌렸다.

"그래, 아우라. 무슨 일이었느냐?"

"아뇨! 아무것도 아니에요!"

아우라의 눈에는 초롱초롱한 광채가 맺혔다. 갑자기 왜 그러는 것인지는 모르겠지만 샤르티아에게 들려준 전략에 감탄했던 것 아닐까.

'흐음…… 기본 중의 기본이었는데, 아우라에게도 착실하게 가르쳐주는 게 좋으려나? ……그 PK술 책을 빌려줘야하나? 하지만 그건 내가 NPC들 앞에서 멋을 부릴 수 있는 유일한 지식인데…… 어떻게 할까. 지식의 확산은 안 된다는 말도 있었고…….'

아인즈가 생각에 잠겨 있으려니 곤도가 물었다.

"이보시오, 작전을 세우는 도중에 미안하지만 슬슬 출발하지 않겠소? 만약 길이 붕괴됐다면 다른 길을 찾아야만 할 테니."

"그렇군……. 마수를 타고 이동할까?"

"그건 관두는 편이 좋을 거요. 중간에 좁은 동굴 같은 곳을 지날 텐데 거기 놓아두고 갈 수도 없잖소."

소울이터처럼 타고 다닐 수 있는 언데드를 그때마다 만들면 되지 않을까 싶었지만, 안내인의 말에 따르는 편이 현명하리라.

"알았다. 그러면 출발하자."

*

"폐하가 출발하셨네!"

섭정회를 구성하는 드워프들 중 여섯── 대지신전장, 식료산업장, 사무총장, 주조장, 동굴광산장, 상인회의장은 환희에 몸을 떨었다.

물론 마도왕은 아무 일도 하지 않았다. 하지만 그 정도로 힘이 느껴지는 언데드──산 자를 증오하는 존재가 시내에 있는데 어떻게 안심하겠는가.

이 자리에 모인 자들은 이 도시의 안전을 위해, 백성을 위해 존재한다. 최악의 사태를 상정하고 행동해야 했다. 마도왕이 날뛰거나 아이를 학살할 가능성까지 우려하며 꼬박 하루를 보냈다. 온갖 대처 방법을 모색하고 유익한 계획을 검토했다.

그렇게 목소리가 갈라질 정도로 토론하던 대상이 사라져 준 것이다. 해방감에 젖는다고 누가 책망하리오.

"술! 술 가져오게!"

말라버린 대지에 비가 필요하듯, 피로한 마음을 달래는 데에는 술이 필요하다.

그 자리에 있는 그 누구도 이의를 제기할 리 없었다.

"하지만…… 다시 돌아오겠지?"

순식간에 분위기가 흐려지고 어두워졌다. 허공으로 쳐들었던 주먹은 흐늘흐늘 내려왔다.

"도망칠까?"

"어디로 말인가? 거기까지 계약을 맺은 상태로 도망친다면……. 게다가 우리는 왕도 탈환을 부탁하지 않았나? 반대 입장이면 화나지 않겠나?"

"화는 낼지 모르지만, 그런 자에게 강하게 나설 자신도 없네."

"아~ 그건 그렇지. 자네 마음은 이해해."

"……그래도 되겠나? 상인회의를 관리하는 드워프의 긍지는 사라졌나?"

"아니, 아무리 그래도 그런 자와 어떻게 제대로 된 거래를 하겠나. 원래 거래란 쌍방 모두가 어느 정도 대등하니까 가능한 법인데? 압도적인 강자와 제대로 된 거래는 도저히 무리란 말일세."

드워프들은 일제히 한숨을 쉬었다.

이제는 마도왕이 왕도 탈환에 실패하리라 생각하는 자는 이 자리에 아무도 없었다. 그가 두고 간 마수들을 한 번이라도 보았다면 누구나 이해할 수 있다. 용이 있다는데도 저만한 괴물들을 두고 갈 정도로 여유를 가진 자니까.

"그러면 본론으로 돌아가서. 놈이 언제쯤 돌아올지 감이 오는 자는 없나?"

"그런 걸 누가 알겠나. 본인에게 물어볼 수도 없고. 그놈이 씨익 웃으면서 『곧 오겠다』 그러면 난 오줌 지려버릴 자신이 있네."

참으로 처량한 말이었지만 그를 깔볼 수 있는 드워프는 아무도 없었다.

"……하는 수 없지. 그놈이 정말 그런다면 나도 지려버릴 테니."

"나도 그렇다네. 아니, 큰 것까지 지려버릴지도."

지저분한 이야기를 나누면서도 모두가 얼굴을 마주 보았다.

"뭐 새로운 정보는 없나? 그 곤도라는 드워프에 관한 정보를 얻은 자는?"

"전혀 모르겠네. 놈이 룬 장인들을 모았다는 이야기는 아네만."

"룬 장인을? 마도국으로 간다는 그 건 말인가?"

"글쎄. 누군가 불러다 이야기를 들어볼까?"

"그게 좋겠네만, 그렇게 하면 폐하에게 이야기가 새어 나갈걸? 공연히 손대는 것도 위험하네. 뜨거운 용광로에 손을 넣는 건 바보들이나 하는 짓이야."

"그렇다면 우리 입으로 룬 장인들에게 마도국으로 가달라고 이야기할 수밖에. 그러면서 은근슬쩍 물어보는 것은 어떻겠나?"

"……은근슬쩍 물을 자신이 없구먼."

드워프들이 입을 모아 나도나도 맞장구를 쳤다.

"좋아. 이 이야기는 잊어버리세. 쓸데없는 구멍을 파서 빠져 죽기는 싫으니."

모두가 찬성했다. 잘못 건드렸다가 상대를 화나게 만들어 그 결과 많은 목숨을 잃어버리게 되었다간 맥도 못 춘다.

"그러면 이 자리에 없는 두 사람에게도 전해주게. 내일 있을 그 건과 룬 장인에게는 손을 대선 안 된다고. 총사령관은 나중에 이쪽으로 온다고 들었네만, 단야공방장은 어떻게 하고 있나?"

"내가 가보지."

그렇게 말한 것은 사무총장이었다.

"그 친구가 얼마나 멋들어진 갑옷을 만들지 관심이 있거든. 그렇다기보다는 그 마도왕이 무슨 금속을 준 건지."

"희귀한 금속이라고는 했네만, 아무리 그래도 아다만타

이트만큼 희귀할까 봐."

"그럼 오리하르콘 정도일까?"

직접 대장일을 하지는 않더라도 흙의 종족인 드워프에게 본 적도 없는 금속이란 매우 마음이 끌리는 것이었다.

"그 친구를 붙잡아다 보여달라고 할 걸 그랬어. 바빠서 그럴 여유는 없었지만."

마도왕에게서 금속을 받아 든 단야공방장은 서둘러 작업장으로 돌아갔다. 그가 서두르는 이유를 이해하는 일동은 그를 붙잡을 수 없었다.

"뭐, 그 친구 실력이라면 공정이 어느 정도 진행됐겠지. 체인 셔츠라면 고리가 좀 남았을 테니 그걸 몇 개 빌려 와보겠나?"

찬성하는 목소리와 함께 섭정회의는 일단 끝났다.

그 후에는 지쳐버린 몸을 쉬기로 했다. 하지만 휴식이라고 해놓고 술판을 벌이는 것이 드워프라는 종족이다.

다른 멤버들이 직장에서 마시는 술은 맛있다느니 떠들어대며 알코올 도수가 높은 드워프 특유의 술을 기울이는 가운데, 사무총장은 아쉬워하며 연회장으로 둔갑한 회의장을 나갔다.

사무총장이 향한 곳은 당연히 단야공방장의 공방이었다.

단야공방장의 공방은 역시 드워프 왕국의 대장일을 관리하는 만큼 거대했다. 아마 이 페오 주라에서도 1, 2위를 다

툴 것이다. 수많은 드워프 기술자를 고용했으며, 아다만타이트조차 녹일 수 있는 용광로의 열기는 식을 줄 모르고, 모루에 내리치는 해머가 연주하는 소리는 결코 끊이지 않는다. 그러나 그날만은 으스스할 정도로 조용했다.

용광로에 불을 지펴놓은 것은 분명했다. 다가감에 따라 온도가 조금씩 올라갔으니까.

그러면 이 정적의 이유는 뭐란 말인가.

스멀스멀 올라오는 불안에 등을 떠밀린 것처럼 사무총장의 발은 빨라졌다.

그는 몇 번이나 온 적이 있으므로 망설임 없는 발걸음을 옮겨 기술자들이 일하고 있을 용광로로 향했다.

그곳에는 낯익은 대장장이들이 있었다.

자신도 모르게 안도의 한숨을 내쉬었다. 그러나 대장장이들의 곤혹스러워하는 표정, 그리고 그들이 시선을 향한 곳을 보고 심장이 질끈 옥죄어 드는 불안이 되살아났다.

"뭣들 하나?"

그가 말을 걸자 구세주가 나타났다는 양 대장장이들의 시선이 호소했다.

"그분께서 칩거한 채 나오질 않습니다."

거대한 용광로를 보유한 이 대장간과는 별도로 또 한 곳, 단야공방장 전용 아틀리에라고도 할 수 있는 대장간이 있다. 장인 기질이 있는 단야공방장은 중요한 일을 할 때면 그곳에 며칠씩 틀어박히는 경우가 많다.

그것은 평소에도 있는 일이므로 단야공방장의 제자나 대장장이들이 지금 같은 표정을 지을 이유는 없다.

"⋯⋯별일은 아니잖나?"

"그야 흔한 일이지만⋯⋯ 해머 소리가 들리지 않는 겁니다. 그것도—— 벌써 한나절 아니, 만 하루가 되어가는데도요."

"⋯⋯형태를 만들기 위해 이미지를 부풀리는 상태가 아닐까?"

"이제까지는 그러신 적이 없었습니다."

사무총장은 수염을 문질렀다.

사무총장이 보기에는 그렇게 이상한 일도 아닌 것 같았지만, 함께 일하는 대장장이들이 모두 그렇게 생각한다면 이건 비상사태일 것이다.

"그러면 왜 문을 열어보질 않나? 안에서 잠그기라도 했나?"

"아닙니다. 잠그지는 않았지만, 그분은 공방에 칩거하실 때 누가 문을 여는 걸 매우 싫어하십니다."

"그렇구먼. ⋯⋯그래서 내가 열어주었으면 한다는 게로군."

제자들에게는 어렵겠지만 같은 지위를 가진 사람이라면 화를 내기는 어렵다는 뜻이리라. 터무니없는 역할을 맡아버렸지만, 하는 수 없다.

"알았네. 그러면 내가 감세. 자네들은 그만 가보게. 내가 모르고 멋대로 들어간 것으로 하면 자네들에게 불똥이 튈 일도 없겠지."

대장장이들에게 감사를 받으며, 사무총장은 문 앞으로 이동해 노크했다.

그러나 대답은 없었다. 몇 번을 반복해도 마찬가지였다.

그는 채근하는 듯한 감정에 휩쓸려 힘차게 문을 열었다.

역시 눈에 익은 실내였다. 거대한 용광로에서 문 하나를 거쳤을 뿐인데도 놀라울 정도로 열기가 없었다. 이것은 마법의 환기 시스템 덕이다. 시선을 그대로 움직여 보니 후미진 곳의 화로에는 시뻘건 불꽃이 보였다.

그리고 그 불꽃과 마주 선 한 그림자가 있었다.

뭐야, 있었잖아. 그렇게 생각한 사무총장은 안도의 한숨을 내쉬려다 멈추었다.

뒷모습에서도 전해지는, 무어라 형언할 수 없는 기이한 기척을 느꼈기 때문이다. 무엇보다 무단으로 들어온 그에게 성미 고약한 단야공방장이 왜 아무 말도 하지 않는단 말인가. 조금 전 대장장이들의 이야기로 보자면 들어가자마자 뭔가 반응을 보였을 것 같은데.

"이보게."

처음 건넨 목소리는 목에 달라붙은 것처럼 갈라져 조그맣게 나왔다. 그래도 들렸을 테지만 단야공방장은 반응이 없었다.

"이보게!"

걱정이 되어 큰 목소리로 불렀지만 역시 그는 반응하지 않았다.

"──이보게!"

"뭔가."

겨우 대답이 돌아와 사무총장은 힘이 빠진 나머지 바닥에 주저앉을 뻔했다.

"뭔가가 뭔가. 걱정을 끼치──."

사무총장은 거기서 말을 멈추었다.

왜, 단야공방장은 이쪽을 한 번도 돌아보지 않으려는 걸까.

조심조심 앞으로 돌아가 친구의 얼굴을 들여다보았다.

그것은 여느 때의 얼굴과는 다른, 궁지에 몰린 짐승 같은 ── 아니, 그 이상의, 동족이라도 죽일 것처럼 귀기 어린 얼굴이었다.

"……왜 그러나?"

자신도 모르게 새어 나온 목소리를 듣고 처음으로 단야공방장의 얼굴이 움직였다. 아니, 눈알만이 뒤룩 움직여 사무총장의 얼굴을 노려보았다.

"왜 그러냐고? 왜 그러냐고……. 흥!"

단야공방장의 손이 움직여 부집게를 쥐더니 화로 안에서

시뻘겋게 달아오른 금속 주괴를 꺼내선 그것을 사무총장에게 던졌다.

"으아악!"

사무총장은 주괴를 열심히 피했다. 주괴는 쿵 소리를 내며 바닥에 떨어졌다.

"이, 이 친구가! 날 죽이려고 이러나!"

친구라 해도 용서받지 못할 행위다. 그러나 단야공방장은 냉소를 띠었다.

"죽여? 하기야 그렇게 생각하겠지."

그리고 손을 뻗더니 주괴를 집어 든다. 대장장이는 내열장갑을 끼는 것이 기본이다. 그러나 놀랍게도 단야공방장의 손에는 그런 것이 없었다. 그런 효과를 가진 매직 아이템을 가진 것도 아니다.

정말 맨손으로, 시뻘겋게 달아오른 주괴를 든 것이다.

살이 타들어 가는 소리와 고기 익는 냄새의 환각을 불러일으킬 만큼 무시무시한 광경에 사무총장은 눈을 크게 떴다. 단야공방장은 그런 그에게 내뱉듯 말했다.

"하나도 뜨겁지 않아!"

"뭐, 뭐라고?"

"이건 요만큼도 뜨거워지지 않는단 말일세!"

그가 다시 던진 주괴를 무의식중에 받아 들었다. 한순간 무시무시하게 뜨겁다는 생각이 든 것은 뇌의 착각이었을 뿐, 정말로 하나도 뜨겁지 않았다. 놀랍게도 서늘함마저 느껴졌다.

"이, 이건?"

질문 따위 원래는 불필요했다. 달구어도 전혀 뜨거워지지 않는 금속 따위 사무총장이 아는 한 단 하나밖에 없다. 그렇기에 그의 질문은 어디까지나 자기도 모르게 새어 나온 생각의 파편이었다.

실제로 그 상상을 이어진 단야공방장의 말이 긍정해주었다.

"그놈의 언데드가 가져온 주괴일세! 하루 내내 달궈도 뜨거워지질 않네! 두드려도 모양이 변하질 않네! 흠집조차 안 나네! 그딴 금속으로 어떻게 갑옷을 만들란 말인가!"

"호, 혹시 놈이 자기도 다룰 수 없는 금속을 주었던 것은 아니겠나?"

"나도 그렇게 생각하고 싶네. 하지만 같은 금속으로 만든 단검이 있지 않나! 그걸 써보니 정말로 상처가 났단 말일세! 최고의 경력을 가진 기술자는 무슨! 처음 보는 금속을 앞에 놓고 갈팡질팡할 수밖에 없는 어리석은 놈 아닌가!"

격앙한 단야공방장을 어떻게 달랠지 필사적으로 생각했다.

"그, 그럼, 그 언데드에게 어떻게 단련했는지 물어보면——."

"『——모르는 것을 묻는 자는 묻지 않는 자보다 현명하다」고 했던가. 그래, 그렇고말고. 그 말이 옳아. 옛날 드워프들은 좋은 말을 남겼어. 하지만—— 내 경험은 뭐였단 말인가? 이 주먹을 좀 보게."

불쑥 손을 내민다. 두툼하며 화상 흉터가 있는 기술자의 손이다. 기술자라면 누구나 자랑스럽게 여길 만한 손이다.

"멍청하던 도제 시절부터 나는 쇠를 만졌네. 누구보다도 오래 만졌어. 그렇기에 나는 최고의 기술자라 불리는 걸 당연하게 여겼네. 왜냐하면 나는 누구보다도 노력했으니까!"

단야공방장의 얼굴이 쪼글쪼글 일그러졌다.

"나는 대장일에 인생을 걸었네. 불가능은 없다고 생각할 만큼. 어떤 금속으로도 원하는 모양을 만들어낼 수 있다고 믿었네. ——정말 우스꽝스러운 놈이지! 하하! 어디서 으스대고 있었던 건지. 조그만 세계 따위에서! 자신이 천재라고! 나야말로 바보 천치야!"

"지, 지금부터 또 배우면 될 게 아닌가."

"정론이로군. 그래, 완전히 정론이지. 귀가 따가울 정도로……."

주괴를 든 단야공방장이 손에 힘을 주어 쥐었다.

아무런 표정도 없는 그 얼굴에 사무총장은 불안감을 느꼈다.

"괜찮네. 그래, 맞아. 새로 배우면 되지. 그런데 자네는 뭘 하러 온 겐가?"

"뭘 하려는…… 이 친구야……. 뭐, 됐고. 그 언데드가 이 도시를 떠나서 말일세. 앞일에 관해 내일 또 섭정회가 열릴 거라고 전하러 온 게야. 그리고 룬 장인들에게는 관여하지 말게."

"그래……? 알았네. 그럼 내일 또 보세."

사무총장은 약간의 불안감을 느꼈으나 말로는 한마디도 드러내지 못했다.

몸이 지치면 마음도 지치는 법이다. 하룻밤 푹 쉬면 단야공방장도 원래대로 돌아올 수 있으리라고 자신을 수긍시키고, 사무총장은 그날 그대로 자택에 돌아갔다.

그리고 이튿날, 단야공방장이 주괴를 챙기고 이 도시에서 자취를 감추었음을 알았다.

2

옛 드워프 왕도로 가는 길에는 세 군데의 난관이 있다고 한다.

첫 번째 난관이 대균열이었다.

말할 것도 없이 도보로 지나기란 절대 불가능하다. 당연히 크게 우회하는 루트를 찾을 수밖에 없었지만 그렇게 되면 지극히 당연하게 몬스터와 맞닥뜨릴 확률이 높아진다. 이런 지형에 도사린 포식자 몬스터는 인간이나 드워프에게는 놀랄 정도로 큰 위협이 된다.

발소리를 탐지하고 땅속에서 달려드는 몬스터의 첫 일격을 회피하기란 어렵고, 자칫 그대로 배 속에 들어가버리면 꼼짝없이 소화되기만 기다릴 수밖에 없다. 그 외에도 정신에 충격을 가해 몽롱해진 동안 치명적인 일격을 가하는 것들도 있다.

이곳에서는 인간이나 드워프, 엘프와 같은 인간종은 포식당하기만 하는 약한 존재인 것이다.

가장 안전한 것이 지상으로 나가 산맥을 지나는 루트인데, 지면에 발을 딛고 살아가는 종족에게는 차원이 다른 어려움이 있다. 상공에서 짓쳐드는 페리톤, 하르퓨이아, 이츠마데, 기간트 이글 등의 몬스터며 대형 비행 동물의 습격에 벌벌 떨어야 하기 때문이다. 인간의 시야는 상하 폭이 좁다. 그렇기에 상공의 기습을 놓치기 쉽다. 그리고 단 일격에 목숨을 빼앗길 가능성이 없다고도 단언은 못한다.

이처럼 대균열은 우회하려 해도 난관이 된다.

그렇기에 드워프들은 대균열 근처에 도시를 세우고 대균열에 현수교를 지은 것이다. 다리를 끊으면 그 누구도 건너올 수 없는 난공불락의 성벽으로 자신들의 도시를 지키기 위해.

쿠아고아가 다리를 끊어버린 현재, 대균열은 그야말로 난관이 되었다.

그러나──

아인즈 일행은 아무런 어려움도 느끼지 않았다. 〈비행〉해버리면 그만이었으니까.

다음 난관── 두 번째 난관은 용암지대였다.

눈부실 정도로 빛을 발하며 이글이글 타오르는 작열의 바다. 숨을 크게 들이마시면 달궈진 공기가 폐에 대미지를 준다는 초 위험 지대.

지표로부터 겨우 몇 킬로미터밖에 지하로 내려오지 않았는데 마그마가 흐르는 것은 이 세계가 마법적 상식에 지배당하기 때문이다. 전이문에 가까운 능력을 가진 천연의 문 때문에 이 땅의 용암류는 상당히 멀리 떨어진 장소의 용암류와 이어지게 된다.

그런 고열의 바다를 더욱 난관으로 만드는 이유가 있었다.

이 작열의 바다를 안방처럼 헤엄치는 마수의 존재였다.

그것은 몸길이가 50미터도 넘는 물고기 같은 거대한 몬스터였다. 가장 흡사한 것을 예로 들자면 초롱아귀가 아닐까. 다만 이놈의 머리에 달린 가짜 미끼는 손을 대신하는 것이어서 멀리 떨어진 적을 붙잡고 자신의 커다란 주둥이 속에 털어 넣기 위한 것이다.

외피도 단단하고 두껍다. 오리하르콘을 아득히 능가하는 경도를 가진 비늘이 물고기처럼 돋아나 있다.

마수 중에는 오래 살면서 강력한 힘을 얻는 것들이 있다. 그런 것들은 상위종이라는 이름을 달며, 많은 경우 원래 종족과는 다른 종족으로 분류된다. 게다가 이런 몬스터들은 여기에 특수한 진화까지 거쳐 세계 어디에도 같은 종류가 없는 일종일체(一種一體)의 존재가 된다.

전이문으로 연결된 라파슬레아 산의 3대 지배자라고 하면——

천공을 지배하는 퓌닉스 로드.

지상을 지배하는 에인션트 플레임 드래곤.

그리고 지하에 흐르는 용암의 바다를 지배하는 라앵글러 라바 로드를 가리킨다.

이 용암의 지배자는 모험자들이 사용하는 난이도 수치로 말하자면 140에 해당하며, 전투가 벌어지면 도저히 살아서 돌아오지 못한다.

다행인 점은 육상 활동이 서툴기 때문에 용암에서 멀어지면 습격당할 일이 없다는 것이다. 다만 드워프의 왕도로 가는 길은 바로 그 용암 바다에서 아주 약간 위로 떨어진 단애 절벽에 파 놓은 벼랑길. 상당히 불안할 정도로 좁은 길뿐이다.

밑에서 솟구치는 열기에 견디다 못해 조금이라도 몸이 비틀거리면 용암 바다로 미끄러지게 된다. 쿠아고아도 침공할 때는 발을 헛디뎌 몇 마리나 용암 속에 빠져버렸다.

그러나——

불꽃에 대한 완전내성을 준비해버리면, 그리고 〈비행〉 마법을 걸면 아무런 문제도 없다. 라앵글러 라바 로드의 아득한 상공을 따라, 피차 존재를 인식할 일도 없이 아인즈 일행은 용암의 바다를 건넜다.

이제까지 지나온 난관은 그나마 비행 마법을 쓰면 공략이 가능했다. 그렇기에 진정한 난관이라고는 말하기 힘들다. 다만 마지막 난관은 진정한 의미에서 난관이다.

그곳은 길고 구불구불한, 그리고 수많은 갈림길로 이루어진 동굴.

미궁이라고 할 만한 곳이었다.

분명 이것만으로는 난관이라고 하기에 약하다. 이 에어리어에는 몬스터가 출현하지 않는다. 그렇기에 시간을 들여 매핑을 해 나가면 언젠가는 공략할 수 있다. 이것만이라면 식량과 물이 없어 시간이 한정된 자에게만 난관일 뿐이다.

그렇다—— 난관이라고 일컬어지는 데에는 다른 요인이 있다.

그 에어리어에는 일정 시간마다 화산성 가스를 분출하는 구멍이 존재하는 것이다. 심지어 가스가 고이는 곳도 있다. 다시 말해 눈에 보이지 않는 치사성 맹독이 곳곳에서 몰아치는 지옥의 에어리어다.

출구까지 도달하는 루트는 몇 가지가 있으나 가스를 마시지 않고 도달할 수 있는 루트는 하나뿐이고, 심지어 그 루트조차 정해진 타이밍에 지나지 않으면 가스가 고인 곳에 뛰어들 가능성이 있다.

이제까지 난관을 쉽게 공략하게 해준 〈비행〉으로 천장을 스칠 듯이 지나가려 해도 솟구치는 가스는 이따금 천장까지 가득 찬다. 운이 좋으면 가스 웅덩이에 뛰어들지 않을 수 있을지 모르는, 그런 정도일 뿐이다.

그러나——

공기 대책을 마련한 아인즈 일행에게는 아무 문제도 되지 않았다. 그렇다기보다 가스 같은 데에 영향을 받는 사람은 곤도뿐이다. 언데드는 내성이 있으므로 산이나 불꽃 등의 대미지를 주는 가스가 아니라면 아무 문제가 되지 않는다. 아우라는 매직 아이템으로 신선한 공기의 필드를 1인분 가져갈 수 있으니 가스에는 무적이다.

다시 말해 곤도에게 마법으로 보호를 걸어주면 가스가 몰아치는 곳도 태연히 돌파할 수 있다.

이에 따라 세 곳의 난관——준비 없이 정보 없이 공략하기는 불가능하다는 천연의 요해——은 아인즈 일행에게 너무나도 쉽게 돌파되었다.

아인즈의 마법, 미로의 최적 루트를 공략시켜주는 〈요정 여왕의 축복Bless of Titania〉이 사라지기 시작했다. 시간이 다 되었다기보다는 자신의 역할을 다했기 때문이리라.

"……흐음. 그 동굴 안에 얼마 되지 않은 것으로 보이는 쿠아고아들의 시체가 있었는데, 아직 놈들의 군세를 따라잡지 못한 모양이군. 역시 하루라는 시간의 차이가 컸나?"

"하지만 차이가 꽤 줄어든 것 같아요. 시간 차는 거의 없어진 모양이에요."

지면에 남은 쿠아고아들의 발자국을 바라보던 아우라가 단언했다.

"……그래? 그러면 이제부터 어떻게 할지 의논해보자꾸나. ……곤도, 머잖아 왕도에 도착하겠지?"

"그렇소. 나도 이야기로밖에 들은 적이 없지만 조금 전의 동굴이 전해 들은 죽음의 미궁이 틀림없다면 얼마 남지 않았소."

여기서 곤도가 씁쓸한 표정을 지었다.

"정말로 죽음의 미궁이었겠지……? 길을 모르는 자는 틀림없이 죽는다고 하던데……."

아인즈는 그 말에 무어라 대답해야 할지 알 수 없었다. 실제로 너무 쉬웠다. 어쩌면 그건 가짜이고, 빠져나왔다고 안심하게 만든 다음 진짜 함정에 빠뜨리려는 가능성도 없다고는 단언하지 못한다.

"……그때는 그 함정을 없애버리면 그만이다. 그렇다고는 해도 예상했던 함정에 걸려드는 것 또한 어리석은 짓. 전진 속도를 조금 늦추고 경계하며 나아가지."

이제까지는 적을 따라잡고자 나름 속도를 유지하며 왔다. 그러나 여기까지 오고도 따라잡지 못한 이상 이미 적이 거점에 돌아갔다고 보고 작전을 다시 세워야 한다.

"자, 그러면 이제부터 적의 본거지에 도착했을 때를 생각해보자."

모두가 고개를 끄덕인 것을 확인한 후 아인즈는 드워프에게 눈을 돌렸다.

"우선 나와 곤도가 둘이서 왕성을 함락시키겠다. 그곳에 사는 용들은 내가 대처하지."

두 수호자에게서도, 곤도에게서도 반대 의견은 없었다.

최상위 용은 위그드라실에서도 최강급의 강적이었으며, 상대의 힘이 미지인 상태에서 수호자 두 사람과 따로 행동하기란 위험하다. 그러나 아인즈에게는 세계급 아이템이 있다. 이 아이템에는 여러 가지 힘이 있는데, 그 능력 중 하나는 용에게 유리하게 작용한다. 그렇기에 최악의 경우에도 도망칠 수 있을 것이다. 반대로 수호자를 데려가면 예상 밖의 강적이었을 때 피신시키기 위한 노력을 할애해야만 한다.

곤도라면 최악의 경우 버리고 갈 수도 있지만, 친구의 자식 같은 수호자들을 놓아둔 채 도망칠 수는 없다. 그렇기에 처음부터 아인즈의 옆에 세워두지 않으려는 것이었다.

'용이라. ……기대되는군.'

위그드라실에서 용은 강적인 동시에 보물산이었다.

용이 드롭하는 데이터 크리스탈도 좋은 것이고, 아티팩트의 드롭률도 보통 몬스터보다 높다. 게다가 용의 육체에서 채취할 수 있는 가죽, 고기, 피, 이빨, 발톱, 눈알, 비늘 같은 부위도 활용도가 높다.

이익이 되는 적이라고 할 수 있다.

아인즈는 곧 이 세계에서 최초로 마주칠 용에 대한 불안과 기대, 욕망 등으로 기분이 들뜨는 것을 억누를 수 없었다.

드워프의 이야기에 따르면 과거 서쪽 도시를 붕괴로 몰아넣었던 강대한 프로스트 드래곤이 있을지도 모른다고 한다. 그렇다면, 어쩌면, 샤르티아에 이어 승산을 알 수 없는 싸움에 뛰어들게 되는지도 모른다.

'죽음의 기사를 쓰러뜨린 강자에, 이제는 용이라. 동일한 존재라면 이야기가 빠르겠지만 따로따로라면 조금 성가시겠는걸. 몰래 뒤를 따라오는 한조 말고도 누군가를 데리고——아니, 이 선택은 잘못되지 않았을 것이다.'

"——아인즈 님?"

"음? 아, 샤르티아구나. 미안하다. 조금 생각에 잠겨버렸다. 그러면 너희 둘에게도 명령을 내리겠다. 아우라와 샤르티아는 쿠아고아들을 상대하거라. 지배할 수 있다면 좋고, 놈들이 거절한다면—— 나자릭의 위엄을 보여라!"

두 수호자에게서 패기에 가득 찬 대답이 돌아왔다.

아인즈는 흘끔 곤도에게 시선을 돌렸다. 그는 딱히 무언가 말하려는 기색을 보이지 않았다. 아인즈의 결정에 따르겠다는 태도였다.

이번에 드워프들에게는 쿠아고아 소탕을 약속했지만, 아인즈는 그들을 몰살시킬 마음이 없었다.

단순히 위그드라실에는 존재하지 않았던 종족을 섬멸한다는 데에 아까움을 느꼈던 것이다. 이곳에서 전멸시켰다간 이 세계에서 완전히 사라져버릴 종족일지도 모른다. 아니, 그렇지 않더라도 어쩌면 앞으로 나자릭에 이익을 가져다줄 가능성도 있다.

물론 나자릭에 해가 될 가능성도 비슷하게 존재하지만, 이를 가늠하기 전에 섬멸하는 것이 아깝다고 여겨졌던 것이다.

'죽이기는 쉽지만 되살리기는 어려우니까. 그럼 해야 할 일은 하나지. 게다가——.'

"우리에게 충성을 보이지 않는 얼간이들이라면—— 1만 정도로 수를 줄여놓거라. 가능하다면 강자를 중심으로 모아라. 그리고 앞일까지 고려해 너무 강함만으로 선별하지 말거라. 같은 수의 암컷이 필요하다. 그리고 한 마리도 놓쳐서는 안 된다. 특히 왕에 해당하는 존재는."

"하지만…… 아인즈 님."

어두운 표정을 지은 아우라에게 말을 잇도록 채근했다.

"드워프의 왕도가 얼마나 넓은지는 몰라도, 예상하기론 상당히 넓은 것 같아요. 그만큼 광대한 곳에서 쿠아고아들을 놓치지 않으려면 우리 둘만 가지곤 어려운걸요. 어떡하면 좋을까요?"

"흐음. 그 의문은 당연한 것이다. 그렇기에—— 아우라, 네 차례다. 네게 주었던 세계급 아이템을 쓰거라."

"그, 그래도 되나요?"

"음. 그것은 이럴 때야말로 써야 한다."

"아, 알겠습니다!"

두 사람의 머리 위로 긴장이라는 두 글자가 떠올랐다.

"그 세계급 아이템은 사용 횟수에 제한은 없다만 특정 조건을 달성한 상태로 적을 놓치면 소유권이 이동해버린다. 그런 최악의 사태만은 무조건 피해야 한다."

'아인즈 울 고운'이 빼앗았을 때를 떠올려 보았다.

상대 길드에서 몇 번이나 '돌려줘' 콜을 받았던가.

아인즈는 코웃음을 쳤다.

『빼앗기고 싶지 않으면 쓰질 말아야지』라는 당연한 대답을 이성으로 받아들이지 못했던 길드는 정말로 어리석었다.

빼앗기고 싶지 않다면 소중히 보물상자에 담아놓은 채 밖으로 가지고 나오지 않으면 된다. 그렇기에 괜찮다고 생각하면서 주의는 해둔 것이다.

"그리고 붙잡아 두지 못한 자가 있다면 무엇보다도 주의해야 한다. 그놈은 세계급 아이템을 가지고 있다는 뜻이니까."

"그렇다면 아인즈 님은 들어오실 수 없나요?"

"전개할 때는 들어갈 수 없다. 다만 나중에 들어가기를 선택할 수도 있지. 그 순간의 타임랙에 주의를 기울여라. ……좋아, 그러면 가 볼까."

아우라를 선두에 세우고 일행은 걸음을 옮겼다. 옛 드워프 왕도가 가까워졌기 때문인지, 자연 동굴임에도 매우 걷기 편했다. 석순 같은 것을 전부 잘라내고 이동에 불편함이 없도록 정리를 해둔 것이리라. 옛날 드워프들의 노력을 느끼며 한동안 걸었다.

선두에서 걷던 아우라가 걸음을 멈췄다. 그리고 긴 귀 뒤에 손을 대며 소리를 들으려는 시늉을 해 보였다.

아인즈 일행은 잡음을 내지 않도록 가만히 아우라의 말을 기다렸다.

"아인즈 님…… 전방에서 여러 마리의 생물이 내는 소리가 들려요. 추정으로도 수백은 될 것 같아요. 정확한 거리는 모르겠지만 아마 몇 분이면 접촉할 거예요."

"호오…… 따라잡은 게냐?"

"아뇨, 이동하는 소리가 아니에요. 진형을 짜고 기다리는 느낌이네요."

"아하, 우리가 따라온 것을 눈치챈 게로구나. 요격부대인
가?"

그렇다면 모종의 정보마법을 사용해 이쪽의 동향을 감시
했던 것이리라.

아인즈는 희미하게 웃었다.

이제까지는 상대에게 거의 카드를 보이지 않았다. 그렇기
에 여기서 부대를 보내 이쪽의 능력을 조사할 심산일 것이다.

희생을 불사한다는 데에서 적의 각오와 행동에 조바심을
느껴, 상대와의 지혜 대결에 이겼다는 기분이 들었다.

"아인즈 님, 생포하사와요?"

"어디 보자. 지금까지 상대에게는 거의 정보를 주지 않았
겠지. 그렇다면 단숨에 적의 본진을 짓밟기 전에 정보를 수
집하도록 해야겠다."

"예!"

설령 정보를 얻었다 해도 대책은 간단히 세우지 못한다.

위그드라실에서 캐릭터는 보통 두 패턴으로 나눌 수 있다.

한 가지 능력에 특화된 캐릭터, 혹은 평균적으로 만든 캐
릭터.

전자일 경우 정보를 얻었다 해도 그 능력에서 벗어난 부
분에 관한 정보라면 대응하기가 어렵다. 후자의 경우에는
대응이 가능하지만 평균적이기 때문에 그렇게 완벽한 대응

을 취할 수는 없다.

아인즈처럼 다채로운 마법, 동료가 남겨준 아이템 덕에 대응의 폭이 넓은 캐릭터나, 터치 미처럼 이상하게 강한 평균적 캐릭터도 있지만, 그런 것들은 기본에서 벗어난 예외다. 그렇기에 경계해야 할 점은 한 가지.

'강자의 숫자야. 그것을 아직 알 수 없어서 조금 무서워. 그 부분을 완전히 조사할 수 없을 때는 후퇴도 염두에 두고── 흐음. 어쨌든 한 방 쳐서 상대의 카드를 조사하기 전까지는 아무 것도 안 되겠지. ──오오, 야마이코 님의 영혼이 강림하고 있어.'

"……샤르티아, 이번에는 폭주를 용서하지 않을 것이다."

"물론이사와요!"

샤르티아는 스포이트 랜스를 들었다.

"좋다. 원래 같으면 신기급 아이템을 보유했다는 정보를 주는 것도 피하고 싶다만, 어지간한 조사계 능력이 아니고선 간파할 수 없겠지. ──좋아. 해치워라."

"예!"

*

드워프 문화의 최전성기에 지어져 장엄하면서도 화려했던 옛 드워프 왕도── 페오 베르카나에서 왕성을 제외하고 가장 큰 건물은 상공회의소였다. 회의에 쓰기 위한 많은 방이며 일시적인 자재 저장고 같은 것이 있기 때문이다.

많은 드워프들이 사용했던 그 건물은 다른 도시의 어느 건물보다도 넓다. 그리고 현재 그곳이 쿠아고아들의 씨족왕 폐 리유로의 거성이었다.

요오즈가 돌아왔을 때, 리유로는 부드럽고 거대한 쿠션에 몸을 묻다시피 해서 앉아 있었다. 요오즈의 패배는 이미 전해졌음에도 짜증이나 조바심이 존재하지 않는 평범한 그의 모습이 그곳에 있었다.

요오즈는 고개를 조아리고 무슨 일이 있었는지를 설명했다.

중요한 이야기는 전령을 통해 전했겠지만 더욱 자세한 이야기를 하기 위해서다. 특히 자신의 눈으로 직접 본 드워프 왕국의 비밀 병기 '검은 갑주'에 대해서는 가장 중점적으로 설명해야 했다.

잠자코 이야기를 듣던 리유로의 손이 천천히 움직여, 곁에 대기했던 시종이 든 바구니 안으로 들어갔다. 그리고 안에 들었던 끼익끼익 우는 도마뱀을 집어 들었다. 씨족왕이 먹기에 어울리는, 통통하게 살 찐 도마뱀이었다.

리유로가 요오즈에게 도마뱀을 쥔 손을 내밀었다.

"──먹겠나?"

"아닙니다. 괜찮습니다."

"그래."

중얼거린 리유로가 도마뱀을 머리부터 씹어 먹었다. 미미한 피와 내장의 냄새가 요오즈에게까지 풍겼다.

길이 20센티미터 정도의 도마뱀이 세 입 만에 완전히 리유로의 입 안으로 들어갔다.

리유로가 근처에 있던 타월로 피에 젖은 손과 입을 닦았다.

"……그래서 후퇴했다는 말이군. 추적대는?"

"모르겠습니다. 왜냐하면——."

그 현수교를 끊은 이상 적이 올 것이라고는 생각할 수 없었다. 무엇보다 드워프의 목덜미까지 손이 닿지 않았던가. 방어 진지를 강화하고, 다음으로는 발견된 우회로를 봉쇄하고, 그 후 이쪽에 대해 역침공하는 순서를 취할 것이다.

요새를 빼앗겼다는 상황에서 검은 갑주를 두 마리밖에 투입하지 않았던 것은, 병력의 분산 투입을 좋은 방법이라고 생각하는 멍청이들이 아닌 한 그것이 전 병력이었다고 볼 수 있으리라.

요오즈는 그런 자신의 생각을 리유로에게 설명했다.

한동안 침묵한 후, 리유로가 불쑥 말했다.

"한두 마리쯤 더 있어도 이상하지 않겠군."

요오즈가 자신도 모르게 의아한 표정을 지은 것을 보았는지, 리유로는 바구니 안의 도마뱀을 발톱으로 이리저리 찌르며 께느른하게 설명했다.

드워프들은 요새의 방어력에 자신을 가지고 있었다. 그곳이 제압당했다면 도시 그 자체가 함락될 위험성이 높아졌다고 느꼈을 것이다. 요격에 나선 검은 갑주는 전체의 숫자에 비해 많은 편이라고 생각할 수 있다.

그러나 요새가 어떻게 함락당했는지까지는 몰랐을 것이다. 한 곳의 전선에 비밀 병기를 모조리 투입하는 것은 위험한 도박인 셈이다. 침공 루트가 여럿이었다면 돌이킬 수 없는 결과가 벌어지기 때문이다.

전력을 아껴서 내보낼 수 있는 상황도 아니고, 그렇다고 반격에 전력을 쏟아붓기에는 정보가 부족하다.

따라서 있다고 해도 앞으로 한 마리 내지는 두 마리가 있을 거라고 결론을 내렸다.

요오즈는 정말 그렇겠다고 생각하고, 왕의 명석한 두뇌에 존경심을 품었다.

"그런데 그 골렘 말이다만, 누구라면 이길 수 있을까?"

"씨족왕이시라면 분명 이기실 겁니다!"

리유로는 이 쿠아고아 8개 씨족의 정점에 선 강자다. 실제로 리유로의 전투 능력은 발군이다.

어쩌면 모든 쿠아고아를 적으로 돌리더라도 이기지 않을까 여겨질 정도였다. 이제까지 이만한 강자는 쿠아고아들의 역사에서 나타나지 않았다.

요오즈의 뇌리에 떠오른 것은 과거 리유로가 몬스터와 격전을 펼쳤을 때의 모습. 그 강함은 골렘 이상이었다. 그것은 확실한 자신감을 품고 말할 수 있었다.

"……빈말 없이 정말로 그렇게 생각하는 것이겠지?"

"예! 저는 그렇게 생각합니다!"

리유로의 목소리에는 쓴웃음 같은 것이 어렸지만 요오즈는 솔직하게 대답했다. 그 이외의 대답 따위 없었다.

"……너는 어느 씨족 출신이었더라?"

이상한 질문이었다. 요오즈가 자신의 출신 씨족을 대답하자 리유로는 다시 생각에 잠겼다.

"그렇군……. 그렇다면 진심으로 내가 이길 수 있다고 생각하는 거겠지?"

"그, 그게 무슨 뜻입니까?"

"나를 없앨 기회라고 생각하는 게 아닐까 의심했을 뿐이다. 나는 실제로 동족 중 누구보다도 강하다. 그렇기에 골렘의 강함을 낮게 잡아 가르쳐주고, 내가 싸우도록 부추겨 골렘에게 죽게 만들면 되겠다는…… 뭐, 그런 거지. 그러면 골렘을 쓰러뜨릴 자가 사라지겠지만…… 나와 싸운 후의 골렘이라면 상처를 입었을 테니까 숫자로 쓰러뜨리면 된다고, 그런 생각을 했을지도 모르고 말이다."

충성을 바친 씨족왕에게 의심을 받기는 했지만 요오즈가 느낀 것은 경의였다.

자신이라면 그런 생각은 하지도 못했을 것이다.

요오즈는 눈앞의 리유로야말로 왕의 자리에 어울리는 쿠아고아라 확신하고 한층 충성심을 품었다.

그런 그에게 리유로가 의아하다는 듯 질문했다.

"……왜 그런 생각은 못했습니다, 하고 즉시 대답하지 않나?"

"예! 죄, 죄송합니다! 씨족왕의 깊으신 생각을 듣고 넋이 나갔습니다! 말씀하신 대로 그런 생각은 하지 못했습니다!!"

리유로가 큰 목소리로 웃었다.

"넌 정말 재미있는 놈이구나! ……내가 맡긴 병사들을 잃어버린 벌은 내려야겠다만, 앞일에 영향이 올 만한 고통은 주지 않겠다. 실제로 골렘의 존재를 발견하고 중요한 정보임을 간파해 이곳까지 돌아왔으니까. 나아가서는 적의 추격을 예상해 내가 내린 군대의 일부를 이미 이 도시의 방어에 배치하는 등 임기응변도 뛰어나지."

"고맙습니다!"

요오즈는 깊이 고개를 숙였다.

"우수한 장수인 네게 질문하마. 그 골렘의 자세한 정보를 모으고 싶다만, 어떻게 하면 좋을까?"

"땅꼬마 놈들의 나라를 습격하면 됩니다."

"그것도 한 가지 방법이겠군. 그렇게 하면 정말로 아직 골렘이 있는지 하는 정보도 동시에 얻을 수 있을 테니."

"예! 만약 없다면 아무리 손실을 입더라도 단기간에 함락시켜야 한다고 생각합니다."

"음."

리유로가 고개를 끄덕였다.

생명은 태어나 자랄 때까지의 시간이 필요하지만, 골렘은 다시 만들면 그만이다. 시간은 쿠아고아의 적이자 드워프의 아군이다.

"그 이외에는 뭐가 있을까?"

"죄송합니다. 당장은 떠오르지 않습니다."

리유로가 도마뱀이 든 바구니에 손을 뻗어 다시 도마뱀을 손에 들었다.

"……먹겠나?"

자신이 그렇게 먹고 싶어하는 표정이었을까.

물론 이제까지 온 힘을 다해 귀환하느라 식사도, 휴식도 제대로 취하지 못했다. 그러나 그렇다 해도 왕이 먹을 것을 탐낼 정도로 굶주리지는 않았을 텐데.

"아닙니다. 괜찮습니다."

"그래."

리유로는 대답하더니 끼익끼익 우는 도마뱀을 조금 전과 마찬가지로 머리부터 씹어먹었다. 완전히 똑같이 다 먹은 리유로에게 요오즈가 물었다.

"그런데 씨족왕이시여, 그 외의 수단을 무언가 알고 계십니까?"

"그래, 알지. 놈들에게 물으면 된다. 놈들의 지식은 우리보다도 뛰어나다. ……지불할 대가가 커지는 것이 곤란하다만."

"지불할 대가…… 설마!"

그 말에 요오즈는 금방 떠오르는 것이 있었다.

"그렇다. 프——."

리유로가 입을 벌리려던 타이밍에 밖이 소란스러워졌다. 그리고 문이 큰 소리를 내며 활짝 열렸다.

"씨족왕!"

모습을 나타낸 것은 경비병 중 하나였다.

"긴급 사태인 모양이군. 무슨 일이냐?"

"예! 누군가가 이 도시를 향해 다가오고 있습니다."

"어느 쪽에서 왔지?"

경비병의 이야기를 들어보니 요오즈가 부대를 배치해놓은 쪽이었다. 다시 말해 드워프 나라가 있는 방향이다.

"추격부대를 파견했군. ……땅꼬마 놈들을 너무 우습게 봤어."

리유로가 그 말만을 하고 일어났다.

어디로 가는 거냐고 눈으로 묻자, 이를 감지한 리유로가 대답해주었다.

"이것저것 생각할 수고를 덜었잖나. 나는 이제부터 용들을 만나고 오겠다."

"골렘의 정보를 모으시려는 겁니까?"

"아니, 놈들을 움직여서 지금 접근하는 놈들과 붙여보려고. 땅꼬마 놈들일 테니, 여기까지 왔다면 골렘을 데려왔겠지. 그럼 용을 놈들에게 붙이면 두 적의 전력을 떨어뜨릴 수도 있을 테고. ……흠, 단단히 일을 시켜볼까."

이 도시에서 가장 좋은 장소인 왕성을 차지한 용에 대한 왕의 원한은 깊다. 그것은 가장 신뢰받는 몇 명의 측근들만 아는 일이다. 그런 왕이 교묘히 감정을 감추고 용들에게는 고개를 숙인다는 것도.

용과 쿠아고아 사이에는 압도적인 힘의 차이가 있다.

그렇기에 용의 힘을 깎아낼 때까지는 저자세를 취하는 것이다. 하지만 이 산맥에는 용과 동등하게 싸울 만한 전력 따위 거의 없다. 유일하게 서리거인Frost Giant 정도가 있을 뿐이다.

그리고 리유로는 마침내 그 기회가 왔다고 말하는 것이다.

"요오즈, 있을 수 없는 일이겠지만 혹시 모르니 폐기지구로 이동을 개시하라. 용들의 싸움에 말려들고 싶진 않다."

이 드워프 왕도는 쿠아고아들이 지배하기 전부터 어느 한 구역이 완전히 붕괴되어 있었다. 이곳을 쿠아고아들은 전혀 재건하지 않은 채 대군을 전개하기 쉽도록 해두었다. 마침내 그곳이 이용될 모양이다.

"알겠습니다."

"그리고…… 용을 만나기 위해 놈들에게 줄 선물도 부탁한다. 보석 같은 것 중에서 놈들이 좋아할 만한 것들을 마련해다오. 너도 알겠지만 놈들은 탐욕스럽지. 처음에 제시한 금액으로는 고개를 끄덕이지 않을 거다. 반드시 값을 올리려 할 거야. 그걸 전제로 가치가 낮은 것을 마련해두는 거다."

리유로의 말에 요오즈는 고개를 숙여 알겠다는 뜻을 보인후, 즉시 일에 착수했다.

*

이 세계에서 최강의 종족은 용이다. 인간은 도저히 갈 수없을 만큼 가혹한 토지에서도 적응한 종이 거의 반드시 존재한다. 그리고 그것은 이 아제를리시아 산맥에서도 예외가아니어서, 용이 지배자층으로 군림했다.

그 용의 종류는 프로스트 드래곤이라고 한다.

보통 용이라는 종족은 늘씬한 몸을 가졌다. 그것은 도마뱀 같은 파충류라기보다는 고양이과 동물을 연상케 하는 체구다. 그중에서도 프로스트 드래곤은 좀 더 가늘어 뱀과 비슷한 면이 있다.

비늘색은 청백색이지만 성장을 거듭함에 따라 점점 서리가 내려앉은 듯한 흰색으로 바뀌어 간다. 생활 환경에 적합하도록 냉기에 대한 절대내성을 갖추고, 반대로 불꽃 공격에는 취약하다는 약점을 지닌다. 용종의 가장 강력한 무기이며 많은 이들이 두려워하는 숨결Dragon's Breath에는 냉기가 담겨 있다.

그런 프로스트 드래곤의 왕, 올라서다르크 헤이릴리얼은 자신의 옥좌에 똬리를 뜬 채 알현을 청하러 온 쿠아고아를 싸늘하게 내려다보았다.

"잘 왔다. 그래, 무슨 일이더냐."

"예! 위대하신 백색용왕 올라서다르크 님께서는——."

"——아부는 됐다. 본론으로 들어가라."

말은 그렇게 하면서도 올라서다르크는 눈을 슬쩍 가늘게 떴다.

'용왕Dragon Lord'이란 말은 용종에게는 특별한 의미가 있다. 기본적으로는 최고위 연령 단계까지 도달한 용이나 특별한 힘을 가진 강한 용, 그리고 이질적인 마법을 구사할 수 있는 용 등 뛰어난 용에게만 부여되는 명예로운 호칭이다.

그런 명예로운 호칭으로 불리면 매우 기분 좋다.

"예! 우선 알현 허가를 내려 주신 데 대한 깊은 감사의 뜻으로 받아주셨으면 합니다."

쿠아고아의 왕 뒤에 서 있던 쿠아고아들이 남루한 자루를 꺼냈다. 주둥이를 벌리니 예상했던 대로 황금의 광채가 쏟아져 나왔다.

만족스러운 양은 아니었지만 쿠아고아라면 이 정도가 한계일 거라 생각하고 참았다.

"뭐, 됐다. 그래서 용건은 무엇이냐."

"예! 실은 저희의 주거를 노리는 자들이 있어서, 위대하신 백색용왕님의 강대한 힘을 빌리고자 합니다."

"흐음……."

올라서다르크에게 쿠아고아란 하등종족이며 자신들처럼 강대한 용에게 봉사하기 위한 생물, 말하자면 자신의 소유물이다. 이를 다른 자들이 멋대로 죽인다면 조금 짜증이 난다. 그러나 하등 종족 따위를 위해 자신이 움직이는 것도 언짢았다.

올라서다르크는 찬란하게 빛나는 옥좌—— 황금과 보석의 산으로 시선을 떨구었다.

용이라는 종족의 공통된 습성은, 어째서인지 귀금속과 보석, 마법의 아이템 같은 재산을 선호한다는 점이다. 그것은 올라서다르크도 마찬가지였다.

다만 스스로 구멍을 파고 귀금속이나 원석을 수집할 수는 있어도 가공할 수단은 없으며, 무엇보다 강자가 할 일은 아니다. 그러한 일은 노예, 즉 쿠아고아들에게 맡겨야 한다고 생각했다.

그런 자신을 위해 일하는 노예의 부탁이다. 다소 노력을 기울여주어도 상관없겠다는 관대한 마음이 솟아났다.

"그래서 상대는 어떤 놈이냐?"

"모르겠습니다. 아직 정체를 파악하지 못했습니다. 다만 드워프라고는 생각합니다."

"드워프? ……흐음."

올라서다르크는 자신의 뒤에 있는 거대한 문으로 흘끔 시선을 보냈다.

그 문 너머에, 이곳이 드워프의 도시였을 때의 보물창고가 있다고 한다.

문은 올라서다르크가 아무리 공격해도 열리기는커녕 부서지지도 않았다. 드워프의 룬 장인이 새긴 수호의 마법이 그의 오랜 기간에 걸친 공격으로부터 보물을 지켜냈던 것이다.

이제는 문 너머의 보물에 대한 집착도 흐려져, 발톱을 갈기 위해 이따금 문질러대는 정도였지만 드워프라는 말을 듣자 꺼져 가던 불꽃이 다시 타올랐다.

이곳까지 온 드워프라면 이 문을 열 수단이 있지 않을까.

'쿠아고아 놈들을 버릴 때가 온 건 아닐까? 쿠아고아보다는 드워프가 여러모로 써먹기 좋지.'

올라서다르크가 그런 계산을 하며 냉철하게 쿠아고아를 내려보는 사이에 쿠아고아 왕의 탄원은 끝을 맺었다.

"백색용왕님이시라면 드워프 따위 손쉽게 쓰러뜨리실 수 있을 것입니다! 부디 저희에게 힘을 빌려주시옵소서! 물론 적을 쓰러뜨려 주신다면 조금 전의 두 배 아니, 더 많은 양을 헌상하겠습니다!"

마지막 말에 욕망을 자극받은 올라서다르크는 꿈틀 얼굴을 움직였다.

"……알았다. 잠시 검토해보마."

"잠시만 기다려 주십시오, 백색용왕님! 적은 이미 가까운 곳까지 왔습니다! 게다가 드워프라면 이 도시를 되찾으려 할 것입니다!"

올라서다르크는 쿠아고아들을 노려보았다.

"무슨 말이냐, 그것이? 내가 드워프 따위에게 둥지를 빼앗길 거라는 소리냐?"

"그런 말이 아닙니다! 그러나 드워프들이 무슨 짓을 할지는 감도 오지 않습니다. 어쩌면 이 도시를 붕괴시킬 방법을 아는지도 모릅니다!"

"그런 방법을 안다면 옛날에 했겠지."

"도시 내부에 붕괴시킬 기점을 마련해두는 것도 가능하지 않았을까 생각합니다!"

흐음.

올라서다르크는 생각에 잠겼다. 허황된 망상이라고 단언할 수도 없는 말이었다.

그는 드워프의 옛 왕성을 얻어, 아내들에게 이곳에서 알을 낳도록 명령하고 자식을 성장시킬 때까지 양육하고 있었다. 이제까지 했던 것처럼 아무 데나 알을 낳고 방치하거나,

혹은 태어나서 1년쯤 되면 둥지에서 쫓아내 독립시키는 방식으로는 용의 힘이 늘어나지 않기 때문이다. 자기 자식의 수를 늘리고 서리거인을 슬하에 거두어 이 산맥을 완전히 지배하려는 것이 올라서다르크의 생각이었다.

서리거인과 프로스트 드래곤은 이 산맥에서 포식자로서 지배 순위 최상위에 군림했다. 이 때문에 누가 정점을 차지할지 오랜 기간에 걸쳐 세력 다툼을 벌였다.

냉기에 대한 완전내성을 가진 서리거인은 프로스트 드래곤의 가장 큰 무기인 냉기의 숨결로는 상처를 입힐 수 없다. 그리고 거대한 무기를 휘두르는 거인의 공격력은 용이라 해도 무시할 수 없다. 상대의 수가 많으면 패배할 가능성도 생겨난다. 실제로 서리거인에게 패해 파수견처럼 쓰이는 프로스트 드래곤도 있을 지경이었다.

그리고 이는 서리거인도 아는 사실이다. 올라서다르크가 반대 입장이었다면 강적이 수를 늘리기 전에 이 기회를 놓칠세라 쳐들어올 것이다. 이 땅을 포기할 경우 새로운 성을 얻기 전에 서리거인들의 부족이 힘을 합쳐 쳐들어오지 않을 리가 없다.

올라서다르크는 주위에 자리를 잡은 왕비들을 둘러보았다.

세 마리의 암컷 용이었다.

왕비 중에서 가장 젊고 청백색 뿔이 하나 길게 튀어나온 미아나탈론 흐비네스.

영토를 두고 올라서다르크와 몇 번이나 전투를 되풀이했던 문위니아 이리스슬림.

이곳에 사는 용 중에서 유일하게 신앙계 마법을 제1위계까지나마 구사할 수 있는 킬리스트란 덴슈슈아였다.

"너희는 어찌 생각하나?"

"……힘을 빌려주는 것도 좋지 않겠습니까? 드워프 따위별로 대단한 적도 아닙니다."

"나도 찬성한다. 그자가 했던 말은 아무래도 상관없다. 그러나 드워프들이 우리가 이곳에 있다는 사실을 알고도 쳐들어왔다면 그것은 우리를 얕잡아 보았다는 뜻. 분수를 모르는 작은 것들의 심장에 공포를 새겨주어야 한다."

날카로운 발톱으로 바닥을 긁어대는 문위니아에게서 킬리스트란에게 시선을 돌렸다.

"그러면 너는 어떻게 생각하나?"

마지막으로 남은 킬리스트란에게 묻자 그녀는 고개를 갸웃했다.

"반대지만 찬성이야. 반대하는 이유는, 쳐들어온 것이 정말로 드워프인지 모르기 때문이랄까. 그리고 우리가 있다는 걸 전제로 쳐들어왔다고 한다면 상대의 역량에 대해 조금 생각해 봐야겠지. 하지만 도시를 붕괴시킨다는 건 황당무계하게 들려도 실제로 드워프의 기술력이라면 그런 장치를 심어놓는 건 불가능하지 않을 거야. 그러니 대응하지 않는 건 어리석은 짓이겠지."

올라서다르크는 쓴웃음을 지었다. 삐딱한 녀석. 정말 마음에 든다니까.

"찬성이 많군. ──좋다. 그러면 하등한 쿠아고아 놈들의 바람을 들어주도록 하지."

"예! 고맙습니다!"

평복하여 감사를 표하는 쿠아고아들을 위에서 싸늘하게 내려다본 올라서다르크가 선언했다.

"공물은 조금 전의 열 배다."

"여! 열 배라고요!"

고개를 든 쿠아고아의 왕에게 올라서다르크가 코웃음을 쳤다.

"쳐들어온 상대가 누구인지도 판명되지 않았잖느냐. 이 정도는 당연하겠지. ……그래서 어떡하겠느냐? 내지 않겠다면 너희끼리 알아서 해 보거라."

"기, 기다리십시오! 헌상하겠습니다! 헌상하게 해 주십시오!"

올라서다르크는 문득 생각했다.

쿠아고아들은 그렇게까지 자신에게 지불할 황금을 많이 가지고 있었던 걸까? 아니면 드워프가 상상 이상으로 강적이라 노력해서라도 지불하겠다고 약속하는 걸까?

'뭐, 어느 쪽이든 상관없지. 약속한 대가를 지불하지 않으면 문위니아의 말대로 분수를 모르는 약한 것들의 심장에 결코 사라지지 않는 공포를 새겨줄 뿐.'

"그만 가 봐라."

"예! 그런데 언제쯤 와 주실 수 있으신지요?"

"금방 가겠다. 너희는 그때까지 기다려라."

"예!"

떠나가는 쿠아고아들의 뒷모습을 바라보던 올라서다르크에게 미아나탈론이 물었다.

"당신이 가시려고요?"

"설마. 누가 그런다고."

올라서다르크야말로 이 땅 최강의 용이다. 그런 자신이 보수를 받았다고 쿠아고아 따위를 위해 직접 적과 싸우다니 너무나도 멍청한 짓이다. 그렇기에——.

"누구를 보낼까. 어느 아이가 좋을까."

어느 아이라고 해도 모두 자신의 아이다. 이곳에는 왕비를 제외하면 올라서다르크의 혈연뿐이다.

"그렇다면 내 아이를 보내."

"네 아이? 누구를?"

킬리스트란은 올라서다르크의 아이 넷을 낳았다. 모두 백 년은 살았으며 쿠아고아들보다도 훨씬 강하다.

"제일 큰 아이."

"헤진말?"

올라서다르크가 떨떠름한 표정을 지었다.

"그 아이는 그래 봬도 머리가 꽉 찼어. 상대가 어떤 자인지 간파하고, 드워프라면 당신에게 가장 이익을 가져다주도록 교섭을 할 수 있을 텐데? 쿠아고아 노예에게는 싫증이 났잖아?"

"그 녀석이 그런 일을 할 수 있을까? 다른 아이가 낫지 않아?"

미아나탈론의 말에는 그도 동감했다.

"트란젤리트보다는 나아."

"……킬리스트란, 용에게 가장 중요한 것은 육체의 강함이다. 힘과 속도를 두뇌로 꺾는 것은 불가능하다. 올라서다르크가 나에게 이겼던 것은 나보다도 강한 육체를 가졌기 때문이다. 명심해라. 뛰어난 몸을 가진 트란젤리트는 헤진말 따위보다 훨씬 우수하다."

트란젤리트는 올라서다르크의 아이 중 하나로, 이를 낳은 것은 문위니아였다. 그리고 완력으로 따졌을 때는 아이들 중에서 가장 뛰어나다.

"하지만 아무 생각이 없어선 위험한걸. 의미도 없이 쿠아고아를 죽이려는 아이를 보냈다간 무슨 짓을 저지를지 몰라."

"그쯤 해두어라."

올라서다르크는 무언가 말하려는 문위니아를 가로막았다. 싸움이 시작되지 않아 미아나탈론이 재미없다는 표정을 짓는 것이 시야 가장자리에서 언뜻 보였다.

"킬리스트란의 제안을 채용하겠다. 헤진말을 불러라."

"무리야. 안 나올걸."

올라서다르크는 자신의 계산이 처음부터 틀어지는 것을 느꼈다.

문위니아가 미미한, 그러면서도 비아냥거리는 듯한 웃음소리를 냈다. 또 싸움이 시작되면 성가시다. 올라서다르크는 목소리를 조금 높였다.

"문 따위 때려 부수고 억지로 끌고 나오면 될 게 아니냐."

"어머, 당신이 '내 성을 파괴하지 마라'라고 해서 부수지 않은 거야. 그러니까 허가를 내려주지 않겠어? 어쩌면 문짝 하나 가지고는 끝나지 않을지도 모르지만."

분명 스스로 그렇게 말했던 기억이 있다. 용의 손놀림은 능숙하다고 해도 파괴한 문을 다시 만들 능력은 없다. 게다가 그러한 마법도 익히지 못했다. 그렇기에 한번 파괴해버리면 그대로 두어야만 한다.

백색용왕인 자신이 그런 구멍투성이 거성을 가진다면 부끄럽다는 생각에 왕비와 자식들에게는 엄명을 내렸던 것이다.

명령하면 왕비가 실행하겠지만──.

"하는 수 없지. 내가 가겠다."

"잘 부탁해."

올라서다르크는 부루퉁한 표정으로 킬리스트란을 보았다.

왕인 자신이 간다는 것은 역시 석연치 않았다. 이럴 때를 위해 쿠아고아 몇 마리를 이 성에 살게 해 일을 시키면 어떨까.

하지만 올라서다르크는 몇 번이나 떠올랐던 그 생각을 포기했다.

쿠아고아처럼 하등한 생물이 자신의 성을 돌아다니다니 견딜 수가 없었다. 언젠가 때가 오면 거인들을 멸망시키고 일부를 노예로 삼아 일하게 만들 것이다. 그때까지는 참아야 한다.

*

드워프의 왕성은 그들 종족의 신장을 고려하면 놀라울 정도로 크다. 그렇기에 거대한 용이 살 수 있는 것이다. 그런만큼 별채에서 별채까지 이동하려면 상당한 거리가 된다.

올라서다르크는 왕성을 쑥쑥 올라가 거의 최상층의 큰 문 앞에 도착했다.

그리고 안에 말을 걸었다.

"나다. 열어라."

그대로 한동안 기다렸으나 문 너머에서는 움직이는 소리

가 나지 않았다.

없을 리가 없다. 이 방에 있을 아들은 방구석 폐인이다. 올라서다르크가 기억하는 한 그가 밖에 나가는 모습을 본 적이 없다. 식사도 동생들이 가져다준다고 한다.

아버지이자 왕인 자신이 왔는데도 없는 척하는 태도에 짜증이 치밀었다.

"다시 한 번 말한다. 나다. 열어라."

용의 지각능력은 예리하다. 이만큼 큰 목소리로 고함을 지르면 안에 있어도 들리고, 자고 있어도 눈을 뜬다.

그러나── 문은 열리지 않았다.

치미는 분노를 그대로 행동에 실었다. 문을 거목처럼 굵은 꼬리로 후려친 것이다.

강철을 능가하는 단단한 비늘에 덮인 일격을 받아 찌그러지는 소리가 울렸다. 과거 이곳을 만든 드워프들도 용의 꼬리를 맞을 것까지는 예상하지 못했던 모양이다.

안에서 움직이는 기척이 났으나 올라서다르크의 분노를 억누르기에는 부족했다.

다시 한 방을 꽂아 문이 반파되고, 부서져 나온 돌멩이가 산탄처럼 안으로 날아갔다. 실내에서는 "흐에에엑!"하는 한심한 목소리가 들렸다

"나와라. 지금 당장!"

노성을 터뜨리자 튕겨지듯 밖으로 나오는 용이 있었다.

프로스트 드래곤은 늘씬한 몸을 가졌다. 하지만 그곳에서 나타난 용은 이와 다른 모습이었다. 있는 그대로 말하자면 뚱보였다.

코끝에 조그만 안경을 걸친 용은 쭈뼛거리는 눈으로 올라서다르크를 아래에서 올려다보았다. 너무나도 한심한 태도에, 올라서다르크는 자기의 자식이지만 한숨을 토해냈다.

이 땅의 지배자인 자신에게 쭈뼛거리는 태도를 보이는 것은 어쩔 수 없다. 그러나 자신의 자식이니 조금 힘 있는 눈을 해주었으면 했다.

게다가 이 한심한 몸. 이건 프로스트 드래곤이 아니라 뚱뚱곤이다.

솔직히 이런 자식을 자신 대신 싸우게 하는 것은 부끄러울 수도 있다.

올라서다르크가 생각에 잠겨 있으려니, 자신을 노려보는 아버지에게 겁을 먹은 것처럼 아들이 물었다.

"아, 아버님, 대, 대체 무슨 일인가요?"

이런 놈이라도 용은 용이다. 그리고 용은 성장하면서 강해진다. 그렇게 생각해보면 이 살찐 몸으로도 나름대로 싸울 수 있을 것이다.

"네가 할 일이 있다, 헤진말."

"이, 일요?"

"그래, 쿠아고아 놈들에게 느워프로 보이는 적이 쳐들어왔다고 한다. 격퇴하고 와라."

"히엑."

"히엑?"

"아, 아뇨, 아무것도 아니에요. 아버님. 그, 그보다도 저는, 그러니까, 뭐냐, 완력에는 자신이 없달까……."

"그럼 무엇에 자신이 있지? 마법으로 상대를 없애는 데 자신이 있나?"

용은 성장하는 과정에서 마력계 마법을 익혀 나간다. 다만 이것은 어디까지나 조금 다룰 수 있다는 정도일 뿐 매직 캐스터라 불리기는 어렵다. 그러나 개중에는 마법을 구사하는 기술을 습득하는 용도 있다.

예를 들면 자신의 왕비 중 하나, 킬리스트란 덴슈슈아. 그 외에는 평의국의 평의원 중 한 명인 '창공용왕' 스벨리아 마이론실크는 드루이드의 힘을 가져 신앙계 마법을 사용한다. 그 외에는 먼 동쪽 땅에 성기사로서 수행해 그 외 계통의 마법을 구사하는 용도 있다고 한다.

"……그건, 뭐냐. 스승이 안 계셔서 독학을 하는지라……."

"그러면 너는 늘 틀어박혀서 뭘 하고 있지?"

헤진말의 눈에 힘 있는 빛이 어렸다.

"공부예요. 지식을 쌓고 있어요."

"……뭐야? 지식? 마력계 마법을 구사하기 위한 힘을 모색하는 거냐?"

"아, 아니에요, 아버님. 공부란 마법을 쓰기 위한 것이 아니에요. 교양을 얻고, 이 도시가 어떻게 만들어졌는지, 어떤 종족이 이 세계에 존재하는지, 그런 것들을 배우는 거예요."

"……무슨 말인지 모르겠군. 그런 것을 배우면 강해질 수 있느냐? 강해지지 못한다면 의미가 없지 않느냐."

강해진다는 것 이상으로 이 세계에 필요한 것은 없다. 강하지 않고서는 살아갈 수 없는 세계다. 그렇다면 삶이란 강해지는 것이다. 반대로 강해지려 하지 않는 것은 삶을 부정하는 것과 마찬가지다.

그때, 금세 시치미를 떼긴 했지만 헤진말이 살짝 어이없다는 기색을 보이는 것을 알 수 있었다.

"뭐지? 하고 싶은 말이 있다면 해 봐라."

아들은 아무 말도 없었다. 그 한심한 태도에 올라서다르크는 분노가 치밀었다.

고함을 질러줄까 했을 때, 자신이 이곳에 온 목적을 떠올렸다.

쿠아고아 놈들이 어떻게 되더라도 알 바 아니지만, 보수는 필요하다.

"기민함을 잃으면서까지 방에 틀어박혀 책만 읽어봤자 아무짝에도 쓸모가 없다. 지식을 얻고 싶다면 이곳을 떠나 세상을 보고 오면 될 게 아니냐."

올라서다르크는 이미 헤진말에 대한 관심을 잃기 시작했다. 너무나도 쓸데없는 것을 익히는 대가로 저 축 늘어진 몸을 얻었다는 것이 너무 기가 막혀 자기 자식에 대한 관심을 완전히 잃어버렸다.

"그, 그러기 위한 준비를 하고 있어요. 세상에 어떤 자들이 있는지 알지 못하면, 세상을 보기 전에 죽어버릴지도 모르잖아요."

"죽으면 되지. ──너는 어리석다. 왜 처음부터 강함을 추구하지 않지? 강함을 얻으면 세상에 나가도 두려울 것이 아무것도 없을 텐데? 바로 나처럼."

"아버님, 하지만 어디에 어떤 강자가 있는지 아는 것도 중요해요. 아버님에게도 그렇겠지만 서리거인은 강적이잖아요. 그걸 모르고 적대했다면──."

"──나는 서리거인 따위 두렵지 않다."

"시, 실례했습니다. 아버님."

올라서다르크는 머리를 땅에 비벼대는 헤진말을 노려보며 어깨를 늘어뜨렸다.

"됐다, 관둬라. 이제부터 네게 명령을 내릴 테니 수행해라. 그리고 한 달 후에 너를 쫓아내겠다. 그 후에는 너 좋을 대로 살아가라."

"하아."

왕도로 이어지는 갱도에 들어선 헤진말은 아버지를 쏙 빼닮은 한숨을 쉬었다.

"난 싸움 못하는데."

못하는 정도가 아니다. 솔직히 훨씬 어린 동생들과 싸워도 지는 것 아닐까 싶을 정도로 약하다. 불안 때문에 자꾸만 혼잣말이 늘어났다.

"상대가…… 내 모습을 보고 겁먹고 도망쳐주면 좋겠는데."

헤진말은 흐읍! 힘을 주어 똥배를 집어넣어 보았다. 그리고 발톱을 내밀고 입을 크게 벌린다. 이렇게 하면 조금 용맹게 보일 것이다.

"아, 깜빡했네."

코끝에 얹어놓았던 안경을 신중하게 떼어내 근처에 숨겨놓았다. 매직 아이템은 아니지만 이것이 망가지면 대신할 물건이 없다. 소중하게 보관해두어야 한다.

"하아……. 용의 비늘로는 강한 갑옷을 만들 수 있다던데……. 드워프가 그렇게 야만스러운 종족이 아니기를 빌 수밖에……."

만약 그렇다면 어쩐다.

아니, 분명 그럴 것이다. 왜냐하면 용 소재에 관한 정보의 소스는 드워프의 서적이었으니까.

혜진말은 몸이 부르르 떨리는 것을 꾹 참았다.

왕도의 쿠아고아들이 자신을 쳐다보는 것을 알 수 있었다. 가능하다면 갱도를 좀 더 나아가 관중의 시선이 없는 곳에서 싸우고 싶었지만 그래서는 쿠아고아에게 싸우는 모습을 보여줄 수가 없다고 아버지가 금지했다.

아버지에게서 될 수 있으면 상대의 정체를 알아보고 지배할 수 있다면 지배하라는 말을 들었지만, 이것은 우호적으로 하라는 뜻이 아니다. 힘을 과시하고 강자로서 약자를 지배하라는 명령을 받은 것이다.

그렇기 때문에 패배는 죽음과 동의어다. 싸워서 패배하면 죽을 것이고, 져서 살아남는다 해도 쿠아고아의 경의가 줄어든 데에 불쾌함을 느낀 아버지에게 죽을 것이다.

그렇다면 애초에 도망치는 건 어떨까. 어차피 한 달 후에는 쫓겨난다.

그 자체는 나쁜 생각이 아니었지만, 한 달의 준비 기간이 아깝다.

최선의 방법은 역시 전투에 승리해 드워프를 지배하는 것이다.

혜진말은 숨결을 토해냈다.

극한의 숨결이 벽을 온통 새하얗게 바꾸었다.

"좋아! 숨결은 잘 나가네. 나잇값 하는구나."

용의 가장 중요한 카드 중 하나. 용의 숨결. 프로스트 드래곤의 경우 냉기의 숨결인데, 성장과 함께 강화된다. 헤진말의 숨결도 성장에 걸맞는 것이어서 육체능력보다도 신뢰할 수 있었다.

"……그래도 말이지……."

용의 숨결이 얼마나 무서운지는 지식이 조금만 있는 자라면 누구나 안다. 용이라는 종족 전반이 가진 힘이니까.

실제로 드워프의 서적에도 그런 기록이 있었다. 이곳으로 온다는 드워프들도 대책을 강구했을 것이다.

절망감이 엄습했다.

아버지도 그런 말을 했지만, 마법 같은 것을 정말로 쓸 수 있다면 조금은 달라졌을까…….

"난 버리는 패구나."

자신의 형제들은 아버지의 명령을 고분고분 따르는, 용다운 성격을 가진 자들이다. 그런 동생들에게 맡기지 않고 헤진말을 썼다는 것은 방구석 폐인인 자신은 죽어도 아깝지 않다는 뜻이리라.

자신의 운명을 한탄할 수밖에 없었다.

책과 만나 지식욕이 충족되는 쾌감을 알지 못했더라면 이런 일은 없었을 테지만, 이제 와서 후회해도 어쩔 수 없다.

꿈틀, 혜진말은 코를 움직였다.

그리고 귀를 기울이자, 동굴 저편에서 걸어오는 여러 명의 발소리.

쿠아고아의 것이 아님은 신발을 신은 발소리로도 명백했다.

'드워프구나! 수가 적다는 건…… 그 정도로도 이길 수 있다는 걸까? 아니면 선행정찰대? 저놈들만 해치우면 일은 끝났다 치고 돌아가도 되는 걸까?'

억지로 갖다 붙인다면, 선행정찰대를 격퇴한 것만으로도 명령에 따랐다고 말하지 못할 것도 없다. 문제는 그런 변명을 용서해줄지 어떨지 하는 것.

어렴풋이 빛나는 광석에 비친 동굴을 걸어오는 사람들의 모습──아직 거리가 있어 확실히 보이지는 않았지만──은 넷인 것 같았다.

'작은 셋은 드워프겠지? 그럼 커다란 그림자는 뭘까. 드워프의 근친종이라도 저렇게 큰 건 없는데. 그럼 쿠아고아들이 아버지에게 도움을 청했던 것처럼, 드워프들도 그놈을 의지했다는 걸까?'

드워프가 의뢰한 상대이든 아니든 주의해야만 할 것은 그쪽일 것이다.

다만 크다고는 해도 용에 비하면 작다.

선수를 쳐서 숨결을 뿜어야 할까? 혜진말은 그런 생각을 즉시 부정했다.

'안 돼. 상대의 목적을 물어보고 교섭으로 끝낼 방법을 알아내야 해.'

평범한 용이라면 즉시 싸움을 청했을 것이다. 하지만 헤진말은 자신에게 자신감이 없었으며, 아픔을 겪고 싶지도 않았다. 그렇기에 가장 안전하게 끝낼 수 있는 수단을 모색했다.

이윽고 용의 날카로운 시력——헤진말은 약간 떨어졌지만——은 선두에서 걷는 것이 드워프가 아님을 확인했다.

'저건 책에서 본 적이 있는데? 깊은 숲속에 산다는 다크엘프 아냐?'

이런 곳에는 있을 수 없는 존재다.

'하지만 책에 다크엘프의 평균 신장이 적혀 있었는데, 그거하고 비교해도 너무 작은걸. 혹시 다크엘프랑 드워프 사이에서 태어난 사람일까? 아니면 그냥 다크엘프 아이?'

여러모로 생각하던 헤진말은 다크엘프 뒤에서 나타난 커다란 그림자로 시선을 돌린 순간 눈을 크게 떴다.

'에엥? 저건 엘더 리치 아냐?! 왜 저런 게 있지?! 성가신걸. 저 녀석은 냉기 숨결에 완전한 내성이 있어. 게다가 〈화염구〉도 쓰잖아.'

불은 프로스트 드래곤의 약점이다. 다시 말해 엘더 리치에게는 자신의 가장 강한 공격이 통하지 않고, 상대의 공격은 자신에게 큰 대미지를 입힌다는 뜻이다.

'게다가…… 뭐지? 저 값비싸 보이는 로브는?'

용은 보물에 관해 어렴풋하게나마 '냄새'를 알아본다. 어느 정도 값이 나가는지 막연한 가치를 알 수 있는 것이다. 그런 냄새가 엘더 리치의 로브에는 상상을 초월하는 가치가 있음을 전해주었다.

'……아냐, 이렇게 보니 선두에서 걷는 저 다크엘프의 옷도 그래. 내가 한 번도 본 적이 없을 만한 가치를 가진 것 같아.'

방구석 폐인이었기 때문에, 그리고 헤진말이 가치 있다고 생각했던 것은 드워프들이 남긴 서적이었기 때문에 본능적으로 보물의 가치를 알아보는 '코'가 둔해졌을 가능성은 있다. 본능도 쓰지 않으면 녹이 스는 법이다. 그러나 그렇게 여겨지지는 않았다.

'그리고 그다음에 오는 건 모양으로 보건대 암컷인 것 같은데…… 저것도 드워프가 아니지? 다크엘프도 아니고, 엘더 리치도 아니고. 그러면…… 혹시 엘프? 아니면 인간? 모르겠어. 하지만 저 녀석도 엄청나게 가치 있는 옷을 입은 것 같아. ……으음, 내 코가 안 좋아졌나? 만약 그게 아니라면…….'

헤진말은 마지막의, 제일 뒤에서 걷는 드워프를 보고 안도했다.

'평범한 드워프네. 입은 것도 별로 가치는 없는 것 같아.'

그리고 헤진말은 머리를 가로저었다.

'그건 어수룩한 생각이지! 앞쪽 세 사람이 평범한 것들과는 전혀 다른걸. 어쩌면 저 드워프도 뭔가 다를지 몰라. 방심하면 위험해.'

보고 있으려니 다크엘프가 이쪽을 가리키며 모두에게 헤진말의 존재를 알려주는 것 같았다.

느닷없이 공격이, 특히 〈화염구〉가 날아오면 어떡하나 싶었지만, 상대는 잠깐 걸음을 멈추고 의논했을 뿐 이내 다시 헤진말 쪽으로 걸어오기 시작했다.

'……이거, 최악의 사태를 예상해두는 편이 좋으려나?'

당장 공격을 개시한다면 이쪽을 경계하는 것이라고 생각할 수 있다. 그러면 그 반대의 경우는 무엇일까?

'으으…… 위장이 따끔거려. 그냥 교섭을 하러 온 마음 착한 언데드이기를!'

죽을지도 모르는 것이다. 이제까지 안전한 곳에서 생활했던 헤진말에게는 일행이 멈춰 설 때까지의 시간이 너무나도 갑갑했다.

이윽고 일행이 헤진말 근처까지 다가왔다.

헤진말은 숨을 들이마시고, 너무 위압적으로 보이지 않도록 주의하며 말했다. 용에게 망설임 없이 다가오는 무리이니 위압적으로 나서면 위험하다고 판단했기 때문이다.

"여기서부터는 쿠아고아와 우리 용들의 영역이다. 당신
——어흠, 여러분은 무슨 용무로 이곳까지 왔나?"

선두에 서 있던 다크엘프가 뒤에 있던 엘더 리치와 위치
를 바꾸었다. 이 무리의 리더가 누구인지 알 수 있었던 순간
이었다.

"흐음? 이쪽이 습격을 가했는데 용 한 마리? 내가 아는
한 용은 나이를 먹을수록—— 거구가 될수록 강해지는데.
네 크기로 보자면 별로 강하지는 않을 테고…… 어떻게 된
일이지?"

어떻게 된 일이라니, 무슨 뜻일까. 헤진말은 알 수 없었
다. 그러나 역시 이 엘더 리치는 용인 자신을 요만큼도 경계
하지 않았다.

'아, 이거 진짜 위험하네. 뭐라 잘 표현할 수는 없지만 위
험해.'

"아무리 그래도, 이쪽의 정보를 수집하려 한다면 용 한
마리는 말이 안 되지. ……이것도 상대의 계산인가? 아니면
내 경계가 지나쳤나? 조금 전에 사로잡은 쿠아고아 놈들의
정보를 분석하면 후자겠지."

조금 전부터 엘더 리치가 하는 말의 의미를 알 수 없었다.
그도 헤진말을 이해시킬 의도는 없는 것 같았다. 다시 말해
혼잣말인데, 그게 왜 이렇게나 무서울까.

"……이젠 생각하는 것도 귀찮군. 네가 어느 정도의 용인

지 알아보도록 하지."

섬뜩한 것이 헤진말의 온몸을 꿰뚫었다.

너무나도 스스럼없이, 마치 근처에 있는 조약돌이라도 주워 드는 듯한 어조. 자신이 그것을 할 수 있음을 확신하는 어조.

스윽 손을 들어 올리는 것을 본 순간――.

"〈심――"

"기다리세요!!"

헤진말은 큰 목소리로 외치며 지면에 머리를 댔다.

용이 할 수 있는 최대의 경애―― 복종의 포즈였다.

"장――〉, 뭐라고?"

올리려던 손을 멈춘 엘더 리치에게 헤진말이 필사적으로 탄원했다.

"기다리세요! 제 이름은 헤진말이라고 합니다. 당신의 이름을 가르쳐줄 수 없을까요!"

시야 끝에서 드워프가 입을 딱 벌리는 것이 보였다. 하지만 다크엘프, 그리고 엘프로 보이는 자들에게서는 별로 놀라는 반응을 살필 수 없었다. 다시 말해 당연하다고 생각하는 듯했다.

헤진말은 자신의 판단이 틀리지 않았음을 확신했다.

"……나의 이름은 아인즈 울 고운이라고 한다. ……너의 그 포즈는 무엇이냐?"

"예! 인간들은 분명, 뒤에 오는 이름으로 부르면 예의에 어긋나지 않는다고 알고 있습니다만, 그럼 고운 님! 이것은 저희 용들이 최대의 경애를 보이는 포즈입니다!"

"흐음…… 왜 그렇게 했나?"

"물론 고운 님께서 비범한 분이심을 금세 알아봤기 때문입니다. 위대하신 분께 이 이외의 포즈를 취할 수가 있을까요! 아뇨, 그럴 수는 없지요!"

이것은 도박이다. 자신의 모든 것을 베팅했다. 드워프는 도박에 열을 내는 것을 가리켜 '달아오른 쇠'라 부르는데, 헤진말은 몸속이 얼어붙는 듯한 한기밖에 느끼지 못했다.

얼어붙은 듯한 몇 초 정도의 시간을 거쳐, 엘더 리치가 겨우 입을 열었다.

"흐음…… 복종하겠다는 뜻이냐?"

"예! 그렇게 해서 고운 님이 용서해 주신다면!"

흘끔 눈치를 살피니 다크엘프와 엘프는 역시 당연하다는 태도였다.

"……용은 고기, 가죽, 이빨, 비늘 등등 여러모로 용도가 있다만…… 음? 너 잠깐 일어나 봐라."

명령하는 데 익숙한 태도였으며, 헤진말이 자신에게 복종했음을 이상하다고도 여기지 않는다. 엘더 리치는 틀림없이 처음부터 용인 헤진말을 아무렇지도 않게 생각했던 것이다.

분명 용은 최강의 종족이지만 무적의 종족은 아니다. 용을 죽일 수 있는 존재 따위 세상에는 얼마든지 있다. 서리거인이 좋은 예다.

그러나 두 종족을 비교한다면 결국에는 용이 더 강한 종족이라 할 수 있다.

그 이유는 성장이다. 용은 시간이 지날수록 성장하며 나중에는 최강이라 불리게 되는 것이다. 수명이 길고 끊임없이 성장한다는 것은 그것만으로도 강함이 된다.

그 관점에서 보자면 언데드는 용보다도 강한 존재라 말하지 못할 것도 없다. 상위 언데드는 육체적인 성장은 없지만 지식을 축적하고 경험을 쌓을 수 있다.

그리고 헤진말은 책에서 전설급 언데드를 본 적이 있다.

산 자의 영혼을 먹는 '영혼포식수'. 전염병을 흩뿌리는 '준동하는 역병Wriggle Pestilence'. 엘더 리치를 중심으로 한 다채로운 언데드 마술사들로 이루어진 마술사단. 시체의 산에 도사리며 정신계 마법을 구사하는 언데드 용 '쿠판테라 아고로스'. 그림자의 계곡을 배회하는 그림자 언데드 '성유계의 수확자Astral Ripper' 등이다.

이러한 전설급 언데드와 마찬가지로 이 엘더 리치 또한 서적에 이름이 실릴 만한 존재인 것은 아닐까? 그저 우연히 드워프의 책에 실리지 않았을 뿐.

헤진말은 천천히 몸을 일으켰다.

엘더 리치가 빤히 자신의 몸을 바라보는 것을 느끼고 용답지 않은 몸에 수치심을 느꼈다.

"그렇군. 이런 추운 땅에서 살아가는 용은 피하 지방을 축적하는 모양이야. 프로스트 드래곤은 종족 특성으로 냉기에 대한 내성을 가졌으리라 생각했는데……. 아니면 식량을 얻지 못할 가능성이 있기에 축적한다는 의미에서 그런 체격이 된 것이냐?"

"아, 아뇨. 저만 이런 체격이라……."

"호오. 그건 다시 말해 레어라는 뜻이렷다?"

희소가치가 있을지는 의문이지만 가족 중에서 이런 몸을 가진 자는 없었으니 그렇게 말해도 틀리진 않은 것 아닐까.

"그럴지도 모르겠습니다, 고운 님."

그러냐고 대답한 엘더 리치가 이어서 조그맣게 중얼거렸다. '그럼 죽이기는 아까울지도.'라는 말을 용의 날카로운 지각능력이 포착했다. 헤진말은 당황하는 기색을 보이지 않도록 열심히 숨을 참았다. 어찌어찌 또 한 가지, 생존을 위한 올바른 선택지를 선택한 것 같았다.

"다른 용이 있나?"

"예, 있습니다. 저보다도 큰 용이 네 마리, 비슷한 용이 여섯 마리, 더 작은 용이 아홉 마리 정도입니다."

"호오오!"

매우 기뻐하는 그 모습은 사악한 계산을 했기 때문이리라는 절대적인 확신이 들었다.

"그러면 그중에서 너보다도 강한 용은 몇 마리나 되느냐."

"큰 용은 전부 저보다도 강합니다. 저와 비슷한 크기의 용들도 저보다 강할 것입니다."

작은 동생들에게도 질지 모른다는 말은 할 수 없었다. 자신의 가치를 떨어뜨리면 즉시 목숨을 잃을 수도 있다.

"그렇군. 그러면 그 커다란 용은 몇 위계까지의 마법을 쓸 수 있느냐? 쓸 수 있는 것은 마력계 마법뿐이냐?"

"가장 강해도 제3위계까지입니다. 말씀하신 것처럼 마력계 마법이고요."

용은 성장함에 따라 배우지 않아도 종족 특성으로 마력계 마법을 쓰는 방법을 터득한다. 다만 사용할 수 있는 마법의 수는 적다. 헤진말의 아버지조차 제3위계 마법을 겨우 셋 정도 쓸 수 있는 수준이다.

"뭐야? 겨우 제3위계까지밖에 안 돼……?"

흥미를 잃은 듯한 태도였지만 무언가를 깨달았는지 말에 다시 힘이 돌아왔다.

"아니, 다시 묻겠다. 혹시 그것이 위장일 가능성은 없을까? 능력 있는 매는 발톱을 감춘다고 하지. 그 가장 강한 용도 사실은 제8위계까지 쓸 수 있지만 숨겨두었을 가능성은?"

"없습니다. 그렇다기보다는———."

그렇다기보다는 제8위계 따위 존재하지 않는다……고 진실을 밝혀도 될까?

그럴 수는 없다. 진실은 때로는 거짓말보다도 상대를 상처 입히는 법이다. 이 엘더 리치를 부끄럽게 만들어 헤진말에게 좋은 결과가 돌아올 리 없다.

"──아뇨. 그런 고위 마법을 쓸 수 있을 리가 없습니다. 제3위계인 〈불꽃 방어〉 마법을 습득했다고 들은 기억이 있습니다."

이것은 전해두어야 할 것이다. 자신의 아버지는 결코 우습게 봐도 될 상대가 아니다.

"흐응~ 그래? 뭐, 자기 약점을 막을 대책을 세워두는 건 당연하니까."

별로 진지하지 않은 대답에 불안감이 들었다.

"아우라."

"네, 아인즈 님."

다크엘프의 이름은 아우라인 모양이었다. 냄새로 추측컨대 암컷이다. 엘프로 보이는 또 한 명의 암컷에게서는 냄새가 나지 않았다. 마치 엘더 리치처럼 체취 같은 것이 전혀 없었다.

"이 용을 주마. 네가 탐냈지?"

"고맙습니다. 근데 이 녀석, 날 수 있을까요?"

수상쩍다는 시선과, 그건 그렇겠다는 수긍의 시선이 날아들었다.

"아, 아마, 날 수 있을 겁니다."

방에만 틀어박혀 있었어도 날 수는 있을 것이다. 용에게 비행이란 걷는 것과 동의어다. 그런 것을 잊어버릴 리가 없다. 이곳에 올 때까지 날아보기라도 할 걸 그랬다고 후회하면서 말했다.

"그러면 아인즈 님, 이놈을 받을게요. 어, 그럼 제가 위라는 걸 확실하게 이해시키고 복종시켜야겠죠."

대체 뭘 하려는 걸까 생각하기도 전에, 수천이나 되는 극한의 칼날이 온몸을 꿰뚫었다.

죽었구나. 틀림없이 죽었어. 그렇게 직감할 수 있을 만한 공포가 보이지 않는 칼날이 되어 온몸을 꿰뚫었다.

한순간 의식이 아득해졌다. 흐려져 가는 의식 속에서 분명 자신의 심장 고동이 멈춘 것을 실감했다.

"——으아!"

온몸을 뒤덮었던 거무죽죽한 오한이 술렁거리는 소리를 내며 흩어졌다.

심근이 생색이라도 내듯 활동을 재개했다. 팔다리가 후들후들 떨리고 폐가 거칠게 산소를 들이마시려 했다.

어떤 책에서 본 적이 있다. 이는 아마도 '살기'라 불리는 것이리라. 다시 말해 다크엘프—— 이제부터 자신의 주인이 될 아우라는 프로스트 드래곤이 한순간에 쇼크사 직전까지 몰릴 만한 살기를 뿜어낼 수 있는 존재라는 뜻이다.

그렇다면 그만한 존재가 '님' 자를 붙여 부르는 엘더 리치는 어느 정도란 말인가.

　말할 것도 없다. 그것은 상상하고 싶지 않을 정도로 틀림없었다.

　절대적인 강자—— 초월자Overlord다.

　자신의 선택은 절대 틀리지 않았다.

　제정신을 차린 헤진말이 네 사람을 쳐다보자, 조금 전의 위치로부터 조금 떨어진 곳에서 놀란 표정을 짓고 있었다. 무슨 일인가 생각했을 때 처음으로 자기 몸 아래의 기분 나쁜 감촉을 깨달았다. 헤진말은 발밑을 보고 충격을 받았다.

　다리 사이가 뜨뜻한 것이, 지려버린 모양이었다. 마치 호수 같은 물구덩이가 퍼져나갔다.

　"으……."

　무어라 말해야 좋을까. 불쾌감을 샀다간 죽을 가능성도 있다.

　"너, 너무 기쁜 나머지 지려버렸네요!"

　이제는 자포자기였다. 믿어줄지 어떨지 알 수 없지만 무서워서 지렸다는 것보다는 그나마 낫다.

　"앞으로는 아우라 님을 섬기며 절대적인 충성을 다하겠습니다."

　"에이~."

　싫다는 표정이었다.

　이거 위험하다. 자신의 가치가 전혀 없다고 여겨진다면

쓰레기처럼 버림받을지도 모른다. 강자란 그런 것이다. 실제로 자신의 아버지가 그러지 않았던가. 하지만 생각지도 못한 곳에서 구세주가 나타났다.

"그래……? 그런 거라면 하는 수 없지."

"네? 그런 건가요, 아인즈 님?"

"그래. 과거 내 동료—— 팥고물떡 님에게 들은 적이 있다. 개가 신이 나서 싸는 오줌에 크게 혼이 났다고. 감정이 북받치면 그런 일도 있는 게지."

"아, 팥고물떡 님께서! 그랬군요! 펜이나 일부 마수가 영역을 표시하는 거랑 대충 비슷한 건가요?"

"그럴지도 모르지. 나도 용의 생태에 그리 밝은 것은 아니다만, 녀석이 그렇게 말한다면 그런 것 아니겠느냐."

이제까지 잠자코 있던 엘프인지 모를 암컷이 고개를 갸웃하면서 엘더 리치에게 질문했다.

"아인즈 님, 저희도 그렇게 하는 편이 좋으시겠사와요?"

"샤르티아…… 무슨 말을 하나 싶었더니, 그런 건 좀 아니라고 생각해……."

"으음, 아우라 말이 맞다. 너희가 그런 일을 했다간 내가 충격으로 쓰러질 것이다. 저런 행동은 조그만 애완동물이 하기에 귀여운 법이지. ……뭐, 팥고물떡 님이 힘들어했던 것도 나름 나이를 먹은 개였기 때문이라고 들었고. 감정을 격발시키지 않도록 어쩌고저쩌고 이야기했던 것이 그립구나."

세 사람의 분위기가 바뀌고, 조금 전의 살기와는 완전히 정반대의 느낌이 들었다.

아무튼 헤진말은 조금 이동해 젖은 부분을 벽에 문질러 더러운 것을 닦아냈다.

"이보시오들. 그러면 앞으로는 어떻게 할 생각이오?"

이제까지 가만히 상황을 지켜보던 드워프가 말했다. 드워프는 세 사람과는 달리 강하지는 않을 것 같았다.

드워프들은 이 셋을 용병으로 고용했고, 이 드워프가 감독 역할을 맡은 게 아닐까. 그렇다면 헤진말도 이 드워프에게 경의를 보여야만 할까. 자신은 이 세 사람의 부하로서 어느 정도의 위치에 놓인 걸까. 앞으로 어떤 명령을 받을까 등등 불안 섞인 의문이 머릿속에 오갔다.

"어디 보자. 쿠아고아들은 아우라와 샤르티아에게 맡기고, 나는 이 용과 함께 적대하는 용을 모두 해치우고 오지."

섬뜩한 것이 몸을 훑었다.

태평한 어조였다. 용을 그 정도로밖에 보지 않다니. 강자에게 어울리는 태도.

헤진말은 어떻게 할지 망설였다. 여기서 다른 용들의 목숨을 구걸하는 것이 현명한 행동일지를 두고.

자신의 이익을 가만히 생각하고, 입을 열었다.

"……고운 님, 아우라 님. 발언을 허락해주시겠습니까?!"

"그래, 말해보거라."

"네! 제가 생각하기에, 모두 고운 님의 위대함을 모를 겁니다. 그런 어리석은 자들에게 크나큰 자비를 베푸시면 어떨는지요. 다시 말해 다른 용들에게도 고운 님의 위대함을 알려야 한다고 생각합니다!"

"흐음…… 어떻게들 생각하나?"

"아인즈 님의 뜻대로."

"아우라 말이 옳사와요. 아인즈 님의 판단에 이의 따위 있을 리 없사와요."

"일단 왕도에서 없어져준다면 문제는 없지 않겠소? 으음…… 이보게, 프로스트 드래곤, 한 가지 물어도 되겠나?"

드워프가 질문을 건넸다.

헤진말은 주인들의 낯빛을 살폈다. 솔직히 이 드워프에 대해서는 어느 정도의 태도를 보여야 좋을지 알 수 없었다. 그렇다고는 해도 거만한 태도를 취하는 것은 위험하리라. 하지만 부하가 굽실굽실 고개를 숙이면 주인의 가치가 떨어질 수도 있다.

"얼마든지."

망설인 끝에 어느 쪽으로도 받아들일 수 있도록 헤진말은 짧게 대답하기로 했다.

"으음…… 하지만 용을 완전히 지배하다니……. 아니, 그만한 힘을 보여주면 당연하겠지. 아차차, 미안하네. 어, 이곳 말고 다른 곳에도 용이 있는가?"

"있을지도."

"있을지도라. 있다고 했을 때, 그 자들에게도 명령을 내릴 수 있겠나?"

"무리. 그들은 다른 부족."

"흐음……. 그러면 우선 이곳에서 쫓아낸다는 의뢰를 달성하고 그 사실을 전해야겠구먼. 그 후에 다른 부족의 용이 있을 가능성을 알려주면, 탈환한 왕도를 방어하기 위해 폐하의 힘을 빌리려 할 게요. 폐하께서 탈환해준 이 땅을 다시 버릴 수는 없을 테니. 이게 가장 큰 이익으로 이어지지 않겠소?"

흘려들을 수 없는 말이 있었다. 보아하니 이 엘더 리치는 왕이라는 지위에 있는 모양이다. 그 부하가 엘프와 다크엘프인 것일까.

"동족을 착취해도 괜찮겠나?"

무슨 소릴 하느냐고 너스레를 떨며 드워프가 어깨를 으쓱했다.

"어느 쪽이 소중하냐고 묻는다면 나를, 우리를 선택해준 폐하를 우선시하겠소. 피장파장이지."

"고맙다, 곤도."

"그런 소리 마시오. 난 폐하에게 아무리 감사해도 모자랄 지경이니. 그동안 나를 괴롭히던 모든 고뇌가 폐하를 만나고 겨우 며칠 만에 불식됐소. 폐하는 내 구세주요."

"피차 이익이 생겨나는 관계를 만들어 기쁘다."

"폐하에게는 아직 아무 이익도 돌려주지 못했소. 이 은혜는 내 꼭 갚겠소."

외부인일 뿐인 헤진말도 이 두 사람의 관계를 알 수 있었다.

이 드워프는 엘더 리치에게 어마어마한 은혜를 느끼고 있는 것이다. 자신의 동족 전체를 배신해서라도 갚아야만 하는 은혜를.

"……네가 그래도 좋다고 한다면 상관없다만……."

어깨를 으쓱한 엘더 리치가 시선을 헤진말에게 되돌렸다.

"자, 그러면 너보다도 강하다는 용이 있는 곳까지 안내해라. 그리고 과거에 이곳 드워프 왕도에는 보물창고가 있다고 들었는데, 그것이 어디에 있는지 아느냐?"

헤진말은 그것이 어디에 있는지 안다. 자신만만하게 고개를 끄덕였다.

"그거라면 마침 잘됐네요. 왜냐하면 행선지가 같은 곳이니까요."

*

자신의 등에 큰 주인과 드워프를 태운 헤진말은 아버지에게 걸어갔다. 설령 운동이 부족한 몸이라 해도 용인 만큼 두 사람 정도 태우는 것은 힘이 들지 않는다.

이동하면서 폐하라 불렸던 까닭 같은 것을 들은 감상은, 지식이란 것이, 그리고 직감이란 것이 이 세상에서 가장 중요하다는 확신이었다.

만약 그때, 평범한 용들처럼 거만한 태도로 나섰다면 큰 주인은 망설임 없이 자신을 죽였을 것이다. 아니, 그곳에서 큰 목소리로 충성을 맹세하지 않았다면, 상대의 관심을 끌지 못했다면 자신의 몸에 무슨 일이 일어났는지도 깨닫지 못한 채 목숨을 잃었을 것이다.

그야말로 구사일생이었다.

혜진말은 허리에 힘을 주어 느슨해지려는 방광을 꽉 막았다. 아무리 그래도 두 번씩이나 싸버리면 자신의 평가는 땅에 떨어지는 정도가 아니라 땅을 파고 들어가버릴 것이다.

운 좋게 한 번도 다른 용을 만나지 않고 아버지의 방——말하자면 보물창고 겸 옥좌의 홀—— 근처까지 도달했다.

혜진말은 딱 한 차례 숨을 들이마셨다.

"위대하신 폐하, 아버지 말고도 이곳에는 왕비 용이 세 마리 있습니다. 그쪽의 드워프도 데리고 가실 겁니까?"

프로스트 드래곤이 뿜어내는 극한의 숨결이 네 발 날아들 경우 드워프는 죽어버리지 않겠느냐고 걱정한 것이다.

"문제가 되나?"

"아, 아뇨, 위대하신 폐하께 문제가 없다면 저도 괜찮습니다."

"냉기에 대한 완전내성을 주었으니 문제는 없다. 다만 제각각 다른 속성을 가진 범위공격 마법이 여러 개 날아든다면 성가시겠지."

"그건 괜찮을 겁니다, 위대하신 폐하. 용에게 숨결은 자랑스러운 공격이니까요. 우선 그것으로 상대를 공격하는 것이 기본이고, 훨씬 약한 마력계 마법을 쓰는 일은 생각할 수 없습니다."

"그렇다면 상관없겠구나."

"이보시오, 폐하. 나도 좀 물어봐도 되겠소? 폐하라면 용 네 마리 정도는 아무렇지도 않을 테지만 이자의 어머니가 있다지 않소. 가능하다면 어머니 정도는 살려주심이 어떻겠소?"

"흐음……."

헤진말은 긴 목을 틀어 주인이 어떤 판단을 내릴지 살폈다.

헤진말은 여기서 자신의 어머니까지 구해달라는 요망을 입에 담을 마음은 없었다. 자신처럼 살아날 기회가 있다면 좋겠다고는 생각해도, 자신의 목숨을 걸면서까지 살려달라고 호소할 정도는 아니었다. 어머니에게 원한이 있어서가 아니었다. 그저 용에게 육친의 정이란 것이 그렇게 강하지 않기 때문이었다.

성인이 되어 둥지를 떠나면 부모 형제라 해도 생존권을 두고 경쟁하는 상대가 되는 것이 일반적이다. 게다가 보물을 사랑하는 용은 서로의 보물을 노리고 싸우기도 한다.

많은 수의 용이——둥지를 떠날 때를 맞이한—— 같은 장소에서 산다는 것이 원래는 매우 드문 경우다. 압도적으로 강한 용이 앞장서서 모으기라도 하지 않는 이상 보통은 일어나지 않을 일이다.

그런 의미에서는 가족을 품에 거두어 외적에 대해 단결케 했던 자신의 아버지, 올라서다르크는 이단이라고도 할 수 있으리라. 현명하다고 바꿔 말해도 좋다.

"하는 수 없지. 네 어머니는 될 수 있는 한 살리도록 노력하마."

"고맙습니다, 위대하신 폐하."

얼른 감사의 말을 올렸다. 온정을 베풀어주려는 상대에게 불쾌감을 주고 싶지는 않았기 때문이다. 게다가 어머니가 살아나는 편이 앞으로 자신의 고생이 분산될 거라고도 여겨졌다. 반대로 수가 많아지면 희소성이 떨어져 죽어도 상관없다고 여겨질지도 모르니 상대의 마음에 들도록 행동해야만 할 것이다.

"……그 위대하신 폐하라는 말은 좀 그렇군. 앞으로는 마도왕, 혹은 아인즈라 불러도 상관없다."

함정일까, 아니면 시험하는 것일까. 헤진말은 한순간도

망설이지 않고 올바르다 여겨지는 말을 입에 담았다.

"예, 마도왕 폐하!"

경칭을 붙이지 않고 부를 수는 없었다.

"좋아. 가거라."

"예!"

들키지 않을 정도로 안도의 한숨을 내쉬었다.

역시 시험했던 것이다. 방심해서 경칭을 생략했다간 상응하는 벌을 내리지 않았을까. 어쩌면 죽여서 해체해버렸을지도 모른다.

헤진말은 마음속에 굳게 새겨두었다. 절대 기어오르지 말자고.

이윽고 목적지 앞에 도착했다.

용의 완력으로 겨우 열릴 만큼 커다란 문이다. 과거 드워프들은 이 옆에 있는 더 작은 문을 열어 드나들고, 이 커다란 문은 식전 같은 일이 있을 때에만 썼다고 한다.

헤진말은 문에 어깨를 대고 힘을 주어 ——위에 탄 주인을 떨어뜨리지 않도록 주의하며—— 밀어 열었다.

황금 옥좌에 똬리를 틀고 있던 아버지—— 올라서다르크. 그리고 자신의 어머니—— 킬리스트란과 다른 왕비—— 미아나탈론과 문위니아가 있었다.

옥좌의 홀로 들어온 헤진말을 의아한 표정으로 쳐다보는 시선이 셋. 그리고 그와는 다른 곳—— 위에 앉은 주인——

에게 쏠리는 시선이 하나 있었다. 마지막 것은 어머니 킬리스트란의 시선이었다.

누군가가 입을 벌리기도 전에 헤진말이 외쳤다.

"내 위에 앉으신 분은 아인즈 울 고운 마도왕 폐하! 이제부터 이 땅을 다스리고 용들을 사역하실 왕이시다!!"

정확하게 말하자면 자신은 다크엘프 아우라를 섬기는 몸이지만 이 편이 이야기가 빠를 거라 미리 허가를 얻어놓고 선언한 것이었다.

말을 마치자 한순간의 침묵이 그 자리를 지배했다. 무슨 말을 들었는지 이해할 때까지의 짧은 시간이었다.

"미쳤느냐, 애송이가!"

순식간에 아버지의 분노가 끓어올랐다.

당연히 그럴 것이다. 아버지는 이 땅을 다스리는 왕이다.
──아니, 왕이었다. 그렇다면 당연한 반응이다. 앉아 있던 자세에서 몸을 일으키고 당장에라도 달려들 것처럼 전투태세를 취한다.

'히익!'

솔직히 무서웠다.

자신과 올라서다르크, 어느 쪽이 강하냐고 묻는다면 누가 뭐라 해도 아버지다. 단순한 강함만이 아니라 전투경험치에도 압도적인 차이가 있다. 몸도 헤진말과 비교해 표준적이고 늘씬하다.

승산이 전혀 없다는 수준조차 넘어섰다.

하지만 선언하지 않을 수 없었다. 주인 자신이 직접 이름을 대게 하는 종자는 없다고 헤진말이 읽었던 책이 가르쳐주었다.

그렇기에 아버지에게 향한 시선에 자기 뜻이 아니라는 마음을 담아 보냈지만 전혀 알아보는 기색이 없었다. 분노에 타오르는 눈은 헤진말만을 쏘아보고 있었다. 용이야말로 최강이라고 생각하는 아버지가 보기에 자신의 주인이나 드워프 따위 신경 쓸 가치도 없을 것이다.

"──용의 왕이여, 나의 부하가 되겠다면 삶을 허락해주겠다만."

"뭐냐, 네놈은! 스켈레튼이냐!"

이런 스켈레튼이 어디 있냐!

헤진말은 마음속으로 절규했다. 이분의 몸을 장식한 온갖 보물을 용의 지각능력으로 알아보지 못했느냐고 분노마저 느꼈지만, 어쩌면 그걸 모를 정도로 격분했는지도 모른다고 생각을 바꾸었다.

'혹시 화나게 만들지 않았으면 이런 태도를 보이지 않았으려나……?'

아니, 그렇지는 않을 것이다. 더 안 좋은 태도를 보였는지도 모른다. 헤진말이 고민하고 있으려니 아버지가 문득 의아하다는 표정을 지었다.

"……아니, 잠깐. 몸에 걸친 그 옷은 뭐냐."

조금 침착함이 돌아와, 보물을 알아보는 용의 코가 작용한 것이리라.

헤진말은 위험하게 됐다고 생각했다. 도움을 청하듯 주위를 둘러보았지만 왕비들도 마찬가지로 큰 주인에게 흥미진진한 기색이었다. 모두 보물에 굶주린 짐승 같은 눈이었다. 오직 어머니만이 이 자리에서 물러나고자 슬금슬금 움직이고 있었지만 아들을 구해주려는 의지는 보이지 않았다.

"그만한 보물은 처음 보는군. 너의 무례한 태도를 용서받고 싶다면 그 옷을 헌상해라, 스켈레튼."

"흐음…… 이렇게 어리석은 상대와 이야기를 나누는 것도 고통스러운걸."

싸늘한 목소리가 울려 퍼졌다.

어째서 아버지는 살아 있는 자의 본능으로 죽음이 코앞에 있음을 알아차리지 못한단 말인가. 아마 수전노인 용의 욕망이 방해하는 것이리라.

"이 천치가! 너는 살아남을 유일한 수단을 버렸다! 아니, 너를 죽이고——."

"——〈심장장악Grasp Heart〉."

털썩, 아버지가 쓰러졌다.

모두의 시선이 이 땅에서 최강의 용에게 쏠렸다.

꼼짝도 하지 않는 그의 모습은 잠이 든 것 같았으나 결코 그럴 리가 없다.

싸늘한 공기가 지배하는 가운데, 절대자가 입을 열었다.

"장광설을 들어주는 취미는 없다. 그런데 헤진말. 너의 어미가 어느 것이냐? 그자만은 죽이지 않도록 하마. 나머지는 해체해 유용하게 써주지."

"접니다!"

"접니다!"

"접니다!"

동시에 세 개의 목소리가 솟아났다. 헤진말조차 자기도 모르게 "접니다!"라고 외치고 싶어졌을 정도였다.

"……뭐냐? 낳은 어미, 기른 어미, 그리고 알을 품어준 어미라도 되는 게냐?"

헤진말은 피가 한 방울도 섞이지 않은 두 마리의 용을 보았다.

공포에 지배당한 두 마리의 용.

그녀들의 눈은 하나같이 공포로 흐려졌다. 당연한 노릇이다. 최강의 용이 한순간에 목숨을 잃었으니까. 싸우거나 도망친다는 생각은 전혀 하지 않고 머리 위에 드리워진 생명줄에 매달린 것은 자신과 똑같이 살기 위한 올바른 선택이다.

겁을 먹은 눈이 아첨하듯 헤진말에게 향했다. 이 상황에서 "아뇨, 어머니는 한 마리뿐인데요."라고 말하면 어떻게 될까. 절대자인 주인은 한 점의 망설임도 보이지 않고 두 마리를 죽일 것이다.

지금 두 마리의 생살여탈권은 혜진말이 쥐고 있다. 그러나 혜진말의 마음속에 희열은 없었다. 그저 같은 입장에 선 동족에게 강한 공감을 느꼈을 뿐이다. 게다가 장래를 위해 이 '어머니'들에게 은혜를 베풀어둔다는 타산 또한.

"바로 그 말씀이 옳습니다, 폐하. 저의 어머니는 세 마리이옵니다."

"그러냐? 유감이구나. 약속은 약속이니. 좋다. 이놈들은 죽이지 않고 남겨두마. ……용의 시체는 하나밖에 얻지 못했군. 용은 쓸모가 너무 많아 한 마리로는 부족하다만…… 정말 유감이야."

흘끔 눈길을 주니 세 마리의 왕비는 일제히 고개를 숙이고 복종의 뜻을 보였다.

"이곳을 나가 모든 용을 모아 오너라. 그리고 내가 너희를 지배한다는 사실을 전해라. ……수긍하지 못하겠다는 놈이 있으면 내가 직접 대응해주마. 자, 가라."

왕비들이 폭발하듯 달려 나갔다. 숫제 감탄마저 드는, 어이가 없어질 정도의 속도였다.

이곳에서 도망치려는 것인지도 모른다고는 생각하지 않았다. 이 위대한 매직 캐스터를 상대로는 도망치려 해 봤자 만분지일의 승산도 없는 도박이 됨을 잘 알기 때문이다. 아니, 혜진말의 입장에서는 도망쳐도 상관없다. 그러면 마도왕이 어떻게 그녀들을 찾아내고 대처할지 알게 될 테니까.

헤진말의 목덜미를 콩 두드리는 소리가 났다. 돌아보니 주인의 눈이 자신을 보고 있었다.

"너에게는 다른 명령을 내리마. 매우 중요한 명령이다. 네가 입수했다는 드워프의 서적 중에서 아직 읽지 않은 것들을 가져오너라. 그리고 네 방 말고 다른 곳에 있는 책도 모두."

"예! 분부 받들겠습니다! 속히 가져오겠습니다!"

황급히 두 사람을 내려놓고 헤진말도 전속력으로 달려 나갔다.

*

"갔지?"

아인즈는 사라져 가는 헤진말의 등을 보았다. 그에게서 이곳에 사는 용의 숫자를 들었으므로, 숫자가 부족하다면 그건 그것대로 좋은 일이다.

용의 시체는 단 하나. 여러 가지 용도로 쓸 수 있음을 생각해보면 더 얻고 싶었다. 다만 아무런 잘못도 없는데 부하가 된 자에게 벌을 주어 시체를 만들어내는 것은 아인즈가 직접 내세운 신상필벌의 이념에 어긋난다.

큭큭, 아인즈는 웃었다.

도망쳐 준다면 쫓아가서 죽이고 시체를 회수한다. 그렇게 되면 이를 어떻게 쓸지 계산하며 아인즈는 용이 앉아 있던 황금의 산으로 시선을 돌렸다.

"……과연 용이구나. 산더미 같은 보물이다."

나자릭의 보물전과 비교하면 별것 아니지만, 이것은 이 세계에서 보았던 어느 개인의 재산보다도 많은 양이다.

금화도 있지만 그 이상으로 황금을 포함한 광물이 많았다. 그리고 보석의 원석으로 보이는 것도. 개중에는 5미터도 넘는 황금 사슬, 모종의 동물에게서 얻은 모피, 보석이 줄줄이 박힌 황금 건틀렛, 마법이 담긴 것으로 보이는 무미건조한 지팡이 같은 것도 존재했다. 이러한 아이템은 대체 어디서 얻은 것일까.

시체가 된 용만이 알지도 모른다.

"흐음…… 황철광이나 황동광은 거의 없는 것 같소. 태반이 자연금인가? 용의 후각은 역시 다르구먼……."

황금색 광채를 뿜어내는 광물을 진지하게 바라보던 곤도가 그런 말을 하고 있었다. 금하고는 다른 것이냐고 생각은 하면서도, 돌아간 다음에 감정시켜야겠다고 마음속에 담아 두었다.

"여기 있는 용의 보물은 내가 소유권을 행사해도 문제는 없겠지?"

"그건 당연한 권리요. 하지만 그 전에, 아무도 없을 동안 저걸 열어버리지 않겠소?"

"후후. 그대도 악당이로고."

"연구를 위해서요. 자, 그러면 폐하도 가져가고 싶은 것이 있다면 말씀해주시오. 저 용의 이야기로는 목록이 없었다지만 너무 유명한 드워프의 보물 같은 것은 좀 위험할 수도 있소."

"용이 가져갔다고 해버리면 어떤가?"

"그렇게 되면 용의 보물을 가져간 폐하께 반환 요구가 들어올 거요. 섭정회가 폐하에게 큰소리를 칠 수는 없겠지만 장래에 화근을 남기지 않는 게 좋지 않겠소?"

"지당한 말이다. 그러면 나는 입구를 닫고 오지. 이제부터 일어날 일을 아는 자의 수는 적을수록 좋을 테니."

"부탁하오, 폐하."

아인즈와 곤도는 각자 다른 방향을 향해 서로의 일에 착수했다.

아인즈는 우선 〈전이문〉을 써서 팔지도 암살충들을 불러냈다.

"──너희에게 명령한다. 이 왕성 내를 수색하고, 비밀방 같은 것을 포함해 모든 곳에 있는 서적을 이곳으로 가져와라. 용과 마주칠 경우 내 부하라고 하거라. 상대가 먼저 공격하면 죽여도 상관없다만 너희가 먼저 공격해서는 안 된다. 그리고…… 그럴 일은 없으리라고 생각한다만 강자가 있을 가능성을 고려해 팀을 짜 행동하라. 강자와 마주쳤을 때는 정보를 가지고 돌아오는 것을 우선시해라."

드워프어로 적힌 서적은 곤도에게 읽어달라고 할 수밖에 없다.

부하들이 왕성 내로 흩어지는 모습을 지켜보고, 다음으로 는 용의 시체를 〈전이문〉에 던져 넣었다.

'으음…… 소재를 얻고 가공한 후 용이 부활마법을 받아들여준다면 한 세트 더 만들 수 있겠지만, 그건 무리겠지……?'

빼꼼 얼굴을 내비친 전투 메이드 유리 알파에게 시체는 제 5계층에 놓아두고 부패하지 않도록 얼려놓으라고 명령했다.

"폐하! 역시 아무 데도 열리지 않았소. 보물은 그대로 있을 게요."

"그래? 그럼 내가 열지."

유리에게 작별을 고하고 입구의 문을 닫은 아인즈는 보물 창고 문 앞에 섰다.

위그드라실 시절이 떠올라 가슴이 두근거렸다. 보물의 형 상으로 드롭되는 아이템에는 가슴 설레는 무언가가 있다. 내용물이 데이터 크리스탈 하나뿐이라 해도 열기 전까지는 알 수 없다. 그 흥분이 이곳에도 있었다.

그러나—— 진정되었다.

즐거운 감정이 억제될 때마다 느끼는 불쾌감이 밀려들었

다. 하지만 그래도 아직 미미한 설렘은 남았다.

아인즈는 널빤지 같은 형상을 가진 매직 아이템을 꺼냈다.

아티팩트 '일곱 문의 분쇄자Epigoni'.

일곱 번밖에 쓸 수 없지만 90레벨에 해당하는 도적의 자물쇠 따기 능력에 필적하는 힘을 가진 아이템이다.

매우 중요한 물건이므로 될 수 있으면 쓰고 싶지 않지만, 이번엔 고위 자물쇠 따기 능력을 가진 서번트는 소환하지 않았다. 팔지도 암살충은 잠입 전투에 특화되어 자물쇠 따기 능력은 매우 낮다.

"──하는 수 없지."

평소 같으면 매우 희귀한 아이템을 입수했을 때에도 좀처럼 사용하는 일이 없는 아인즈였지만, 다소 망설이기만 하고 쓴 것은 역시 보물을 앞에 둔 기대감 때문이리라.

아티팩트를 보물창고에 대고 힘을 해방시켰다.

열린 문 틈새로 안을 바라본 아인즈는 곤도와 굳게 악수를 나누었다.

두 사람 모두 말은 없었다. 하지만 그들의 얼굴이 웅변해 주었다.

황금의 광채란 빛의 반사이며, 빛이 스며들지 않으면 빛나지 않는다. 하지만 마치 내면으로부터 뿜어져 나오는 빛처럼 보이는 막대한 보물이었다. 유감스럽게도 정돈이라는 말은 어디에도 없었지만.

"……훌륭하군."

용의 재물과 마찬가지로 드워프의 재물도 나자릭과는 비교할 바가 못 되지만 아인즈 개인적으로는 칭송할 만했다.

아인즈가 금화를 한 닢 집어 들었다. 본 적도 없는 금화다. 교역공통금화와도 다르다. 하지만 드워프가 만든 것과도 조금 다른 것 같았다. 왜냐하면 인간의 옆얼굴로 보이는 것이 새겨져 있었기 때문이다.

"한때는 이 산맥 주변을 지배하던 거대한 인간의 국가와 거래가 있었다고 하니, 그 왕의 옆얼굴이 아니겠소? 룬 장인들이 으스대고 다니던 황금시대의 이야기지."

"흐음……."

아인즈는 금화를 팅 튕겨 무더기 속으로 되돌렸다. 그것은 금화의 산에 부딪쳐 맑은 소리를 냈다.

"그러면 나는 잠시 실례하겠소. 혹 기술서가 없는지, 연구에 도움이 될 만한 룬 장인이 만든 아이템이 있는지 물색해보겠소."

"그리하라. 나도 찾아보지."

판도라즈 액터라면 흥분하지 않았을까. 그의 기이한 태도를 떠올리며, 안쪽에서 문을 잠글 수 있음을 확인한 아인즈는 둥실 허공으로 떠올랐다.

금화에 묻힌 무기며 방어구가 보였다. 저렇게 두면 흠집이 날 텐데 배려를 하지 않은 이유는 무엇일까.

'아하, 깔끔하게 정돈되면 도적이 들어왔을 때 원하는 보물을 쉽게 발견해버릴 테니 일부러 난잡하게 해둔 건가? 응? 그렇다면 흔한 패턴 또한……'

"곤도, 한 가지 묻고 싶다만 이 금화 무더기 밑에 비밀문이 있을 가능성은 없을까?"

곤도가 놀란 표정으로 돌아보았다.

"그렇구먼! ……없다고는 단언하지 못하겠소. 하지만 있다 한들 찾기는 힘들겠구려. 여기에 있는 모든 보물을 일단 밖으로 꺼내야 할 테니 말이오."

최소한 금화만이라도 옮겨야 할 것이다.

"이 아래층에서 위를 계측해보고, 이상하게 두껍다거나 하는 부분이 있다면?"

"아니, 이 밑에 비밀문을 만든다 해도 아이템 몇 점이 들어갈 만한 슬라이드식의 작은 보물함을 만들어두는 식일 게요. 두께로 판단하기는 어렵겠지. 게다가 보물창고는 벽도, 바닥도, 천장도 두껍게 설계하는 것이 보통이니 말이오."

어떻게 하겠느냐고 눈으로 묻는 곤도에게 아인즈는 고개를 가로저었다. 여기서 아이템을 빼앗아 돌아가는 것은 어디까지나 용돈벌이 같은 것이다. 그러기 위해 온 힘을 쥐어짜내서는 본말전도다.

"이를 목적으로 온 것이 아니다. 정말로 있을지 어떨지도 모를 물건을 찾는 데에 시간을 들이는 것은 어리석은 짓. 장래에 드워프가 탈환했을 때 나도 입회해, 적절한 금액으로 구입하는 식으로 은혜를 베풀어두어야겠지.”

“알겠소. 그러면 원하는 물건이 있는지 찾아보겠소.”

곤도가 다시 수색을 개시하는 가운데, 아인즈는 마력이 큰 아이템을 몇 가지 찾아보았다.

“음? 이건?”

그런 가운데 아인즈는 검 한 자루를 발견했다.

어쩌면 이곳에 있는 것 중에서 가장 큰 마력을 가졌는지도 모를 검이었다.

“흐음…… 레벨로는 50 정도 되려나?”

롱 소드의 길이를 가진 검에는 미려한 장식이 가미되어 있었다.

위그드라실 산인지는 알 수 없지만 이 세계의 것이라고 한다면 있을 수 없을 정도의 마력이었다. 아인즈는 칼집이 없는 검을 들어 올려 검신에 손가락을 미끄러뜨려보았지만, 전혀 걸리는 느낌이 없었다.

“훌륭하고 아름다운 검이군. 룬은 새겨지지 않았고. 그렇다면 어떻게?”

아인즈는 검을 쥐어보았다. 그 순간 검이 떨렸다. 마력이 내달린 것 같은 그런 느낌이었다.

“이건…… 나도 쓸 수 있다는 뜻인가?”

아인즈는 직업적으로 장검을 휘두를 수가 없다. 하지만

이 검은 모종의 마법에 의한 것인지 그 속박에서 해방되는 것 같았다.

"재미있군."

아인즈는 몇 번 검을 휘둘러 보다가 자신의 손에 아무렇게나 검을 꽂아보았다.

역시 아프지는 않다. 아인즈가 가진 60레벨 이하의 공격을 무효화하는 능력이 작용하는 것이다. 가제프가 가진 검처럼 특별한 마법의 힘은 없는 모양이다.

조금 흥미를 잃은 아인즈는 마법을 발동시켰다.

"〈도구 상위——〉."

"마도왕 폐하! 어떻소! 뭐 재미난 물건이라도 찾았소?"

"——몇 개쯤 있다만 이 중에서 뭘 가져갈지 결정하려던 참이다."

"그렇군! 잘 부탁하오!"

곤도의 말에 마법을 중단한 아인즈는 검을 보물 속에 집어 던졌다.

아인즈가 장비할 수 있는 검이란 점은 재미있지만 지금으로써는 그저 그뿐이다. 이 중에서 가져간다면 더 특별한, 아인즈에게도 유익한 아이템이 나을 것이다.

'이 정도 매직 아이템밖에 없군. 유감이지만 뭐, 세계급 아이템이 있을지도 모른다는 망상을 품은 내가 잘못이지.'

아인즈는 한동안 더 찾아보다가 자신의 눈에 차는 아이템을 발견했다.

"곤도, 나는 하나 골랐다. 국보 중에서 들어본 적이 없는지 알아봐주겠나?"

4

"그러면 시작할게."

곁에 선 샤르티아에게 말하고 아우라는 아인즈에게 받아 온 세계급 아이템——두루마리를 펼쳐 능력을 기동시켰다.

산하사직도(山河社稷圖).

그것은 간단히 말하자면 상대를 격리 공간에 가둬버리는 것이다. 더 정확하게 말하자면 그림의 세계와 현실의 세계를 교환해 현실의 세계를 회화처럼 바꿔버리는 것이다.

여기서 '상대'란 초위마법 '천지개변'과 마찬가지로 하나의 에어리어이며, 그곳에 있는 모든 것——생물, 무생물을 막론하고——을 대상으로 삼는다. 그 장소에 있다면 저항할 여지조차 없다.

이번에는 왕도를 포함한 이 거대한 동굴 내의 모든 것이 산하사직도가 만들어낸 이계에 사로잡혔다.

세계급 아이템으로 수호받는 샤르티아와 아인즈 두 사람은 당연히 이계에 사로잡히지는 않고, 빨려 들어간 현실을 대신해 구현된 회화의 세계에 출현하게 된다. 아우라는 발동자이기 때문에 강제로 포함된다.

이 회화의 세계란 것도 현실의 세계와 완전히 똑같아 무엇 하나 다를 바 없다. 그러나 이것은 어디까지나 환영이며, 산하사직도의 힘이 끊어지거나 발동하고 있는 필드의 밖으로 나가면 모든 것이 연기처럼 사라지고 만다. 다시 말해 설령 회화의 세계에서 보물을 얻었다 해도 없어져버리는 것이다.

물론 샤르티아와 아인즈는 자신의 의지에 따라 사로잡힌 현실 세계에 침입할 수 있다. 보통 세계급 아이템은 세계급 아이템을 가진 자에게 효과를 발휘하지 않지만, 받아들이는 것이라면 이야기가 다르다. 그렇다기보다는 악용을 우려한 운영진의 패치 덕분이라고 해야 한다.

현실 세계를 덧씌우고 구현될 이계는 전체 100종류 중에서 소유자가 선택할 수 있다.

예를 들면 지속적으로 불꽃 대미지를 주는 용암 지대, 냉기 대미지를 주는 극한 지대, 일정 시간마다 벼락이 떨어지는 뇌격 지대, 거의 눈앞이 보이지 않는 호우 지대나 안개에 휩싸인 세계 등이 기본이다.

유별난 것을 들자면 포위된 전장 같은 것도 있다. 이것은 일정 시간마다 상당한 수의 원군이 출현해 적을 공격해주는 것이다. 단, 이 원군은 적 평균 레벨의 60퍼센트 정도 힘밖에 없으므로 상대의 리소스를 깎아내는 역할이 고작이다.

일대일 대결을 벌이는 전장이라면 사용자 레벨의 80퍼센트 정도 되는 강자를 적의 수만큼 출현시키는 이펙트를 일으킬 수 있으므로, 쓰러뜨릴 목적이라면 이쪽을 써야 할 것이다.

이 아이템의 가장 무시무시한 점은 이계로 끌어들이는 것이 아니라, 이펙트가 영향을 주는 대상을 사용자가 선별할 수 있다는 점이다. 다시 말해 용암 지대를 만들어도 사용자가 선택한 자들은 불꽃 대미지를 입지 않는다.

다만 약점도 있다.

특정 이공간의 경우를 제외하면, 40개 중에서 매번 랜덤하게 하나씩 선별되는 탈출 방법으로 도망칠 수 있다. 이렇게 되면 아이템의 소유권은 상대에게 빼앗긴다. 물론 어떤 탈출 방법도 간단하지는 않지만 소유자를 쓰러뜨리지 않아도 빼앗을 수 있다는 의미에서는 다른 세계급 아이템보다 간단하다고 할 수 있다.

이번에 아우라가 선택한 것은 특정 이공간 중 하나로 단순한 폐쇄 공간이다.

상대가 도망칠 수 없다는 것 말고 상대에게 주는 불이익은 전혀 없다. 그러나 이 공간에서 탈출할 방법은 특정한 한 가지로 한정된다.

"그러면 한조. 이 세계에서 탈출할 루트만 확보해줬으면 해. 거기를 통해 도망치면 안 되니까. 귀 좀 대봐."

아우라가 그림자 속에서 모습을 나타낸 한조에게 속닥속 닥 탈출방법을 들려주었다.

아우라의 지각범위 내에 숨어 있는 자는 없다고 여겨지지 만 경계해서 나쁠 것은 없다.

"그런데 아우라. 나중에 이 세계에 침입한 사람의 수는 얼마나 되사와요?"

"응, 두 명이 다야."

그 답은 적측에 세계급 아이템을 가진 자가 없다는 뜻이 다. 두 사람이 안도의 한숨을 내쉰 것도 무리는 아니다.

샤르티아는 구 왕도에 늘어선 가옥들을 둘러보았다. 상당 히 큰 도시이기는 하지만 주민 전원이 도망쳐버린 것 같은 정적이 펼쳐져 있었다.

얼른 씨족왕이라는 쿠아고아의 지배자를 생포해 지고의 존재께서 남긴 말씀을 전해야 하는데, 시야가 가로막혀 그 녀석이 있을 가옥이 보이지 않는다.

"이 건물도 없앨 수는 없사와요?"

"응, 안 돼. 다만 지속 대미지를 주는 에어리어를 구현해 서 파괴하는 건 가능하지만. 예를 들어 나무 건물이 있다면 용암 지대를 만들어서 계속 태운다거나."

"그랬다간 전멸시켜버릴 수도 있으니 그렇게 안 했던 것이사와요?"

"맞아. 일정 시간 발동시켜놓고 그 후에 살아있는 놈을 회수해도 되겠지만…… 광석 같은 게 녹아버리면 아깝잖아."

쿠아고아들은 아이에게 금속을 주는 관례상 이 도시 내에 대량의 금속과 원석, 광석을 모아두었을 것이다. 이를 헛되이 하면 아깝다는 말에 샤르티아도 수긍이 갔다.

"게다가 아인즈 님의 명령은 우선 산하에 들어올지 말지 확인하라는 거였고."

"거절하면 일정 수를 줄여놓으라고 하셨사와요."

"……샤르티아."

찌릿 노려보는 아우라의 눈에 무슨 말을 하려는 것인지 이해했다.

"괜찮사와요. 이번에는 절대, 절대, 절대, 저, 얼, 대! 실수하지 않을 것이사와요."

"그렇다면 다행이고."

"이해해준 것 같아 다행이사와요. 머리를 굴리겠사와요. 그러면 가시어요."

"응, 그러자. 숫자를 줄이는 건 샤르티아에게 맡기면 되는 거지?"

"아우라보다는 내가 적임이라고는 생각하지만, 상관없겠사와요?"

아우라의 힘은 부하 마수를 이용해야 비로소 강대해지며, 이런 일에는 적합하지 않다.

"그렇겠지. ……마레가 있으면 지진 같은 걸 일으켜서 단숨에 숫자를 줄여줄 텐데."

"그 아이는 광역공격에 관해서는 나자릭 최강이니까요. 나도 나름 자신은 있지만 이런 장소에서는 힘이 제한되고 마사와요."

물론 지진으로 소탕했다간 주인의 지령인 '선별'이 불가능해지고 만다. 그래도 된다면 처음부터 권속 같은 자들을 써서 무차별적으로 섬멸했을 것이다.

"그래서 명령을 받은 거잖아? 이번 일련의 일은 샤르티아에게 공부를 시킨다는 의미가 있다고 생각하니까."

주인이 몇 번이나 자신에게 명령했던 것을 아우라가 되풀이했다.

"그렇겠사와요."

샤르티아는 대답하면서 궁금했던 것을 별생각 없이 물어보았다.

"마주친 적의 강함을 생각해보면 여기엔 죽음의 기사를 쓰러뜨린 상대는 없는 것 같사와요. 그렇다면 우연히 쓰러뜨렸거나, 소환 몬스터를 귀환시키는 모종의 아이템 같은 걸 이용했다는 선이 농후하다고 여겨지사와요. ……아인즈 님의 추측이 빗나가다니, 보기 드문 일이사와요."

아우라가 찌릿 노려보는 것을 알아차렸다. 그런 시선을 받을 만한 말을 했다는 생각은 들지 않았다.

"왜 그러시어요? 내가 뭔가 놓친 것이라도?"

"그건 아니지만 말야~. 으음…… 하아~ 바보구나~."

자신도 모르게 불만스러운 눈으로 노려보았다. 자신이 무언가 놓친 것이 있다면 그냥 가르쳐주면 될 것을.

망설인 아우라는 한참 후에야 결국 답을 말해주었다.

"너 말이야~ 아인즈 님이 그런 실수를 하실 분 같아?"

"죽음의 기사가 쓰러진 건 아인즈 님의 계획이었다는 말이사와요? 하기야 아인즈 님이 만드신 죽음의 기사라면 상당히 고성능이니 오늘 이 순간까지 마주친 상대를 보자면 그런 일이 가능하지는……."

"아, 그럴 가능성도 있겠구나."

아우라가 그 말에 손뼉을 쳤다.

"그렇구나. 일부러 죽음의 기사를 상대에게 죽게 만들었을 가능성도 있구나~. 거기까진 생각 못했지만, 내가 하려던 말은 '추측이 빗나간 게 아니다.' 라는 거였어. 그 죽음의 기사는 다리랑 같이 떨어졌거나 떠밀려서 대균열에 떨어져 죽은 거야. 그 요새를 넘는 데까지는 발자국이 있었는데 반대편 기슭에는 없었거든. 다시 말해 중간에 쓰러진 거지. 그렇다면 사인은 하나밖에 없잖아."

"그렇다면 아인즈 님의 상상이 빗나갔다는 뜻이 아니사

와요?"

"그게 아니라니까. 아인즈 님이 진심으로 그런 말씀을 하셨다면 샤르티아의 말이 맞겠지만."

"무슨 뜻이사와요?"

샤르티아가 영문을 모르겠다는 듯 눈썹을 내리깔자 아우라는 "아우 참~!" 하고 외치며 동동 발을 굴렀다.

"무슨 뜻이기는, 그런 뜻이지. 너 말이야, 아인즈 님은 죽음의 기사가 그 대균열에 떨어져 죽었다는 건 이미 알아차리셨어."

"네?!"

"하아~. 그때 어땠는지 생각해 봐. 그 왜, 샤르티아에게 설명해주실 때 말이야. 내가 죽음의 기사가 떨어져 죽은 게 아니냐고 여쭤보려고 했더니, 아인즈 님이 날 보면서 잠자코 있으라고 지시하셨단 말이야. 못 봤어? 지시하시던 순간."

샤르티아는 자기도 모르게 눈을 깜빡였다. 정말로 그런 포즈를 취한 기억이 있었다. 그것은 아우라가 무언가를 말하려 해서 조용히 시켰던 것이라고만 생각했는데, 위대한 지고의 존재, 천재적인 책략가인 그분이라면 수를 잘못 읽은 것이 아니라 아우라의 설명 쪽이 수긍이 갔다.

그러나, 그렇다면 왜 자신에게는 그런 설명을 했을까.

"왜 그랬냐는 표정이네. 좀 생각해보면 알 수 있잖아."

어이없다는 아우라의 말에, 샤르티아의 마음속에서 소용돌이치던 감정이 한 점에 수렴되었다.

"설마, 나를 위해? 내게 훈련을 시키시고자 일부러 그런 말씀을 하셨다는 뜻이사와요?"

"……그것 말고 뭐가 있겠어? 중간에 샤르티아는 강적이 있을지도 모른다고 아인즈 님께 이것저것 질문을 드렸지? 만약 죽음의 기사가 대균열에 떨어졌다는 사실을 알았어도 그렇게까지 질문했을까? 아 참, 아인즈 님께는 내가 말했다는 건 비밀이야. 네가 아인즈 님의 능력을 의심하는 소리를 하니까……."

"능력을 의심하다니! 그럴 리가 있겠사와요!"

지고의 존재가 가진 능력을 의심하다니, 그런 무시무시한 소리를 태연히 입에 담지 말아주었으면 했다.

"뭐, 잠자코 있어줘. 아인즈 님은 샤르티아에게는 비밀로 하라는 뜻으로 그런 제스처를 보이셨을 테니까."

"물론이사와요."

냉정하게 생각해보면 아우라의 행위는 대죄였다. 지고의 존재의 명령을 무시한 셈이니까. 하지만 그것은 샤르티아가 지고의 존재에게 불손한 발언을 했다고 생각했기 때문이며——.

'다시 말해 아우라가 불경스러운 걸까, 내가 불경스러운 걸까. 아니면 불경이 아닌 걸까. 으음…….'

골치가 아파진 샤르티아는 일단 이러쿵저러쿵 생각하지

말고 비밀로 하자고 마음을 고쳐먹기로 했다.

'……하지만 그 자체가 불경? 으음…….'

"……음— 그러고 보니 아인즈 님은 따르지 않을 경우에는 수를 1만 정도로 줄이라고 하셨잖아? 그때 암컷도 남겨두라고 하셨는데, 애들은 어떻게 되는 걸까?"

"어느 정도는 살려둘 예정이어요."

"하지만 그 녀석들은 어렸을 때 먹은 금속으로 강함의 정도가 바뀐다며? 게다가 지배할 거면 애들인 쪽이 세뇌하기 쉽지 않을까? 샤르티아."

아우라가 느물느물 심술궂은 웃음을 띠었다.

"아인즈 님이 어떻게 하라고 자세히 말씀하시지 않았던 건…… 이건 시험 아닐까? 한조를 보내 지시를 부탁하는 것도 한 가지 방법이기는 하겠지만, 그때 맡기시겠다는 식으로 말씀하셨지? 다시 말해 어떻게 대처할지를 보시겠다는 뜻일 텐데…… 내 담당 수호자님은 잘할 수 있을까~?"

샤르티아는 희미한 웃음으로 대답했다. 이미 그 순간부터 생각해두었던 일이다.

"암컷과 수컷을 4천씩. 새끼는 2천만 있으면 충분하사와요."

"으음? 음— 뭐 그 정도겠네. 어쩐지 여유만만—— 응?"

아우라가 대화를 중단하고 긴 귀 뒤에 손을 가져다댔다. 그녀가 무엇을 하는지 알아차린 샤르티아는 될 수 있는 한

소리를 내지 않으려 했다. 이윽고 웃음을 띤 소녀가 자신을 보았다.

"아, 대량의 쿠아고아가 움직이는 소리 같은 게 들렸어."

"피난이사와요? 아니면 병력을 전개하는 것이사와요?"

"소리뿐이니까 확실하지는 않지만, 피난은 아닌 것 같아. 도시 밖으로 펼쳐지는 것 같았어."

이곳에 있는 쿠아고아의 수는 8만이라고 들었다. 아인종은 성장과 함께 강해진다. 말하자면 이것은 모두 병사다. 최소 1만이 넘는 병력을 동원했다고 치면, 이를 도시 안에 투입할 경우 숫자의 우위성은 반감된다.

쳐들어온 인원이 군대라 부를 수 없을 만큼 소수이면서 무력은 어마어마한 수준이라는 점은 용과 맞닥뜨렸을 때 이미 쿠아고아들에게 전해졌을 것이다. 그렇다면 조금이라도 머리가 돌아가는 자가 있을 경우, 최후방부대가 응전하는 동안 모두 도시 밖으로 피난하고 진형을 구축한 다음 상대를 유인해 싸우려 할 것이다. 그 소수의 적이 도시에서 농성한다면 도시를 포위하고 산발적인 견제를 되풀이해 지치게 만든 다음 정예로 습격하는 전략이 타당하다 할 수 있다.

어느 쪽이든 대군을 전개할 넓은 장소가 필요하다.

샤르티아와 아우라에게는 그야말로 그 점이 노림수였다.

"저쪽이야. 그럼 우선 교섭부터 시작해볼까?"

"물론이사와요. 아인즈 님께서 기다리시지 않도록 열심

히 해야겠사와요."

*

총원 6만 이상의 전투 가능한 쿠아고아들이 적을 기다리고 있었다. 임신도, 출산도 하지 않은 암컷은 수컷과 마찬가지로 싸울 수 있기 때문에 이 정도 동원이 가능한 것이다.

이제까지 한 번도 없었던 규모의 군세를 움직이면서도 씨족왕 페 리유로의 마음은 맑지 못했다.

너무나도 기이한 사태였다. 왕도를 포함한 이 거대한 동굴 내부가 갑자기 뿌연 안개에 휩싸여 버렸다. 이것은 대체 어떻게 된 노릇일까.

전투 준비를 마친 군세가 왕도를 향해 대열을 갖추었다. 이 숫자에 겁을 먹고 나타나지 않으면 만만세다. 최소한도의 식량밖에 가지고 나오지 않았으므로 드워프가 좋아할 만한 보물 같은 것들은 그대로 있다. 상대가 바보가 아니라면 싸우는 데에서 이점을 찾아낼 수는 없을 것이다.

하지만 왕도 쪽에서 다가오는 자가 있었다.

붉은 갑주를 입은 자와 검은 피부를 가진 자. 드워프와는 다른 종족이다.

왕도 앞에서 용과의 접촉을 엿보았던 자들의 이야기로 판단하자면 두 명이 더 있을 텐데, 보이지 않는다. 그자들은 보물을 회수하고 있으며 이들은 그 시간을 확보하기 위해 온 것일까.

"혹시 몰라 확인하겠다만, 저게 골렘은 아니겠지?"

"예, 저것이 아닙니다."

요오즈의 말에 따르면 골렘은 검은 갑주를 입은 커다란 존재라고 했다. 그러면 역시 붉은 갑주는 그것과는 다른 자일까. 아니——.

'저것도 골렘의 일종일지 모른다고 생각하는 편이 좋겠어. 하지만 수만 명이나 되는 이 대군을 앞에 두고도 당당하게 나오다니, 대체 뭐 하자는 거지? 설마 여기 있는 전원을 섬멸할 수 있다는 자신감에서 정면으로 모습을 드러냈——을 리가 없지. 아냐아냐. 아무리 그래도 그건 말이 안 되고.'

리유로는 고개를 가로저어 자신의 마음속에 떠오른 무시무시한 상상을 지워버렸다.

분명 이 기이한 공간을 만들어낸 데에는 경악했고, 상상을 초월하는 힘을 가졌으리라고 생각할 수 있다. 게다가 싸우지도 않고 용을 복종시켰다고 하니 보통 힘이 아닐 것이다.

하지만 아무리 그렇다 해도 이쪽의 수는 6만이 넘는다. 수백이나 수천 정도와는 말 그대로 자릿수가 다르다. 이만한 병력을 상대하면서 어떻게 제대로 싸우겠는가.

다만 골렘이라면 조금은 이해가 간다.

골렘에게는 모든 생물에게 있는 피로가 존재하지 않는다. 영원히 싸우고 또 싸울 수 있으니 리유로를 쓰러뜨릴 만한 힘을 가졌다면 이론적으로는 이쪽 전원을 죽일 수 있다.

다만 그것은 어디까지나 이론일 뿐.

몇 마리에 한 마리 정도 꼴로 운 좋게 찰과상을 입히거나 한다면, 이를 수천 번 되풀이할 경우 쌓이고 쌓인 찰과상은 상대를 쓰러뜨릴 만한 대미지가 된다.

숫자는 힘이다. 이 6만이라는 군세라면 지상전에 한해서는 용왕도 죽일 수 있을 것이다.

"——내가 우선 놈들과 이야기를 하러 가겠다. 너희는 이곳에서 대기해라. 만약 내가 죽는다면…… 뭐, 그때는 알아서들 해라."

"위험합니다!"

측근 한 사람이 당연한 말을 했다.

"……골렘이라면 대화가 통하지 않을 테니, 옆에 있는 까만, 드워프 아닌 녀석하고 이야기를 나누게 되겠지. 다만 놈들의 속셈을 알아내야 한다."

리유로는 누가 뭐라 하든 대화를 시도해볼 마음이었다.

상대가 강적인 것은 틀림없다. 그렇다면 의도를 알아내고, 교섭이 가능하다면 나름대로 대가를 치르더라도 상관없다. 만약 용왕 일당을 몰아내 준다면 그들을 용 대신 주인으로 섬겨도 좋다. 그렇지 않더라도 이쪽에 붙어주기만 한다면 드워프가 약속했던 것 이상의 보수를 지불할 수도 있다.

"아무도 따라오지 마라. 이쪽이 다수로 갈 경우 그걸 계기로 전투가 시작될지도 모르니까."

리유로는 측근들에게 그 이상 아무 말도 하지 않고 걸어 나갔다.

진영이 좌우로 크게 갈라졌으니 상대도 이쪽이 다가오리라는 것을 알아차렸으리라. 움직임을 멈추고 이쪽을 살핀다.

"오래 기다리셨소."

리유로의 첫마디에 적 두 사람이 얼굴을 마주 보았다.

리유로는 주위를 둘러보았다. 역시 없다. 용과 대치했다는 나머지 두 사람── 드워프와, 해골 투구를 쓴 놈의 모습이 없다.

"흐응~? 넌 누구야?"

까만 피부를 가진 작은 쪽이 말했다.

그러면 붉은 갑주 쪽은 역시 골렘인 걸까. 까만색 인간종의 피부색을 희게 하고 키를 좀 더 키운 듯한, 그런 종족으로도 보였다. 다만 곁눈질로 관찰하면 아무래도 인공적인 것 같기도, 아닌 것 같기도 한 그런 느낌이 들어 정체는 전혀 파악할 수 없었다.

"나는 이 땅에 사는 쿠아고아를 다스리는 씨족왕 페 리유로요. 너──당신들은?"

"우린 함께 이 땅에 오신 위대한 왕께 명령을 받아 당신들을 지배하러 왔사와요."

'말했다!'

붉은 갑주 쪽이 입을 열었다. 골렘은 말을 못 한다고 들었으므로 역시 골렘이 아닌 것이리라.

동요를 열심히 감춘 리유로가 대답했다.

"지배?"

"그렇사와요. 우리의 왕은 너희를 지배하기 위해 오셨사와요. 무릎을 꿇고 고개를 조아리사와요."

그러면 어떻게 할까.

리유로는 재빨리 생각했다. 딱히 고개를 숙이고 새로운 지배자를 환영하는 데에 이의는 없다. 지배자의 밑에서 세력을 늘리고 그 후 지배자를 쓰러뜨리면 그만이다.

다만 문제는 상대의 힘을 모르고 밑으로 들어가도 되느냐 하는 점이었다. 용이 무릎을 꿇었다던데, 그 용은 용왕이 아니었다. 어쩌면 그들의 지배를 받아들인 순간 용왕과 싸우라고 명령을 받을지도 모른다.

"……그쪽에는 두 분이 더 계시다고 들었는데, 그분들은 어떻게 되었소?"

"당신이 알 필요는 없사와요. 허락할 수 있는 말은 지배를 받아들이겠다, 혹은 아니다 둘 중 하나사와요."

이쪽에 정보를 줄 마음은 없는 모양이다. 그렇다면 상대의 진의—— 정말로 이쪽과 싸울 마음이 있는지 어떤지를 알아봐야 한다. 상대의 자신만만한 태도는 어쩌면 허세일지도 모른다. 게다가 얼마나 강한지도 미지수다.

"……우리를 지배한다고 하셨는데, 여러분의 힘을 모르는 상황에서 그것을 받아들이기란 매우 어려움을 이해해주실 수 있는지?"

암암리에 얼마나 강한지 알려주면 지배를 받아들여도 상관없다는 뜻을 내비쳤다. 하지만 두 사람은 얼굴을 마주보더니 어깨를 으쓱했다.

"그렇사와요? 지배를 받아들이지 않는다면 숫자를 줄여서 강제로 고개를 숙이게 하라는 명령을 받았사와요. 이제부터 수컷 4천, 암컷 4천, 새끼 2천이 될 때까지 서로를 죽이사와요. 당신이라면 누가 가치가 높은 자인지 분간할 수 있지 않겠사와요?"

"그렇게 해서 1만 마리가 되면 우리 나라, 마도국에서 부리기 위해 데려가 줄게."

씨족왕은 순식간에 공포에 사로잡혔다.

내용이 잔혹해서가 아니었다. 오만함이 전혀 없는, 지극히 평범하고 자연스러운 어조로 선언했기 때문이었다.

이 두 사람은 틀림없이 가능하다고 생각한다.

그렇다.

이 두 사람만으로도 이곳에 있는 6만이나 되는 병사를 모조리 죽일 수 있다고 당연하게 생각하는 것이다.

정신이 나가버린 것일까, 단순히 자신감이 과도한 걸까, 아니면——.

있을 수 없는 태도에, 리유로는 어떻게 하면 좋을지 감도 잡히지 않았다.

한 번도 싸우지 않고 상대의 말도 안 되는 명령을 받아들일 수는 없다.

이쪽의 적의를 느꼈는지 두 사람이 얼굴을 마주 보고는 표정을 찡그렸다.

드워프는 그나마 털이 있어서 대충 알아볼 수 있지만, 이 두 사람처럼 머리에밖에 털이 없으면 표정을 파악하기 힘들다. 이종족 사이의 벽은 두껍다.

"자, 잠——."

잠깐만 기다려 달라는 말을 끝까지 할 수 없었다.

"——그럼 이제부터 어느 정도는 제가 수를 줄여주겠사와요. 그러니 당신은 그 옷을 누구에게 넘겨주는 짓은 하지 마사와요."

보통 쿠아고아는 옷을 입는 습성이 없다. 왜냐하면 온몸을 감싼 모피가 있기 때문이다.

그러나 왕에게는 왕으로서의 권위가 있으며, 이를 알기 쉽게 나타낼 만한 물건이 필요하다. 그렇기에 옷을 입고, 드워프에게 만들게 한 씨족왕의 상징인 왕관을 쓰고 있는 것이다. 무슨 일이 있을 때는 이를 남에게 넘겨 대리로 내세우면 이종족은 알아보지 못하리라는 계산도 있었다.

이를 간파하고 못을 박아버린 것일까.

실제로 왕을 없애는 것은 가장 알아보기 쉬운 승리 조건이다. 그러나 그렇다고 치면 지금 당장 실행하지 않는 이유는 무엇이란 말인가.

'아니, 그게 아니다. 다른 이유가 있는 거야……. 설마…… 아니, 바로 그거다. 나를 없애기 위해서가 아니야. 반대로 잘못해서 죽여버리지 않기 위해!'

이종족 사이의 벽은 두껍다. 그래도 옷을 입으면 씨족왕이라고 알아볼 수는 있으니 살려주겠다는 건방진 견해에서 온 발언이리라.

"그럼 슬슬 저쪽으로 돌아갈래? 너희가 이쪽으로 움직이면 시작할 테니까, 그 전에 살려두고 싶은 사람들을 미리 뽑아주면 좋겠어."

"냉큼 돌아가시어요."

손을 내저어 돌아가도록 지시한다. 이제는 교섭하겠다는 태도조차 보이지 않았다.

예상과 너무나도 달랐다.

'이쪽은 무릎을 꿇을 수도 있다고 말하는데, 전혀 다가오려 하지 않다니? 그러지도 않는다는 건…… 정말로 우리의 목숨에서 가치를 느끼지 못한다는 뜻…….'

매몰찬 반응에 씨족왕은 마음에 솟아나는 공포를 필사적

으로 억눌렀다.

'아무리 그래도…… 이곳에 있는 6만이나 되는 병사를 1만까지 줄일 수 있을 리가……. 그래. 분명 그럴 거야. 이 병력을 보고 정신이 이상해진 거야!'

상식적으로 생각하면 그것이 옳다. 아무리 용이라도 이 수를 줄일 수 있을 리가——.

그 순간 씨족왕의 머리에 번뜩이는 것이 있었다.

'혹시 하늘을 날아서, 공격하고 도망치려는 작전을 세운 건!'

용처럼 싸운다면 매우 성가시다. 이렇게 넓은 곳에 군을 전개시켜둔 것이 오히려 화근이 된다.

그러면 지금 당장 군을 거주 구역으로 돌려보내야 할까? 하지만 그것도 위험하다. 상대에게 가옥을 파괴할 모종의 수단이 있다면 주택의 피해가 커지고 만다. 역시 전장은 이곳 말고는 생각할 수 없다.

진영으로 돌아간 씨족왕의 곁에 측근들이 모여들었다.

"저건 골렘이었습니까? ……왜 그러십니까? 어딘가 편찮으신 것 같습니다."

얼굴에 저 두 사람에 대한 공포가 달라붙어 있었던 모양이다. 씨족왕은 얼굴을 문지르고는 명령을 내렸다.

"그래……. 일단 블루 쿠아고아와 레드 쿠아고아들을 모아라."

"친위대 말씀입니까?"

"그것만이 아니고, 각 씨족의 영웅이라 할 수 있는 자들을 모두 모으란 말이다."

*

리유로가 웅혼하게 울부짖었다. 씨족왕으로서 정점에 섰을 때 얻은 특별한 힘을 가진 포효다. 이를 들은 수만 군세가 적을 향해 돌격하는 모습에는 상쾌함마저 느꼈다. 그러나 그 결과는 보기에도 처참한 것이었다. 벽에 부딪치는 유수처럼 돌격하는 병사들이 보이지 않는 벽에 충돌해 튕겨나갔다.

사방으로 흩어지는 것은 물보라가 아니라 쿠아고아, 혹은 쿠아고아였던 무언가였다. 용이나 거인이라면 그렇게 하는 것도 가능하리라. 하지만 상대는 쿠아고아보다도 작은 생물이다.

"날아간다……."

측근 중 누군가가 망연자실 중얼거렸다.

덤벼들었던 쿠아고아들이, 비유가 아니라 허공을 날아가는 것이다. 그것도 한 마리씩이 아니었다. 수십 마리가 한꺼번에 날아갔다.

박살이 나 살점의 잔해로 전락한 시체가 동포들의 머리

위로 쏟아졌다. 살점을 뒤집어쓴 병사들은 그것도 개의치 않고 돌격했고, 자신들도 살점이 되어 동포들에게 쏟아졌다. 그야말로 악몽 같은 광경이었다.

어떤 이유에서인지 피보라가 솟아나지 않는 것처럼 보여 비현실감에 박차를 가했다.

"뭐, 뭐뭐, 뭡니까, 저건!"

측근의 비명 같은 목소리에도 리유로는 대답할 기력이 없었다. 그저 마음이 말이 되어 흘러나왔다.

"저 정도였을 줄이야……."

"씨족왕! 저것은 대체 뭡니까! 제가 봤던 골렘 따위 비교도 되지 않습니다!"

일격을 휘두를 때마다, 덤벼드는 쿠아고아들이 일제히 날아가 버린다. 이미 저것은 싸움이라고 할 수 없었다. 살육조차 아니었다. 처리다. 세력을 확대하고자 긁어모았던 동족들은 지금 그야말로 불필요한 존재로서 대량 처분당하고 있었다.

"도, 도망쳐야 하지 않겠습니까?!"

"어디로 말이냐!"

당황하는 측근에게 일갈했다.

"이 기괴한 공간 어디로 도망친다고! 놈은 우리의 수가 1만 이하로 떨어질 때까지 우리를 죽이겠다고 했단 말이다!"

측근들이 입을 딱 벌렸다.

저 압도적인── 그야말로 괴물 같은 힘을 보여주면 그것이 위협이나 농담이 아님은 이해할 수 있다. 믿을 수 없지만 믿을 수밖에 없다. 8만 백성 중에서 생존을 허락받은 것은 겨우 1만이라는 말을.

지금 당장에라도 용서를 청하면 어떻게 되지 않을까 생각했지만, 이쪽을 보는 저 두 사람의 눈에는 온기가 없었다. 차라리 용왕이 온정으로 넘쳐났다고 말할 수 있을 정도였다.

'1만까지 숫자를 줄이겠다는 말을 번복할 생각은 절대 없을 거야.'

"말도 안 됩니다, 씨족왕! 저게 대체 뭡니까! 드워프는 어떤 존재를 불러들인 겁니까!"

"어떻게 저렇게 조그만 놈들이 저만한 힘을……."

측근들의 말을 들으며 문득 리유로의 머리에 번뜩이는 생각이 있었다.

"혹시 저 붉은 갑주 입은 녀석도 드워프가 보낸 병기가 아닐까? 골렘이 망가진 걸 알고 더 강한 병기를 보낸 거지."

"……그럼 저걸 쓰러뜨리면 더 강한 병기가 오는 겁니까?"

병사들의 비명이 들려오는 가운데, 리유로의 주위만이 급속도로 조용해졌다.

"병사들을 후퇴──."

"안 돼! 싸우게 해라! 이럴 수밖에 없다! 아무리 놈이 압도적인 힘을 가졌다고 해도 지칠 것이다. 그렇다면 상대가 무기를 휘두르지 못하게 되었을 때를 노려 다시 한 번 교섭하고, 거기서 조금 더 양보를 이끌어내면 된다."

"그, 그렇군요……. 하지만…… 저게 과연 지칠까요?"

리유로도 머리 한구석으로는 생각했던 말이었다. 하지만──.

"아무리 그래도 살아있는 이상 지칠 것이다. 분명 누구보다도 체력이 있는 것 같기는 하지만, 반드시 지친다. 그러니 그때까지 놈이 무기를 휘두르게 할 수밖에 없어! ……그렇게까지 지치지는 않더라도 죽이는 데 싫증이 나면 이야기를 받아들여 줄지도."

씨족왕은 하고 싶지 않았지만 해야만 할 말을 입에 담았다.

"무엇보다, 싸워서 이길 수가 없잖아! 저런 괴물한테!"

병사들의 마음이 꺾여 도망칠 가능성은 없었다. 리유로가 사용한 돌격의 포효는 부하들을 두려움 모르는 병사로 바꾼다. 광전사Berserker의 〈광전사화Berserk〉와도 비슷하며, 공격력이 상승하는 대신 방어력이 떨어지는 등의 효과가 있다. 그리고 무엇보다 모든 공포 효과에 대한 완전내성을 얻을 수 있다. 무엇보다 씨족왕이 아무리 위험한 명령을 내려도 거부할 뜻을 가지지 않게 된다는 것이 이점이라고도, 단점이라고도 할 수 있지만.

뒤를 돌아보지 않는 병사들의 돌격은 이어졌으며, 그렇게나 많았던 병력이 반감되기까지의 시간은 믿기지 않을 만큼 짧았다.

그 무렵에는 다들 입을 벌릴 기력조차 남지 않았다.

눈앞의 엄청난 참극과, 무엇보다도 그것이 단 한 사람에 의해 자행되고 있다는 사실에 마음이 꺾이지 않을 사람은 없었다.

단 한 명을 제외하고는.

바로 그 단 한 명—— 리유로는 마지막 용기를 쥐어짜냈다.

"선택받은 영웅들이여!"

돌아오는 목소리는 없었다.

리유로가 시선을 보낸 곳에는 레드 쿠아고아, 블루 쿠아고아 같은 특별한 힘을 가진 쿠아고아들을 모은, 전 씨족 최고의 일원들이 있었다.

그들이 리유로의 말에 대답하지 않았던 것은 모두가 저 붉은 갑주를 절망적인 눈으로 보고 있었기 때문이다.

그들 자신도 이길 수 있으리라고는 전혀 생각하지 않을 것이다. 처음에 이곳으로 불러 모았을 때는 눈에 광채가 있었다. 하지만 이제는 완전히 죽어버린 것처럼 빛 없는 눈만이 늘어서 있었다.

방어 능력이 떨어지지 않도록 광전사화를 쓰지 않았는데 그것이 잘못이었을까.

그런 그들을 조금이라도 분기시키고자 씨족왕은 목소리

를 높였다.

"너희야말로 비밀병기다! 상대는 많은 동료를 죽이고 지쳤을 것이다! 너희라면 놈에게 상응하는 아픔을 줄 수 있을 것이다!"

지쳤을 것이다──라고는 말했지만 그런 기미는 없었다. 저 붉은 갑주는 전혀 피로를 느끼지 않는 것처럼 밀려드는 쿠아고아들을 산산조각 내 허공으로 날려버렸다. 저 기괴한 창 같은 무기를 종횡무진 휘둘러서.

"그렇다! 아무리 그래도 놈 또한 살아있는 이상 지칠 것이다! 너희라면 할 수 있다! 가라, 영웅들이여!"

리유로는 기도하는 마음으로 부르짖어 영웅들을 보냈다.

병사들에게는 그들이 붉은 갑주에 도달할 수 있도록 길을 열라고 지시했다. 그리고 영웅들이 붉은 갑주에게 덤벼들고 ──.

──리유로는 천천히 눈을 감았다.

"와, 왕이시여, 우리의 위대한 씨족왕이여……."

측근의 떨리는 목소리를 들으며 천천히 눈을 떴다.

"아무 말도, 아무 말도 할 것 없다. 잘 안다. 나도, 나도 보고 있었다……."

아무것도, 그렇다. 아무것도 변하지 않았다.

일반 병사와 전혀 다를 바 없이, 엄선된 영웅들은 산산이 박살이 난 살덩어리가 되어 날아갔다. 그것도 겨우 한순간에. 단순한 병사와 똑같은 최후였다.

"……이 무슨. ……이 무슨."

리유로는 그 이상 아무 말도 할 수 없었다. 붉은 갑주가 어떤 자인지는 알 수 없었지만, 저것은 틀림없이 용보다 강한 존재다.

이미 리유로에게는 무엇을 할 기력도 솟아나지 않았다. 그저 조용히 시간이 흐르기를 기다리면 상대가 바라는 결과로 끝이 날 것이다.

"……아이가 2천이라고 했지. 그 숫자가 되도록 선별해라."

"씨족왕……."

"……이제는 어쩔 방법도 없다. 1만이라도 살아남을 수 있다면, 다시…… 다시 재건할 기회도 생겨나겠지……."

리유로의 말에는 아무도 대답하지 않았다. 왜냐하면 모두가 알고 있었기 때문이다.

그것 말고는 수단이 없음을.

리유로는 힘없이 고개를 숙였다. 안전한 곳에서 걷다가 갑자기 몬스터에게 습격당한 기분이었다.

"아니 그보다도, 마도국이란 대체 뭐지? 드워프와 무슨 관계지? 누가 좀 가르쳐다오……."

마음속 밑바닥에서 솟아난 중얼거림이었다.

다만, 그래도 눈앞의 참극은, 앞으로 벌어질 더 큰 참극을 싫어도 예감케 했다.

문득 측근 쿠아고아들이 든 바구니가 눈에 들어왔다. 식용으로 삼는 도마뱀이 든 바구니다. 리유로는 그럴 때가 아님을 알면서도 과도한 스트레스 때문에 바구니에 손을 뻗었다. 싱싱한 도마뱀을 움켜쥐고 머리부터 씹어 먹으려 했던 순간, 갑자기 배 속에서 격렬한 아픔이 내달려 몸을 꺾었다.

이제부터 자신들을 지배할 절대강자에게 이길 수 있을 리가 없다. 재건 따위 스스로 생각해도 어이가 없어질 만큼 허망한 공상이다. 몇 세대를 거치더라도, 겉으로는 따르면서 뒤에서 칼을 갈기란 절대 무리였다. 아제를리시아 산맥의 쿠아고아는 영원토록 목에 사슬을 차고 무시무시한 주인을 섬기게 될 것이다.

미친 듯이 날뛰는 도마뱀이 리유로의 손에서 쏙 빠져나와 병사들의 다리 사이로 도망쳤다.

"아아."

리유로는 처량한 탄식성을 조그맣게 내고는, 너무나도 처량해 조용히 흐느끼기 시작했다.

"저렇게 강했으면 애초에 가르쳐주든가! 왜, 왜 가르쳐주지 않았던 거야!"

쿠아고아 사상 전무후무하다고 칭송을 샀던 왕의 오열은 아군 병사들에게 처리당하는 아이들의 비명에 녹아 사라졌다.

아인즈는 곤도와 함께 보물창고를 나왔다. 그곳에는 용들이 꿇어 엎드리고 있었다. 숫자는 헤진말을 포함해 열 아홉 마리. 그가 말했던 용은 모두 모였다는 뜻이다. 이러면 쫓아가서 사로잡을 필요가 없다.

'……전면적으로 따라주는 것도 나쁘진 않지만, 용의 시체를 얻지 못해 아쉬운걸. ……몇 마리쯤 적당한 이유를 대서 죽일까? 아냐, 그건 악마나 할 짓이지. 차라리 번식시켜서 늘린 다음에 회수하는 편이…… 응? 마찬가진가?'

"──위대하신 마도왕 폐하, 폐하께 충성을 맹세할 자들을 모아 왔습니다."

아인즈가 생각에 잠겨 있으려니 헤진말이 말했다. 일단 이제까지 생각했던 것들을 내던지고 대답했다.

"고개를 들어라."

부복했던 용들이 일제히 고개를 들었다.

역시 몸집이 큰 만큼 고개를 들면 아인즈의 신장 따위 아득히 넘어서지만, 위에서 내려다본다는 느낌은 들지 않았다.

다만 의아함에 잠긴 시선이 몇 있었다.

말로는 들었겠지만 정말로 아인즈가 아버지를 일격에 죽였는지 믿을 수 없는 것이리라. 아니, 아인즈도 반대 입장이었다면 그렇게 생각할지도 모른다. 자신의 눈으로 보지 않고서는 믿을 수 없는 일이 있는 법이다.

아인즈가 그렇게 생각했을 때, 용 한 마리가 노성을 질렀다.

"수긍할 수 없다! 아버지를 죽였다는 상대가── 뭐냐?"

고함을 지른 용의 앞으로 아인즈가 다가갔다. 그리고 웃으면서 덤비라고 손을 움직였다.

즉시 용의 발톱이 아인즈에게 육박했다.

빠르기는 하지만, 바로 얼마 전에 싸웠던 트롤보다도 느렸다.

피하지 않고 정면으로 용의 일격을 받아냈다. 너무 빨라 피하지 못한 것이라고 지레짐작한 용의 환한 웃음이, 피할 필요가 없었기 때문임을 인식하고 얼어붙었다. 그 표정을 확인한 다음 아인즈는 마법을 발동했다.

"〈심장 장악〉."

아버지와 똑같이 쓰러진 용에게서 다른 용들에게로 시선을 돌렸다.

"또 없나?"

조용히 묻자 용들이 조금 전보다도 더 열심히, 바닥에 몸을 비벼댈 듯이 엎드렸다. 이제 아인즈의 힘을 의심하는 자는 없었다.

〈전이문〉으로 용의 시체를 처넣은 아인즈는 곤도를 데리고 헤진말 위에 올라탔다.

헤진말보다는 어미 용이 더 컸으므로 지배자가 타기에는 그쪽이 더 적합하다는 생각은 들었다. 하지만 기껏 이곳까지 타고 왔으니 마지막까지 그를 타야겠다고 생각했던 것이다.

"밖으로 나가라. 그곳에 나의 부하들이 기다리고 있을 것이다."

용 일동과 나란히 왕도 밖으로 나가, 한조의 안내를 받아 수많은 쿠아고아들이 무릎을 꿇고 있는 곳으로 이동했다.

헤아릴 마음도 들지 않을 만큼 많은 쿠아고아가 모조리 부복한 광경은 기이했으며, 이를 본 곤도는 살짝 갈라진 목소리를 냈다.

아인즈도 비슷한 반응을 보이고 싶었지만 '우리 열심히 했어요.'라고 하듯 웃음을 짓는 두 수호자를 앞에 두고 그런 태도를 보일 수는 없었다.

"아인즈 님! 말씀대로 이렇게 전부 선별하였사와요. 숫자는 수컷 4천, 암컷 4천, 새끼 2천이사와요. 그 외에는 전부 시체로 만들었사와요. 깨끗한 시체는 저들에게 회수시켜 다른 곳에 모아두었사와요."

"그렇구나. 우리가 자비를 베풀어주었음에도 감사히 그 손을 잡지 않았다는 말이로군. 어리석은 자들이로다."

선두에서 고개를 조아린, 옷을 입은 쿠아고아가 부르르 몸을 떠는 것이 보였다.

"그런데 왕이란 것은 어디 있느냐?"

"저쪽이사와요."

샤르티아가 가리킨 곳에 있던 것은 역시 조금 전의 쿠아고아였다. 아인즈는 그를 부르기 전에 검은 후광을 발동시켰다. 역시 이것이 있는 편이 지배자답다는 연구 결과가 있었기 때문이다.

용들이 술렁 움직이는 소리를 들으며 아인즈는 왕에게 말했다.

"쿠아고아의 왕이여, 고개를 들라."

"예!"

쿠아고아의 왕이 부들부들 떨며 고개를 들었다. 그리고 눈을 크게 뜨더니 얼어붙은 것처럼 움직임을 멈추었다. 히윽, 숨을 토해내는 소리가 크게 들렸다.

"……나는 자비로운 왕으로 알려졌다. 나의 제안을 즉시 받아들이지 않았던 죄는 너의 동족이 흘린 피로 다 갚았다고 생각한다. 앞으로 너희가 나를 위해 필사적으로 일한다면 번영을 약속하마."

"예!! 전심전력을 다해 자자손손에 이르기까지 폐하를 위해 일하겠습니다!"

"좋은 대답이야. 마음에 들었다."

"예!!! 고맙습니다아!!!"

아인즈가 말을 마치고 손을 내젓자 왕은 다시 고개를 조아렸다.

'좋았어! 역시 이것저것 연습했던 보람이 있네.'

거울을 앞에 두고 몇 번이나 연습하고 여러모로 대사도 시행착오를 거쳤던 보람이 있었다고 내심 쾌재를 부른 아인즈는 멋진 활약을 보인 두 수호자에게 몸을 돌렸다.

"훌륭한 활약이었다. 너희는 나의 자랑이다."

"고맙습니다!"

"그 말씀이 소녀의 지난 수치를 씻어주는 것 같아 가슴이 벅차옵니다."

"그, 그래⋯⋯."

샤르티아가 기뻐하는 모습을 보며, 아인즈는 자신이 건넨 말이 잘못되지 않았음을 확신했다.

"하온데 숫자는 이 정도면 충분했사와요? 그래도 많다고 하시면 아인즈 님께서 희망하시는 숫자가 될 때까지 줄이겠사와요."

"어, 아니다⋯⋯. 이 정도면 되겠지. 그런데 강적이 될 만한 자는 있더냐? 우리와 비교해서가 아니라, 이 세계에서 보았을 때 강자라 부를 만한 자가."

"송구스럽사와요. 그러한 자는——."

"아, 뇨아뇨. 조금 전에 아인즈 님께서 말을 걸었던 씨족왕이 비교적 강한 것 같았어요. 우리가 힘을 직접 보진 않았지만요."

"그래……?"

어떻게 죽음의 기사를 쓰러뜨렸는지는 모르겠지만, 우연이었던 모양이다. 어쩌면——.

'아, 대균열에 떨어뜨렸을 가능성도 있었겠구나…….'

이제 와서 그 사실을 떠올리고 아인즈는 부끄러움을 느꼈다. 샤르티아에게 그렇게 열띠게 설명했는데 뜬금없는 소리였다니, 생각만 해도 얼굴에서 불이 뿜어져 나올—— 만큼의 부끄러움은 더 이상 없었다. 그저 슬금슬금 몸이 달아오르는 것 같아 몸부림 치고 싶어졌다. 특히 샤르티아가 메모했던 사실을 떠올리니, 다시—— 평정을 되찾았다.

이건 좋게좋게 얼버무리고 넘어가야 할까?

하지만 자칫하면 장래에 "아인즈 님이 이런 말씀을 하셨지만 사실은~."이라고 누군가에게 떠벌릴지도 모른다.

'안 돼! 위험해! 신나서 그렇게 잘난 척 떠들어대지 말 걸 그랬어! 어쩐지 울 것 같은 기분이야.'

아인즈는 크게 한숨을 토해냈다.

'뭐, 생각해보면 나도 실수를 한다는 사실을 수호자들에게 알려줄 좋은 기회가 아닐까? 이걸 계기로 서서히 내가 '뭔지 모를 엄청난 지배자' 라는 위치에서 '고만고만한 지배자' 라는 데까지 내려가면 정신적인 고통에서도 좀 해방될지 몰라. 게다가 그러면 수호자들이 내 실수를 발견하고 주의를 줄지도 모르고.'

용은 지각 능력이 뛰어나다고 하니 적당한 명령을 내려 물러나게 하고, 다음으로는 쿠아고아들에게서 조금 떨어진 곳으로 이동했다. 방치된 곤도가 서운해하는 기색이었지만 참으라고 할 수밖에 없다.

세 사람만 남아, 아인즈는 꼴깍 목을 울렸다.

이제부터 할 일은 어쩌면 이제까지의 노력을 저버리게 될지도 모른다. 상황을 바꾸려 한다는 데 대한, 그리고 이제부터 일어날 수 있을 일에 대한 불안. 공포를 느끼지 않는 몸이면서도 조금 무서웠다. 그래도 용기를 쥐어짜냈다.

"잘 들거라, 너희 둘……. 내가 이곳에 죽음의 기사를 쉽게 쓰러뜨릴 만한 존재가 있을지도 모른다고 했던 것을 기억하느냐?"

두 사람이 얼굴을 마주 보며 무언가 알아차렸다는 듯한 태도를 보였다.

"바로 그렇다. 아무래도 그건 내 착각이었던 모양이구나. 내가 물리친 용이었다면 죽음의 기사를 쓰러뜨릴 수 있을지도 모르겠다만 그 이외에는 없었던 듯하다."

"이미 알고 있사와요, 아인즈 님. 그렇게 하셔서 소녀에게 교훈을 내리시고자 하셨던 말씀이심을. 소녀가 부족한 탓에 공연한 불명예를 뒤집어쓰려 하시다니—— 이 샤르티아 블러드폴른, 폐하의 자비로우신 마음에 깊이 감사드리옵니다!!"

"……응?"

이상하게도 두 사람이 존경의 눈빛을 보낸다. 특히 샤르티아가 엄청났다. 뺨은 발그레해지고 눈은 젖어들었으며, 입은 꾹 다물지 않으면 울음을 터뜨려버릴 것처럼 감격하고 있다.

어디에 존경할 요소가 있었던 걸까. 아인즈는 난감해졌다. 무엇이 두 사람의 심금을 건드렸을까.

'하지만 샤르티아가 하는 말이다. 지금은 부정하는 게 정답일까? 아, 아니지. 이번 여행에서 샤르티아는 성장했어. 그렇다면 지금은 믿겠다, 샤르티아!'

"보아하니 탄로 난 모양이구나, 샤르티아."

"예!"

두 사람의 눈에 맺힌 초롱초롱한 광채가 한층 강해졌다.

어라~? 싶기는 했지만 확실하게 말해야 한다.

"하지만 나도 실수하거나 잘못 판단하는 경우가 있다. 그 사실을 마음속 어딘가에 담아두었으면 한다."

"예! 위대한 지배자이신 아인즈 님께 그런 일이 있으리라고는 도저히 생각할 수 없사오나 분부 받들겠사와요!"

샤르티아는 마침내 인내에 한계가 왔는지 평복한 채 오열하기 시작했다. 이를 악물고 끅끅 우는 샤르티아의 어깨에 눈물을 머금은 아우라가 손을 얹는다. 두 사람 사이의 우정이 느껴지는 감동적인 신인 것 같지만 영문을 알지 못하는 아인즈는 샤르티아가 언데드인데 눈물이니 침이니 하는 체액을 어떻게 분비하는 걸까 하는 생물학적 명제로 도망쳐 현실 도피하기로 했다.

뭐가 어떻게 해서 이렇게 됐는지 전혀 모르겠다. 하지만 일단은 잘된 셈 치자. 그렇다. 세상에는 이해할 수 없지만 수긍하지 않으면 위험해지는 일들이 얼마든지 있다. 사장이 밀어붙이는 안건의 설명 같은 것이 대표적인 예다.

미래의 자신에게 문제를 떠넘기는 듯한 기분은 들었지만 미래에는 분명 더 우수해질 것이라고 생각하기로 했다. 아인즈는 지금의 자신이 할 수 있는 유일한 일을 했다.

샤르티아 앞에 쪼그리고 앉아, 부모가 자식에게 하듯 눈물을 닦아주었다.

그 순간, 샤르티아의 눈에서 한층 더한 눈물이 왈칵 넘쳐났다.

"아—인—즈— 니—임—."

"괜찮다, 괜찮다. 울지 마라, 샤르티아. 그때도 말했다만 예쁜 얼굴이 망가지잖느냐."

"제가— 도움이— 됐나요—?"

"그렇다마다. 너의 활약은 훌륭했다. 역시 계층수호자구나."

"아인즈 님—!"

로브를 덥썩 붙든다.

"어, 음. 자, 그만 울음을 그치거라."

"네, 네에……."

북북 눈물을 닦은 샤르티아가 아인즈를 올려다보았다.

"저를 위해 이렇게까지 자비를 베풀어주셔서 성은이 망극하옵니다!"

"음, 음. 자, 다음 행동으로 넘어가자꾸나. 할 일이 많다."

*

아침부터 소란스러웠던 섭정회는 막 들어온 최신 뉴스를 받고—— 정적에 잠겼다.

머리를 감싸 쥐거나 머리카락을 쥐어뜯는 드워프들. 냉정한 태도를 유지한 드워프는 한 사람도 없었다.

문득 누군가가 말했다.

"……돌아와 버렸구먼."

"……뭐가 이리 빠르단 말인가. 정말 왕도를 탈환한…… 건가?"

"……트집을 잡아볼텐가?"

"왕성을 근거지로 삼았다는 용을 지배하고 돌아온 괴물—— 아니, 위대한 분——께…… 참 용감한 친구로군. 전설의 영웅인 드워프 왕에게 필적하는 용사야, 자네는. ……덧붙여서 나머지 우리는 진심으로 마도왕 폐하의 말을 믿는다는 말도 전해주게."

전령의 말로는, 용을 타고 돌아왔다고 한다.

용은 강대한 힘을 가졌으므로 자존심도 강하다고 한다. 그런 용을 지배하다니, 놀라운 이야기인 동시에 어떻게 그런 위업을 달성했는지 흥미마저 솟아났다.

상식적으로 생각하면 마법을 써서 강제로 지배했을 것 같지만, 마도왕의 압도적인 힘을 아는 자들에게는 단순히 힘을 써서 공포로 지배했으리라는 가능성도 그럴듯하게 여겨졌다.

아니, 그럴 가능성이 더 높지 않을까. 마도왕이 마법 따위를 써야만 용을 지배할 수 있다고는 여겨지지 않았다. 시선 하나로 무릎을 꿇렸으리라는 망상조차 떠올랐다.

하아. 크게 한숨을 토해낸 식료산업장이 딱딱하고 험악한 표정으로 모두를 둘러보았다.

"그래서 어떻게 할 텐가. 이젠 시간이 없네. 폐하는 돌아와 버렸어. 당장 면회해야만 하네. 그렇다면 이 자리에서 결정할 수밖에 없어—— 단야공방장 건을!"

단야공방장이 마도왕에게 받은 주괴를 들고 이 나라에서 도망쳐 버렸다.

말할 것도 없지만, 타국의 왕에게서 물건을 만들어달라고 부탁받아 맡은 아이템을 들고 도주한 행위가 용납될 리 없다. 앞으로 드워프가 타국과 교역을 개시할 경우 이 오점은 영원히 따라다닐 것이다.

이것은 장래 대장일로 교역을 할 예정인 나라에는 치명적인 흠집이다.

이런 불상사를 일으킨 나라에 누가 일을 의뢰하겠는가. 게다가 아이템을 들고 도망친 것은 단순한 일개 대장장이가 아니다. 국가의 중진이라는 자리에 앉은 자인 것이다. 자칫하면 국가가 뒤에서 조종했다고 여겨져도 이상할 것이 없다.

일어날 수 있는 미래가 보인 그들은 수색을 개시하는 것과 동시에, 그를 찾지 못했을 때를 대비해 대책을 토론해 왔다.

하지만 모두가 수긍할 만한—— 마도왕에게 용서를 받을 수 있는 대답에는 이르지 못했다.

"……나는 아직도 못 믿겠네. 그자가 광석을 들고 도망치다니……."

사무총장이 불쑥 중얼거렸지만, 이 자리에서는 무의미한 발언이었다. 이미 그런 말이 누구에게 영향을 주리라는 기대는 지나갔다.

총사령관이 싸늘한 눈으로 사무총장을 보았다.

"그럼 뭐란 말입니까? 그가 도망친 것은 틀림없는 사실입니다. 실제로 단야공방장이 밖으로 나갔다는 목격증언이 모이고 있습니다."

"……마도왕에게 마법으로 조종당한 것 아닐까?"

실내가 정적에 잠겼다.

찬동하는 자는 없었다. 반대로 총사령관은 눈에 뜨이게 언짢은 태도를 보였다.

"아무리 동족의, 친구의 죄를 인정할 수 없다고 해도 우리에게는 불가능했던 왕도 탈환을 이루어준 상대에게 그런 말을 하다니…… 노골적으로 말하겠습니다. 쓰레기로군요."

"──그만두지 못하겠나, 총사령관! 자네도 알다시피 사무총장은 우리 중에서 수색에 가장 열심이어서 정신적으로도 피폐해졌네!"

"피폐해졌다고 무슨 말을 해도 좋은 건 아니라고 생각합니다만……."

"자자, 총사령관. 그런 건설적이지 못한 이야기는 나중에 하세나. 그보다도 더 중요한 일을 결정해야지. 당장 마도왕 폐하께 전해야 한다고 보나? 한동안 말하지 않고 시간을 끌면서 그동안에 그 친구를 찾는 것도 나쁘지 않다고 생각하네만?"

상인회의장이 고개를 가로저었다.

"좋은 방법이 아닐세. 우리가 그 정보를 감추었다는 문제가 발생해. 그보다는 솔직하게 용서를 청하는 편이 나을 걸세. 무엇보다 그 친구를 찾을 수 있겠나? 운이 나쁘면 지금쯤 몬스터 뱃속에 있을 수도 있는데? 주괴만이라도 되찾으면 문제는 없겠지만. ……그 멍청한 놈."

동료에게 해야 할 말은 아니었지만 큰 문제를 일으킨 단야공방장에 대한 매도를 말리는 자는 없었다. 오히려 총사령관은 동의의 표시로 고개를 끄덕였다.

"단검까지 들고 가버리지 않았던 것이 불행 중 다행일세. 하지만 말이야. 사죄한다고…… 용서해줄까? ……뭐, 사죄 말고는 방법이 없지만."

"사죄가 중요하다기보다는 사실을 솔직하게 털어놓아야 하네. 그 결과 상대가 어떤 요구를 하더라도 받아들일 수밖에 없을 게야."

모두가 동의했다.

"그런데 뭘 요구하리라 보나?"

단야공방장이 가지고 도망친 주괴는 드워프들이 모르는 미지의 금속이라 가치를 판단하기 어려웠다. 그렇기에 드워프 측에서 배상금액을 제시할 수는 없다. 만에 하나 어림짐작으로 제시했다가 그 가격이 낮기라도 하면 상대를 더할 나위 없이 화나게 만들 수 있다.

그렇기에 마도왕에게 배상금액을 제시해달라고 할 수밖에 없다. 그러나 다른 사람도 아닌 마도왕이 금전 따위를 원할까 생각해보면, 그건 아닐 거라고 쉽게 상상이 갔다. 그렇다면 무엇을 제시할지, 도저히 떠오르지 않는다.

"상상도 안 가네. 반대로 어느 정도의 요망을 받아들일 수 있겠나? 아니지…… 뭘 요구받으면 거절하겠나?"

"우리가 거절할 수나 있나? 어려울걸. 이 도시에는 역사적인 가치는 있어도 마법적이거나 물리적인 힘을 가진 국보는 존재하지 않아."

과거 마신이 왕도를 유린했을 때 드워프 왕족의 핏줄은 단한 사람을 남기고 끊어졌다. 그 왕가 최후의 왕, 경의를 담아 '룬 공왕'이라 불리는 그가 강력한 매직 아이템을 들고 여행을 떠나는 바람에 국보라 할 만한 것은 존재하지 않는다.

"……음! 맞아! 왕도에 있을 보물창고의 내용물 중에서라면 어떻겠나?"

"전에도 말했지만 왕도를 탈환해준 상대에게 그런 말을 하면……. 하지만 그 이외의 방법이 없다는 것도 사실이구먼."

둘러보니 동의의 표시로 다들 고개를 끄덕였다.

"……용에게 털리지 않았으면 좋으련만."

"그런 소리 말게. ……그러면 이번에는 마도왕 폐하만을 들어오라고 해야겠군."

'응? 한 사람이 적은데 무슨 일 있었나?'

아인즈가 회의실로 들어서자 모든 드워프가 애매한 표정을 짓고 있었다.

대표로 입을 연 것은—— 아인즈에게는 다 비슷해 보여서 누구인지 떠오르지 않았다. 총사령관이 아닌 것만은 분명했다.

"왕도를 탈환해주셔서 진심으로 감사드립니다."

그렇게 시작된 감사의 말은 아인즈가 지쳐버릴 정도로 길었다. 그리고 맨 처음에 무슨 말을 들었는지 까먹었을 무렵, 총사령관의 분위기가 바뀌었다.

"그리고 마도왕 폐하께 깊은 사죄 말씀을 드려야 할 것이 있습니다. 폐하께서 주괴를 빌려주신 저희의 동료, 단야공 방장이 주괴를 가지고 도주했습니다. 현재 수색 중이오나 아직까지 발견하지 못했습니다. ……저희를 믿고 주괴를 맡겨주셨던 폐하의 신뢰를 배신하는 사태를 일으키고 만 점을 무어라 사죄드려야 할지 모르겠습니다."

드워프들이 일제히 고개를 숙였다.

솔직히 아인즈는 뭐가 뭔지 전혀 알 수 없었다. 그러므로 일단 질문을 했다.

"왜 그런 짓을?"

주괴를 가지고 도주했다는데, 그걸 누구에게 팔려고 했던 걸까? 이 드워프들의 나라를 통솔하는 섭정회의 일원이라는 지위를 버릴 만한 금전적 이익이 있는 걸까?

한순간 플레이어가 뒤에 있는 것일지도 모른다고 생각했다. 드워프 나라에 잠복시켜두었던 수하를 움직였을 가능성이다. 하지만 플레이어라면 그 정도 주괴를 탐내지는 않을 것이다. 어지간한 저레벨 플레이어라도 지위를 내팽개칠 정도의 가치가 있다고는 여겨지지 않았다. 그 정도라면 국가의 요인으로서 그대로 잠복시켜두는 편이 이익이 클 것이다.

"모르겠습니다. 정말로 모르겠습니다. 그가 그러한 폭거에 나선 이유는 전혀 감이 잡히지 않습니다."

"……그러면 다음 질문을 하겠다. 내가 부탁했던 갑옷은 어떻게 되겠나?"

드워프들이 얼굴을 마주 보았다.

"……아무리 사죄해도 부족함이 없을 지경입니다. 그가 단검을 남겨두기는 했지만 주괴를 가지고 도망쳐버렸기 때문에 현재로써는 돌려드릴 방법이 없습니다. 수색팀을 보냈으니 나중에라도 입수한다면 그때 돌려드리고자 합니다. 그리고 괜찮으시다면 대신할 갑옷을 드리고 싶습니다. ……맡겨주셨던 주괴에 비해 열악하오나, 이것이 저희의 최선입니다."

"아다만타이트 체인 셔츠입니다만, 이를 세 벌 정도 마련하고자 합니다. 여기에 저희가 할 수 있는 만큼 마화를 해보겠습니다."

"만일―― 방패 같은 것도 원하신다면 이쪽은 오리하르콘이 되겠습니다만 마련은 가능합니다."

"흐음……."

진상 고객이었다면 꽥꽥 소란을 떨었겠지만 아인즈는 그런 사람이 될 마음은 없었다.

물론 주괴를 잃어버린 타격은――.

'——타격이 있나? 레어도도 높지 않고, 그 정도라면 아직 얼마든지 있는데. ……어쩌면 이 근처에선 별로 나오지 않는 금속일 뿐 다른 지방에서는 채굴될지도 모르지. 그렇다면 갑옷 여러 벌을 받는 게 더 낫지 않을까? 마화도 해준다고 하고……. 게다가 주괴를 찾으면 돌려준다잖아? 그럴 땐 전에 줬던 걸 돌려달라고는 안 하는 법이지, 보통? 그렇게 되면 아주 좋겠는데.'

"……없는 것은 하는 수 없지. 그러면 그렇게 해도 좋다. 후에 젠벨과 의논하여 그들이 원할 만한 것을 마련해다오."

드워프들이 눈에 띄게 안도했다.

조금 더 억지를 부렸어야 했을까? 하지만 너무 좀스러운 소리를 하면 왕으로서 그릇을 의심받을지도 모른다. 그보다는 상대가 제시한 것을 전면적으로 받아들이는 편이 관대한 사람이라는 평가가 퍼질지도 모른다.

다만 이 정도는 부탁해도 괜찮을 것이다.

"……그리고 추가로 부탁하고 싶은 것이 있다만."

"……무엇입니까, 마도왕 폐하?"

굳은 목소리를 낸 이유는 경계 때문이리라.

"그렇게까지 경계하지 않았으면 한다. 대단한 것은 아니니. 다만 룬 장인을 우리 나라로 초빙할 때 이 나라의 지원을 받고 싶다."

"구체적으로는 어떤 지원인지요?"

"국가적으로, 그들이 우리 나라에서 일한다는 사실을 알리는 식전을 개최해주지 않겠느냐? 그렇게 해준다면 그들도 기뻐할 것이다."

드워프들은 얼굴을 마주 보더니 두말없이 승낙했다.

"그렇구나. 그러면 식전에 나올 요리 같은 것은 우리 나라에서 어느 정도 부담하겠다. 그쪽도 준비해야 할 테니 한동안은 이 나라에 체류하지. 문제는 없겠나?"

드워프들은 이의를 제기하지 않았다.

아인즈는 내심 웃고 있었다. 이로써 한동안은 에 란텔에 돌아가지 않아도 된다.

더 시간이 걸릴 거라 생각했지만 눈 깜짝할 사이에 교섭과 왕도 탈환을 끝내버리는 바람에 이대로는 위태로웠던 것이다.

우선 알베도가 돌아오면 제국이 속국이 되고 싶어 한다는 이야기를 〈전언〉으로 알려주고, 정시 연락을 위해 돌아올 데미우르고스와 속국 계획을 짜 달라고 할 생각이었다. 그런 자리에 자신이 있으면 매우 위험하다. 그렇기에 아인즈는 돌아가지 않아도 되는 이유를 원했다.

게다가 드워프들과 조금 더 우호를 다지고 싶다는 지극히 타당한 이유도 있었다.

이 드워프 도시에서 모으고자 하는 정보는 세 가지였다.

첫째, 플레이어가 있느냐 하는 확인—— 아마 지금은 없을 것이다. 옛날에 있었는지는 모른다.

둘째, 룬과 룬의 내력에 대한 조사—— 정보가 부족하다. 룬 장인에게서 여러모로 이야기는 들었지만 꽤 오래전부터 룬이 존재하기는 했어도 언제, 누가 보급시켰는지는 알 수 없다는 이야기였다. 마신이 왕도를 습격했을 때의 혼란이 한 원인이 되었다지만 헤진말이 가진 서적 속에는 그러한 내용이 없었다. 보물창고에도 없었던 것 같았다.

셋째, 그들의 대장장이 기술이나 광물에 관한 지식—— 이것은 룬 장인을 확보했으니 그들에게서 천천히 정보를 얻으면 된다. 다만 칠색광 같은 것은 역시 없는 듯했다.

이 중에서 두 번째는 앞으로 드워프가 왕도로 갈 때 더욱 자세히 조사해달라고 부탁할 생각이었다. 그렇기에 강한 우호 관계를 맺고 싶었던 것이다.

*

늘어선 긴 테이블 위에는 수많은 접시가 놓이고, 그 위로 상다리가 부러져라 음식이 높이 쌓였다.

따뜻한 음식은 좋은 냄새를 풍겨 아인즈에게도 향기가 밀려왔다.

언데드인 아인즈 울 고운에게 식욕은 없지만, 잔재인 스즈키 사토루에게는 있다. 먹고 싶다는 욕구와 어떤 맛일까

하는 호기심을 자극받았다.

'정말 이놈의 몸은 장점과 단점이 동시에 존재하는구나.'

식욕은 억제할 수 있지만 호기심은 어렵다. 언데드의 육체
──마음──라도 호기심은 평범하게 작용하기 때문이다.

눈앞의 음식이 만일 에 란텔이나 나자릭의 요리사가 만든
것이라면 그렇게까지 호기심을 자극받지는 않았을지도 모
른다. 이것은 드워프가 만든 음식이다.

룬 장인들은 마도국에 가족 단위로 가게 되었는데, 그들
의 아내나 어머니 같은 여성들이 요리를 해준 것이다. 다만
2천인분은 되지 않을까 싶을 정도로 어마어마한 식재료는
아인즈가── 나자릭이 제공했다.

물론 아이템을 팍팍 쓸 수 없는 몸인지라 어디까지나 에
란텔에서 얻을 수 있는 식재료가 메인이었다. 고기는 용을
풀어 산맥에서 모으게 하고, 술은 에 란텔에 남아 있던 상인
들을 보내 왕국이나 제국에서 사들였다.

요리가 있는 대로 늘어섰는데도 여성들은 계속해서 막 지
은 음식들을 내오고 있었다.

드워프의 남녀는 외견상 차이가 별로 없다. 큰 차이라면
수염일까. 남자가 매우 길어 땋거나 한 반면 여성은 별로 나
지 않았다. 그렇다고는 해도 인간 남자만큼은 났다. 다만 콧
수염은 미는 것이 조신함의 상징인 모양이다.

'어디가 조신한지는 전혀 모르겠지만…… 뭐, 문화란 그

런 거지. 마도국은 다양한 인종을 모아야 해. 이 정도를 신경 쓰면 나중에 힘들 거야.'

아인즈는 아직도 음식을 내오는 여성진에게서 눈을 돌렸다. 앞에 있는 수많은 드워프들의 머리를 지나 그 너머에 있는 단상으로.

마도국에 올 룬 장인들의 일부가 섭정회 사람들과 함께 앉아 있다.

그리고 섭정회의 한 사람이 일어나, 그들이 앞으로 마도국에 갈 거라는 이야기를 시작했다.

"시작했군."

"그렇군요."

아인즈에게 대답한 것은 곁에 있던 곤도였다.

"……대표로 앞에 나가지 않아도 되겠나?"

"그만두쇼, 폐하. 난 룬 장인 중에서는 무능력자에 가까운 놈이니. 그런 놈이 대표자 행세를 하는 건 수치요. ……그보다 폐하는 괜찮소?"

"나도 그만두고 싶군. ……이번 주역은 그대들 룬 장인이다. 내가 으스대고 나서는 것은 별로 좋지 않아."

아인즈와 곤도는 서로 얼굴을 마주 보고 조용한 웃음소리를 냈다.

당연히 아인즈의 진의는 단상에 서서 인사를 하다니, 절대 그러고 싶지 않다는 정도의 수준 낮은 것이다. 조금 전의 말은 억지로 갖다 붙인 것일 뿐이다.

"하지만……."

곤도가 진지한 표정을 지었다.

"폐하께는 아무리 감사해도 모자라겠소."

"뭐가 말이냐?"

"이 송별회 말이오. 저 사람들 좀 보시오."

아인즈는 다시 단상으로 눈을 돌렸다. 아직 이야기는 끝나지 않았다. 그것 말고는 딱히 짚이는 구석이 없었다. 하지만 그런 말을 듣고 아무것도 눈치 채지 못하면 분위기 파악 좀 하라는 소리를 들을 것 같았다.

"흐음…… 그렇군……."

결국 어물쩍 넘어가는 작전으로 나섰다.

"폐하께서 생각하신 대로요. 다들 눈빛이 달라."

"하긴, 그럴지도."

맞장구를 치기는 했지만 아인즈는 전혀 알 수 없었다.

"하지만 뭐가 원인인가?"

곤도가 재미나다는 듯 웃었다.

"옛날에 받았던 선망의 눈빛을 받아 기뻐하는 거요. 오늘 이 식전——본 적도 없는 식재료를 사용한 맛있는 음식, 거기에 수많은 술, 그런 것들을 통해 룬 장인들이 팔려 나가는 것이 아니라 초빙을 받아 마도국에 간다는 것을 알 수 있었으니 말이오."

"나는 정말로 기대하고 있네만?"

"그렇지. 전에도 말한 기억이 있지만 폐하의 은혜에는 반드시 보답하겠소. 그건 다른 자들도 마찬가지요. 정말로 감사하고 있소. 어이쿠. 드디어 끝난 모양이오, 폐하."

곤도에게서 큰 잔을 받아 들었다. 그리고 단상에서 들려온 건배 선창에 맞춰 아인즈도 남실남실 따른 음료를 흘리지 않도록 들어 올렸다. 마시지는 못하므로 잔은 곤도에게 돌려주었다.

이제까지 참느라 힘들었다는 양 드워프들이 소란을 떨어대기 시작했다. 수많은 드워프들이 음식에 돌진해 접시에 수북하게 덜어선 잇달아 입에 욱여넣었다.

"뭔가, 이게! 엄청나게 맛있구먼! 정말 자네 색시가 만든 거야?"

"음! 마도왕 폐하께 식재료를 제공받아서 말일세. 이것저것 시행착오 좀 했지."

"으음~ 맛있는 건 사실이지만 나 같은 노인네에게는 좀 더 싱거운 편이 좋겠구먼."

"그건 술안주야."

"그런가? 어디어디…… 으허~! 이거 못 견디겠구먼! 간이 아주 딱 맞아!"

"술도 훌륭한걸. 이 요리는 우리 색시도 만들 수 있으려나?"

"조만간 마도국에서 식재료가 수입될 거라 하지 않나. 그러면 얼마든지 먹을 수 있겠지."

"나는 술이 탐나는데. 이것도 마도국 것이지? 돈을 마련해놔야겠어!"

그런 식으로 먹으면서 흥분해 외쳐댄다. 그 외에도——.

"룬 장인들이 부러워. 이런 음식을 얼마든지 먹을 수 있단 거 아냐?"

"아니지, 이 식재료는 비싼 편 아닐까?"

"그렇지도 않다던걸? 그 왜, 인간 나라에서도 야채 같은 건 싸다고 하지 않나. 마도국에서도 마찬가지라던데."

"으음, 그거 부럽군. 게다가 조금 마셔봤지만 마도국 술, 그것도 아주 좋았어!"

"그러게. 한 모금밖에 안 나눠 준 거 말이지? 그거 맛있었지. 하지만 포도로 만들었다는 술도 제법 괜찮던데. 도수는 약해도."

"우리도 뭔가 마도국에 갈 명분이 없을까?"

"장래에는 두 나라 사람들이 오가도록 계획을 생각한다는 말을 전해 들었어."

"이봐이봐, 여기 온 건 나름대로 지위가 있는 사람들뿐이지만 그래도 정보 누설은 조심하는 게 좋지 않아?"

"아니야, 대대적으로 공표할 거라던데. 앞으로 우리 나라도 여러모로 움직이게 될 거라서…… 소문 수준이지만 왕도를 탈환했다나 뭐라나."

"……왕도에 살던 용을 지배했다지 않나. 마도국은 정말 대단한 나라야."

그런 이야기를 나누는 드워프들의 목소리가 아인즈에게도 들렸다.

아인즈가 있다고 아첨을 떤다기보다는, 그들의 마도국에 대한 평판은 솔직히 괜찮은 것 같았다. 이 정도라면 앞으로도 사이좋게 지낼 수 있으리라.

만족스럽게 웃은 아인즈는 다시 곤도를 돌아보았다.

"곤도도 가서 이야기를 나누고 오지. 한동안 돌아오지 못할 테니."

"그렇구먼. ……광산 관계자들하고 이야기라도 나누고 오겠소."

곤도의 시선 너머에는 꼬장꼬장한 인상을 주는 드워프가 있었다.

"폐하는 어떻게 하시겠소?"

"……나는 우리 나라에서 사자가 왔으니 그쪽과 조금 이야기를 나누고 오지. ……그럼 다시 보세."

아인즈는 슬쩍 손을 들어 인사하고 걸어 나갔다.

원래 이 넓은 실내의 끄트머리에 서 있었지만, 문을 나가 귀빈용 대합실 겸 담화실 겸 응접실로 향했다. 의자와 테이블, 선반 같은 것이 놓인 나름대로 호화로운 방에는 데미우르고스의 모습이 있었다.

"번거롭게 오라고 해서 미안하구나."

"당치도 않은 말씀입니다. 아인즈 님께서 계신 곳이 바로 저희가 가야 할 곳입니다."

방을 가로질러 의자 하나에 앉았다. 그리고 데미우르고스에게도 착석하라고 지시했다.

"……서류는 보았다. 내가 이쪽에서 일을 하는 바람에 구두 설명이 아니라 일부러 고생을 시켜 미안하다."

서류란 데미우르고스가 성왕국에서 하던 준비나 앞으로의 전개 같은 내용을 적은 것이었다. 당연히 데미우르고스에게서 직접 설명을 들을 경우 모종의 실수로 아인즈의 가면이 벗겨질 가능성이 있다고 생각했기 때문에 마련한 고육지책이었다.

"……그건 그렇다 쳐도 과연 데미우르고스, 너의 활약에는 훌륭하다는 것 말고는 해줄 말이 없다."

"감사드립니다, 아인즈 님."

데미우르고스가 깊이 고개를 숙였다.

"하오나 아인즈 님의 발치에도 미치지 못합니다. ……이번에도 드워프들에게 완전히 커다란 쐐기를 박아놓으셨더군요."

커다란 쐐기라는 말에 짚이는 구석은 전혀 없었다. 왕도 탈환일까, 룬 장인을 초빙한 것일까. 아니, 과연 정말 그 이야기일까.

"……흐음. 데미우르고스에게는 이미 간파당했구나. 드워프들이 눈치채리라 보느냐?"

"눈치채겠지만 이미 손쓸 도리가 없을 것입니다."

왜 여기에는 제삼자가 없을까. 있으면 늘 쓰던 수법을 써먹을 수 있었을 텐데.

그런 생각을 하며 데미우르고스의 눈치를 살피니 희미한 웃음을 짓고 있다.

'……뭐가 그렇게 재미있는데?!'

뭐가 뭔지 알 수 없는 아인즈에게는 데미우르고스의 조용한 웃음이 가슴 아팠다. 마찬가지로 알베도의 웃음은 무섭다. 필사적으로 이어지는 지배자의 연기가 간파당하는 것 아닐까 생각하면 있지도 않은 심장의 고동이 빨라질 것 같았다.

"만일…… 드워프들에게 간파당했을 경우, 어떻게 하면 좋으리라 보느냐?"

"딱히 마음에 두실 필요가 없을 것입니다. 아인즈 님은 룬장인의 송별회를 열기 위한 식재료를 마련해주셨을 뿐이니 드워프들이 무슨 말을 하더라도 웃어넘기시면 그만입니다."

'……이게 지금 무슨 소리야?'

"그렇다면 상관없다만."

데미우르고스를 유도하는 데 실패한 아인즈는 이 이야기

를 여기서 그치기로 했다. 데미우르고스만큼 지혜로운 자의 속내를 깊이 캐려는 짓은 너무나도 위험하다.

"그러면 제국의 속국 건은 어떻게 되었지?"

"예, 알베도와 함께 협의하며 초안은 완성해두었습니다. 후에 보여드리고 아인즈 님의 판단을 구하고자 합니다."

데미우르고스와 알베도가 생각했다면 자신이 나설 차례는 없으리라고 생각하면서도 입 밖에는 내지 않았다.

"……제국에 사탕은 던져주었느냐? 이웃 뭇 나라에, 마도국의 속국이 되면 이런 좋은 생활을 누릴 수 있음을 보여주는 본보기가 되겠느냐?"

"걱정하실 것 없습니다."

아인즈는 다행이라고 속으로 중얼거렸다. 그렇다면 보지 않고 OK를 내려도 될 것이다.

"하지만 아인즈 님의 이번 드워프 건, 그리고 제국 건은 모두 감복하였습니다. 그야말로 예단을 불허하는 분이라 생각했습니다."

"그렇지 않다. 데미우르고스라면 그 정도는 쉽게 했겠지."

데미우르고스가 보기 드문 표정——쓴웃음을 지었다. 그리고 고개를 가로젓는다.

"그 말씀이야말로 그렇지 않다고 부정할 수밖에 없습니다. 그건 그렇다 쳐도 아인즈 님은 얼마나 먼 미래를——몇 년 후의 마도국을 보고 계신 것입니까?"

내일조차 안 보이는데요.

라고 말할 수는 없다.

아인즈는 무어라고 말해야 자신이 지배자답게 여겨질지를 생각했다. 그때 문득, 옛 위그드라실 시절의 길드명이 떠올랐다.

천년왕국이라는 길드였다.

국가가 천 년이나 지속된다면 좋겠다는 생각에서 따온 것이겠지만 파생된 기억이 떠올랐다.

어째서인지 그 길드의 깃발은 학이었으므로 야마이코에게 물어본 적이 있었는데, 학은 천 년을 산다는 고사에서 유래된 것이라 가르쳐주었다. 그때 동시에 거북은——.

"——만 년."

아인즈는 자신도 모르게 입 밖에 내버리는 바람에 없는 눈썹을 찡그렸다. 스케일을 너무 크게 말하고 말았다. 황급히 말을 바꾸려고 데미우르고스를 보았지만 때는 이미 늦었음을 깨달았다.

"서, 설마 그런 스케일로?"

데미우르고스가 눈을 크게 뜨고 그 보석 같은 눈을 드러낸 것이다.

'아, 야단났다.'

"농담——."

"——그러시다면 언데드를 퍼뜨리고자 행동하셨던 것은

손가락 하나로 이쪽의 병사가 될 위험물을 끌어안기기 위해서가 아니라, 세계를 아인즈 님에게 의존시키기 위해서였군요. 그만큼 넓은 안목으로 세계를 보고 계셨다면 그 편이 옳을 터. 이렇게 무시무시한 분이셨을 줄이야…….”

무슨 말을 하는지 전혀 모르겠지만 이럴 때 아인즈가 취해야 할 행동은 단 하나.

『역시 데미우르고스, 내 노림수를 모두 읽어버렸구나.』

일 것이다. 그러나 이런 태도가 모두 잘못되었던 것은 아닐까. 그렇기에 지금은———.

“후후후. 거기까지는 생각하지 않았다, 데미우르고스.”

“……그런 것이셨군요. 알겠습니다. 이 건은 제 마음속에만 담아두겠습니다.”

데미우르고스의 조용한 미소에 아인즈는 마음속으로 식은땀을 흘렸다.

‘어? 뭐? 뭐가 그런 것이셨는데? ……이건 내 짐작이지만, 더 위험한 상황으로 돌입해버린 거 아닐까?’

하지만 대처 방법은 떠오르지 않았다. 그렇다면 자신도 거짓 웃음으로 대응할 수밖에 없다.

“후후후…… 부탁한다, 데미우르고스.”

“후후후…… 분부 받들겠습니다, 아인즈 님.”

이를 대하는 데미우르고스는 본 적도 없을 만큼 환한 미소를 지었다.

아인즈는 눈물을 쏟을 듯한 심정이면서도 떨릴 것 같은
목소리에 활력을 불어넣어 물었다.

"⋯⋯그런데 데미우르고스, 네가 올린 서류에 관해서다
만⋯⋯ 시기는 언제쯤으로 보고 있느냐?"

"가을에 개시하여 아인즈 님께 부탁드리는 것은 겨울쯤
이 되지 않을까 합니다. 개시 시기는 문제가 없으나 상대가
행동을 개시할 시기가 유도에 따라서 약간 변동이 있을지도
모릅니다."

"뭐, 데미우르고스가 주최하는 것이니 나는 두 다리 쭉
펴고 행동하마."

"고맙습니다, 아인즈 님. 그런데 조금 전에 말씀하신 제
국의 속국 건에 대해――."

"――그건 돌아간 후에 듣도록 하지. 먼저 계획서를 제출
해주겠느냐?"

"알겠습니다."

"⋯⋯그러면 데미우르고스가 주최할 이벤트는, 시기가
오기를 기대하도록 하마."

엔리는 아침에 눈을 뜨자 곁에서 자고 있는 남편을 깨우지 않도록 조용히 침대에서 나갔다. 아직 추운 바깥 공기를 느끼고 2인분의 체온으로 따뜻해졌던 침대로 돌아가고 싶어졌지만 꾹 참았다.

침대가 삐걱거리는 소리가 났지만 반년 전에 결혼한 남편은 피곤했는지 꼼짝도 않고 실이 끊어진 것처럼 잠만 잤다.

엔리가 생활을 관리하고 있으니 옛날에 비하면 규칙적인 생활을 하는 편이다. 그럼에도 이렇게 깊이 곯아떨어진 것은 단순히 그의 수면이 그런 것이기 때문이리라.

'……전에는 그렇지도 않았는데.'

결혼한 당초는 그 정도는 아니었던 것 같았다.

'긴장했던 걸까……? 그럼 지금은 익숙해졌다는 뜻이니

좋은 일이겠지.'

엔리는 쭈욱 기지개를 켰다. 고스란히 드러난 가슴이 출렁였다.

엔리는 살짝 뺨을 붉히며 벗었던 옷을 찾았다.

이 집에 있는 사람은 엔리와 남편뿐이라고는 하지만 단정치 못한 차림이었다.

동생 넴이 있다면 역시 이러지는 못했겠지만 넴은 현재 이곳——에모트가——에는 없으며 발레아레가에서 생활한다.

시어머니 리이지가 신혼부부를 방해하는 게 아니라고 타이른 덕에 에모트가 혹은 발레아레가를 개축하지는 않는다는 결론에 이르렀던 것이다.

부모님을 잃은 사건으로부터 2년 가까이 지났다고는 하지만 그때의 공포 때문에 밤에는 언니에게서 떨어지지 않으려던 여동생이 수긍해준 것은 어딘가 느끼는 바가 있었기 때문이리라.

농촌에서 생활하면 동물의 그러한 행위를 보게 되는 경우가 많다. 수확제 밤에 모여서 춤을 추다 자리를 떠나 덤불 안으로 사라져 가는 젊은 남녀의 행동에 대해 들은 적도 있을지 모른다. 부부가 밤에 무엇을 하는지도 막연히 알았을 것이다.

하지만 자세히는 설명한 적이 없다. 엔리도 넴 정도 나이에 그런 이야기를 들은 기억은 없었으므로. 그렇다고는 하지만 조만간 가르쳐주어야 할 것이다. 지식은 독도, 약도 되니까.

'루푸스레기나 씨가 이상한 소리를 해줄 것 같고…….'

이따금 마을을 찾아오는 이 나라 지배자의 측근에게는 대부분의 사람이 존경과 경애를 품는다. 엔리도 그중 한 사람이다. 하지만 그녀의 성격을 전부 환영할 수는 없었다. 오랫동안 알고 지낸 결과 알게 된 사실이지만 그녀는 장난기가 많달까, 느물느물 웃으면서 상대가 함정에 빠지는 것을 지켜보는 타입이다.

가르쳐달라고 하기 전에는 무슨 일이 생길 때까지 가르쳐주지 않는, 그런 면이 있다. 그러는 한편 넴이 루푸스레기나에게 질문하기 전에 말해 못을 박아두지 않는다면 상당히 세세한 부분까지 말해버릴 것 같다. 엔리는 전에 루푸스레기나가 그러한 어른의 지식을 언제든 가르쳐주겠다고 했던 것을 잊지 않았다.

얼른 루푸스레기나를 붙잡아야겠다고 결심한 엔리는 바닥에 떨어져 있던 옷가지를 주워 걸치듯 입었다.

그대로 부엌에 가서 물꼭지를 틀었다.

흘러나오는 물을 조그만 그릇에 받았다. 가득 찰 때를 가늠해 이번에는 꼭지를 반대로 돌리자 흘러 떨어지던 물이 그쳤다.

예전 같으면 아침 일은 물을 떠오는 데서부터 시작했다. 그런데 지금은 이 매직 아이템을 쓰기만 하면 신선한 물을 얻을 수 있다. 심지어 추운 계절에도, 따뜻한 계절에도 일정한 온도다.

샘물의 꼭지Faucet of Spring Water라는 이름의 이 매직 아이템은 하루 200리터까지 물을 만들어낼 수 있으며, 옛날 어느 나라에 살았다는 현자가 모양 같은 것을 창안했다고 전해진다.

큰 도시에서는 드물지 않은 아이템이며, 때와 장소에 따라서는 이 매직 아이템의 거대한 버전이 마을의 수원이 되는 경우도 있다나.

엔리는 젖은 타월로 몸을 닦았다.

"윽, 차가워."

수온이 일정해도 바깥 기온이 낮으면 젖은 피부에서 빼앗기는 열량이 크다. 하지만 엔리는 이를 꾹 참고 여러 곳에 타월을 문질렀다. 자기 전에도 한번 가볍게 몸을 닦기는 했지만 다시 한 번.

엔리는 그때를── 코를 쿵쿵거리며 느물거리는 웃음을 띤 채 말을 걸던 루푸스레기나를 잊지 않는 한 결코 이런 일을 소홀히 하지 않을 것이다.

그건 그렇다 치고, 매직 아이템이란 위대하다.

엔리는 몇 번이나 그런 생각을 했다.

현재 카르네 마을에는 상당히 많은 사람이 살고 있다.

9할 이상이 엔리가 소환한 고블린 군단인데, 그들의 생활을 유지할 수 있는 기반은 이 마을에 없었다.

우선 주거가 문제였다.

이것은 고블린들이 토브 대삼림에서 나무를 베어다 간단한 주거를 세운 덕에 해결되었다. 하지만 식량부족과 물 부족은 어떻게 할 수 없었다.

식량 부족은 처음에는 숲의 은총으로 보완할까 했지만, 늘어난 고블린들이 생활할 만한 식량을 얻기란 불가능했다. 그러므로 루푸스레기나에게 부탁해 식량을 지원받은 것이다. 이 식량은 어디까지나 빌렸을 뿐 장래에는 ——고맙게도 사정이 허락할 때 갚기로 하고—— 돌려주어야 한다.

이어서 물 부족. 옛날에는 그렇게 사람이 많지 않았으므로 조그만 우물이면 충분했지만 인원이 너무 늘어났으므로 우물 당번을 정해 하루 종일 퍼올려야 하게 되었다.

하지만 그래도 부족해 먼 곳까지 우물을 파러 나가게 되었다. 근처를 파봤자 같은 수원을 쓰게 되므로 우물이 말라버릴 가능성도 있기 때문이다.

이 문제는 마을로 이주했던 드워프들 덕에 해결되었다.

한여름에 이사를 해와 가을, 겨울을 거쳐 지금까지 함께 살아온 동료들이다.

'그 사람들은 지금쯤 또 새로운 매직 아이템을 만들고 있을까?'

겨우 두 달 전까지는 빛이 번쩍하거나 폭음이 울리거나 하는 일도 있었지만 지금은 평화 그 자체였다. 이따금 밖에서 술판을 벌여 소란스럽기는 하지만 그게 전부다.

그들의 존재는 이제 마을의 운영에 빼놓을 수 없을 정도가 되었다.

원래 엔리의 마을에는 대장장이가 없었으므로, 도시에 가서 사 오거나, 거의 찾아오는 일이 없는 떠돌이 대장장이에게 부탁해야만 했다.

두 번째로 소환한 고블린 군단 중에 대장장이가 딱 한 사람 있었지만, 그 혼자서는 거대해진 마을의 대장간 일을 문제없이 소화하기란 어려웠다. 그럴 때 나타나준 드워프들이 대장간 일을 맡아주었던 것이다.

그리고 무엇보다 카르네 마을 사람들이 품은, 마도왕 폐하에 대한 충성심에 필적하는 마음을 가졌던 점이 다행이었다.

이 카르네 마을은 매직 캐스터인 고운 마도왕 폐하 덕에 몇 번이나 구원을 받았다. 그렇기에 큰 은혜를 느낀다. 만약 이 마을에서 마도왕 폐하를 모욕한다면 이를 들은 누군가에게 주먹질을 당할 것이 틀림없다.

그리고 드워프들도 비슷한 은혜를 느끼는지, 술을 마실 때 "그 식전에서 우리의 자존심은 회복됐지.", "그놈들의 질투에 물든 얼굴 봤나?", "술 마실 때 말이군!" 그런 이야기를 나누었으며, 의미는 엔리도 알아들을 수 없었지만 마도왕 폐하에 대한 감사가 담겨 있음은 느껴졌다. 그렇기에 주민들도 그들을 흔쾌히 받아들일 수 있었다.

모든 것이 끝나고, 엔리는 옷을 단정히 입었다.

남편이 일어나는 기척은 아직 없었다. 그렇다면 이 틈에 집안일을 마쳐두자.

남편은 이제까지 시어머니와 함께했던 포션 개발에서 손을 떼고, 사람이 늘어난 만큼 장래에 필요하게 될지도 모를 약을 비축하도록 부탁했다. 그뿐 아니라 엔리의 촌장 업무까지 거들어준다. 이만큼 마을을 위해 열심히 일하는 것이다. 그렇다면 자신도 남편을 위해 노력해야 한다.

밖으로 나가면 눈에 익은 광경──한층 여러모로 개발이 이루어진 카르네 마을──이 시야에 들어왔다. 이제는 마을이라는 수준으로는 형언할 수 없는 크기로 확장되었다. 엔리가 소환한 고블린들의 주거지가 늘어섰기 때문이다.

"그러면."

엔리는 주먹을 불끈 쥐었다.

식사 준비부터 하기로 하고, 일단은 식량 창고에서 식재료를 가져와야겠다.

"안녕히 주무셨습니까, 장군 각하."

불쑥, 그림자 속에서 시커먼 옷을 입은 고블린이 모습을 나타냈다.

매일 아침 보는 광경이므로 엔리는 놀라지도 않고 대답했다.

"안녕하세요. 날씨가 참 좋네요."

"그야말로 장군 각하의 말씀대로입니다. 고블린 일기예

측사의 말에 따르면 오늘은 하루 종일 청명하다 합니다."

"그렇구나~."

엔리는 이젠 장군이라는 호칭에도 아무 말 하지 않았다.

몇 번이나 장군이 아니라고 말했지만 설득이 불가능해, 이제는 촌장도 장군과 비슷한 거라고 받아들이기로 했다.

참고로 고블린 후방지원대라는 부대가 있는데, 그곳에는 보기 드문 직업을 가진 자들이 있었다. 고블린 일기예측사도 그 중 하나이며 그 외에는 고블린 군사, 고블린 대장장이 등등 모두 열두 가지 직업에 이른다.

"아차, 장군 각하. 호위를 맡은 자들이 온 모양입니다. 그러면 소생은 이만."

검은 옷차림의 고블린이 다시 그림자 속으로 잠기고, 대신 여느 때의 붉은 모자 고블린이 엔리의 옆에 나란히 섰다.

엔리는 개인적으로 붉은 모자 고블린을 별로 좋아하지 않았다. 왜냐하면 얼굴이 사악한 느낌이기 때문이다. 솔직히 말하자면 꽤 무서웠다.

예전에는 쥬게무가 같이 있었지만 그는 선임 대장으로서 수없이 늘어난 고블린들의 통솔자 중 한 사람이 되어 일을 맡았다. 그렇기에 엔리의 곁에는 있을 수 없다.

사실 쥬게무 다음에는 은색 갑옷을 입은 고블린들이 호위를 맡아주었는데, 어떤 이유로 이 붉은 모자 고블린과 교대했다.

'솔직히 말해 신변 경호도 필요가 없는데 말이야.'

마을 중앙에 위치한 이곳까지 고블린들의 눈을 피해 접근할 사람이 있으리라곤 여겨지지 않았다. 그러나 그들의 걱정을 무시할 수도 없었다.

엔리는 붉은 모자 고블린을 데리고 집 바로 옆의 식량 창고로 향했다.

문을 열자 나무통이며 물독이 좁다랗게 놓여 있고, 선반에는 수많은 단지와 병이 늘어섰으며, 안쪽에는 밀 부대가 높이 쌓였다. 들보에는 말린 고기며 향초가 버드나무 가지처럼 수없이 늘어져 있었다.

이만한 식량이 있는 것도 고블린들이 개간에 힘을 쏟아준 덕이다.

이제는 마을 주위의 상당히 넓은 면적에 걸쳐 밭이 만들어졌다. 빌려 온 식량을 갚기는 아직 어렵지만 올해는 빌리지 않아도 한 해를 넘길 수 있을 만한 식재료를 확보했다. 게다가 닭과 비슷한 마수를 포획해 번식도 시험해보는 중이다. 잘만 되면 몇 년 안으로 빌린 식량을 전부 갚을 수 있을 것이다.

오늘의 요리에 쓸 식재료를 고른 엔리는 밖으로 나왔다.

시야 끄트머리에 거대한 벽이 비쳤다.

마을 안임에도 나무가 아닌 재질로 만들어진 벽은 그 안에 있는 드워프의 공방을 지키는 역할을 한다. 그리고 주위에는 한때 카르네 마을이 습격을 당했을 때 적의 기사를 유린했던 죽음의 기사가 경호를 맡고 있었다.

그러한 드워프 공방을 에워싼 벽은 이 나라의 지배자이자 마을의 구세주 아인즈 울 고운 마도왕이 직접 만든 것인데, '드워프의 실험이 실패했을 때 피해를 최소한으로 억제하는 역할'이라고 한다.

마을 밖에 세워줄 수는 없었을까 싶기도 하지만, 매우 큰 은혜를 입은 위대한 분께 어떻게 그런 말을 하겠는가.

"지금쯤 드워프님들 공방에서는 무슨 아이템을 만들고 있을까요?"

"조사할까요?"

"전에도 말씀드렸지만 절대 안 돼요."

드워프들은 공방에서 무슨 물건을 만드는지 알려주지는 않지만, 마을에 해를 끼치는 것도 아니므로 엔리는 그냥 수긍하기로 했다.

고블린들에게서 몰래 정보를 모아야 하는 것 아니냐는 제안이 올라오지만 엔리는 그 의견을 지금과 마찬가지로 단칼에 기각했다.

그들 드워프는 이 마을의 은인인 아인즈 울 고운 본인이 직접 받아들여 주었으면 한다고 부탁한 상대다. 그때 연구 내용은 극비라고 말했다.

설령 상대가 산 자를 증오하는 언데드라도, 마을을 몇 번이나 구해준 매직 캐스터이므로 살아 있는 그 누구보다 신뢰할 수 있다.

그때 붉은 모자 고블린이 엔리의 앞으로 불쑥 나왔다. 그들이 이런 행동을 보이는 경우는 하나뿐이다. 엔리가 눈을 움직이자, 붉은 모자 고블린 네 마리에게 에워싸여 서 있는 낯익은 미녀가 보였다.

"안녕하심까, 우리 엔리. 잘 지냈슴까~?"

"아, 좋은 아침이에요, 루푸스레기나 씨."

이 루푸스레기나라는 인물과 고블린들은 처음 만났을 때부터 늘 이런 분위기였다. 붉은 모자 고블린은 그리 많지 않은데도 꼭 루푸스레기나를 포위하듯 여러 명 나타났다. 그것도 평소 같으면 들고 다니지 않을 무기를 장비하고서.

듣자 하니 붉은 모자 고블린 말고도 주위에 더 있다지만 엔리가 그들의 모습을 본 적은 없다.

이 정도로 나오면 엔리도 붉은 모자 고블린들이—— 아니, 고블린들이 루푸스레기나라는 사람을 경계한다는 것을 알 수 있다. 물론 의문점이 많은 사람이기는 해도, 이 마을 한복판에 동상이 세워진 인물의 부하인 그녀가 이 마을에 무슨 짓을 할 거라고는 여겨지지 않았다. 게다가 그녀는 엔리와 운필레아의 목숨을 구해준 적도 있다.

반대로 그녀의 기분을 상하게 만들면 어떡하나 불안을 느꼈다.

고블린 군사에게 의논해봤지만, 주의를 주겠다고 말했을

뿐 그 결과는 전혀 나타나지 않았다.

루푸스레기나와도 의논해봤지만, 그녀가 신경 쓰지 않는다고 대답한 것이 그나마 다행이었다.

"이쪽에 오자마자 냅다 포위하지 말임다. 큰일이지 말임다~."

"그런 걸 타고 오면 이쪽도 경계한다는 걸 뻔히 아실 텐데요."

대답한 것은 루푸스레기나를 포위한 붉은 모자 고블린 중 하나였다. 조용하지만 확실한 경계를 머금은 음성임을 엔리조차 알 수 있었다.

"어, 저기요!"

이대로 두면 별로 좋지 못한 일이 일어날 것 같다고 생각한 엔리가 큰 목소리로 말했다.

"대체 뭘 타고 오셨어요?"

"네? 껌딱지혈귀항공 프로드 05편 나자릭 발 카르네 행이지 말임다."

"어…… 껌딱? 혈귀?"

"그렇지 말임다. 외부 이동 관련을 전면적으로 관리해주는 사람의 명칭이지 말임다."

"'껌딱혈귀 항공' 씨군요."

"그렇지 말임다. 대충 비슷하지 말임다. 만약 본인을 만나면 제가 그렇게 말했다고 해도 되지 말임다. 오히려 제 이름은 반드시 꺼내야만 하지 말임다. 그 말 안 하면 무슨 일이 벌어질지 모르지 말임다~."

자신도 모르게 애매한 표정을 짓는 엔리에게 루푸스레기나가 웃음을 보였다.

"이쪽 엔리는 재미있지 말임다. 진짜 마음에 들지 말임다……."

루푸스레기나의 눈이 스윽 가늘어졌다.

"진짜로."

입술을 가르며 나타난 루푸스레기나의 붉은 혀가 그녀의 입술을 핥는다.

요염하지는 않다. 하지만 엔리는 오싹한 것이 등줄기를 핥는 것을 느꼈다. 그 순간 대기했던 붉은 모자 고블린들이 움직였다. 엔리를 뒤로 잡아당긴 것과 동시에 벌어진 틈새──루푸스레기나와의 사이에 끼어든 것이다.

매우 긴박한 분위기 속에, 어지간해서는 보이지 않는 진지한 표정으로 루푸스레기나가 어깨를 으쓱했다.

"……안 해. 안심해주겠어? 하지만 믿지 않을 테니 하고 싶다면 여러분이 먼저 시작하도록 해. 그러면 나도 사양 않고 대처할 수 있고."

붉은 모자 고블린들이 눈을 내리깔고 원래 있던 장소로 돌아갔다.

"──그런 것이지 말임다. 참고로 프로드는 프로스트 드래곤의 약자이지 말임다."

"프로스트—— 드래곤이라고요! 전설에도 나오는 그 드래곤 말이죠! 대단해! 그 드래곤도 고운 님의 부하인가요?"

"그렇지 말임다. 마도국에서 항공 운송이라든가 여러모로 대활약이지 말임다."

"굉장하다~!"

엔리는 초롱초롱 눈을 빛내고 말았다.

용이라면 전설 속에서 이름 높은 엄청난 몬스터다. 그것을 지배할 수 있다니, 평범한 매직 캐스터에게는 절대 불가능할 것이다.

"고운 님은 정말 굉장하시네요!"

"……그야 그렇지만요."

루푸스레기나가 난감한 표정을 지었다.

"그 정도 용 따위로…… 으음, 나라든가……. 뭐, 됐지 말임다."

더 캐묻고 싶었지만 그녀가 수긍했다면 상관없을 것이다. 아마도.

"어, 오늘은 무슨 일로 오셨나요?"

"아, 그랬지 말임다. 으음~ 어쩌면 한동안 오지 못할지도 모르지 말임다. 그러니까 이쪽에서도 이것저것 주의해달라고 말하러 왔지 말임다."

그녀와 알고 지낸 지 1년이 넘었지만 이런 말을 꺼낸 것은 처음이었다.

"무슨 일 있으세요?"

"음— 우리 엔리라면 말해도 되려나? 사실은 아인즈 님
이 싸움에 져서 돌아가신 것 같지 말임다."

엔리는 자신이 들은 말의 의미를 생각하고, 이해했다.

그러므로 당연한 반응을 보였다.

"네에——?!!"

OVERLORD
Characters

캐릭터 소개

올라서다르크
헤이릴리얼

이형종

olasird'arc=haylilyal

백색용왕

직함 —— 아제를리시아 산맥의 프로스트 드래곤 로드

주거 —— 드워프의 옛 왕도 페오 베르카나

속성 —— 중립 ————————[카르마 수치: -25]

종족 레벨 — 유년(Dragoling) ———————— 10 lv

약년(Young) ———————— 10 lv

청년(Adult) ———————— 10 lv

장로(Elder) ———————— 5 lv

고로(Ancient) ———————— 1 lv

기타

[종족 레벨]+[클래스 레벨]　　합계 46레벨
●종족 레벨　　　　　　　　클래스 레벨●

취득총계 46레벨　　　　　　취득총계 0레벨

status

능력표

[최대치를 100으로 했을 경우의 비율]

	0	50	100
HP [히트포인트]			
MP [매직포인트]			
물리공격			
물리방어			
민첩성			
마법공격			
마법방어			
종합내성			
특수			

곤도
파이어비어드

| 인간종

gondo firebeard

룬 개발가

직함—— 아르바이터(11권 개시 시점)

주거—— 드워프 도시 페오 주라

속성—— 중립 —————[카르마 수치: 45]

클래스 레벨— 웨폰스미스(Weaponsmith)—— 4 lv

아머스미스(Armorsmith)—— 3 lv

아이템스미스(Itemsmith)—— 3 lv

룬스미스(Runesmith)—— 1 lv

[종족 레벨]+[클래스 레벨]	합계 11레벨
●종족 레벨	클래스 레벨●
취득총계 0레벨	취득총계 11레벨

status

능력표

[최대치를 100으로 했을 경우의 비율]

	0	50	100
HP [히트포인트]			
MP [매직포인트]			
물리공격			
물리방어			
민첩성			
마법공격			
마법방어			
종합내성			
특수			

페 리유로 | 아인종

pe riyuro

종족 사상 최강의 왕

직함 —— 아제틀리시아 산맥 쿠아고아 통합씨족왕

주거 —— 드워프의 옛 왕도
페오 베르카나의 상공회의소

속성 —— 중립 ———————— [카르마 수치: 40]

종족 레벨 — 쿠아고아 ————————— 10lv

쿠아고아 로드 ——————— 10lv

클래스 레벨 — 엠퍼러: 일반(Emperor) ——— 2lv

몽크(Monk) ————————— 6lv

기 마스터(Ki Master) ——— 4lv

기타

[종족 레벨]+[클래스 레벨]	합계 38레벨
●종족 레벨	클래스 레벨●
취득총계 20레벨	취득총계 18레벨

status

능력표

[최대치를 100으로 했을 경우의 비율]

	0	50	100
HP [히트포인트]			
MP [매직포인트]			
물리공격			
물리방어			
민첩성			
마법공격			
마법방어			
종합내성			
특수			

지고의 41인

캐릭터 소개

편

우르베르트 어레인 오도루

이형종

urbelt arraigning odoru

대재앙의 마

personal character

길드 내 마법직 중에서는 최고의 화력을 자랑하던 인물이며, 단시간에 입힐 수 있는 대미지 양을 단순히 비교한다면 1, 2위를 다투는 자. 악이라는 말에 무언가 느끼는 바가 있는 듯 위악 취미 같은 면이 다소 엿보인다. 여담이며 결코 공공연히 나돌 수는 없는 이야기지만, 위그드라실이라는 게임이 끝나는 순간 현실세계에서 그는 어떤 인물과 대치하고 있었다고 한다. 두 사람 모두 악으로서……

야마이코

뇌근육 선생님

아콜로지(완전환경계획도시) 내의 초등학교에 근무하는 여교사. 전재 기질의
여동생을 두어 여러모로 비교를 받았으나 그 정도는 아무렇지도 않게 생각할
만한. 수령 만 년짜리 나무처럼 굵은 정신줄을 가졌다. 여동생에게 계속
존경을 받았던 것이 여기에 일조했는지도 모른다. 모두들 뇌근육이라고
부르지만 이것은 "상대의 데이터가 기억이 안 나니까 일단 패고 보자(강하면
도망치자)."는 식의 발언이 많았기 때문이다.

후기

　자, 이제까지 쓴 것 중 가장 페이지가 많아져버린 11권인데요. 즐겁게 읽어주셨나요? 책이 두꺼워져 손이 피곤해지실 테니 될 수 있으면 피하고 싶었는데 왜 이렇게 길어졌을까요……. 줄인다고 하면 어디를 줄이면 좋았을까요. 덧붙이자면 이것도 초고 단계에서 꽤 깎아낸 거랍니다. 분명 그 전에는 6페이지쯤 더 있었던 기분이…… 음, 별로 달라지지 않았네요.

　뭐 이건 저금이라 생각하고 용서해 주세요. 앞으로는 분명 300페이지쯤 될 날이 올 겁니다. 그때 "얇다!" 생각하지 마시고 이제까지의 저금에서 지불한 거라 생각해주시면 좋겠습니다. 평균으로 잡아도 꽤 두꺼운 책이 될 테니까요.

그러면 기분을 홱 바꿔서—— 지금 이 후기를 쓰는 시기는 무더운 여름 한복판입니다. 방에서는 에어컨이 열심히 일하며 작열지옥으로부터 마루야마를 지켜주고자 노력하고 있습니다.

정말이지 여름은 싫어요. 회사에 갈 때 땀을 흘린 몸이 누군가와 접촉하는 것만큼 싫은 일도 없어요. 난 다가가지 않을 테니 너도 다가오지 마라! 하고 마음속으로 외치곤 합니다. 학생들이 줄어들어 교통기관을 타기가 약간 편해진 것이 그나마 다행이죠. 그 점에서 겨울은 최고예요! 이불에서 나갈 수 없을 만큼 기분 좋게 잘 수 있고요! ……홋카이도나 토호쿠처럼 눈이 많은 지역에 사시는 분들은 다른 느낌을 받으실지도 모르지만 그래도 마루야마는 소리 높여 말하고 싶습니다. 겨울 최고!

그런 최고의 계절인 겨울에 오버로드 극장판 총집편을 한다고 합니다! 보아하니 마루야마도 열심히 해야 할 것 같고…… 열심히 해야죠. 그런고로 앞으로 정보가 속속 흘러나올 거라 생각합니다. 그때를 기대해주시면 고맙겠습니다.

그래서 이번에도 여러모로 신세를 진 분들이 있습니다. 표지 일러스트를 몇 번이나 다시 그려주셔서 정말 고맙습니다, so-bin 님.

교정 오오사코 님, 다음에는 반드시 페이지를 줄일게요!

이번엔 특장판 디자인까지 해 주셔서 고맙습니다, 코드 디자인 스튜디오 님.

개그는 그냥 전부 맡겨도 틀림없는 것을 만들어주시는 시이나 씨, 스태프 일동 여러분.

(특장판을 구입하신 분은 꼭 몇 번씩 봐 주세요)

다음에는 어떻게 페이지를 쳐낼지 이것저것 이야기해봐요, F다 님.

원고 체크해 줘서 고마워, 허니.

그리고 (두꺼운 소설을) 읽어주신 여러분, 정말 고맙습니다!!

2016년 9월 마루야마 쿠가네

Bar Nazarick

BEER

아우라와 샤르티아가 엄청나게
찻주전자와 페로몬을 느끼게
해주어서 심쿵했어요.
맥주 마시고 싶다.
so-bin

성왕국이 마왕에게
유린당하고,
아비규환의 지옥도가
지상에 펼쳐진다.
견딜 수 없는 고통에
신음하는 백성들은
급성장 중인 마도국에
구원을 바라는데——.

아인즈 울 고운

VS

알다바오트

승리는 누구의 손에?
격전의

제12권.

Volume
Twelve

오버로드 12

성왕국의 성기사(가칭)

OVERLORD *Kugane Maruyama* illustration by so-bin

마루야마 쿠가네 ──── 지음

2017년
발매 예정

오버로드
OVERLORD

원작: **마루야마 쿠가네**　　만화: **후카야마 후긴**

캐릭터 원안: **so-bin** 만화판 각본: **오오시오 사토시**

코믹스 ① ② 권
절찬 발매 중

오버로드 코믹스 3권 근일 발매 예정!

오버로드 11 <small>드워프 장인</small>

2017년 02월 28일 제1판 인쇄
2024년 07월 31일 제9쇄 발행

지음 마루야마 쿠가네 | **일러스트** so-bin

옮김 김완

편집 · 제작 노블엔진 편집부

발행 영상출판미디어(주)
등록번호 제 2023-000035호
주소 07551 서울특별시 강서구 양천로 570 NH서울타워 19층
대표전화 02-2013-5665

ISBN 979-11-319-5422-5
ISBN 978-89-6730-140-8 (세트)

노후를 대비해 이세계에서 금화 8만 개를 모읍니다

야마노 미츠하(18세)는 사고로 가족을 모두 잃고 고아가 된 어느 날,
절벽에서 떨어져 중세 유럽 정도의 문명 레벨인 이세계에 전이된다.
그리고 우연히 원래 세계와 왕래가 가능하다는 것을 안 미츠하는
두 세계를 오가면서 살기로 결심하는데——.

모든 것은 노후의 안녕을 위해!
필요한 돈은 자그만치 금화 8만 개!
의심받으면—— 전이하면 OK?!
가끔은 실수도 하면서, 이세계에서 억척같이 돈벌이를 합니다!

FUNA 지음 / 토자이 일러스트

영상출판
미디어㈜

리비티움 황국의 돼지풀 공주
1~2

못생긴 외모와 우둔함 때문에 '돼지풀 공주' 라고 불리는
리비티움 황국의 명가 오란슈 변경백의 딸 실티아나는
첫째 부인이 꾸민 음모에 의해 암살되어 【어둠의 숲】에 버려지지만,
마녀 레지나의 도움을 받고 다시 살아나면서 전생의 기억을 되찾는데——?!

기왕 버려진 김에 이름도 바꾸고, 마녀의 제자가 되면서 수행 & 다이어트!
그렇게 평화로운 일상이 계속되는가 싶었더니, 다양한 만남이 운명을 크게 바꾸고——.

「흡혈희는 장밋빛 꿈을 꾼다」 사사키 이치로&마리모 콤비 부활!
대망의 서적화, 스타트!

사사키 이치로 지음 / 마리모 일러스트

영상출판
미디어(주)

미소도 마력도 최강인 열 살 소녀가 전하는 훈훈한 마법 학원 스토리

열 살 최강 마도사 1~3

열 살 소녀 페리스는 마석 광산에서 일하는 노예.
나날이 주어지는 일은 가혹하고 몸도 빈약하지만 결코 미소를 잃지 않았다.
그러던 어느 날, 마석 광산이 정체불명의 마술사들에게 파괴되고 페리스 혼자만 살아 도망친다.
도망친 곳에서 만난 사람은 앨리시아라는 아름다운 아가씨.
페리스는 수상한 인물들에게 유괴될 위험에 처한 앨리시아를 엉겁결에 구출하고,
그 보답으로 앨리시아의 저택으로 초대된 페리스는 거기서 마법의 재능을 발견하는데……

아마노 세이주 지음 / 후카히레 일러스트

영상출판
미디어㈜

불로불사가 되어 슬로 라이프를 만끽하려고 했더니
슬라임만 잡아서 세계 최강이 되었습니다?!

슬라임을 잡으면서 300년,
모르는 사이에 레벨MAX가 되었습니다
1~4

원래 세계에서 과로사한 것을 반성하고 불로불사의 마녀가 되어
느긋하게 300년을 살았더니──레벨99 = 세계 최강이 되어 있었습니다.
생활비를 벌려고 틈틈이 잡았던 슬라임의 경험치가 너무 많이 쌓였나?
소문은 금방 퍼지고, 호기심에 몰려드는 모험가, 결투하자고 덤비는 드래곤,
급기야 나를 엄마라고 부르는 몬스터 딸까지 찾아오는데 말이죠──.

모험을 떠난 적도 없는데도 최강?
어? 그럼 내 빈둥빈둥 생활은 어떡하라고?
슬라임만 잡는 이색 이세계 최강&슬로 라이프, 개막!

모리타 키세츠 지음 / 베니오 일러스트

영상출판
미디어㈜

「세계최강」의 소원은 조용한 은둔생활!?

최강 마법사의 은둔계획
1~2

마물이 날뛰는 세계. 최전선에서 항상 목숨을 걸고 싸워 온 젊은 천재 마법사 아르스 레긴.

마침내 그는 군역을 마치고 16살이라는 젊은 나이에 퇴역을 신청한다.

하지만 그런 아르스를 국가가 놓아줄 리가 없었다.

아르스는 10만 명이 넘는 마법사의 정점에 군림한 한 자릿수 넘버, '싱글 마법사' 이기 때문이다.

우여곡절 끝에 그는 교환조건으로 신분을 숨긴 채

일반 학생으로 마법학원에 다니며 후임을 육성하기로 한다.

모든 것은 평온한 은둔생활을 쟁취하기 위해!

미소녀 마법사들을 육성하며 뒤편에서는 마물 토벌로 분주한 아르스의 영웅담이, 지금 시작된다!

이즈시로 지음 / 미유키 루리아 일러스트

영상출판
미디어(주)

이세계는 스마트폰과 함께.
1~12

신의 실수로 죽음을 맞이해 이세계에서 다시 태어나게 된 소년, 모치즈키 토야.
신이 선물해 준 스마트폰을 들고 유유자적 이세계를 거닌다.

물건을 만들기도 하고, 싸우기도 하고, 사람을 돕기도 하고, 놀기도 하고,
스마트폰을 들고 떠나는 훈훈한 이세계 모험기!

인터넷 소설 연재 사이트 「소설가가 되자」의 인기 연재작이『제로의 사역마』의
일러스트레이터 우사츠카 에이지의 미려한 일러스트와 만나 단행본으로 발매!

후유하라 파토라 지음 / 우사츠카 에이지 일러스트

영상출판
미디어㈜